红尘距离

周闻道 著

SPM
南方出版传媒
广东人民出版社
·广 州·

图书在版编目（CIP）数据

红尘距离 / 周闻道著．—广州：广东人民出版社，2017.3（2023.1重印）

ISBN 978-7-218-11603-7

Ⅰ．①红…　Ⅱ．①周…　Ⅲ．①散文集—中国—当代　Ⅳ．①I267

中国版本图书馆CIP数据核字（2017）第018625号

HONGCHEN JULI

红 尘 距 离　　周闻道　著

出 版 人： 肖风华

策划编辑： 钱飞遥
责任编辑： 钱飞遥
责任技编： 吴彦斌　周星奎
装帧设计： 河马设计工作室

出版发行： 广东人民出版社
地　　址： 广州市大沙头四马路10号（邮政编码：510199）
电　　话：（020）85716809（总编室）
传　　真：（020）83289585
网　　址： http://www.gdpph.com
印　　刷： 永清县晔盛亚胶印有限公司
开　　本： 787毫米 × 1092毫米　1/32
印　　张： 16.25　　**字　　数：** 300千
版　　次： 2017年3月第1版
印　　次： 2023年1月第2次印刷
定　　价： 78.00元

目录

读人无数

精神简史

城市幻象

一方水土

山河追问

红尘里的哲思

——代序

近十年来，网络文学大兴，类型化作品浮出水面，争奇斗艳。奇幻穿越、历史盗墓、神魔仙侠、言情宫斗、官场悬疑、谍战青春，种种小白文招摇过市，让无数少男少女为之疯狂，为之沉迷。正是在小白文大行其道的时候，一些坚守文字品质的作者，默默耕耘，张扬贴近现实、贴近人生、贴近地气的在场写作，为网络文学赢得尊严。

眉山周闻道先生，一直执掌天涯社区的散文天下论坛，提倡散文写作介入生活、关注当下，去蔽、敞亮、本真，关怀终极价值，并与同人创立了在场主义散文流派，影响深远。这一石破天惊的散文观念的革命，赋予了散文与其他文学样式比肩的独立神圣的社会担当，给平庸乏味的散文界带来了一股新鲜的空气。周闻道先生身体力行，他既是发起者、倡导者，亦是这场革命的代表作品书写者。

他的《七城书》即是在场主义散文的标志性写作，展现了在场写作的实绩；《玻璃城》写的是极权的控制无所不在，人的隐私及人格的尊严荡然无存；《危城》表面看是写尘世的灾难无可逃避，实则指向的是更大更深刻的社会体制危机；《欲城》写的是欲望的极度泛滥、人性的泯灭及道德的沦丧；《皇城》写的是传统皇权意识的顽化及其流毒的危害；《蛊城》巧借湘西民间放蛊的传说，引申到长期的愚化教育对人灵魂的扭曲；如此等等。作者深入其中，或以虚构方式，或以魔幻变形的超现实手法，揭示了我们的时代之病，让我们通过这样的写作，对现实有了重新的认识。

最近，周闻道先生的散文新作《红尘距离》即将出版，嘱我作序。关于散文，我正好有话要说，借此机会，重温文字的原初意义。以《红尘距离》为标本，对当下散文进行一番症候式的解剖。因为法国拉罗什福科说过："沉默是缺乏自信的人最稳当的选择。"我不愿沉默，尽管我们的言说，随时随地随风而去，但，我们又不能不言说。发为心声，听者如鱼饮水，冷暖自知。

《红尘距离》的内容分为五部分，乃是"读人无数""精神简史""城市幻象""一方水土""山河追问"。周闻道先生锁定了一些高难度的人生逼问，把自己抛入一片片古老的文字战场，关于生命的意义，关于精神的可能，关于道德与事功，关于幸福与死亡，关于终极关怀与人生的可能性。由这种不懈的追问，抵达根性的真实，从而把握世界的本真。

作者在《读你：没有眼泪的人是可怕的》里如是写道：“没有雨水的大地会枯裂，没有云彩的天空会孤寂，没有眼泪的人是可怕的。”他的关注凝聚在人心的柔软处。没有眼泪的人是可怕的，为什么可怕，可怕在何处，不得不引起我们对人性的追问，在读人的过程，亦在读心，读这个世界。无论行走还是静思，都以一颗敏感的心观照大千世界、芸芸众生，留下细微的体验和深切的启悟。

中国散文一直有抒情与言志的两类传统，恰如宋词的婉约与豪放。自近现代以来，周氏兄弟分别领衔，鲁迅以攻击性的杂文取胜，知堂以枯淡的随笔见长。当然，两人文字风格惊才绝世而不能被定义所拘，往往旁枝横溢，别见佳处。1949年后，大陆文坛一片沉寂乃至荒漠，散文变成颂歌，成为八股，毫无人性的气息可言。

随着政治的拨乱反正，文化清明缓慢到来。朦胧诗、先锋小说、新散文登台亮相，城头变幻大王旗，各领风骚三两年。世纪末，纯文学终于面临衰竭的颓势，哀鸿之声遍野。反而乃是网络文学借势崛起，蔚为大观。在这样的文化环境之下，周闻道先生提出了“在场、去蔽、敞亮、本真，散文性”的散文写作理念，风吹死水，激起无数涟漪。

在场主义所倡导的创作理念，其实是基于目前散文创作所呈现的困境而发出的呐喊。写作，始终要接近地气。正如周闻道先生在《黄昏，在一种没有意义的状态中悠走》一文里所写的那样：“悠走，就是我此刻的全部目的和意义。”在《就这样与大地窃窃私语》中，透射出同样的大地气息。同立一个大地，相同的阳光下呼吸，不是每一个人都能够总结自己的一生；或者说，不是谁都能获得自然的赐予，在一颗饱满的泪水中探寻生命的隐秘与悠走的乐趣。

能够在精神的高度反省自身，亦能在世俗的烟火里审视人生。城市幻象一组的文字，便把目光锁定在街头巷尾。“不要辜负了一种长久的守望，不要辜负了市声，不要辜负了街头。”（《街头》）“我相信，每一个脚印，都珍藏着一个人过去的生命；每一条巷尾，都蕴含着一个城市深刻的记忆。”（《巷尾》）这样的散文，写得风流倜傥，潇洒脱落，留下满纸烟火气息。而流淌于心的，乃是诗的精魄、人的静好、阅世阅人的大地审美哲清流。

前人梁实秋论散文有云：散文的美妙多端，然而最高的理想也不过是“简单”二字。简单就是经过选择删芟以后的完美状态。不过“简单”两字并不简单，若想达到此种境界，既关才气，也须苦功夫。周闻道先生浸润散文之道已久，深知散文之不易，故其下笔，能够扬长避短，别出新径。他的取材，几乎毫无选择的困难，风土人情、山河景色、街头巷尾皆能走入其笔触，写下无尽的哲思。

“停留却是暂时的，是前行的另一种姿势，他不仅富有生命的质感，而且内涵更加丰富，会令人去想他的过去、现在和将来。”（《停留的河》）作者知道停留只是中场的一次暂停，我的生活如市井，但我的思考如上帝。这些欲说还休，犹豫彷徨的文字，展现了非凡的感悟，独具的发现，深深地穿透了事物的表面，是对事物内质的剖析。在深入黑暗的写作中到达词语的内核，真正实现词语的狂欢。

散文是语言的艺术，然大巧若拙，朴实平淡或许才是最高的境界。年复一年，日复一日，看山山高，看水水低，看天地也就宽了；再看周闻道先生笔下的精神拷问与世俗烟火的关切，我们明白，好散文是心灵的呐喊，灵魂的浸润。我从中阅读到作者流淌全书的诗人气质：一种对事物极度的感觉，一种对感受特别深入的意识，一种自我拆解的锐利智慧，一种用梦幻娱悦自己的非凡才气。

红尘之中有哲思。面对当下浮躁的现实境遇，众人对待的方式有所不同。有的人出逃，有的人麻木，有的人反抗，有的人沉湎于寂寞，而周闻道先生安于孤独，安于诗书，以“苦”为乐。孤独时他的想象力更加汪洋恣肆，加上细致入微的观察力以及思想上严格自省的态度，弥补了他对事物理解上客观存在的有限性，扩张了他的精神界域。“好在，根，是最大的黏合剂，总是把对立连接在一起，让其若即若离，相生相克，争而不夺，灭而不亡。”——在《纸上的根河》中，周闻道先生如是说。

文学就是寻根。任何好的文字，其实就是说出了个体面对时代的脆弱。这个时代，唯有戏子才能唤起群众的巨大兴奋。而安于寂寞的写作者，只能守护文字，在文字的世界里，展开自己的无限之思。《沿额尔古纳走近蒙古》，一次地理上的接近，何尝不是内心的接近——对一方水土，一个民族。正如作者所写：“沿着额尔古纳，我们不仅走近了蒙古，还走近了自己。”古希腊哲人有言，认识自己最难。在文字里走进自己，怕也是一种艰难的跋涉吧。

周闻道先生执着于文字，昔时杜甫有诗云：庾信文章老更成。周闻道文字或可当此也。繁华经眼皆如梦，唯有平淡才能持久。他的散文从文首的自然切入，到文末的戛然而止，句与段落，简约与绵密的纠缠，硬朗与幽默的共谐，干净的短句式，意象化的修辞，贯通如一的哲思，有惊无险的险字，织成他的散文空间，形成独特之美。然而，写作者并没有目的地可以抵达，写作者永远漂泊在对文字的拷问之中。所谓春风无限潇湘意，红尘距离有所思。

朴素（出版人）

写于京城草房

2016年1月1日

读人无数

捉摸不定的，不仅有看不见的灵魂，还有看得见的人和世事。要想看清，最好闭上眼睛，用心……

没看清路上那个人

那个人出现在视野的时候，我正站在阳台。不是城里，是乡下。那天，母亲过生日，我抽空回家。喝了一些酒，道了一些祝福，心里热烘烘的。送走客人之后，我来到楼上。本想站在阳台看看村庄，却看见了那个人。我的思绪就这样被他牵引，跟随他上路，却不知道要去哪里。

阳光很好，早早地就穿透了浓厚的雾，洒下一地的鲜亮柔和。也许，这在北方算不了什么，但在南方，在成都平原，就是一种奢侈了。我想，要是没有这样的阳光，我是不会看见那个人的。也许，他仍然要出发，怀揣某个目的，只有他自己，或还有他的父母妻儿知道。出门，在路上，行色匆匆。仍在此时此刻，从我门前经过。但是，我不知道他从哪里走来；不，是根本不知道他的出发，他的行走，他从我家门前的经过。这一切，都必将被大雾所淹没。在大雾笼罩的地方，谁看得清人？因此，今天的阳光，是一种幸福。倒不是因为看见了那人，他与我没有任何关系，不决定我的什么，也不会因此而给我带来好运。是因为阳光让我看见；在常常有雾的地方，看见就是幸福。

可是，没有想到的是，麻烦，或曰痛苦，马上就来了。想看清，却又看不清的痛苦。

先是想弄清他的来路。虽然，门前的路已几经翻修，但是，大格局还是没有变的。所谓大格局，就是路的构成，有几条大路，几条小路，它们如何连接交错；大路连接哪里，小路通向何方。这些都没有变。不变的大路小路，还有它们深厚而复杂的连接，一下把我引到了从前，就是在我还小的时候。记得有个顺口溜，“西来的穷，东来的富，南北来的靠不住”。先只是随着大人们念着，好玩。后来逐渐才明白，西面是山，所谓穷山恶水，十年九旱，许多人往往衣食无助。东面是成都平原，还有县城；听说更大的成都，也在那平原的中间。当然，所谓南北，并不是指来自南面或北面的人，而是指那些走南闯北的串乡小贩。在老实本分的乡里人看来，那些生意人在外久闯江湖，变得油腔滑调，世故奸狡，让人把握不住。记得那年，一位到村里放蜂的三角脸，就骗走了村里的一个女子。心里知道，这些都只能说明过去。时过境迁，那些顺口溜早已泛黄，没有再翻的价值。但是，我承认，潜意识里，我仍然被那顺口溜影响。我想沿着那东南西北的指向，循着一串脚印，去追溯那人的来路。那脚印很轻，而路面很硬，人的行走，也许带不起几粒浮尘。但我相信，只要有人走过，就有脚印；循着那脚印，就可以到达起点。

从走向看，那人似乎来自西山。不过，现在的西山可不是从前的荒凉之地。听说，退耕还林后，整个西山已是郁郁葱葱，林繁竹茂，间或，已有灵猴野兔出没了。那人就是来自那里吗？无须求证，当我想到这个问题的时候，灵魂间，已隐约感到，正被一种灵性熏染。那灵性来自茂林修竹，空谷清泉，山岚仙气，或某一棵苍劲古树的根须。渐渐地，意识被那灵性消解，幻化成一缕氤氲之气，弥漫于西山的丛林间。脚印朝向山外，意识朝向山里。进山的路越来越窄，越来越弯，路面长满苔藓，还有飘落的树叶，被一些蕨类植物搀扶着，不断向西山深处延伸。路上的脚印越来越轻，越来越远，呈梦游之势，向前铺展，看不见尽头。在那路和脚印几近消失的时候，我仿佛听见一个声音，从天地间传来，悠远，轻曼，坚定。听不清楚那声音表达的意思，可以肯定的是，不是亚当与夏娃的故事，那故事离我们太远，带着洋气，与我们有一种天然的疏离。地地道道的乡音俚语，似乎是在说“黄帝生阴阳，上骈生耳目，桑林生臂手”；或者是“富贵者，黄土人；贫贱凡庸者，亘人也……”

朦胧中，我隐约意识到，那是造人的开始，或者说人的开始，脚印的开始，背影的开始。那时，人出发的脚印与背影里，就已带上了富贵贫贱的烙印。这令我非常吃惊。

当我回过神来的时候，那声音已然消失，消失于西山的梦幻里。阳光依然，阳台依然，村庄的景色依然，人却恍若隔世。好在，那人仍在路上行走，步履匆匆，旁若无人。已经走过我的家门，向北而去，留给我的，只是一个背影。远处看去，那背影有些模糊，两只脚不停地挪动，丈量着脚下的路。我不知道那人现在是否在思想，或在想什么。也许他什么也没想，就是在专心走路。那状态，从表象看，更容易令人想起一截木桩，呆呆地立在村前的路上。突然感到，其实，至少在这时，面对我眼前的景象，柏拉图对人的定议，也有一些道理。他说，“人是无羽毛的两足动物”。人们批判柏拉图，说他忽略了人的精神，或曰思想；因为，亚里士多德说，人是理性的动物。谁能说得清楚，柏拉图说这话的时候，不是在特定的场合，也许就像此刻的我。

那人渐行渐远，把脚印和背影留给我。说是留，只是一种意念，并不是实物。就像诗人们所说，鸟儿飞过，把影子留在天空。其实，是留在诗人们的心里，被不断复原，便有了诗。我不是诗人，我没有诗。我的意识里，只有一个人和一串被拉长的影子，从丛林的旷远中走来，经过我的门前；他在途中，我却开了个小差，连他的身架面容，都没有看清，他已过去，留给我一些行走的影子。抬起头来，紧紧盯住那人，希望在他远去的方向，攥住那模糊的影子。然后，把他留下，留下一段人的宿命，闲下来择时翻阅，也许，会找到一些不曾经历的内容。然而，视野里，除了一串被不断拉长的模糊，似乎什么也没有，只是一片虚静。我知道，再往前走，就是思蒙河了。那里有经秋的河水，过去很清澈，现在变得乌黑了；还有妖娆的水草和奇形怪状的大头鱼，它们在污染的河水里长大，样子越来越狰狞可怕。

哦，对了，还有芦苇！

当想到芦苇的时候，我的心里一个咯噔，被什么绊住。

那人，他模糊的脚印，和渐远的背影，还有寒风中的芦苇，在途中，人与物，一个个奇怪的镜像，都在我意识里交织，我想理清头绪，理来理去，却理到了法兰西，理到了帕斯卡司那里。

蓬蓬勃勃的芦苇，一人多高，拥挤在河岸。本来是让它们固沙防洪的，它们却在这里拼命生儿育女。儿时，到河里洗澡，我们脱下的衣裤，就放在那芦苇丛里。一次，那衣裤不知被谁拿走，害得我不敢上岸，被河边洗衣的妇女们好笑。现在想起来，仍有一种羞涩之感。此刻，那芦苇该是枯瘦残黄了吧；也许，枯槁的芦叶和芦花，正在寒风里挣扎。它们期盼下一个春天，可是春天却又还远，不得不艰难地行进在途中。

手里的这本《思想录》，已经微微泛黄。但帕斯卡司的话没有泛黄，仍是平实中透出深邃。此刻，他好像是在对我，对那个途中的人，又好像在对我们抽象的人说话。“人不过是一根芦苇，一根会思考的芦苇。” 记得，在成都研究在场主义的时候，一位朋友曾谈到他对这话的理解。他说，为什么说人是芦苇，不是一片，而是一根芦苇？芦苇往往生于水泽之滨，注定了一生命运多舛，饱受风雨。芦苇繁衍力极强，喜欢群居，一根，则表明现实与本性，总是背离的，许多人往往生存于内心的孤独之中。芦苇枝节分明，傲骨铮铮。这也是人的本性。再卑微的人，人性深处，都会有孤傲的天性，即便如阿Q，也会跟赵太爷家理亲；要被杀头了，还强撑着说，二十年后又是一条好汉。可是，正是这样的节，这样的杆，这样的傲骨，又铸成了芦苇的致命弱点，那就是空心，面对风雨，枝和叶都是飘的。透过枝节孤傲的表象，深入内里，人生的，宿命的，再大的风云际会，到头来都是空的。空的来，空的去，一切都是虚无。当然，人不是一般的芦苇，不是植物，而是有思想的芦苇。我们曾为这思想自豪。可是，可曾想到，这思想在给我们带来发现喜悦的同时，也给我们带来了多少烦恼和痛苦！喜悦和痛苦，一个正，一个负，两者相加，和是什么？也许有的仍是正，有的是负，更多的则为零。从零出发，再到零结束，较之于没有思想的芦苇，我们并不是实，而是存在于一个更大的空。空和飘，是芦苇的本质。

带着一种悠悠的空，离开芦苇。思想从河边收回，回到村庄，回到家门口的那条路。发现那人已经远去，连同那模糊的脚印和背影，都彻底消失于了芦苇一方，那一片冬天的空濛里。我沐着阳光，怀揣怡然之心，痴痴地站在阳台，想把他看清楚，结果却一无所获。我只知道他是一个人，与你，与我一样，正行走于途中，不知带着什么目的，要去哪里。

阳光之下，作为人，我心里浸渍着一种痛苦……

读不懂自我那张笑脸

周末，朋友组织冬游，十多个人，从景点到景点，都是车马转承。为防丢下某人，上车下车，总是要清点人数。开始，在清点人数的时候，我总发现少了一位。正要查询，却被大家哄笑。原来，在我聚精会神的清点中，恰好忽视了我自己。

是的，我们往往忽视自我。不仅是冬游，在生活的许多时候，都是这样。或许可以说，自我是自我存在的意义，可是，有多少人能真正说清楚，那意义又是什么？

最早的记忆里，自我是一个似是而非的梦幻，或曰神秘兮兮的传说。那梦幻和传说，交织在一起，分不清先后和彼此。很容易联想一个故事，那个至今仍没有理清的秩序。究竟是先有鸡，还是先有蛋。有一些纠缠，至今仍记得鲜活。

记不清是在几岁，也模糊了地点和时间。总之，在某一天，我开始关心起自我。我好奇地问母亲，我究竟来自哪里？母亲先是微微一怔，继而微笑着，温情地，神秘地告诉我，你呀，路边捡的。哦，路边，哪个路边啊？母亲努了努嘴，就是长池坎呗。过分的认真，我忽略了母亲深藏的笑。没有怀疑，也没有过多的思考，就一趟跑出了门，跑到长池。正是一池清水，哺养着散漫的水草和鱼。风很轻，不知从哪里吹来，一来就不想走了，从长池的岸，走向池塘里。如此不断往返，似乎想牵伸池面的皱纹。可是越牵，那皱纹越复杂，长池里荡溢着生命的灵气。即使这样，我也有了几分相信，相信这长满了草和鱼的池塘，也会长出个娃娃。当那个妇女，从池塘边经过时，我便是深信不疑了。她背着娃娃，提着一只大公鸡。我甚至猜想，那妇女背上的娃娃，也许就是从池塘那边捡的哩。怀揣悠悠的担心，回家，紧紧地依偎在母亲怀里，不敢造次。我怕母亲再把我带到池塘边，丢下不管，被别人捡了去。

原以为，长大了，有了些知识，明白了生儿育女之事，就会走出那个童年的梦呓；然后，带着一个明明白白，清清爽爽的自我，从容地面对世界。然而，我错了。这世界是认知越多，怀疑越大；自信，也许原本就属于浅薄的人。我不知道，让我产生怀疑的，是维特根斯坦，还是福柯。

呈现在我面前的，是一张照片，特写的。没有任何背景，也没有陪衬，只有人物和面容。九个人，六男三女，面部表情特写，呈圆扇状排开，面向世界，或面向你，都是灿烂的笑。乍一看，我轻易地读出了愉悦。对，是愉悦。愉悦，是九张脸上渲染的强烈主题。可是，维特根斯坦立即击碎了我的自信。他对着这照片说：“我，这个我，恰似最幽隐的神秘。”心里被什么触动，深深的，令我微微一震。有一些防线在动摇，自信的防线。一种摇摇欲坠的感觉，在内心里滋生，蔓延。随即，有一个声音传来，悠远的，轻轻的，有力的，像是问世界，又像是问我：感到愉悦的“我”是什么，愉悦存在于何处？我的防线坍塌了，彻底的坍塌，呼啦啦似大厦倾。我听见那坍塌的声音，离我很远，又似乎很近，杂乱，破碎，短暂，难以收拾。

感到愉悦的“我”是什么，愉悦存在于何处？

我不断地重复着这样的追问，希望从中找到些微的答案。可是，我越找越迷惘。每一次伸手，抓住的，宛然是一只断线的风筝。没有方向，失去牵制，飘忽中，离我越来越远，越来越远。我把目光再次移向照片，与九名愉悦的男女照面。我希望从中找到一张我熟悉的面孔；不，应当是可以与我的内心观照的脸，解读一种也许属于我的愉悦。然后，小心翼翼地把它捡拾，珍藏，就像母亲讲的童年故事，那个从路边捡回的我。

思维就这样出发，照片上的面孔，是始发站，却不知道何处是终点。此刻的寻找，带着灵魂，我相信，它不亚于网络中的Google（谷歌）或百度。先遇见卞之琳。卞老已驾鹤西去，但那张张望的脸，仍留在桥上。还是依然。依然的张望，依然的迷蒙，依然地看与被看。但是，桥上桥下，车来人往，人在变，车在变，风景在变，甚至楼上看他的人，也变了一轮又一轮。但是，从他紧皱的眉头，凝重的表情，深邃迷茫的眼神以及看与被看中，构成的情景画面，似乎可以断定，他没有看清风景，看风景的人也没有看清他。他们存在的意义，就是这样彼此互看，构成一道风景，世间的风景。然后，留下许多迷，让路过的车辆和行人捡拾。

又遇见庞德，随他走进一个地铁车站，重逢那些幽灵般的面孔。经过了几十年，一切依然，场景没有改变，面孔没有改变。那个陈旧的地铁车站口，依然是一些湿漉漉的黑色枝条和繁杂的花瓣，在晦暗压抑中，呈现着无端的繁忙，拥挤，阴冷，厌倦，期待，不安。最捉摸不定的，是那些花瓣。似乎春天已很近，但又还没有到来；枝头是光秃秃的，甚至没有倦鸟光顾，花瓣是唯一的主人。那些花，灿烂的，晦涩的，阳光的，阴暗的，浅显的，深藏的，真诚的，虚假的，坦诚的，诡秘的，都拥挤在同一个枝头，彼此不相诚让，又谁都占不尽永远的风头。它们就这样拥挤着，推搡着，挤兑出一种诡谲的乱，让人在简单的愉悦之后，便逐渐走入一种茫然，恐惧，不敢妄自接近。

掉转视线，我又把目光投向那张九人照片。照片未变，可是我发现，那些男男女女的脸，和脸上的笑容，都已发生变化。凝视越久，变化越大，越复杂。你甚至会发现，并不是一切笑容，都是有了真诚，有了愉悦，都是生命的灿烂。心里琢磨着福柯的话，“我无所是，亦无所往”，“别问我是谁，也别让我一如既往”。心灵被深深震撼。突然感觉到，也许世上最愚蠢的人，最愚蠢的事，就是像我这样寻找。对于笑脸，似乎放弃不下的寻找。

身在书房，背后是书架，书柜上有一面镜。此刻，我却不敢转身。

读你：没有眼泪的人是可怕的

朋友，你知道吗，我在读你。这也许是个秘密，珍藏在我的世界里，而你，便是秘密里的故事。

童稚之始，我就常常以一双好奇之眼，张望天空，环视大地，欲要解读尽世界的秘密。世界是什么，世界在哪里，世界怎么样，我冥思苦想，竟然没有逃得出这三个字：我，你，他。顺着这三个字，我从一种与己的关联入手，扶着解读的阶梯，一路跋涉，走到今天，这个雨飘风凉的周末。

我。对，首先是我。不了解自己，怎能了解世界？问题简单而又复杂：我是什么，我在哪里，我怎么样？有点奇怪，当解读的触角指向自己时，我竟感到少有的迷惘。笛卡儿说，我思故我在。一位伟大的哲人，用自己的智慧之思，证实了自己的存在。我俗人一个，哪能达得到那样的层次？

要是我不思呢，比如单纯地睡觉，行走，走进田野河边，与一席蔓草青叶卿卿我我，根本没有思，没有想，不关心人类。不容否认，虽然人是智慧的动物，也并不是我们每时每刻都在思想，否则，上帝就会永远露出一副轻蔑的笑脸。难道此时我们就已消失。我只能用一种简单的参照，来作为解读的工具。比如一面镜子，我坐在镜前；或一条舟船，正顺江而下，我站在船头。然后证明自己的状态和位置。不是刻舟求剑，“我”是参照的主体，不需要冥想苦思，镜子山河舟船蓝天白云，还有高悬于空的苍鹰，都证明了我的存在和心情。有时，读懂自己的不一定是自己。我又转向“他”。当我想到“他”的时候，顿然感到了一种距离，陌生与疏忽。不管“他”是什么，不仅是一种第三人称，更是一种被稀释了的感情，萦绕在自己周围，斩不断，理还乱，欲要解读，却找不到稀释“他”的溶剂。

于是我相信，是“你”，攥着解读世界的钥匙；要走进世界，最重要的是走进你。就像一个契约，我们只须关注甲方和乙方，或曰我和“你”。这个原则适合于我们彼此，正反都是一样的。唯有“他”，是我们共同的免责对象。这样的感觉，似心灵滋生的叶芽，清新而属性分明。我终于明白，世间最珍贵的读，并不在课堂，也不在会场，不在任何喧嚣的场合，而在心里，在一个人拂去浮尘繁俗，独自相处，解读亲近的时候。此刻，这个世界的一切都不重要，重要的是我在读你。

读你的笑容是内心酿造的蜜。不一定是三月，不在蜜蜂忙碌的季节，也不在升了官发了财孩子金榜题名的时候，带着功利的笑，哪怕很灿烂很夸张很内心，也是肤浅的。

我很欣赏《父亲》那种微笑。我相信，罗中立的油画里表达了一种笑，一位饱经风霜的父亲的微笑。这种笑与一双长满老茧的大手，一张布满沧桑的脸，还有一种坚毅而期盼的眼神相伴，含蓄，深沉，隐韧，真诚，饱满，不显露不张扬，有一种从灵魂深处生长出的深厚之根。我也欣赏那种向死而生的微笑。就像十字架上的耶稣，以一种轻松从容的微笑，面对行刑狱吏、灵魂超度者和看客，心里却在说，不知究竟是谁在为谁行刑，谁在为谁超度，谁是谁的看客，谁笑得最久笑到最后。每当想起苏格拉底最后的微笑，我的心里就有一种油然而生的敬意，灵魂也因此而强烈地震颤。行刑的狱卒敦促他服下了西芹酒，不时地察看他的腿脚，用手掐了掐，看毒性是否发作。苏格拉底一直微笑着，没有理睬，直至倒下的最后一瞬，才铆足劲揭开盖在身上的被子，露出被微笑定形的脸，挣扎着对送行的朋友说道：“克里托，我还欠阿斯克勒庇俄斯一只公鸡，你替我还了行吗？”当然，喜欢读你的笑容，并不是要叫你像耶稣或苏格拉底那样，都以微笑的姿态面对邪恶，去为真理而献身。而是希望从你的微笑中，读出一种从容、厚实与真诚。真诚的微笑，即使不露痕迹，也有一种穿透心灵的力。我希望他永远属于你。

读你的忧伤，我企盼走进你生命的真实。我们彼此都希望有更多的微笑与幸福，进入自己的视野，无论读与被读，都得到一种美好的传递。可是，现实却总是背道而驰。即便笑容是真实的，可为什么苦恼人的笑，更能触动我们的记忆？

不要忘了现实中有太多的不可能。不可能总是阳光明媚，就像今天我窗外的天，刚起床时还晴朗清丽，现在却下起了雨；不可能总是财源滚滚，股指曲线，是对财富轨迹的生动证明；也不可能人人都官运亨通，智慧如东坡苏轼，也是仕途坎坷，一路走跌；不可能总是春华秋实，世间的许多播种，往往是徒劳的。因此，我知道，读你，要解读真实的你，就必须走进你的忧伤，走进你最本真的世界。世界杯的各路劲旅，哪个不是怀揣希望与雄心而来，我们的狂欢与啤酒杯，总是为胜者出发，硝烟散尽，谁能真正体味到意大利和朝鲜的心情？

一个不容否认的事实摆在面前，那就是我们有太多的忽视。忽视了不可能中的可能，忽视了忧伤，忽视了生命最本质的真实。忽视让我们的笑容变得肤浅，让我们背离真实越来越远。其实，忧伤的根，在上帝造人时就已种下，它们附着在亚当和夏娃身上，演化成基因中一种潜在的欲望。无论权欲，钱欲，性欲，一旦上身，就成了难以摆脱的缠身疾病。更重要的是，欲望像田野里的青草，割了又要长，割得越快，长得越猛。现实往往是有限的，在欲望的背后拉下一段距离。痛苦由此而生。发现这个秘密的是亚里士多德和叔本华。亚里士多德说，智者不求快乐，只求从痛苦中解脱。尽管，他用自己创造的逻辑，进行了一辈子的演绎，最终连自己也没有从痛苦中解脱出来。也许，他的“只求”，本身就是一种无奈的挣扎和呐喊，而被我们误读成了希望与结果。还是叔本华一针见血，他发现痛苦是生命的全部本质。与其寻求解脱，不如顺应。因此，在读你的时候，我没有了面具和虚假，变得从容与坦然。面对你的忧伤，我不再畏惧与回避，我甚至为走进你的灵魂而欣慰。不是麻木不仁，因为我明白，没有雨水的大地会枯裂，没有云彩的天空会孤寂，没有眼泪的人是可怕的。包括男人和女人。我们都身处但丁设置的炼狱，能够与忧伤同路相携一程，说明我们的真诚已经脱俗。

出门，上街，上班，或者旅行，我们总在面对与经历。

我仍是我，可是我把面对的世界，把生命中的每一个相遇，人，事，物，山川，河流，荒漠，蓝天，白云，雷电，幸福，不幸，快乐，郁闷，都当成“你”，都视作朋友，而不是“他”。我们便都成了生命契约中最贴近的当事人，让陌生，距离，疏忽在走近中消解，让灵魂贴得更近，对你的解读是那样自然、亲切而真诚。

揣　摩

会议结束，就是揣摩的开始。揣摩领导的讲话，揣摩含混的会议精神，揣摩复杂的社会矛盾……

会议从上午九点开至十二点半。首长富有个性的江浙口音，咿里哇啦，构成一些省略标点的句子。那声音仍在耳际回荡。令人想起乡下的炊烟，萦绕在农舍的头上，藕断丝连，久久不舍离去，希望把母体的激情拉长。本来就有许多的话没有听清楚，再加上令人费解的会议精神。是关于安全维稳的，近来校园出了很多事，社会矛盾激化，一些对现实不满的极端分子，把报复的矛头对准天真无邪的孩子，制造了一个又一个令人发指的血案。首长讲话时却强调发展第一，稳定第一，安全第一。参会的都是一些习惯了官场词语的人，对某个时期的工作重点，主旨，指向，会一下从讲话领导的级别，内容，语气中捕捉出来。比如曾经的“稳定压倒一切”“发展是第一要务”“控制人口第一位，其他都是第二位”“科学技术是第一生产力”等等，都不难理解与把握，用不着去艰难揣摩。今天却犯了难了，强调安全维稳，却有三个第一。大家都在揣摩，这领导究竟是要强调什么，突出什么，怎样理解和贯彻，才抓住了精神实质？

是不敢怠慢的，单凭安全维稳这四个字。从头到尾，包括会场纪律，会后贯彻和随之而来的督查督办。问题是怎样贯彻。工作千头万绪，怎样把握分寸，迎接督查。

事实上，揣摩从大家进入会场就开始。环顾四周，看看座位牌位置，揣摩敢不敢开小差。电视电话会，现代手段创造的声频和视频技术，消解了空间和距离，让天南海北的人身不挪位，却同时坐进了同一个会场。画面在不停地切换，扫视着各分会场的场景。如果是平时，会议有上三五十人，场子里开个小差溜个号发个浑段子短信，根本就不会太打眼。此刻却不一样了，每一个切换的画面都是一个特写，镜头拉得很近，坐在前三排的几乎是秋毫毕现。不说开小差，就是蔽得慌了想要方便方便，也要瞅准空子来去匆匆。就曾有一位领导因此挨过点名批评。领导是按时到会专心听讲的，可是会议开得很长，领导的膀胱容量也有限。在他正襟危坐专心听讲的时候，讲话的首长没有注意他的表现；而在他实在憋不住不得不去方便的时候，却正好选了个不方便的时间点。画面与领导的目光都正好切换过来，那个空荡荡的座位和那个醒目的座位牌，显得同样格外刺眼。这不是不尊重领导轻视会议精神无组织无纪律吗？自那次点名批评后，一些领导参加这样的会议，除了注意少喝茶水外，总是尽量克制，做到身不起立人不挪位，任它会议怎么冗长，画面怎样切换，总是保持同一种姿势。据说，有的领导还因此而憋出了泌尿系统疾病。此刻，总算憋到了尽头，可新的问题又憋着人。这类问题是不好请示的，客气的领导，最多给你讲一些“既怎样又怎样”的道理，让你从一个揣摩变成两个揣摩；不客气的领导，招来的可能就是缺乏政治鉴别能力和敏锐性之类的批评。何必自讨没趣。因此，最多朋友之间进行一些不着边际的探讨，然后还是各自按照各自的揣摩，跟着感觉走去贯彻。最终的结果也是费揣摩的，要看运气和效果的。没出事，肯定是高度重视领会正确措施有力经验很多；出了事，则肯定是重视不够领会不深措施不力。性质认定和责任追究更要复杂得多，也需要更多的揣摩。

我常常想，这揣摩究竟属于一种什么样的心境呢。无可回避，不得不面对？是一种含蓄，隐晦，混沌，似是而非，模棱两可，没有标准，又不可或不便获得澄明？那么，面对复杂的世界，每一个人，与身份与地位无关，都不可完全回避揣摩，也可能在不经意间，就给别人制造了一个揣摩的怪圈。虽然，存在是客观的，并不会因你的揣摩而改变，但揣摩却会影响你的判断和心情，最终影响你的行为和结果。因此，揣摩与被揣摩间，又有许多变数和不确定性，可能是彼影响此，也可能是此影响彼，或彼此互相影响，甚至斜刺里钻出个其他什么意想不到的东西的影响。人生活在揣摩中，其实很无奈，也很丰富和幸福。不可想象，如果突然有一天世界都变得很澄明，我们什么都清楚，没有揣摩，也不需要揣摩，那将是什么结果。

自知无炒股天赋，庄家的暗度陈仓、股评家的口吐莲花、经济学家的慷慨激昂，都没有动摇我的坚定意志，多年一直未曾涉足股海。可是没想到，心理防线的突破，竟缘自一种揣摩，在大盘疯涨下对股市前景的揣摩。在上证指数突破六千点的时候，满街都是笑脸。张三说一天进了一部宝马，李四说炒股一天相当于工作一年。更多的还是企盼与揣摩，六千点上是七千，八千，一万，鸡生蛋，蛋生鸡的游戏，不得不令人心动。在一片欢呼人人赚钱的时候，股评家的巧言令色，总会得到铁的印证。但我仍然保持了清醒，不是什么先知先觉，仅凭的是一种简单揣摩：高处不胜寒，这不是去给别人垫背呀。果然，高扬的股指很快折转了头，就像登山登到了顶峰必然下山，且是一落千丈。可是，战胜了升的诱惑，却能战胜降的诱惑。仍是揣摩，被一种反弹回归的指向引领，更深的动因则是上一轮周期的错失良机。揣摩的逻辑严密而有序：有跌就有升，大跌有大升，最终必然升。下海了，深不可测的茫茫股海，虽是小心翼翼，也是坚定不移。在上证指数降到三千点，出现短期徘徊的时候，股评家说空方遇到巨大阻力，经济学家说国际金融危机开始触底回升，股友说这是千载难逢的发财机会，此刻投资股市比什么都强，前两年的三千点到六千点，就造就了一大批富豪。其实，谁也没有确凿的证据，谁也没有掌握股市的制动闸门，都是凭借一种经验的感觉和揣摩，在推波助澜共同炮制一场欲望的精神快餐。

我不得不承认，我的揣摩，受到这种无形大盘的操纵。我揣摩股市已经探底，回升指日可待，直冲云霄；揣摩选中的某只股，现在是什么价位，六千点时是什么价位；揣摩现在投入多少钱，转眼会赚多少钱，该派上什么用场。就这样不知深浅，不懂技术，对股市一窍不通，仅凭一种冥冥中的揣摩，就战战兢兢下海了，下得那么坚决与义无反顾。开始也有短暂的惊喜，上证指数从三千点直冲三千二百，三百，五百点，财源滚滚而来。虽然只是一个符号，虚幻的符号，在一条神秘而诱人的曲线上跳跃，若流星划下的轨迹，也许顷刻消失，或跌破云头，跌入深渊。但揣摩已把我的欲望托得很高，直线的，向上的，高昂的。即使向上的股指碰了头，又折了回来，揣摩的指向仍然没有掉头，我和股评员的高论是如此合拍。我们把下跌诠释为盘整，把疲惫理解为多空受阻，把恐慌性抛售想象为结构调整。尽管股指像掉入冰窖里的水银柱，一路下挫，攻城略地，没有尽头，我仍是精神不倒，屡败屡战，坚守阵地，固若金汤。揣摩的方向始终是向上的。多少个此刻，当要下狠心割肉止滑的时候，是这种向上的揣摩阻止了我。我想到一条股市定律，不知版本和知识产权，只感觉有一个声音在耳畔叮嘱，洗牌不算输，票在阵地在。也许今天就是见底，明天就会反弹，如果手中无票，就失掉翻身的机会，永难挽回。连自己已感到惊讶，步入股市的我，怎么完全丧失了理性和自我，靠一种虚妄的揣摩牵引着，陷入一种迷惘的胶着。

我与弗洛伊德到达这里的时间，整整相差了105年。照片放入了相册里，揣摩却带到了今天。斗转星移，已是十足的物是人非了。物是指罗马，纹科理，圣彼得教堂，还有这里金碧辉煌的浮雕，经卷，石阶，当然最重要的还有摩西。此刻的摩西，不是乘坐着法老的大船，在尼罗河上游玩，没有乐师和魔术家为他解闷，也不是月朗风清的夜晚，就像今夜，由几个术士陪着，在御花园里散步，与他们谈论着神灵、法老和人的命运。而是以一个半躯之身，端坐教堂。摩西身体朝前，右臂放在膝上，头向左，左腿抬起，右脚脚趾触地，姿势自然而端庄。

令人揣摩不定的是那袭茂密的胡须。它被摩西的右手轻轻握住，手臂连着庄重的十诫板。米开朗琪罗在给摩西设计这个姿势的时候，给我们设下了一个难解的谜，让人揣摩不透，又难以舍弃。负着《圣经》的故事，我的揣摩带有明显的庸常与俗气。2006年的秋天很平常，阳光依旧由暖转凉，树叶按时飘落，秋风秋雨只是象征性地点缀了下天空。罗马的秋与东方的秋，并没有明显的不同。一次平常的旅行，收获很多，揣摩，成了卸不下的行李。来到圣彼得教堂，与端坐的摩西照面。我看见一种冷峻而深沉的凝思，在摩西的手指与胡须之间交替。经过沙漠脱险，四十年流亡，荒野漂泊，出埃及，过红海，与耶和华立约，直至走向天国乐土，我揣摩，阅尽红尘，此刻的摩西，一切都是浮云，来去无踪，说去就去，唯有笛卡儿式的我思故我在，在证实着他的身份。我不知道，在1908年，都德是带着什么样的心情来到这里的，像我还是像弗洛伊德。应当是个阴郁的日子，一路的泥泞，命运和雨水打湿了心情。都德的揣摩富有悲愤的色彩。他从摩西的表情，看到了愤怒、痛苦和轻蔑——愤怒表现在他咄咄逼人的眼神，痛苦表现在他紧皱的眉头和目光，轻蔑则写在他的下唇和下撇的嘴角上。同样，格里姆、斯普林格、朱斯蒂，还有杜帕蒂和鲁博克，等等，都是大名鼎鼎的艺术家，他们带着各自不同的企盼、梦想和心情，站在同一尊摩西的像前，注目于同一只手和手握住的胡须，却揣摩出完全不同的意蕴。

已是深夜，窗外一片漆黑。成都平原的夜晚大都这样，但又确实每一个夜晚都是新的。还有明天的阳光，都不可能复制。无论今夜还是明天，无论新朋还是旧友，也无论此事还是彼事，即便熟知，也永远没有全部的答案。有许多事需要揣摩，在一种似是而非，去向不明中去把握。比如今夜的天空，明天的阳光，还有我们起床，出门，上班后的事情……

回　眸

在回眸的一瞬，我被一个眼神刺中。

愤怒的眼神，似一柄犀利的剑，从一个单纯小孩的眸子里射出，直刺我的心。

早已有一种预感，只是不敢确定。心里便有了一缕牵挂，对刚才那个讨要的小孩。这是我回眸的真正原因。一段时间以来，类似的情况不少，老是受骗。那天，去赶赴一位朋友的婚礼，内心被怀揣的祝福轻拂慢抚。可是，美好的心情被一个小小的插曲打破。车开至建行钟楼的下面，遇红灯停下。突然不知从什么地方，窜出位中年妇女，带着个几岁的孩子，站到我的车窗外，对我咿里哇啦，又比又划。以为是问路的，赶紧开了车窗。又是一番咿里哇啦，才终于明白，是河南来这里寻找打工家人的母子，人没找到却花光了身上的盘缠，想借点回家的路费。怕我不相信，那妇女还拿出了身份证，并让我记下她的名字地址，保证借款回去后立即归还。我便动了恻隐之心，人在外哪没有个坡坡坎坎？看母子一身整洁，根本不像坏人，心里压根儿就没有怀疑。几乎是不假思索，我给了他们三百元，并叮嘱母子快买票回家，路费就算我支持。可是，当我吃饭闲聊中向一位朋友提起此事，朋友几乎是看见外星人般惊讶，冲着我嚷嚷，你脑壳灌水呀你，那母子在城里要路费半年了。我顿然蒙了，噎得无语……

后来，我又遇到过要学费的，家人生病要救命钱的，自残式乞讨的，几乎无一例外地被证实，是一桩桩的骗局。钱倒是小事，只是感情的伤害难以接受，甚至让人对这个社会的一切都产生怀疑。隐隐觉得，这是一种危险的心理。

就这样，我对此类的行为，产生了一种天然的厌恶与怀疑。刚才那个小孩出现在我面前的时候，我也是不假思索，就以一连串的“去去去”“少来这套、少来这套”相拒。一种带有蔑视与愤怒的拒绝。又一个不假思索，与上次那样坦然而果断。可是，在我拂袖离去的一瞬，心里仿佛被什么绊了一下。对，小孩的手里好像捧了一个什么盒子，而不像其他乞讨者那样两手空空；还有，呼喊时那种掩饰不住的小心、胆怯、单纯。牵挂由此产生，就有了刚才那个鬼使神差的回眸。除了发现小孩手里捧的盒子是募集盒外，为一个身患绝症的同学募捐，还发现了一种焦急、委屈、愤怒的眼神。那眼神紧紧地逼视着我，仿佛要把我虚伪的包裹一层层剥去，直抵我的灵魂，让我不敢正视，无法回避，也没有退路。当我回头欲要解释与弥补时，换来的却是拒绝，小孩那去掉焦急、委屈，只剩下愤怒的拒绝。就这样，一个回眸，我卸下了自己由内至外的蔑视与愤怒，却又拾起了一个由外至内的愤怒。

我再一次相信，回眸是因为有了某种牵挂，希望在扭头的一瞬，把它卸下，让灵魂轻松赶路。

记忆中最早的回眸，是母亲留下的。那时还小，总喜欢跟在母亲后面到处跑。我也察觉到，当我跟在身后的时候，母亲脸上总有一种悠悠的甜，从心里溢出。明明是形影不离，像长在母亲身上的一条小尾巴，母亲却总是回眸，不经意地看我，怕我突然走掉似的。也不说什么，就是一个简单的回眸，与温馨微笑的表情相伴，似乎就传达了一切。只有一次例外。那年，家里时运很背，灾难接踵而来，来得不明不白。先是鸡鹅鸭兔之类的小畜禽死掉，一只又一只，一批又一批；然后是猪，从仔猪到架子猪，再到母猪。这些家禽家畜，可都是一家人的油盐酱醋啊，我明显感到，这个家庭正滑入一种风雨飘摇。父亲唉声叹气，母亲却显得非常坚强与冷静，从不在我们面前流露出半点怯懦。她一面宽慰父亲和我们，一面有条不紊，默默地处理着家禽家畜们的后事。我打心眼里佩服母亲的坚强。可是，妹妹悄悄告诉我，好多次，母亲在夜里偷偷地哭泣。临近开学了，母亲还没愁得过一家人的生计，又开始愁我们的学费。唯一的办法是借。那段日子，母亲总是早早出门，晚晚回家，有时脸色舒展，有时满脸紧绷。那天，母亲要进城，我知道是要去向城里的舅舅借钱，偷偷地跟在她的身后，母亲发现了，也装着没看见。母子俩一前一后，行走在乡村崎岖曲折的小路上，也不环顾，也不言语，忘掉了季节和庄稼。母亲甚至没有像往常一样，不断地回眸看我，好像今天我根本就不在她身后。就这样默默地去，默默地回，进城和返家，似乎都是履行一个机械的程式。可是，就在要到家的时候，母亲一个回眸，随即又转过头，虽然什么也没有说，我还是发现了她眼睛里溢满的晶莹。我喊了声妈妈，就拥了上去……

我始终相信，蒙娜丽莎的微笑是一个回眸的微笑。不仅在她的姿势，她微侧的身子；更在她的神，她那神秘丰富的微笑中，透射出来的非常意义。这符合所有回眸的要素：侧转、牵挂、隐秘、丰富，带着一种含蓄的幽幽的默然的情愫。

罗浮宫是法国最著名的博物馆之一，以收藏古典艺术品而闻名。馆中有两件镇馆之宝，一件是希腊雕塑《米洛的维纳斯》，一件就是达·芬奇的《蒙娜丽莎》。《蒙娜丽莎》典藏于德农馆第六展室，我有幸于1998年和2005年，先后两次前往观赏。站在蒙娜丽莎的面前，你会瞬间忘掉喧哗的世界和拥挤嘈杂的游人，一个人孤独地沉浸于当下的想象里。“看”由此开始，不知是她在看你，还是你在看她；她看透了你，还是你看清了她。与蒙娜丽莎的回眸照面，在看与被看的对视中，进入一种灵魂的交融沟通。有的人从她回眸的微笑中，看见的是温情、媚态、端庄；有人发现的却是孤独、克己、隐韧和沉思。意大利作家安格罗·孔蒂，则窥视出了一种征服、邪恶、诱惑、奸诈、残忍、仁慈与欺骗，等等。我承认我很世俗，来到蒙娜丽莎面前，虽然人是安静的，不为眼前的拥挤所干扰，但我内心清楚，我的安静是浅表的，暂时的，不纯粹的，也许更深处正像安格罗·孔蒂发现的那样。我在与蒙娜丽莎的回眸与微笑对视的时候，首先想到的是，她的微笑中，包含了许多对我的嘲笑与蔑视。也许她在嘲笑我曾经的壮志凌云与最终的一事无成，嘲笑我的简单单纯而不谙世故，嘲笑我的所谓激扬情怀而实际上的愚忠与傻里傻气，还嘲笑我的执迷不悟和自以为是。蔑视也因此而生。包括了我的世俗、慵懒、浅薄，还有整天为俗事所扰的可笑。在这种嘲笑与蔑视的背景下，那种回眸中的温情、微笑和慈祥，也被邪恶、奸诈、欺骗遮蔽，现实中的残忍被推向到了极致。

是的，我相信回眸是因为有了牵挂。珍惜回眸，那是百年的修炼，换来今世的一个正果。警惕街头的回眸，我宁愿永远停留在母亲的回眸里。蒙娜丽莎的微笑，确实有太多的迷，太多的神秘与不确定，就像这个世界。因此，面对蒙娜丽莎，任她看我，我却不敢再多一个回眸。

仰望天空，我无法找到标题

仰望是在不经意间，没有事先的刻意和目的。本来，东湖雅居，已在六楼之顶，相对于地面，已是高高在上，或曰天上。可是，节令撩人，在场主义的话题也撩人。何况，今天是命名，为一个新生儿命名。我们在尝试以集体智慧之心，挑战极限，亲眼目睹一块石头可否被点燃。有时，怡然的心情，会不自觉地飘逸，驱人东张西望，仰天瞰地望远处。我对天的仰望，就是在这种无序状态下，从一个城市的高处开始的。

深秋确实是一个季节，尤其是雨后，尤其是午后。这里的一个季节，所表达的意思，可以与一个人物类比，是一种同类中看重的强调。天空刚被雨水洗过，尘埃被带入泥土，成了肥料，只留下满空的净；阳光从懵懂中醒来，正是神采奕奕；飞鸟正好从天空走过，应该是携带着采撷的食物，心想着巢里的孩子。整个天空刚刚被收拾妥帖，进入一天中的旺季。当然，这一切，都不是刻意为我准备的，不为我的仰望，我没有那么大的面子，而是上帝造化的神力。上帝也许想到，既然是天，普徒众生仰望的神圣的天，又在一个期盼所归的季节，至少就该是这个样吧。

这个样。这是个什么样呢？幻象纷呈，眼花缭乱，在一种丰富的大美中，我找不到主题。当意识到这点的时候，这种乱，迅速在我头脑里蔓延，以致影响到我对天空的判断。于是，我的仰望开始有了目的。不是功利，我要为天空寻找一个标题。写文章的人都知道，标题是文章的名字。我认为，阅读天空，首先应该找准名字。不然，我的阅读也许会离题万里。

我的寻找从阳光开始。午后，秋阳和眼前的景象交融在一起的时候，我首先想到了女人。那种妩媚，更像是温婉女人的眼神，温情、优柔，有一种融化万物的力。显然，这样的联想，是受了作家们的影响。盖斯凯尔夫人看见，和煦的阳光从窗户照进来，投射在玛丽头上，温暖的光芒里面，闪耀的是玛丽的金发和飞扬的微尘。在一间优雅的屋里，女人成了阳光的中心。肖洛霍夫和哈代，看见的阳光都是扇子一样的光线，橙色的、斜斜的、迷蒙的，呈扇面状洒开，所照之处，都是一种点化。我相信，那样的扇，当是女人闺房饰物，而不是老奶奶月光下驱蚊的大蒲扇。此刻，在仰望中，我只敢意会，不敢对视。我怕在对视的一瞬，内心被阳光俘获，融化于那无边的优柔之海。

我调整了一下视角，以平视的姿势，观照秋阳。因为自己也是在天空，我想到，即便平视，看见的仍是天空的阳光。于是，我看见，阳光在城市行走，踏着城市的屋顶，踏着树木草坪，一步一个脚印。仿佛是徘徊，又仿佛是出城，正从这里经过，目的地是在城外的乡村。也许像我们一样，在城里待得久了，就感到莫名的烦闷，自然想到去乡下踏踏青。我的判断，是从阳光的脚印得出的。你看那屋顶和树梢、草尖的阳光，有的轻，有的重，有的密，有的疏，有的悠长，有的短促。那些间或的阴影，当是阳光的身影吧，被另一种光，折射出来。可是，我立刻就对我的感觉，产生了怀疑。阳光行走时，也有背影吗？那么，折射在阳光身上的，又是什么呢？如果是阳光自己，显然有违逻辑；如果是别的什么，似乎又不大可能，看来只能是上帝，或者是我们人类的智慧了。

在这里，我发现，阳光之于天空，存在不确定性。这使我想起沃纳·卡尔·海森堡和他的不确定哲学。当我们不能确定某种存在是否真实的时候，我们不得不对能否把握这种存在的全部奥秘产生怀疑。我沿着阳光的不确定性继续寻找，又确定地发现，阳光并不是天空的充要组成，而只是一种例行的填充。因为阳光的填充，排挤了途经的黑暗，我们获得了世界的明亮。就像一个木桶，因为水的填充，排挤了里面的空气。阳光离开，天空仍在，只是被黑夜填充，我们获得的是另一种天空。

就这样，我把目光转向了云。当把目光转向云的时候，我甚至相信，云才是天的真正构成。

我不喜欢用天高云淡来形容此刻的云，不想用一个生茧的词，来描述眼前的光鲜。的确，此刻的天是很高的，令人想到了深邃和遥远。甚至可以说，是天此时的高，此刻的深邃，让我看到了它平日的低，平日的肤浅。再仔细一想，什么天呀，说得玄妙。不就是云吗。不知是谁发明了天这个词，再赋予它许多玄乎的意义，藏在云端，然后用来糊弄人。因此，在我下面的仰望中，天和云，都是一致的，指向同一个命题。

云是天空舒缓的陈述。这是我抬头看云的第一感觉，与夏天的观云，有很大的不同。记得在今年夏天，也是这个地方，这种姿态，也是看云，我看见的天空，是一些盛开的花朵。舒缓与花朵，说的都是云的状态。舒缓是悠长的，节奏缓漫，没有明显的边界和接口。这样的云，与屠格涅夫的《猎人笔记》下的云，有很大不同。虽然，都是在正午，都在太阳垂直照耀下，都是柔柔软软的。但是，此刻的云，没有白边的、金灰的、圆而高的块；或者说，在一种浩渺的开阔中，区分不出云的朵和块。天空的云很淡，淡中泛着浅蓝，浅浅的，柔柔的，无边无际，几乎与天尽头的幽蓝，分别不出界线。在无边的淡蓝中，云的块或朵以及云的飘浮、流动、拥挤，甚至路过的苍鹰，都被消解。整个天，都沉入一种浩渺的虚静。而不是沉默。也许，一颗陨石坠落，那云，就可以点燃一个生命。这样的云，更像是天。我不知道，天云合一，是不是云的另一种境界；如是，那天人合一呢。就像我们俗人与佛，也许一生的潜心修炼，也只能仰视，而不可抵达。

面对这样的云天，我心生敬畏。只有仰望，远远地；然后欣赏、接近，让灵魂与之融会。怎敢命名，怎敢妄说什么标题。没有就没有吧，就珍藏这份虚静。

我隐隐感到，我的寻找是徒劳的。天空是没有主题的；或者说，天空的主题是天云合一。阳光是天空的眼神，星星是天空的标点，云是天空的章节，风是天空的游客，雷电是天空的声息。天空无限之大，又无限之小，大到可以包容整个宇宙，小至可以珍藏针尖。我们仰望天空的心境有多高远，天就有多浩大；心境有多渺小，天就有多狭小。我不敢再徒劳了，最好悄悄地把躁动的心，安放在天云合一的虚静里。

眼前有一张太空照片，宇航员们在天上拍摄的。在我们看来，宇航员已经登天了，甚至可以说，比我们双目所及的那个天，更高、更远，已抵达天外那重天了。可是，我并没有发现天庭，瑶池，也没有上帝和仙女。那里仍然有天，小小卫星，成了他们唯一可以栖身之地——从我们地球带上去的地。看见一些通过射电望远镜拍摄的太空照片，情景也大致如此。

由此，我想，所谓天，不是我们可能看见的极限。

红尘里给我一段距离

是两张照片，突然使我想到了距离。

一张是月亮。另一张还是月亮。不过，注脚上说的却是月球，是日本探月卫星“月亮女神”号，在距离月球100公里处，用高清晰度摄像机，拍摄下来的月球表面立体图片。同一对象，同是照片，因距离不同，给人的视觉形象和心理感受，竟是相差如此巨大，不得不令人感到万分的惊讶。

遥远的月亮，是一位温婉美丽的天使。苍穹，繁星和流云，都是一种陪衬，无论自觉还是不自觉，它们都把主角让给了月亮。月亮再也无法相让，空旷的星空，需要主角支撑。妩媚、明丽、阴柔、抒情，都在诡谧悠悠中释放。于这，高贵的月亮，在一种隐性的大美中，透析出魅惑无限。癫狂是难免的了，古人、今人、民间、官方、国内、国外，谁能责难被一种大美迷惑。不要怪古人们生发出的那些传说，他们没有飞船，没有探月器，甚至没有高倍望远镜。在一些静寂而孤独的夜晚，就这样呆呆地仰望星空，带着一双迷惑的肉眼和同样迷惑的心，渴望求证大道之理。此时，沉稳的月亮，一次次地抛下一些更难解读的迷。月桂，月宫，月精，月下老人，月中骞树，日月出山，嫦娥奔月。没有走出迷幻的世界，却是自己陶醉了自己。也不要怪浪漫的诗人们，不要怪李白苏轼辛弃疾，“一轮秋影转金波，飞镜又重磨”，磨出了多少人间风花雪月。忽视梦幻，将拒绝多少快乐。

击碎梦幻与美丽的，是一种走近。让梦想搭乘飞船，将好奇之心，托付于摄像机，把视觉嫁予镜头。本想探明那大美的秘密，可是，经过了30万公里的跋涉，我们却抵达了一片荒凉的砂石，不堪触目。照片是清晰的，超过了我们日常所说的八百万、一千万相素。让人感到，那些砂石就在眼前，垂手可触，甚至怀疑，只要轻轻一拈，就可以捡拾几粒，攥在手里，扔给树上的栖鸟。但是，那不是美感，而是庸常，大地荒凉的庸常。黑褐色的岩石，坚固、僵硬、冰冷，延绵而去，无边无际，连接遥远的地平线。一些星星点点的坑，散布在岩石表面，或大或小，或深或浅，或疏或密。坑口朝天，洒脱而光滑，令人感到有一粒硕大的水珠，重重地滴落沙里。一看便可断定，那些坑是因撞击而成的。便想到那一场不知时日的流星雨和它地动山摇般的摧残；想到这颗弱小的星球，曾经遭遇的那些劫难；想到月球表面荒凉中，隐隐透露出的列列沧桑。一种人性化的伤感，不经意间从地球延伸到月亮，又再回来。月华之美，在走近中消失。虽然心存拒绝，我还是差强人意地被带进了戈壁，大漠或者河滩，让生命走向绝望的挣扎，荒凉在灵魂中无端沉淀。

于是想到，有时，走近并不一定是一件好事。可是，不是好事的事，我们却每天都在重复。走近自然，走近社会，走近生命，走近表面，走近灵魂，似乎成了我们孜孜不倦的追求。都发生在走近途中——你喜欢的和不喜欢的，给你带来幸福快乐，或者不幸痛苦的，值得珍藏的和不堪回首的。

常常想起故乡的白虎岩和在白虎岩眺望远方的情景。山和人都很单纯。应该是从大海里走来的山，经过海水亿万年的浸泡挤压，忽然有一天，被一场轰轰烈烈的山崩地裂托起。水枯了，鱼死了，只留下满山的砂石和坚硬的山岩。

树和草是后来长出来的，它们以柔软的根，挤碎了坚守的岩石，挤出了满山的生命，用一种古老与鲜活的哲学，叙述着这山的前世今生。我说的是山上的蚕窝子（一种蕨类植物），还有桫椤树。老人们说，它们与恐龙同龄。其他植物，就像儿时放牛的我，在大人面前根本说不上话。说不上话就不说，不在大人面前说，只对着山，对着树，对着飞鸟流云，倾诉或者自言自语。当然，最好还是不说，只看，只听，只想。把牛儿牵到一片丰茂的草地，让它自己陶醉于美食，然后，选择一个高处，躺下或者平视，目光都指向了遥远。总是心旌摇荡，神思飘逸。一条细长弯曲的路，从脚下出发，不断地向前延伸，越走越细，越走越远，走着走着，就消失了，消失于迷惘的远方。远处的每一个景象，都似梦如幻，魅惑迷人。天空的流云、苍鹰、星斗以及县城、村庄、东山、岷江和岷江里的白帆，都成了我无限的向往。站在白虎岩，我最大的愿望，就是消解一切距离，让我的身和心与远处贴近。

然而，没有想到的是，当某一天，这种距离真的消解，或者缩短，当我走近曾经梦幻般的遥远，心却是渐渐变冷。

飞机没费什么工夫，轻易地就把苍鹰甩在了身后。在茫茫苍穹中，渺小的苍鹰很快消失，归隐于空间的虚无，被我们的视野忽略。很快，云也被超越，成为机翼下的朵朵莲座。真相在贴近的瞬间被坦露。不是一般的接近，飞机钻进了云的身体里，两者间的距离为负。我相信，这当是洞知了一切底细；关于云，我有权说出。只是，此刻我有些犹豫，我怕我的说出会令人失望。因为我首先失望了。那遥远中梦幻般飘逸的云，却原来，不过是我们在地面习以为常，见惯不惊的烟，或者说是雾。不知是否像童年的我，为那虚幻的遥远之美迷惑，就匆匆上路，来到寂寥的天庭，赚得少有的孤独；或者，为了某种不便告人的目的，在这里纠合。殊不知，离开了大地，离开了村庄和江河，那烟和雾，就断了生长的根。若浮萍，或断线的风筝，虽是高高在上，却不安稳。最怕是风，还有阳光和流星，都是一种致命。此刻是飞机，一个突如其来的冲击，那飘零的云便碎了，碎片浅落于舷窗之外，失去了生命的定力，难以拼凑还原。当然，同时碎了的，还有我的梦。那个生成于童年，植根于遥远的美丽梦幻，被消解为负的距离击碎，再难捡拾。从此，我不再想看天。

地上的遥远梦幻，是被进城打碎的。

已是很多年前的事了。沿着那条弯弯细细的村道，蹚过熟悉的思蒙河，穿过数不清的林盘，把一片一片的菜花玉米稻谷甩在身后，我终于走近了那遥远的县城；后来又走近了更遥远的更大城市。记得，当县城的楼房第一次出现在我视野之中时，我是激动的，幸福的，欣喜的。遥远被顷刻消解，美丽的梦境就在跟前，梦幻般的生活就要开始，我感谢上帝的宠信。然而，没有想到，时间可以消解空间距离，也可以铸就精神的距离。当神秘被渐次揭开，神圣终归于平凡，喧嚣繁华驱走了清新静谧，汽车尾气代替了袅袅炊烟，尔虞我诈，钩心斗角替代了质朴纯真，冷漠疏离取代了率性亲近，村庄里的鲜活生气，遁迹于僵硬的水泥钢筋里，才发现当初那些遥远中的魅惑，是一个多么大的误会。在尾气、喧嚣、疏离、孤独中，拖着疲惫的身和心，在一座并不属于自己的城市里漂泊，不知何处是码头。突然有一天，登上城市的某处高楼，眺望远处的村庄、浅山、林盘、炊烟、农舍，还有坝子里隐隐约约的麦田，才感到，真正美丽的梦境，原来是在出发处。可是，曾经以为的距离，已被追求消解；而本不存在的距离，却在消解中铸就，再难消解。

当然，也并不是越远越好。有时，过度的遥远，便生成了一种可望而不可即。在太多的可望而不可即中，那遥远的美，也许就叠加成了一种虚幻，会让我们失去遥望的勇气；甚至，让人从虚妄的遥望中，发现可怕的死亡气息。比如，科学家利用智利的大型望远镜，与一个穿越700光年的奇妙景象相遇，原以为拍摄到了“上帝之眼”，却原来竟是一颗类似太阳的恒星死亡前的生命挣扎。据说，为我们的生命提供光和热的太阳，最终也难逃同样的宿命。只是，那可能已是50亿年之后的事情。因此，面对未来遥远的星空，我们不敢过多地张望。在这充满梦幻与魅惑的红尘之中，最好保留一些距离。恰如其分，不远不近，不疏不密，不深不浅。距离之美，不仅仅属于爱情与相处，不只是在哲学的世界里，也不是为了求证让·鲍德里亚的致命攻略。“超越某一点，历史并不真实。”世界的大道之理正是这样。

然而，不知为什么，我们被一些莫名其妙的心理驱使，总是希望走近和超越。超越近，或超越远，于有意无意间。我们的脚步被一种定力牵引，快乐和痛苦，希望与失望，幸福和不幸，都由此而生。不是说理，只是陈述一种现实。

轻轻拾起成吉思汗的神鞭

是怎么踏入了这样的土地，鄂尔多斯。

仿佛一种神性的昭示，我不得不如此小心。不断提醒自己，轻轻，轻轻。恍恍惚惚，似梦似醒，脚下的土地太重，一路的守望太轻，每一个小小的挪步，都承载了太多的顾盼。起脚，提步，行走，只不过是一种机械的程式，格式化的，被神性驱使，就这样鬼使神差地来了。一草一木，一枝一叶，每一片浮云，每一滴残露，每一根败绩路旁，等待化作成泥的枯叶，我都不忍心触摸，怕稍一触摸，便牵动了成吉思汗的神鞭；一种神圣的面对，任何贪恋与世俗的占有之心，都不该轻易拾起。

谁能告诉我，对于鄂尔多斯，这一鞭的缘，究竟埋得多深。不要从《蒙古源流》或者《蒙古黄金史》中去寻找佐证。虽然，蒙古民族的三大古典史诗，就有两部诞生在这里，但诗的浪漫，怎诠释得了一个民族的艰辛？也不要仅仅把目光盯住那些古河套人的化石，僵硬的化石，装得下三万五千年的风雨，怎装得下延绵不绝的刀光剑影？不为地广人稀，不为风吹草低，也不是牛羊遍野，天高云淡的诱惑。开始，大汗不小心的闯入，纯粹是为了那一箭之仇的追杀，或被污辱后的复仇。从东到西，从南到北，从居庸关到中京，对塔塔儿、札木合、泰赤乌、克烈部，或那些不愿借道的撒勒只兀惕、朵儿边、翁吉剌……

是的，这就是草原的历史。一种莫名其妙的仇和莫名其妙的厮杀，不知什么时候起，就在这里生长；然后疯狂，蔓延，难以阻挡，代代相传。同一片天，同一方地，同一甸草，同一群羊，同一碗酒的和谐美好，早已被仇杀消解。然而，当这种厮杀，被深深的仇恨驱使，不经意间闯入鄂尔多斯，闯入一种大美之境，那仇的根却被悄然消解融化了，成为仇杀者生命与灵魂的永久安息之地。这不知是仇杀的宿命，还是天意。

总之，成吉思汗就这样来了，来到了鄂尔多斯。

是为了借道，要去教训西夏人。本来，前世无冤，今生无仇。那一只蒙族的商队，奉大汗之命，不为占有，不为掠杀，跨过亚欧大陆桥，不过是想蹚出一条新的丝路，为遥远的西方，带去一种真诚的东方文明。然而谁知，真诚被亵渎，花刺子模的守将，却用远道来客的血腥，证明自己的高傲与藐视。成吉思汗怎能袖手旁观，视而不见？西征，是为了一个民族的尊严，更是仗义；借道西夏，是一种战略，也是一种信任和尊重。然而，不仅是拒绝，可恶的西夏首领，还与金朝结盟，刁难这支势不可当的西进大军。一仇未了，一仇又生。成吉思汗和他率领的二十万大军，以横扫千军之势，节节西进，占领了中亚细亚，直抵欧洲东部和伊朗北部。在他们以战胜者的昂扬姿态，高奏凯旋，班师回朝时，西夏的命运，就几乎就成了一种历史的定局。

可是，大汗和他的大军，经过了鄂尔多斯。

季节正好，心情正爽，阳光清新而艳丽。苍鹰悬浮于云霄，轻风有序地吹过，送来习习清凉，成群结队的牛羊，追赶着满地茵茵的青草，不一定是吃，可能还有某种欣赏。草间有花，红的、蓝的、淡紫的，朵儿不大，都在竞相绽放。杨树和桦树要高大得多，亭亭而立，枝繁叶茂，铺陈着一种庄严的仪仗。牛羊游弋于树草间，温地旁，悠闲地觅食，动物与植物间，不是简单的相生相灭，而是一种生命的亲近与承接。远处的黄河和它的迂回盘绕，脚下的翰难河和它的浅吟低唱，还有响沙湾的鸣响，都是一种默契，天地人和的默契，仿佛汉高祖高唱的《大风歌》，在与大汗的凯旋和唱。不要以为，阿尔寨的石窟，那些喜怒哀乐的面孔，只是一种冰冷的守望。其实它们的心是热的，一副副肃穆的神情，都写满了对大汗的顶礼膜拜。温馨是天然的，有一种母仪的力量，悄然地浸润着草原，浸润着大汗和他的雄师。不能不驻足，不能不收缰，哪怕是一会儿，才对得起这一份美丽的安详。

就是在这时，大汗的神鞭滑落了；不，应当是出发了，另一种姿态的出征。细长的神鞭，从那双铁钳般结实，紧握了几十年的手掌中滑出，擦过神马长长的鬃毛，悠悠地，轻轻地落在地上。先还被一些草叶托着，忽闪忽闪；然后，才慢慢地安静下来，枕着广袤的草原，仰望着马背上的大汗，和他威严的雄师，显出一种安然小憩的样子。一种触动，绊着了大汗的灵魂，轻轻地，却很有力，由里到外，由深入浅，不容回避，让这个叱咤风云的绝世豪杰，也变得拥有一种少有的柔软。也许，从悠然坠落的神鞭中，他已触摸到了某种召唤，深厚的，神性的。他正了正神，环顾四周，又看了看滑落于地，安详地枕草而憩的神鞭，像是对天，又像是对地，或者对与他浴血多年的将士，低沉地，深情地，坚定地说道，将来我死后，就葬于这里。

是啊，将来。也许是三五年，也许是十年八载，生不过是一个过程，而死却是一种必然。我们的大汗，似乎从来没有像今天这样，感受到生命的漫长与短暂，伟大与渺小；再远的征战，都有收缰的时候，再熊熊的烽火，都有熄灭的时候，再深的仇恨，都有消解的时候。那滑落的神鞭，似乎是一种的神示，冥冥之中，让我们的大汗顿悟。征战与厮杀，其实还有另一种意义。不是怕累，更不是畏惧。许是厌倦了，或者深深的厌恶。这没完没了的征战与仇杀，太多的血，洗涤了血腥。轻轻拾起滑落的神鞭，继续策马而进。除了西夏，还有金朝、西辽、花剌子模，等等。还有许多的仇要复；不，应当是还有许多的隐患需要消除。因此，征战仍在，厮杀仍在，但那灵魂深处的动力，已不再是单纯的复仇、占领、征服。从此拥兵非好战，恰恰相反，是为了消灭仇恨、消灭邪恶、消灭扩张；是为消灭征战而征战，消灭厮杀而厮杀。大汗的心里，拥有了更多的从容。

不信，请听听成吉思汗那深情的演讲。

也是这片草原，也是一样的阳光。大汗手里紧紧执着他那结实的长鞭，那支曾滑落于鄂尔多斯的神鞭。不是要策马出发，更不是要抽打那些俘虏。虽然，他们已为刀俎；虽然，他们的野蛮与血腥，曾经给自己的部族带来那么多的灾难与仇恨。而是要让这鞭充当一种道具，与大汗一道演讲。听众是一群狼狈不堪，等待发落的败兵，还有他们的妻儿老小。不要怪他们的战战兢兢，魂不守舍，这片被仇杀浸渍的土地可以作证，要是在过去，他们的命运几乎只有唯一的选择：男人们像牲畜一样被杀掉，身首异处，甚至用大锅炖烂，用来喂牛喂狗；女人们分给有功将士享用；小孩则发配做永久的奴隶。

可是，眼前却什么也没有发生。

太阳柔和地照耀着草原，轻风吹拂着草甸，牛羊依然在自在觅食。这多少让俘虏们感到有些讶异，甚至怀疑有什么惨烈的事就会发生。还是成吉思汗的演讲，让他们解开了这个延续了千年的谜底。大汗轻轻挥了挥手中的鞭子，那支在鄂尔多斯的马背上滑落又拾起的神鞭，坚定而深情地说：你们听着，这是上帝给我的神鞭，让我专门抽打邪恶、野蛮与仇视。我们蒙古民族各部落，本来就是一家人，为什么要那样残忍地杀来杀去，弄得民无宁日呢。今后，如果谁要再逞强凌弱，互相残杀，我就用这神鞭抽打谁，绝不留情。于是，从此以后，我们看到了草原上代代相传，生生不息的好汉三艺，还有悠扬远播的浑厚歌声。不是征战与厮杀，而是一个统一和睦民族的欢庆与竞技。鼓乐助威，琴声悠远，茂草和唱，一代一代传诵的，是这样铿锵的祝词："你擎起万钧弓啊，搭上了金色利箭；引弓犹如满月，啪地撒放扣环。你能射倒耸立的高山，你能射穿飞翔的大雁。啊，祝颂你啊，生铜熟铁般的力士。"据说，鄂尔多斯的名称，来源于成吉思汗宫帐"鄂尔多"一词，意为有诸多宫殿的地方，而那些八白宫（室），则多为成吉思汗纪念庆典与民族祥和的产物。

此刻，我站在鄂尔多斯的土地，徜徉于成吉思汗陵，思绪被满眼仿真的铁戈金马牵引。不敢贸然而行，怕踩着了成吉思汗的神鞭，那不仅是不敬，而是一种罪过。我知道，它曾经就滑落在这里，仰望大汗和蓝天，枕着几株牧草小憩。只想躬身，希望奇迹会突然出现，那神鞭就在跟前。我会把它轻轻拾起，还给成吉思汗；然后，继续让它充当道具，再听一次大汗的演讲。或者，把那神鞭紧紧执在自己手里，从容面对未来的风雨。

精神简史

把生命托付给内心的沉静

梦是被铃声赶走的，同时赶走的还有沉静，自然的，周末晨早形而下的环境。一种敲击音乐，突然降临，以叮当之声为主调，间隙中填充着敲击的余音，时疏时密，抑扬顿挫，清脆悦耳，从梦的深处飘忽来至，绕了一个回合，又戛然而止。很容易令人想到晨操，那列队的跑步和立正。梦境被赶出，铃声留了下来，以文字的方式，停留于荧屏，开始纠缠我沉静的心。

没有雾，没有雨，没有雪，没有清新艳丽、柔软祥和阳光，没有悲伤，也没有欢声笑语。川西平原的天，多数时候就是这样的，不男不女，不阴不阳，尤其在冬季。这样的时日，最好定义为沉静。可是，一种自然的沉静，心和境，此刻，却被铃声打碎。从枕头下摸出手机，屏幕还是亮的，情景框内闪烁着两个醒目的字：信息；按键阅读，又跳出两行：闻道兄，今天的狂欢夜怎么过啊？不知是邀约还是问候，我却更多地想到了友情。懵懂只在瞬间，在一长串的疑问从头脑里闪过之后，我很快明白了朋友的意思。忙忙碌碌过了几周，本想这个周末好好睡睡，然后起床、洗漱、早餐，走进书房，把门关上，独自相处，把世界留给沉静，清理一年来的文稿。

没想到，沉静的心绪，被一个短信扰乱。不仅仅是声音，主要还是精神，文字背后的精神。

今夜，狂欢？什么狂欢，怎样狂欢，我从来没有思考过这个问题；崇尚平静的生活，也没有想到过要去思考这样的问题。虽然，此狂欢非彼狂欢；在平安之后，圣诞之后，我们需要狂欢，有太多的理由，该去狂欢。尽管，这千年的狂欢，本来就是一个谜。也许正是这样的狂欢，把圣主送上了十字架。眼前的这幅画，呈现了圣主受难时的情景。作者是安杰列科，他给自己的画取了一个充满死亡意象的名字：《耶稣受难》。内容是沉静的，死亡之静，而画面却充满动感。背景是一方荒凉的黄土，没有山水植物，没有生命的迹象，很像是在外星球，比如金星或者火星。高高的十字架上，撑着瘦骨嶙峋的耶稣，他的身体，被捆绑成十字状，与恐怖的十字架重合。左边站住二人，一个头戴武甲，正在对耶稣行刑；一个抬头仰望耶稣，口中念念有词，似乎在为耶稣超度。右边三人，一人跪地，二人相向而站，他们以不同的方式，在为耶稣祈祷。一种永生，就这样以死的方式来实现。令人迷惑的是画下面的注脚，它引用尼采的话说，唯一的，真正的基督徒他曾活过，但死在了十字架上。

不信基督，因此，一直以来，在我发黄的词典里，珍藏更多的，只是平淡、真实、安静；我在珍藏的扉页，放上自己的灵魂。打算就这样心安理得，过好沉静的日子。就像刚才，沉醉于梦乡，守住一方沉静之境，让性情自在栖息。极度的狂和冷，都与沉静相悖，都被我诠释为异常。我只企望平常，沉静的平常，或平常的沉静，而不是异常。世界太杂，生活太累，每一份心情，都是生命的支出，我们何必选择那些无端的浪费？

猫和老鼠狂欢的情形，很不雅致，却被我想起。特别是鼠，形象丑陋，很不愿提起它，更没想到，把它和圣主联系在一起。联系是叔本华找来的。不知是不是也在早晨，也是梦境，在黑夜与阳光切换的时候，记忆中，叔本华有时也会绵床。但可以断定，他就是针对生命的，不是生命个体，而是普遍的生命。这深深地刺激了我，且这种刺激，已沉淀为我灵魂深处的无意识。鼠有什么错，也许它们比我们更早来到这个星球，可是，它们并没有想到要独占，没有主宰世界的意识。它们的狂欢，纯粹是一种生命的本能，没有社会学意义。也许是某种偶然之间，它们钻进了一个硕大的粮仓；也许是鼠爸爸鼠妈妈休闲，正带领孩子们在原野撒野，教它们适应生存；或者，是一群发情的鼠哥鼠妹，在荷尔蒙的刺激下，正借助于黑夜的遮蔽，在调情做爱，繁衍后代。殊不知，鼠们的狂欢，忘乎所以，打破了世界的沉静。

这样的情景，我曾经见过，在童年的乡下。

家里原本并没有猫，猫是被鼠招来的。不知鼠这个概念，是怎样进入我记忆的。那时家里很破烂，房屋的壁和楼，都是篱笆编制的，稀疏而脆弱。深夜，常常有风，从篱笆缝隙进入，带着一些轻柔的沙沙之声，抚慰父母劳累的梦境。鼠们的行迹，很容易与风声混淆，我开始并没有注意。当弄清楚是鼠时，我竟有些害怕，怕鼠钻进我的被窝，咬伤了我的脚趾。邻里的二胖就有这样的遭遇。可是，鼠们或者我们，都忽略了一个问题，一个简单而深刻的问题，世界的平衡是不容打破的，打破了就会发生逆转。鼠们的狂欢至极，不仅给结实的粮仓打了一个洞，让父亲心痛得跺脚，而且，还妨碍着我们一家的安宁。这时，妈妈卖了十只鸡蛋，买回了一只猫。黑灰的，雄性的，健硕而富有猫性。惊人的一幕，发生在一个夏日的早晨。周一或者周三，总之是在上学的时候，而不是周日。我一早起床，正要赶去上学，却被灶房里的情景惊呆了。只见那只猫，正在把玩着一只老鼠。看得出，老鼠是被猫捉来的，但猫却不急于把老鼠吃掉，而是先把它作为把玩之物。鼠已受伤，伤口被毛遮着，血顺着细毛往外浸。受伤的鼠站在灶房中间，瑟瑟发抖，神色恐惧，一副人为刀俎，我为鱼肉的沮丧。这是鼠违反平衡原则，不甘沉静的代价。而猫，则以征服者的姿态，进入另一种不平衡，不沉静的巅峰。它蹲在一旁，得意而傲慢。间或间，就伸出前爪，逗一逗鼠。战胜，羞辱，觅取，各种征服性的台词，都在那爪的伸缩间。鼠是有心计的，或者说，一种求生的本能，催生了它笨拙的心计。不是不刚强，面对一种超越的刚强，再大的刚强，都会沦落为柔弱。此刻，更需要心计。鼠表面沮丧，却暗暗地在偷窥着猫的注意力。突然间，它一个敏捷的腾挪，冲向柴火堆，欲要逃将而去。谁知，猫的一个跃身，便再次把它紧紧捉在掌心。然后是咬，一种惩罚式的咬，用力不轻。叽的一声，鼠彻底瘫了下去，从精神到肉体。

在这里，我看见了本真的猫鼠性，或者说普遍的动物性。

叔本华却说，不仅猫鼠，这是一切生命的呈现方式；从猫和鼠的游戏中，我们应当看见人。死亡是一切生命的本质属性。有生才有死，有生必有死。是生，把生命的最终归宿，交到了死的掌心。鼠以笨拙的心计，企图抗拒和延缓向死亡的堕落，最终是适得其反，不过是在死亡吞噬生命之前，逗着它玩耍了一会儿。我不知道，叔本华在写下这个玩字的时候，是什么心情；而我，却陷入了一种深深的震颤和悸动，怎一个残忍可拔！人比猫鼠似乎要聪明得多。这种聪明，不是鼠们那种一窥一腾式的雕虫小技，也不是一般的智慧、技巧、本领，而是智慧与生命的结合后，催生的一种永恒的欲望与痛苦。它不属于某个人的个体，而是一个属类，整个自然学和社会学交勾，重新孕育的人。当人被欲望驱使，离开了沉静之境，痛苦便成了永远的伴侣。

同时发现这个问题的，还有尼采。而且，尼采比叔本华更乐观积极一些。这种乐观积极，与普法战争有关。1870年，普鲁士战胜法国，实现了德国的统一。战争让许多生命夭折，同时也让欲望实现。尼采不仅看见了战争中的死亡，一种为了目的与欲望，主动向死而生的姿态，而且看见了权力意志，即生命意志的活力。他为积极的向生而死喝彩。他甚至认为，胜利的德国，应当是《浮士德》中的魔鬼菲斯特，应当更冒险，更勇敢，更邪恶，更狡诈，因而也更露骨。一句话，生命就是为生存而挣扎，生命意志就是权力意志；“生命的基本天性，旨在权力的延展”。但是，基督教的出现，却与生命意志背道而驰。基督教企图寻求欲望的平衡，寻找生命的沉静之境，提升了受压迫者，让一种怜悯的伦理引入价值谱系，让奉献自我，而不是发展自我成为美德；同时，却让生命根性的，动物式的本能被理性压抑，权力意志遭受削弱。勇敢变成了无礼，自豪被诠释为自恋，生命内在的活力被消弭，最终伤害的是生命的根本。

回到我的书房。天已大亮，却不见阳光。其实，这种说法是错误的。没有阳光，怎能见天地？只是，此刻的阳光，经过阴霾过滤，没有那么耀眼明丽。这种天象更适宜于沉静。但并不是想沉静，就沉静得下来的，楼下一阵噼噼啪啪的响声，再次打乱了我的心绪。这么早，肯定不是开业庆典的，也不会是婚礼之类，根据经验，多半是……当想到死亡，心里竟一个咯噔。这么凑巧，就在昨晚，几个朋友相聚，还在逗一位朋友，他芳龄40，刚做了“月公子”，正忙里忙外，照顾生产的妻子。生和死，两个对立的命题，竟如此巧合地出现，在这个我欲皈依沉静的早晨，幻化成一些神秘的概念和符号。

符号是挺有意思的，它隐含了自我，此刻，却以一个句子的状态出现，就在我案头，在这本关于生命和人的书上。当我注意它，思考生命的时候，它已将我的元素汲入，融入某一个句子。一句不长不短的文字，浓缩了自我，逗号和句号，构成了起点和终点。但却不是生命的起点和终点，逗号前面和后面，都还有文字，只是我们没有看见。中间码一些字，内容不同，有多有少，在两点间跳来跳去，却超越不了它们划定的界限。相对于复杂的生命，自我如此简单，这让我感到无比的惊讶。

逗号很小，很诡秘，却孕育了整个世界。每一个自我，都是从一个逗号开始。可是，逗号的生成，要早得多，复杂得多，相对于漫长的基因演变过程，它只是一个结果。这个结果的诞生，直接与快乐有关，但并不意味着，以快乐的方式制造了生命，就制造了生命的快乐。生命的诞生大同小异，但过程却大不相同。事实上，偷食禁果的亚当夏娃，早已给人打上了原罪的烙印，人的一生，注定是为赎罪而来的，孤独与痛苦，是人生永恒的主题，它构成逗号与句号间，那些诡秘跳舞的文字。所以，所谓的沉静，只能从自己内心寻找，而不是尘世。

每天进出小区，经西门的时候，常常看见两个人，给我的印象很深。我相信，这种印象，缘于一种生命的根性沉静。一个是门卫。我曾与他聊过，了解一些情况。小伙子原本学习很好，怎奈父亲早逝，母亲多病，根本付不起昂贵的学杂费，为了不给母亲留下更多的内疚和痛苦，高中毕业后干脆放弃了高考的机会，从乡下进城，找了这份保安工作。一天工作十二个小时，领八百元，扣除吃穿，可结余三百元给母亲治病。小伙子感到很满足，脸上经常挂着幸福的微笑。我相信，小伙子的满足和幸福，是发自内心的沉静，没有虚假的成分。另一位三轮车夫，是城郊的失地农民。每天早晨七点过，就在西门迎接上班的机关干部。一次，小车修理去了，我也体验了一次他的车技。一上车便是满脸堆笑，开口闭口领导领导，长期在这条线路上踩车，这样的称呼，似乎已成为他的习惯。然后是问寒问暖，生怕稍有冷落，得罪了他的顾客。难忘的一幕发生在下车时。按照行情，该付四元车费，我只有五元零钞，他摸遍了全身没有找补。就在他慌慌忙忙摸的时候，我赶紧说不用了不用了，边说边离开。他先是执意地坚持这怎么行这怎么行，直到我走远，他似乎才明白什么，他才拱起双手，连连向我作揖致谢。在我听见夸大的感谢声，回头的一瞬，与他的两眼对视，我发现了多年来久违的一种真诚，一元钱的找补换来的真诚，它没有任何世俗的杂质。

又想起了楼下的鞭策声，我走到阳台，探头张望，想弄明个究竟。鞭炮声早已消失，空气里飘逸着一些硫黄味，淡淡的，已分辨不出从哪里飘来。街道上有熙来攘往的车辆和行人。不见送葬的车队，但从街上散落的冥纸，仍然可以断定刚才的判断。我不知道灵车送走的是一个什么样的人，什么原因死去，留下了什么荣耀或遗憾，他的一生经历了些什么，只知道一朵生命之花凋谢了，永远，归于沉静。可是，一辆车飞驰而过，卷起街头的一片冥纸；然后是风，清晨凉飕飕的风，紊乱的，没有章法，不知从什么地方吹来，与车呼应，充当接力，将卷起的冥纸吹拂着，飘飘忽忽，在天空忽悠悠打转，最后挂在了路边的梧桐枝上，梧桐光秃秃的，我担心它随时都有可能跌落，然后被车轮或风雨撕碎。我不知道，那是不是死者挣扎的不舍离去的灵魂，如果是，我有点揪心，为一种沉静的打碎。

又想起了叔本华的话。他说，生命是一种永不满足的挣扎和冲动。显然，叔本华说的是生命的过程，而不是诞生和结果；是生命的凡俗，而不是超越。不知叔本华是否注意到，生命的过程有多种多样，但开始和终结却是相同的，只是以不同的方式实现。正如海德格尔所言，其他东西都可能代替，唯有生和死总是自己的，谁也代替不了谁。

既然生不能选择，我们为什么不把握好过程，找回属于自己的沉静之境。从一开始，就自己掌握自己，在把生命托付给一种内心的沉静，逗号与句号间，书写属于自己生命的文字。

初三早晨的生命哲学

对我而言，大年初三的早晨，是从九点九分开始的。被鸟语叩醒的时候，我顺便看了下手表，记住了这个数字。准确的时间应当到秒，从梦乡返回早晨，也就几秒的距离，但我没有注意。多数时候，我们只需要模糊，而不是精确。分就是一个模糊的单位，那中间的六十个嘀嗒，对于导弹发射卫星升天来说，也许很重要，但对于我们的日常生活，却可以省略。

一年由大年开始，一天由早晨开始。这似乎是一句废话，但每一个开始，却拥有不同的意义；每天的太阳都是新的，何况这是一个轮回，太阳本身已在回归。模糊中的鸟语很亲切，一种悦耳的叽喳，从一种纯自然的声带发出，点缀在空旷的梦里，由远及近，然后到达我的跟前，站定，深情地端详着我。突然有了一种久违的亲切，就醒了。这才想起下了几天的雨，从大年初一开始，就没有停过，似乎要以一种绵软的柔，为虎年的威作序。雨不大，正是古诗词里润物细无声的那种，却赶走了窗外的鸟儿和鸟儿的叽喳。忙碌了一年。不对，应该是很多年。红尘是共同的游戏场，只有参与，开始和结束都没有定准。只是长久的摸爬滚打，人人都带着一身疲惫。仿佛一次盲目的登山之旅，旅途已被设定，目标与目的，成败与得失，都似是而非。不仅是曲折漫长，一切皆有可能，有许多的不为人知。无限风光在险峰，只是一个美丽的童话。欲望被童话激活，没有弄清究竟，也没想到，没有可能弄清究竟，没看天气，不知同道，无法把握其中的可能，我们就匆匆起程。走到半途，已是精疲力竭。回望走过的路，似并没有什么可圈可点；眺望前方，风光仍藏远处，并没有缩短距离，仍是路漫漫其修远兮。就会发现，什么事业，什么奋斗，什么争名夺利，喧嚣与冷清，都是一些多么可笑的事。

好在有节假日。春节是一个转折，也是一个抒缓，让紧绷的弦伸个懒腰，打一个盹。抒缓的性情容易放任，秩序会被打乱，睡觉睡到自然醒，是假日赋予我们的奢侈。

天解人意，有雨却不大。既无雨声，又无鸟语，夜突然变得很安静。安静的夜显得漫长而宁静，让梦祥和，却让早晨混乱。颠覆了往日的朝九晚五，大年初一十点十分，初二八点半，初三七点五十，混乱的早晨，就这样以一种无序之态，把我带进新年。但细想起来仍然不对。我们被一种既定的思维绑架，只习惯于用大年和早晨，去判断一种开始。事实并非如此。生命是一个封闭的体系，一个生生不息的绵延过程，无所谓开始，也无所谓结束，开始和结束，都是人为强加的概念。我们按照自己的理解与需要，设置一些概念，比如春节、端午、中秋、国庆，再赋予这些概念以意义，然后按照这些意义娱乐自己。其实，一年或一天的起始，设在任何点都一样。想起一幅漫画。主人公是一位命运的宠儿，身家数亿，家有贤妻，外有彩旗，凭经济资本又染红了政治资本，当上了人大代表和政协委员。拿他自己的话说，他是要风得风，要雨得雨，这个世界都是属于他的。可是，他拥有了财富，地位，美女，却并没有因此而获得了幸福。他突然发现，当一切都拥有的时候，意味着一切意义都失去，或对他来说，欲望没有了着地点，一切意义都失去了引力。他成了一个不知追求、不知目标、不知欲望的人。

在深深的迷惘中，他试图寻求精神的皈依，却不知去处。想到了佛。他找来一堆黄泥，脚踩手搓，塑成佛的模样，供奉上丰厚的贡礼，然后虔诚地顶礼膜拜。拜佛后，他似乎获得一些释然，欣慰地开着豪华的保时捷离去。一个饥肠辘辘的乞丐，躲在一旁，窥视已久，见他离去，兴奋地窜出，饱食了那遗留的贡物。宠儿与乞丐，都从不同的角度，不同的意义中，获得了满足。生命并没有固定的模式，我们每个人，都可能是那位命运的宠儿，也可能是那位潦倒的乞丐；那些左右我们生活的概念，或者膜拜的对象，都是我们自己设定的。

是的，欲望、满足、欣慰、痛苦，都是我们自己找的，我们以一种人为的设定折磨自己。

我们在演绎自己创造的概念时，却让生命的绵延被掐断，让大道的根本与真实背离，使生命失去本来的意义。我们掐断了时间，分割了地球的公转和自转。然后，自以为掌握了科学，拥有了哲学和方法论，以一种孤立的静止之心，去看待年复一年，日出日落，把一年一天的血肉之躯，划分为四季和时辰。殊不知，无论是古人的天干地支二十四节，还是今人的二十四时，都难以弥合掐断的伤痕。不敢想象，对一个人，也进行一次这样的分割，分割成头、颈、手、脚和身子；然后，再去审视和判断，沿着这伤口，我们看见的将是怎样的情景。一年一天和一个人一样，是难以分割，不应该分割的。阳光对地球的亲吻，对生命的抚慰，从来就没有停止过；生命的意义和存在条件，由一根绵延的血脉连接，从头到脚，又从脚到头，周而复始，不断循环。我们僵硬地墨守某地，把一个绵延的过程固化，当成永恒的宿命；然后，再以此为依据，让自己的想象延伸。

对这种生命绵延的切身感受，产生于五年前。那年去西欧，飞机经停巴黎，再转往罗马。经过了十多个小时的连续飞行，飞机到达了巴黎。先还没有感觉到什么，没有注意时间。穿过一个漫长的黑夜，巴黎的夜色与北京上海成都，并没有太大的区别，最多只是多了一些霓裳，多了几分繁华。但心里明白，身在异乡为异客，巴黎的夜色不属于我们，属于我们的是阳光和生命。惊讶，对阳光与生命的惊讶，产生于飞机起飞的一瞬。办理了转乘手续，再次登机。一切都是按部就班。飞机进入跑道，加速，昂首，挣脱霓裳的挽留，直刺深邃的天幕。巴黎满城的灯火，很快被甩在身后，被无边的夜色吞噬。

天地间回归于安静，与家乡之夜的安静没有两样。

可是，安静很快被打乱。就在飞机调正身体的一瞬，我发现了太阳，鲜艳艳红澄澄的太阳，带着生命的鲜活与生气，从深邃幽远的夜幕背后升起，面带微笑地盯住我，那么慈祥，那么亲切，仿佛父亲母亲那熟悉的脸庞。是飞机GPS显示的时间，突然让我清醒。下午两点十五分，正是我们刚上班的时候，再过几个小时，太阳就要落山，我们就要下班了，然后开始丰富的夜生活。从童年开始，我就一直怀揣着一个神秘之谜，不知道太阳下山之后，会去哪里。此刻终于明白，不是从书本，而是感同身受。哦，原来太阳到了这里呀，阿门！我们的生命之源，我们的父亲母亲。我理解了，黑夜太强大，企图吞噬地球上的一切生命。太阳不停地驱赶，驱赶黑夜，驱除阴暗，沿着一条没有尽头的路，赶了一程又一程，从年到季，再到日。我们把每一次与太阳的际遇，都当成一次新的开始；盲人摸象，以为黑夜来临，太阳就不在了。然后，把自己一些孤立静止的所谓发现和感受，沉淀下来，当成宝贝，赋予给一个叫岁月的东西，珍藏在心里，不仅在晚辈面前炫耀，也陶醉自己，误导生命的意义。

我们还把空间分割，于一种习惯的不经意间。

就在这个早晨。雨已经停了，窗外的鸟语，既是一种存在，连接梦与现实，也是一种证明。依据是阳光给的，透过窗帘缝隙浸透进来的光亮，要比前几天强。烟花燃尽，走客串门，访朋问友，喝酒叙旧，填充了节期富裕的空间。思维的拐点，是由几条消息带来的。一条说的是生，一条说的是死，一条说的是过程。三条消息，几乎是在同一时间，从不同的渠道传来。这不知是一种巧合，还是一种暗示，要让生命本来的面目，在我的面前彰显。关于生的消息，是一位朋友用电话告诉的，说另一位朋友，芳龄五十，喜得贵子。当然不是他的第一个贵子，也不是元配夫人生的。他的第一贵子已上大学，是个儿子，他希望再有一个女儿。俗话说，女儿是父亲的小棉袄。他越来越觉得这话有道理，再成功与再失败的男人，都有一种男孩的本性，渴望小棉袄的温暖。车子房子票子皆备，拿他自己的话来说，家里什么都不差，差的就是人气；钱多不如人多，什么延续，都比不上生命的延续。于是，心动不如行动。行动的结果，不仅是他的如愿以偿，还有一个新的社会存在生成，占据着阳光下的空间。一个新的生命，就在这种成功与戏谀式的游戏中诞生。这似乎既是一种偶然，也是一种必然。朋友们没有忘记自己的承诺，如果此事成真，一定赶一份厚礼。这电话既是告知，也是提醒。

关于死亡的消息，是一条短信传来的。我首先要感谢朋友的信任。按照传统的说法，死亡是一种不吉利；死亡的消息，是不适宜在新年传播的。但没有办法，人既不能选择生，也不能选择死，谁愿意在这喜庆的新春佳节，给人带来晦气？朋友的短信是冷静而平和的：唐老的母亲去世，想到唐老不便通知人，就顺便帮助告知。所说的唐老，是一位德高望重的老领导，有恩于我等许多人，现已退休赋闲。唐老的母亲享年98岁，算是寿终正寝了。但死亡毕竟不是一个好消息。正因为如此，我还欣赏朋友的坦然。我们常常掐断了连续，以分割的眼光，看待世界，割裂了生命绵延的血肉关联，把一些平常的事误读。比如生和死，本身就是生命存在的两种形式，无所谓对和错，也无所谓悲和喜；谁能否认，98已是人生命的美丽句号，它让生命的本质意义完美实现。一位高僧说，死亡不过是从上帝的一个花园，进入另一个花园。我相信，此刻，唐老的母亲正携带一生的辛劳，在上帝的另一个花园散步，虽没有太阳和鸟语，但空间是广阔明丽的，比她原来的处所更好。对死亡的价值判定，都是我们强加的，产生于一种割裂的思维方式。我们通过这种强加，以片断式的经验解释生命，让一种悲伤和恐惧折磨自己。

过程发生在假期的游玩中，由政府的群发短信传来，是一种安全的温馨提示。我知道其中的背景。花溪河畔的一个旅游景点，镶嵌在青山绿水间，蔓草正在发芽，溪水动中求静，春的到来轻声细语。大年初二，人们兴致勃勃，从四面八方赶来，以一种回归自然的方式，迎接新年的开始。一架铁索旧桥，飞架在溪水两岸，铁索拖带着一排木板。过去是为了通行，现在更多的意义，是一种风景，证明着这里的古朴和山水相依。那桥我走过，就在去年夏末秋初。小心翼翼，轻脚踏上去，先是有些摇晃，在溪上闪悠悠；后来上桥的人多了，那闪悠就富有了节奏。当时就曾担心，如果产生共振，这古老的桥是否能担待。果不其然，时隔几个月后，当时的担心，竟在大年之初出现。铁索桥在闪悠中断裂，二十多人掉进溪水里。好在只有寒冷，没有湍急和漩流，摔伤落水的人，很快被救起，一切都是有惊无险，只是生命的一个偶然过程。现在一切都已过去，但它彰显的生命意义，却留了下来，一直在追问着我。道家说，一生二，二生三，三生世界，突发与不确定恰好发生在承一转三的初二。问题的关键，不在过程和结果如何，而在它呈现的意外和不可掌控，让我们不得不从另一个角度，从变幻与没有定数中，重新审视生命的伟大与脆弱。

是的，生命的过程就是这样。生和死，快乐和悲伤，幸福和不幸，以及连接它们的过程，都带有偶然性。

黄昏，在一种没有意义的状态中悠走

连自己也说不明白，此时此刻，自己为什么一个人来到湖边，漫无边际地悠走。我不是来健身的。虽然有人说，饭后百步走，活到九十九，我却不过把它当成一种姑妄言之，姑妄听之的街坊俚语，至今没有养成那样的习惯。我也不是来散步的。虽然花前月下的散漫猫步会催生很多情趣，但此刻并没有美人相依，加之天气闷热，我又是一个怕热不怕冷的人，以散步为目的无异于自投炼狱。我更不是要去哪里办什么事。时间早已在朝九晚五的界域之外，我此刻既无需办的公事，也无私事，没有朋友相约去斗地主或侃文学。能说明问题的，似乎就是悠走，一个人的悠走，而不是坐卧；没有一缕招呼我的晚风，带给我一丝清爽的解释。在这个周末的黄昏，我不知道到哪里去，行走中会遇到些什么人和事，什么时候转身回家，或应约赶赴一个有目的的所在。我第一次强烈地感到，自己正在做一件没有任何意义的事；或者说，悠走，就是我此刻的全部目的和意义。

更令我感到惊讶的是，当我意识到这种无意义状态时，我并没有产生强烈的失落感，没有虚度光阴的内疚，甚至没有想到立刻结束这种状态。过去我一直不是这样的呀，这是多么的不合乎逻辑！记得还在读书的时候，当然不是大学，好像也不是高中，而还要更早。我们读到一个伟人的雄文，大概是说人生要过得有意义，当我们回首往事的时候，不要因虚度光阴而懊悔，也不要因碌碌无为而羞耻。当时，我们是多么的热血沸腾，心潮澎湃啊！我们真的怕在那个遥远的将来，会有一种叫懊悔和羞耻的东西折磨自己。从此，意义，意义，这个形而上的词，便像一个神圣的咒语，常常被人在我们的耳际念起，如影相随，亦步亦趋。可是，我此刻是怎么了？是心已老，志已退，意志已消沉，不知不觉中步入了一种人生的颓废，还是在领略人生抑扬顿挫的另一种风景？我没有急于去求证，或者说我不想求证，至少此刻。我怕任何逻辑思维的进入，都会影响到我悠然闲置的心情。

一轮淡红的夕阳，轻轻地放在城市的楼顶，不经意间便布置了城市的黄昏。楼是远景楼，就是当年东坡为之作记的那一幢古楼。不过，眼前的远景楼并不是真迹，而是一种仿造。仿造得了楼，却仿造不了当时的民风民情。东坡与那楼都早已随风而去，成为一道遥远的景致，而没有像黄鹤楼那样，抛下黄鹤远走高飞的诱惑，自己独留了下来。好在，此刻有夕阳来相伴，排解了那楼的孤寂。好像有风，在楼顶吹拂。不然，那夕阳周边的云，怎么在楼顶涌来涌去。那些橙黄的、粉红的、灰褐的、乳白的云，你推我搡，此消彼长，团团簇簇，没有秩序，簇拥在夕阳周围。乍一看，它们似乎都要争相表白，自己才是夕阳最忠实的粉丝；面对这样热烈的拥戴，夕阳的心好像被灌醉，满面泛红，一脸羞涩，宛如一粒浸泡在鸡尾酒里的樱桃。然而，当联想到风，你的看法就再难以坚定。我更相信，夕阳和那些云，都和我此刻一样，是没有目的，没有刻意要表达的意义的。它们的涌动或被簇拥，不过是一种随风而起的自然之舞。不然，那夕阳怎么没有陶醉于眼前的美妙感觉，很快退隐到了那高楼的背后；怎么在夕阳退隐后，那些云仍然在拥挤飘忽。

忙忙碌碌过了两周，开会、学习、迎检，受过表扬，也挨过批评。被一个又一个沉重的目的和意义挤压，一身的疲惫，只想在周末尽然抛弃。周末下班后，来到小区东门的稀饭王，要了一碗绿豆稀饭、一碗红苕稀饭、一个盐蛋、一碟油酥花生米。突然感到这样的晚餐是多么惬意，其实它要胜过许多山珍海味的。然后便是悠走。我发觉，日常的积习要改其实是很难的。比如此刻，我一面在享受着悠走的愉悦，一种无意义状态的放松，怡然、超越、愉悦，下意识里，却仍然又不知不觉地进入寻找，为自己此刻的状态寻找目的和意义。我的思绪就这样又一次回归到了一种有序。记得在吃过晚饭后，把车停下，也没有想什么，就被一种神秘的力量驱使，抛弃了一切尘世的所谓理想、事业、目的和意义，漫不经心，信马由缰，进入一种无意义状态的悠走。

走出小区，鬼使神差般来到湖滨。我下意识地定神凝视，把寻找的思维锁定住那幢晚霞余晖里的古楼。我发现，夕阳西沉后，许多东西并没有随之消失，比如光亮，闷热，浮云，还有这个城市的喧嚣。这些都是与太阳直接关联的啊，此刻，它们仍在这个城市天地间穿行。这甚至令我对太阳的意义产生了怀疑，尽管这种怀疑也许是荒诞的，没有理由的，违反科学的，但它仍然像春草般在我心里滋长。为了否定我的残酷发现，挽救一种对神圣思想的颠覆，我宁愿忘掉自己，把一切思维的指向，都投掷于凝视的对象，用心灵去贴近。我有点好笑自己，此刻怎么像普鲁斯《傀儡》中的那位多情女子。那女子的凝视是有目的的，她企盼以自己长久的痴情凝视，唤醒那尊大理石神像的多情感觉；在她入睡的时候，那个高傲而不朽的头顶上戴着桂冠，从那块坚硬僵死的石座上起身，轻轻走到她的身旁，在她不知不觉中吻干她的泪水。我的凝视又是为了什么？破解眼前的无意义玄机，再次回归那令人厌倦的意义？我感到这样的纠缠本身就毫无意义，怎么自己有点弄不清自己。人真是个可笑的动物！

当意识到自己寻找的可笑的时候，我便果断地尝试着放弃。放弃寻找，放弃目的，放弃意义，给心灵一点留白的空间，就像这个周末的黄昏，在一种没有意义的状态下悠走。尘世烦杂，我们有限的心灵领地，本已被喧嚣充斥，有一些可以自由支配的地方，何不超脱一些，再超脱一些，给生命一些舒缓。生命的流程应该是多元的、丰富的、灵性的，抑扬顿挫的啊，就像这城市美丽的黄昏或者早晨。如果全部嫁予目的，那么微笑与憎恶都赋予了功利；全部塞满了枯燥的意义，那么本身就是意义的丢失。我们为啥要跟自己过意不去！

这个黄昏，我继续带着一种无意义状态，在这夏夜的湖滨悠走，前面似乎什么都没有，又什么都有。

阳光，或一个春天的崇高

总相信这一袭阳光不是太阳的照射，而是被上帝召唤来的，浩大，明丽，透彻于天地之间。初春，早晨，四野很静，偶有鸟语，稀疏而琐碎，不仅没有打碎这静，反而把静推得更深。枕着大地，无论淘空与着凉，都是幸福的。便有一个声音，从浩大的空静中传来，飘飘忽忽，似有似无，分明有一股穿透力，隐藏很深，势不可当，在一步一步地向我逼近。

要有光呀，

要有大地呀，

要有……

于是就有了光，就有了大地，有了这个春天的早晨。我站在一个厚实的原野，把灵魂放置于空静之中，感受神性的崇高。我知道，这是上帝的声音——只有上帝的声音，才有如此伟力呀，它唤醒了天地。但是，这秘密却不是上帝告诉我的，也与《圣经·创世记》无关，而与一个诗人有关：朗吉努斯。我甚至相信，在那个遥远的时代，古罗马，也是这样的原野，也是我这样的样子，这样的早晨，四野澄泽，太阳高悬于苍穹，一种浩大的明丽从天而降，洗涤着大地和心灵。朗吉努斯左手执书，右手持枪，身和心，都浸泡在阳光与原野酿造的溶液里。书是他的《论崇高》或者刚撰写的诗集；枪是被耶稣鲜血浸染的命运之枪。历史是沉积的灵魂，阳光把黑夜唤醒，心境与上帝看齐。一种由衷的激扬，慷慨、磊落、自豪、愉悦之感，在五内渐渐生成，朗吉努斯微闭双眼，对天长啸：崇高是一颗伟大心灵的回声！是的，此刻，他最想表达的思想或曰精神，就是崇高。在他生命的体验里，崇高，不仅是一种追求，一种修养，一种美的哲学，而且是一种境界，近乎神性的伟大境界！我不知道，朗吉努斯在说这番话时，是因为阅读，还是因为阅历；生命的阅历，都凝聚在他右手的枪里。

确实，他最早谈到崇高时，就是在阅读，指的是一种文章的激情与雄辩，它让人喜惧交集。但是，我更相信，此刻，是一种生命的觉醒，激发了他的激情。

诗心是灵魂的叶芽，呼唤着生命之花；而崇高则是一种圣境，就像这早春的阳光，那么浩大、明丽、温暖，力道是隐形的。刀光破碎，释了红尘，蹚过万千风雨，多少生命的苦难，为朗吉努斯此刻的心绪作证。底层，狱卒，屠杀，在那一刻定影。世间没想到的事情太多，这次却非同寻常，没想到，卑微与崇高，竟是这样结缘。一切都是被动的，或者说被迫的，不可改变，判决，押解，十字架，还有耶稣的命运。没有现场照片，也没有现场写真，影像是被一位画家复原的。十字架高高耸立，支撑着耶稣的肉体；肉体已被钉上去很久，头蔫蔫地垂下，似乎没了气息。作为狱卒队长，朗吉努斯没有现在的法医幸运，他没有仪器；他又是最大的幸运儿，他有枪，实际是冷兵器时代的长矛，也可叫刀。为了确认耶稣的死亡，他用枪刺入耶稣的肉体。鲜血汩汩而出，染红了整个枪，但枪没有弄断耶稣的肋骨，这正吻合了《旧约》中的预言。他并没有想到，他例行公事式的行为，却与一种穿越时空的崇高结缘。这支枪因了证实耶稣的崇高，并染有耶稣的鲜血，便成为宗教的圣物。不知传说是否可信，只要持有这支神枪，便可主宰世界，让120里范围内的人臣服于己；失去这支神枪则要毙命。可是，事情似也并不那么简单。拿破仑曾挖空心思寻找这支枪，企求圆自己的称霸之梦；而希特勒把这支枪当至宝，以一支专门的护卫队守护，却最终没有改变灭亡的命运。我不知道该怎样面对这样的枪，不知是该信任传说，还是信任命运；我追问自己，圣主的血既然有如此魔力，它怎么不拯救自己？迷惘中，我宁愿舍近求远，舍掉具体追求抽象。我选择崇高，一种浩大，激越和自信，铸就的改变世界的力量。

比如眼前，比如这初春的阳光和原野，必然到来的升温和生长，都不可阻挡，即便是上帝。

演讲如期举行。是新年伊始的归心会，实际上是交心。沟通是一种技巧，而真诚却是一种力量。大假归来，面对自己的员工，有许多话要说，比如问候、思想、工作、要求，我却选择了文化。不是学历和文凭，也不是哲学和散文，而是人性中一种潜在德行，直达崇高的根。我先是引用了一位作家的话，谈到人日常的言行。是温暖和蔼，还是盛气凌人；电梯门开了，是一拥而上推推搡搡，还是谦让礼貌；看见一位盲人过街，是搀他一程，还是避让躲开。是的，一切都发生在日常，而不是什么正规庄严的场合，不是主席台上，更不是在主宰自己命运的上司面前。日常中的瞬间反应，往往抵达深处的真实。我说，当你具备了这种崇高境界的时候，会发现你就是阿基米德。不，你比阿基米德更伟大。阿基米德只是寻找到一种崇高的可能，而没有抵达。他说，如果给我一个支点，我会把地球撬起。如果，本身就是一种假设，没有求证，也无法求证。因此，阿基米德终未能如愿。他永远停留在亚里士多德的形式逻辑里，停留于一个假言判断。而我们，却找到了那个冥冥中的支点；因为拥有了文化，我们超越万物。比如此时，世界只是一只小小羽毛球，在我们掌心把玩。你会感到，我们任何的付出，都是一次收获，就像作用力与反作用力，是相等的；给我任务，就是对我最大的信任；轻易说不，是最大的不负责任；讲客观，就是在证明自己不行。堂子里鸦雀无声。但是，有一双双真诚的眼神，让我读出，命运之枪已握在每个人的手心。想起了阳光和朗吉努斯，我很幸运，不只是这个初春。

我们常常为七尺男儿而自信，干脆唠念男子汉大丈夫，这更来劲。其实，这样的唠念只能在家里，在手无缚鸡之力的女人面前；或者说，是女人的柔成就了我们的刚。我们因此而把朗吉努斯的话当圣旨。也会英雄气长，说什么崇高不是小溪和烛光，不是杨柳春风细雨，而是大山大河，火山喷发，是引起世界的惊叹之声。于是，希腊人关注于人的完美，希伯来人崇尚神明，而我们，却站在东方的地平线上，念了几千年的君臣父子。拷问自己，也在东方，也有不少的世俗之气，但对这样的事还是难以接受。

故事是春节听来的，绝不是捕风捉影，就发生在附近村庄，发生在我的一位儿时伙伴身上。青春年少时，他也意气风发，梦比天高。可命运总是捉弄人，他时时都希望改变父辈的命运，不要再面朝黄土背朝天，可总是事与愿违，总有一股冥冥的力，在与他的叛逆行为作对。一直熬到三十多岁才结婚，他想，自己这辈子也就这样了。但他并不甘心，又开始把自己的未圆之梦，转寄给孩子。从妻子怀孕开始，他就一直精心呵护着这梦，直到孩子出生、哺乳、小学、初中、高中、大学，一路的殚精竭虑，只有他自知；他来到这个世上，仿佛就是为了圆这个梦的。好在孩子争气，每一个脚印，似乎都在向那个既定的梦境迈进。终于，在他满脸枯黄，白丝疯长，快要熬尽最后一滴血的时候，他们争气的宝贝儿子从北京一所名校毕了业，且顺利地在首都一家外资公司谋到了职业。懂事的孩子，以第一个月的工资，为他买了一件棉衣。他老泪纵横，两手发颤，仿佛满天的阳光，都是为他洒下的。此刻，黑格尔的话听起来格外入耳。黑格尔说：“在崇高里，则使神既内在于尘世事物，又超越一切尘世事物的意义，晶明透彻地显现出来。”心醉神迷，欣喜若狂，幸福、满足、一切崇高引起的情绪，都聚集在这个男人身上。

可是，似乎要印证一个俗语，美丽的梦容易碎。只是，没想到碎得这么快。不到半年，孩子就嚷着待不下去了，要回来，回到县城，乡镇，甚至乡下种田。

接到儿子的信，他气得发抖。莫非这娃儿疯了，京城不待，要回乡下。想起自己一生的艰辛，他就不寒而栗。在一阵痛骂之后，儿子陷入了沉默，对父亲的良苦用心，既没有同意，也没有反对。他有了一些欣慰，以为儿子不懂事，是一时的冲动，也许回心转意了哩。旧梦重新捡回，依然是迷人的。没过多久，一位在京城打工的乡亲，捎回来的一个信息，让他的梦彻底碎了。此刻，他才知道，儿子在京城过得比他还艰辛。那些他听起来很可观的工资，有了租房就没有饭钱，有了饭钱又没有了穿衣的，根本维持不了生计。每月两三千块，相当于自己在乡下干两年哩。他不信，问打工的，京城的房子有多贵，回答三四万。怕他没听清，打工的又补充了一句，是一平方米，一套就是三四百万哩。他的脑袋嗡的一声，顿然明了一切。彻夜未眠，就像当初决定在农村结婚，当一辈子农民那样。想来想去想了半天，他首先否定了退路，既然几十年都熬过来了，九十九步都走了，哪能拉下这最后一步？于是，他一面写信安慰儿子，一面想办法筹集资金，支持孩子在京城买房子。所谓想办法，也没有别的选择，就是继续卖血，就像以前支持孩子读书那样，只是，他把一种崇高珍藏在心里，孩子一直并不知情。

我的心沉沉的，很久了，仍被这个故事纠缠。“春日载阳，有闻仓庚”。我却看不见米洛的维纳斯，耳际总是萦绕着伯克的话，崇高与美无关，它更接近丑。

是谁导演了这场盛大的舞蹈？从乡村到城市，从草木到河流，从物象到人的精神世界。

我无法回避一种寻找，根性的寻找。把目光聚焦于那些千姿百态的舞姿，循着青草循着绿叶循着江流，还有眼前迷离的城市。我希望从感官入手，寻求形而上的答案。没想到这一找就找到了大地。草尖说，当我还在冬眠的时候，大地就开始鼓动；树叶说，是地气嗞嗞的复苏，为枯竭的树枝输送了水分；江河说，雨水之根是在大地，而非天空，是大地上蒸发的水汽，过不惯天空虚浮的生活，寻找机会重新回到地母身边。云着急了，别以为我的根在天上，与大地无关，错误。你不见汶川地震，地动山摇间，天上黑压压的云朵。知道吗，生命的大灾大难，都是以一种舞动的方式呈现。南美洲的一些印第安人，就曾有过一种传说，认为地震是大地母亲在跳舞。因此，当地震来临时，他们并不是惊惶失措，而是效仿大地母亲，对着天上的云跳舞。还有那跌入原野的云，你们所说的雾，哪一点不与大地相关，或本身就是大地的一种生命进行曲，不同的只是舞蹈方式。根据斯特拉文斯基《春之祭》全新编排的《大地之舞》，更展现了原始部落对自然的崇拜，对大地的崇拜，展现了生命的涌动、青春的火焰、灵魂的骚动和躯体的狂欢。

哦，我终于明白，这一切的生长和动作，根都在大地，都是大地之舞！有了大地之舞，生长和死亡，才具有同样重要的意义，我们邀来四季的生长，以一种恒定的祭拜，为之伴奏。

与上帝同行

旷达的原野，碧海青天，一片苍茫。置身于一种梦幻般的仙境，没有长翅，人却在飞翔。浑身变得轻盈，飘逸，超然，海鸥点水般，时高时低，时轻时重。漫山遍野的花，灿若落地之霞。飞把我的身子轻轻托起，与大地若即若离。我脚踏着花尖，或游牧的云霞，飞呀飞。天空很阔，没有边际。心儿似乎总是在前面，身子反而成了身子飞翔的影子。心情是甜美畅达宽广的，没有世间的一切杂念纷扰。心想，这当是天堂了。我是天堂里的一名游客，或者说主人；上帝是我的邻居，或者同行。身旁，几颗闪烁的星，萤火虫般，诱着月儿在悠游，好像我轻轻一抬手，就可捉住它们的衣襟。诱惑往往是一种转折的信号，就是在这欲一抬手间，我醒了，在午休。几乎没有什么迟疑，我就知道，这个梦与弗朗西斯·德·费内隆有关。

我是捧着弗朗西斯·德·费内隆的书入梦的，他的那个《上帝的存在》；他的形而上的意念与形而下的实证，就这样充满了我的梦境，一个无边无际，无始无终的自在虚空。日复一日的忙碌，颠覆了往常的秩序，偶尔的休闲，便成了一种难得的奢侈。弗朗西斯·德·费内隆似乎知道我的心思，上帝似乎知道我的心思，他们珠联璧合，以完美的梦的方式，让我的奢侈之欲得以满足。弗朗西斯·德·费内隆说，上帝以德性昭示他的存在；上帝的智慧，置宇宙万物于一种恒久运动的规律之中，每件事物都让人看到上帝就在其中。换句话说，我们每天经历的日常事物，以及它们运动的规律，便是上帝存在的方式；我们没有感知上帝的存在，并不是上帝不存在，而是凡俗的我们，对上帝的存在视而不见。

当我循着弗朗西斯·德·费内隆的指引，用心贴近运动中的事物，竟有一种豁然而至的暖融，内心弥漫着一种与上帝同行的愉悦。我想，我是怎么来到这个世界的，那一定是一种巧合；而这种巧合中，一定蕴含着上帝的关怀。不算早年夭折的大哥，父母还养育了我们六姊妹。六岁多的大哥死后，二姐、三姐相继来到这个家庭，也算是人丁兴旺了。可是，在父母眼里，只有儿子才能承担传递香火的使命。于是，在父母传宗接代的愿望下，在某一个盛夏的午后，我姗姗来迟，来到了这个贫穷而温暖的家里。不说人生的那些风风雨雨，艰难曲折，仅是在我生命成长的过程中，就有多少多舛莫测，让我费解了好多年。据母亲讲，在童年的时候，至少有两次，我差点命归黄泉、去见大哥了。一次是一场大病，好像是肺炎，高烧不止，求医无效。一连几天滴水未进，口里只有微弱的妈妈妈妈咿咿呀呀。后来，还是一位游走乡野的郎中的偏方，把我从黄泉路上召回。

还有一次是过粮食关。那年我六岁，没有粮食，也不得不与大人一道，吃树皮野菜神仙土；父爱母爱的能力，最多是让我先吃会儿，多吃一些。我变得面黄肌瘦，奄奄一息。屋前有一条路，乡人赶场或走亲串户，都会从这里经过。那一阵子，那路几乎就是黄泉路。每天仍有不少人在那路上行走，只是不再是走亲串户的，而是乞讨的。他们艰难地蹒跚而行，走着走着就倒下去了，再也没有起来。那些模糊身影，现在仍历历在目。父亲母亲总是不让我出门，怕我也像那些路人。现在想来，我能来到这个世界，这个家，今天与那么多朋友相会，幸福快乐地工作生活，这里边确实有许多偶然与必然。此刻，我终于明白，那些偶然是属于父母和我的，父母的大爱，给我创造了许多生命的机会与奇迹。《伊利亚特》也是机会的孩子，何况我。而那必然则是属于上帝的，是上帝的智慧掷出的骰子，宇宙间那种恒久运动规律的组成部分！

我耳边仿佛又萦绕着一个浑厚而坚定的声音，弗朗西斯·德·费内隆的声音。他说，机会不过是偶然的汇集，只是一个盲目而必要的起因，而起因并无法决定事物发展的秩序，没有自己的意愿和理解。这样的智慧是属于上帝的。是的，我们面临的一切，不过是上帝的智慧掷出的骰子。我发现，当我们把上帝还原为宇宙间恒久的规律与秩序时，我们已获得了更大范围，更高层次的超越。在这种超越中，上帝已不再是一种唯心的超然之力，而是一种客观存在，一种自然与社会的表达方式，一种大道之理。拂去哲学家们设置的自我封闭的眼障，越过精神离散者布下的虚空，循着上帝的神圣指引，我们轻易地明白了日常中许多复杂的道理。比如，是谁把地球放在了宇宙的这个位置，让生命在上面繁衍，而世界上最卑鄙的人，都可把它踩在脚下；是谁创造了这个繁华的城市，它的纷繁复杂的构成，以及它无尽的快乐奢华，悲欢离合，痛苦迷离；是谁让我们认识，既互相信任，牵肠挂肚，又保留几分猜疑；是谁让我们没有耕耘好自己的土地，却又在属于别人的土地上争论不休，争名夺利；等等等等。

已是正午，一缕阳光射进窗户，把窗外那棵银杏光秃秃的枝杈，碎影婆娑地带进我的屋子。可惜，枝头的小鸟没有被带进，或者说是晃动的碎影，掩盖了小鸟的身影。是几声婉转的鸣叫，宣示了它的存在。我在想，这是不是当年飞到泰戈尔窗前的小鸟呢，它们有什么心思想对我诉说？天空湛蓝而明丽，川南少有的好天气。这样的天气适宜于远望与联想。我便想到，越过秃杆银杏与对面的楼房，就是这个城市的主体。它的高楼、街道、车流、行人、酒家、商铺、红绿灯，还有那些发生在楼里楼外，不为人知的故事。再往外走，就是田园了，一片正在越冬的土地，还有即将解冻的岷江，已经萌芽的植物花草。其实，它们的每一种存在，都是上帝智慧的安排，都是大道之理的生动诠释。

我发现，许多时候，其实自己都与上帝同行。就像是当年的弗朗西斯·德·费内隆，睁开双眼，便感受到整个世界闪耀的霞光，即便最黯淡的投射，也能感知那只创造万物之手的存在。上帝的德行没有形状，没有气味，没有声音，宛如那润物细无声的春雨。它在风中赠予我飞翔的翅膀，借助阳光赐给我刺破黑暗的神剑，将河流化作神奇的伊阿得，赋予我奔流不息的魔力。这些，都不是梦里虚幻，而是现实。可惜，自己却似乎一无所知。

坐在上帝的花园看这世界

意识到坐着，而且是在万米高空，已经是梦醒时分。梦是一种奇妙的存在，它把人带去一个没有预约的时空，然后丢下你不管，让你为一些莫名其妙的事相扰，或者高兴，或紧张，甚至泪流满面。刚才，我正是这样。好在是一个甜美的梦。

在上帝的花园散步。意识到这一点的时候，我竟有一些激动。记忆中，还是第一次到县城，曾有过这种感觉。玉宇琼楼，豪廷飞阁。瑶池是身边的一带曲流，它不走，我在走。没有嫦娥散步，我被鸟语花香带着，妙曼、怡然、陶醉、无忧无愁，占尽天地间的幸福。醒来与一杯水有关，准确地说，是一杯加冰的可乐。那水被空中小姐送来，甜美的声音，让我的梦突然卡壳。梦中的情景依然还在，只是人已是另一种存在。当发现这一点的时候，我有一种莫名其妙的惆怅。为什么甜美的梦总容易醒。这似乎是一首歌的追问，但谁又明白，世间的许多追问，有时往往是南辕北辙，并不必然通往希望的答案。

举头望明月，其实望浮云、阳光也是。我就会在心中默想，那里该是上帝栖居的地方。高远，深邃，诡秘，捉摸不定。这是我一直以来的判断，沾满了童年衣襟。有时，云层很低，也很乱，遮着了太阳，天在云上。我知道，上帝住在天上，就会有一些担心：看不见地上的村庄河流，还有村庄里的阿叔阿婆，云上的上帝会怎样呢？因为那时，看不见上帝的我，已有一些心慌意乱。多少次，妈妈看不见我，只是一会儿，就会到处找我，或站在村头的古井台上，拉长声音喊。上帝不正是护佑我们的妈妈吗？当然，太阳还是出来了，天空很快归复于明丽高远，连远去的雁阵，也不知什么时候回到身旁。内心回归于平静，仰望叠加成一种神圣的向往。向往天庭，向往上帝的花园。

没有想到，童年的向往，竟被一个短梦找回。当想到已经梦醒，我甚至有些担心，担心就这样离开了上帝的花园，再回不去。好在飞机仍在飞，如大鹏展翅，以一种高高在上的视角，延续着我的梦境。万米高空，把我的视野打开，身体被放置于穹宇的某个角落，把地球放置于我的对面。看上去地球很远很远，斑纹状或者绿色，都是从云缝里露出的一些星星点点。往日置身的地方，一下成了游离于身外客客，或曰身外的世界。不再是栖息的城市，没有那些熟悉的楼房、街道、烟囱和形形色色的脸。亲切的，疏远的，友善的，敌意的，高傲的，谦卑的。有一种离家的感觉，独自漂泊在外，一切都变得陌生而孤独。

迷路是必然的，尽管我并不希望。好在很美，对美的接近不害怕陌生，也不会激发天生的拒绝。先以为步入草原。前年，就在这个季节，应付兄和叶子之邀，我正在内蒙古草原悠游，就是这样的景象。主体是漫无边际的绿。这是站在远处眺望的感觉。其实走近了才发现，那些绿并不是一色的纯粹；还有许多花草，知名的和不知名的，混迹其间。可以叫丰富，也可无叫掺杂，命名总是与心情有关。羊群是一片堆砌的云，纯白、丰厚、密匝，也有一些起伏，似莲花朵朵。连绵不知从哪里开始，看见时已是一大片。只是眼前的扩展更浩大，且不是与我的视线平行延伸，而是垂直的，节点就在我的脚下。

“在澄明的天空中，微微地飘浮着高高的稀疏的云朵，像春天的最后的雪，那么发乳白色；像卸下的风帆，那么扁平而细长……”

屠格涅夫的《猎人笔记》，此刻读起来有一些别扭。不是文字的，而是文字背后的景象。对这种倒置的空间，我是这样理解的：屠格涅夫是一位作家，他站在一旁，观看猎人，然后将看见的风景写在笔记本上。这样平面的观察与记述，需要平面地阅读。周末，心境闲适，独自一人，选择某个静寂之处，书房或者公园的林荫之下，悠然地，静静地，把书展开，才能进入那种意境。而此刻，我是一位猎人，风景中的主体，闯入了上帝的猎场。我没有追逐羊群，也没有对入侵的野狼端起猎枪，这样的心情最好不要和狼扯到一起。而是独自一人，来到旁边的一个山冈，静静地观看羊群悠闲吃草，也有示爱的。羊群在低处，你挤着我，我挤着你，水泄不通，堆堆朵朵，延绵而去。当目光快要看到边际的时候，那堆堆的白，已被挤压得叠加而起，耸立成山。那山虽也是绝壁千仞，奇异怪秘，却不是郁郁葱葱，森罗万象的。通体的晶莹透明，彰显着那山的与众不同。我知道，那是上帝的山呀，正在被夕阳亲吻，哪是屠格涅夫的猎人所能抵达的？

不一会儿，羊群追逐而去，冲着那一堆的晶莹。许是远处的堆砌太美，太魅惑，抑或那堆砌的晶莹，本身就是羊群的归宿。总之，在我沉醉于那堆晶莹的美丽时，眼前的羊群却已跑失。在羊群撤离的地方，我看见了草原，不，应当是大地的本色。我的惊讶，或者，更准确地说，是我的怀疑，对现实的怀疑，对世界的怀疑，就是在这时产生的，紧紧地纠缠着我，挥之不去。

这就是苍茫的大地吗？一开始，我怀疑自己的眼睛。我感到，它更像是一堆沙盘，或者是城市的模型。

然而，我错了。

我知道错在哪里。职业的习惯总是容易形成一些思维定势，然后在某些特定的场景，就身不由己地顺着这种定势出发，到达一个怪异的地方。经常与规划打交道，沙盘或模型，就是手底下的乾坤。在进行某种把玩的时候，你会感觉到世界很大，也很小。一个城市，不过就是你眼前方寸之地；一幢高楼，不过是你指尖的几粒砂子；一段漫长的历史，也许就是你沙盘中的一串细小圆点。眼前却不是沙盘或者模型，而是现实世界，活生生的，呼之即应。用手指掐了一下人中，撕开空中小姐送来的湿纸巾，擦了擦眼睛，世界的真实再一次被证明。

我没有想到的是，对真实的证明，远比对错误的发现，更令人捉摸不定，难以承受。也许，世界本来就是如此，一些真实，比虚假更令人恐惧；一些清晰，比混沌更令人难以置信。我看见，巍峨峻峭的崇山峻岭，也许是秦岭吧，或者川北的大巴山区，原来是如此脆弱渺小，不及记忆中的一片树叶；黄河，抑或是嘉陵江、长江、青衣江，不过是一根飘逸的细丝带，不知从哪位多愁女子的发梢上失落，然后被风一吹，挂在几枝秃枝上，就这样飘来飘去，并没有引起多少人的注意。更令人匪夷所思的是城市。思维还停留在记忆的沙盘处，这城市就倏忽而至，走进了我的视野。更像是一堆积木，被哪位顽童随心所欲，把来玩去，堆成了一片高高低低，神秘诡异。什么错落有致，错落有致是规划师们自我标榜的溢美之词。事实并不是这样。

只是改变一下角度，在一个并不遥远的距离之外，我把它当做上帝的花园。其实，我心里清楚，离上帝还远，我不过是站得稍微高点，以一种上帝的姿势，打量了一下我们生活的世界，世界的一切就已改变。繁杂在这里堆砌，堆成一堆杂乱无章，无头无序。人和车，被挤压成一群蚂蚁，脆弱、渺小、茫然。孤独的，成群结队的蚂蚁，意气风发，穿行于上帝的积木缝隙，夜以继日，为一些莫名其妙的所谓理想，壮志、目的、生存、生活、争斗、算计、快乐或者悲伤，都建立在一堆脆弱的积木之上。最甜美的赞词，其实就是最真实的谎言，真正的真实，在自己心里。

难道这就是我们生活的世界；或者说，往日的我们，就是这个样子吗？坐在上帝的花园，我不敢睁开眼睛。

一片杏叶的奋斗史

前世是一个梦，或者说比梦更虚幻遥远，更不可捉摸。

说到杏叶，我只能这样开头。

不，不止杏叶，现实中的许多人和事，就是他的今生，我们有多少人能够说清楚，何况前世。此刻，我凭窗而望，一下闯入视线的，却是银杏。就是在我小区住所窗外，春泛新绿，夏洒浓郁，秋闹金黄的那棵银杏。想起去冬，也曾这样凭窗而望，那一树秃枝，没有杏叶，异常与缺失，反而成了最大的引力。没有树叶的树，还算是树吗，当时就纳闷。事实上，它很容易让人想起医学院里的人体标本，只有骨骼，没有皮肉，不要说识别，就是属种性别，也很难分得清。杏叶，这杏叶究竟去了哪里。追问是难免的，自然而然出发，答案却站得很远。不要说什么节令不节令，也不要说什么化作为泥碾作尘，现实往往差强人意，自然的更替和浪漫诗性，怎解释得了生命的隐秘？

在这个中秋，不经意间，我就走进了杏叶的前世。

是的，前世。在当时我就相信，冬季的杏叶不是掉了，而是还没有出生；或者说，它还行走在自己的前世。

我还相信，只要走进时空隧道，在闭目与睁眼的瞬间，我就会与那前世的杏叶相见，在同一息空气下呼吸。我曾试图透过时空隧道，让杏叶的前世还原，还原成今秋的样子。约翰·布凯里的假说，给了假设的勇气。他告诉我，在时空隧道里，杏叶与其他事物一样，它们的前世具有物质性，看不见，摸不着，却又存在；它对我们生活的世界既关闭，又偶尔开放；它与我们人类不是同一个时间体系。进入时空隧道，就意味着杏叶的神秘失踪；而当它从时空隧道中出来，又意味着神秘回归。时空隧道里的时光相对静止，因此失踪几亿年，与失踪一天或半天一样。此时，我发现，前世的杏叶，携带着生命的使命，向着它的今生从容走来。奋斗，注定是它一生一世摆脱不了的宿命。

当然，下面要说的杏叶，不是指我此刻窗外，也不仅仅是一片两片，而是整个世界。一片，只是个符号。

走进杏叶的生命历程，我发现，所谓使命，所谓奋斗，并不是杏叶天生的追求，也不是功利与欲望的驱使。一株走过白垩纪，蹚过第四纪冰川，见证过流星陨落的生命之躯，没有僵变成尸，没有随恐龙消失，就是最大的荣幸。生命不过是一个过程，只有长短，没有永恒。杏叶的内心早已淡定，无欲无求。可是身不由己，那奋斗，压根儿就是被逼出来的。翻开那些泛黄的典籍，它们无不板着面孔，以经典、传统、纲常之势，主宰着我们的价值体系，神圣而不可动摇。它们沉淀于这方水土，通过血液或文化，形成集体无意识。不管你信不信，反正大家信了。大家的信，是一种可怕的力量，是否正确，是否合理都不重要，重要的是你只有接受，难以拒绝。这种众信的力，在杏叶的前世，就早已为它设定了使命，今生的奋斗，不过是既定程序。

首先是实用主义的，关于治病与养身。

案前有一本书，卷曲破旧，《本草纲目》。我看见李时珍的背影，在字里行间晃悠。他戴一副老花眼镜，佝偻着身子，凝视着书上的某一页，某几行字，不知是在重温，还是在检察校正。文字在他的凝视下，逐渐变得澄明。哦，杏叶。我看见杏叶二字；还有蝴蝶状的图形，叶片上留着阳光的脚印。几行醒目的粗线，是主人标注的隐语。时珍曰，杏者甘、苦、平、涩、无毒；其气薄味厚，性涩而收，色白属金，药时用之；生食降痰，消毒，杀虫，引疳，解酒；嚼浆，涂鼻面手足，去䵟皴皱，疥癣疳慝阴虱；熟食温肺益气，定喘嗽，缩小便，止白浊。忌记：多食壅气动风，胪胀昏顿；小儿食多昏霍，发惊引疳；同鳗鲡鱼食，患软风。昔有饥者同以白果代饭食饱，次日皆死。《食疗本草》说得更具体：杏叶中以黄酮为主的有效成分，具有保护毛细血管通透性、扩张冠状动脉、恢复动脉血管弹性、营养脑细胞及其他器官的作用，而且，还有使动脉、末梢血管、毛细血管中的血质与胆固醇，维持正常水平的奇特功效。尤其对中老年人轻微活动后体力不支、心跳加快、胸口疼痛、头昏眼花等有显著改善作用。

还有唯美主义的，关于观赏和美景。

窗前的杏叶就不说了，已成为我生活中不可或缺的一部分。最是深秋，四野都洒落着愁，它却给我带来赏心悦目。这里要说的是北欧。我只去过一次，在几年前，许多美丽的景色，都渐渐从记忆中淡出，唯有杏叶，它留下的那一片金黄，仍牢牢地占据住一片明丽的空间。那天，好像是在瑞士或者奥地利，我们穿越阿尔卑斯山。天高云淡，神清气爽，端的是天人合一景象。在多雾的成都平原，这样的景象，只可遇而不可求。当然，更难求是人和地的融合。总认为，导游的介绍有点牵强，见了教堂，就是耶稣，见山，就是阿尔卑斯，见水，就总要与隆河、莱茵河、波河，或者多瑙河联系在一起。似乎没有注意到，在这样的景象间，同色的山水，根本算不了什么，或者说更像一只丑小鸭，躲在蓝天与青山的背后。真正最令人震撼的是树，或天、地、山、水、树的融合。不是浩瀚无边，不知其名的绿树，而是点缀其间，或独立成片，让范仲淹《苏幕遮》意境点睛再现的杏树："碧云天，黄叶地，秋色连波，波上寒烟翠；山映斜阳天接水，芳草无情，更在斜阳外。"油画、幻影、梦境、天籁，怎么形容都不过分。我怀疑自己已江郎才尽，还号称文人，此刻，置身其中，竟找不到一个恰当的词，来定义眼前的风景。索性下车，躺在一堆杏叶里，让梦回家。仍不满足，又闭上眼睛，希望呼来风，再吹落几片杏叶，自自在在，纷纷扬扬落在身上，让身心融化，与杏叶一体，飘逸于天地山水间。从此不再言美。

我说的那一片杏叶，就这样出发了。从前世到今生，背负太多的希冀。杏叶知道，此生已不再单纯，难以单纯，只有奋斗，带着自己已说不清的使命。尽管，对未来一无所知。

青春做伴好还乡。不是故乡，那个生于斯长于斯的地方；而是理想之乡，精神之园，奋斗的彼岸。初生的杏叶，岂止如初生牛犊，岂止是不怕死。只为争春，哪顾得风霜枝头，杆如槁？在生命的锐气跌至低谷的时候，杏叶从容走来，以萌芽的方式，在杏枝末梢，风霜最肆虐的脆弱环节。先是一粒嫩芽，青涩的、柔弱的，很不起眼，挣破僵硬枯竭的树皮，冒出针尖般细碎的头。春风得意，一路锐气，伸肢，展叶，起舞弄清影，何似在人间。春天还没有尽兴，它已出落得郁郁葱葱，绿了满枝。披一身弗洛伊德式的自信胎衣，前世的记忆依然新鲜，山寒水瘦，花陨枝枯，自己就是生命的使者，世界的主角。雄心勃勃中，杏叶希望做春天之王，用一树绿影蝶舞，统治整个世界。可是没想到，它的希望很快破灭；更没想到，让它希望破灭的力量，并不是来自外敌，不是风霜雨雪，也不是枯枝老皮，而是同类的出现。争夺是惨烈的，尤其在春天。杏叶很快发现，绿色根本不是春的宠儿，不是主角，而只是花的陪衬。自己满身的绿，不仅不能统治世界，似乎早已被世界遗忘。原野里采花的蜂蝶，忙忙碌碌，飞来飞往，却没有一只飞到身边；那些赏春的路人，流连于花丛草间，撒下欢声笑语，久久不舍离去，却未曾多看自己一眼。庸常、冷落、遮蔽、无聊、边缘化，不值一提。一切都超乎事先的想象。一种强烈的挫折感，向杏叶辟面袭来，在奋斗的路上；不，才刚刚起步。这令杏叶防不胜防，找不着方向和位置。

好在，还有阳光和春风，生命还在，仍在前行。何况，自己真正的价值，并不在春花，而在秋实。

疗治好失落的忧伤，拾回失落的奋斗信念，杏叶继续前行。很快跨入盛夏。热烈，是这个季节的主题。不仅是炎热的阳光，还有城里的炒房，官场里的换届，利比亚的战争，以及东非此起彼伏的造反。汲取春天里的教训，杏叶提醒自己低调，再低调。不受烈日的鼓噪，把尘世间的争名夺利，当做街头热闹。将军赶路不打兔，杏叶怀揣的，只是崇高的使命和奋斗目标。杏叶牢记住一句箴言："不要与别人争，与任何人争，都是自己的不幸。"于是，默默无闻，埋头修炼，韬光养晦，壮大自己，以内心的安稳沉静，面对外面的喧嚣，成了杏叶的生命哲学。哪怕是暂时地放下，也是一身的轻松。此时，对于杏叶，阳光不再是热闹之源，而是养分和饮料。每一次的相逢，都是一种缘分与恩泽、珍惜、拥抱、滋养。常怀感恩之心，杏叶心无旁羁，显得轻松，安静，从容而自在。低调的日子往往容易被人忽视。不知节令走了多远，突然有一天，人们发现，在油菜小麦豌豆胡豆纷纷灌浆成熟，准备献出成果的时候，在烈日电闪雷鸣干旱洪涝交替的过程中，山野里那树从容自在的杏叶，已发生了明显变化：叶片由薄至厚，叶色由浅入深，叶脉由细到粗，叶质由嫩至老。原来，沉静不是逃避，而是一种力量，改变着杏叶，也改变着世界。杏叶似乎悟出了什么，愈来愈变得坚定，满怀信心，期待秋天的到来。好梦清晰而美丽。那里的成熟与采摘，那里的泛黄与镀金，不仅是收获，更是杏叶使命的归宿，奋斗的最终目标。

可是，智者千虑，难免一失。谁知道，在沉静改变一切的时候，唯一没有改变的，就是杏叶自己的命运。

在成熟的杏叶迎秋盼秋的时候，城里来了一伙人，由乡长村长或书记带着，要挖掉杏树。说是市领导学了国外，爱上杏树，下了死命令，花了大价值，统统拔掉城里现有的树，要换成杏树，改变城市的风景；而专家说，秋天里的杏树，正好移栽。于是，找来秀才们面授机宜，编写出了若干条必要性、可行性和重大意义，大会小会上上下下反复宣传；林业局的、园林局的、城管局的、规划局的，凡是沾边的机关，统统被发动起来，走乡串户，搜罗杏树。不怕不卖，只怕不还价。一棵棵无奈的杏树，被连根挖出，砍掉枝叶，五花大绑，装上汽车，运往城里。

只是苦了杏树，还有杏叶，由高蹈到低调的杏叶。

汽车绝尘而去。满怀抱负，奋斗途中，走向秋天的杏叶，伤痕累累，落了一地……

我的怀疑是一个美丽的符号

踏着节令的音节，我步出城市，走进原野，寻找属于这个季节的感觉。阳光艳丽，怀疑却接踵而至。不是要粉碎美好的梦，我没有梦，只想印证千百年来的谚语，然后把它捉住，随它而行，走进一个熟悉而陌生的时空里。我只想陈述一个事实，避免陷入怀疑的纠缠，我无法预测最终的结果。

立冬小雪，大雪冬至。冷的意象沉淀成符号，鲜明而模糊，强烈而暗淡，绵长而短暂，伴随着这样的谚语，一代一代传下来，由爷爷传给父亲，父亲传给我，不知传诵了多少年。而今，向我传诵谚语的父亲走了，去了一个没有阳光，没有耕耘，没有四季，没有忧愁与叹息的天国。谚语却留了下来，风化成一个抽象的符号，如结绳记事，被乡亲们唠念着，然后去播种收割。没有想到，其实这些都是偶然的，表面的，一切并不是定论。

有了一些伤感，苍茫的、遥远的、幽幽的，随着谚语，从地里长出，缠住我童年的记忆。冬和雪没有大小，只记下了寒冷。儿时家里穷，正是冬闲时间，父亲在外做小手艺，准备实现他一生的宏伟大梦，造几间像样的房子，让家人风雨无忧，过上体面而安心的日子。我们像几只羽毛未丰的小鸟，被父母呵护在巢里，因了这冬，还有偶尔的雨雪，很少出门。并不知道父亲在外经历的冬和雪，不知道外面的路有多长多滑，天有多寒多冷。冷是被母唤醒的。母亲翻箱倒柜，找出几件破旧的衣物，五颜六色，拆了又缝，左拼右装，夹层的，中间填充了旧棉絮，做成棉衣裤，硬让我穿上。雪正在飘，没有如卷席，而是片片朵朵，优优雅雅，轻言细语。有一种美，装点着天地，仿佛是佛家的缘，或胡塞尔的结构，联结着因果。没感到那冷与飞雪有关。冬被抽象，嫁予谚语，很容易怀疑，然后产生错觉，把冷的罪过，归咎于那些符号化的节令。我更多了一分心计，用一种脆弱的隐忍，把抽象的冷，藏在心里，不愿说出。主要是不想穿母亲缝制的棉衣裤，怕同学们笑我扛的“万国旗”；当然，更盼望能出门，像父亲那样，亲近纷纷扬扬的雪。童年的冬，就这样在冷与盼的纠缠中度过，变成一个模糊的符号；年龄大了，记忆却没有衰老。

符号是抽象的，遗忘的温度，似乎可有可无，只是偶然间被朋友激活。其实，世界的一切，都是偶然而相对的。偶然的宇宙，偶然的星球，偶然的生命，我们偶然的相遇相识，偶然地产生理想与爱情，然后去追求偶然的所获，幸福与不幸，快乐与痛苦，得到偶然的满足或不满，并影响着自己的情绪和价值判断。殊不知，真正的真实或曰美丽，就存在于这种怀疑的暧昧里。

怀疑由此而生，不是对某件事，而是一切既定。因此而改变着我，我相信也改变着这个世界。

这样的环境，是不得不怀疑的。岷江之畔，东湖之滨，一个简洁的农家乐，安放下这个悠闲的周末。天被云雾带走，只留下旷远明丽的空；地被草叶染绿，看不见泥土的颜色；酒被情谊稀释，忘了五十二度。酒过N巡，进入大家都说没醉没醉还要喝的时候，朋友突然大声叫嚷嚷，服务员服务员，怎么没开空调呀。服务员赶忙歉然地回答，先生呀，这个季节，开什么空调呀。想开吗，马上开，二十五度怎样。朋友是嫌气温高，而服务员理解为冷。一看，才发现餐桌间已是热气腾腾，大家都是头冒热汗，一身黏黏的烦。先还以为是这酒，增添了屋里的热，直到席散人离，走出餐桌走出农家乐，才发现那闷闷的热仍在缠身，岷江里依然丰盈浩荡，江边几棵银杏，叶子竟还是绿的。原来，始作俑者竟是暖冬。永恒的节令，铁板的定律，竟也是如此脆弱，如此不堪一击，轻易间，就被一些柔软的气体改变；就对所谓节令，所谓永恒，所谓规律，所谓既有的一切，产生了怀疑。“我们思考的一切也许并非如此，永远不相信一切已成定局”。在这个闷暖的冬天，我触摸到了后现代主义的体温。

回城的路上，已是黄昏。

当黄昏这个概念浮现的时候，我便开始品味着这个生茧的词。首先想到的是色彩，而不是时辰。黄色的、昏暗的、隐约的、暧昧的。思绪自然地就返回了乡村。不是刚才的郊区，不是异化了的农家乐，而是故乡原汁原味的原野。准确地说，是在白虎岩头，思蒙河畔，或者说，就在村头那片绿影瞳瞳的竹林里。很可能是在夏日或者初秋，不一定是这个季节。川西平原多雾，冬日尤甚。阳光常常被雾霭遮蔽，黄昏往往昏多过黄，通透被朦胧遮蔽。于是，我曾经怀疑，黄昏这个词究竟产生于哪里。肯定不是川西，至少不是在乡下。我是在书本里读到这个词的，开始还感到很别扭，从小听父亲母亲说那个时辰，说的都是断黑断黑的时候呀，怎么又冒出个黄昏？果然，当我回家，口念黄昏，试图用一种书面的规范，校正父母长期的断黑断黑的时候，引来的却是一脸的迷惑与怀疑。后来，时间长了，逐渐明白了口语与书面语，规范语与方言的区别，词语幻化成符号，心里有些模糊，但大意还是明白的。关于黄昏，心里似乎趋于平静。

没想到，更大的怀疑竟产生于城里，或者说城乡黄昏的对比。比如此刻，我走进城市的路上。

记忆中的黄昏，或曰断黑断黑的时候，是乡村最美的时辰。不分季节，只要太阳艳丽就行。否则，就只有昏，没有黄。程序不会减少，也有断黑断黑的过程，天和人却都是灰头黑面的。现在想来，黄昏之美，不仅在于黄和昏的水乳交融，恰到好处，也许更在心理因素。阳光明朗的时日，西山清爽，黄昏挂在竹尖上，随风轻摇浅晃，直接波及思蒙河里的水，还有白虎岩的树，以及零落的村庄和炊烟。先是黄大于昏，主宰着傍晚的世界。那黄由灼白而来，经历了散漫的红，然后慢慢褪色，由暗红，到浅红，再到橙黄，直到色彩渐渐减退，演化成一抹淡淡的云，金光闪闪，梭子模样，两头细，中间宽，编织着美丽的地平线，和即将到来的梦。又一个夜晚正在叩门，男人想起了家里的床，和老婆的温馨。该是收工的时候了，犁田的卸下牛肩头的轭，除草的收拾起锄头，担粪的腾空了粪桶，割草的背起了背篓。都在匆匆往家赶，晚风很快吹干了湿涩的汗。浸渍了一天，汗在身上留下了涩涩的咸味。释然，舒畅，轻松，性情在黄昏的怡然中释放。黄昏之美，是从心里长出的，诠释了一天的累。

然而，此刻却有点意外。我说的此刻，是指我们走出农家乐，行进在返城路上的时候。

正所谓黄昏时刻，夕阳已从楼顶背后掉了下去，沉入西边的地平线。说得准确一点，是黄昏中的金梭和它编织的地平线，都掉落到了楼的背后。一抹橙黄，淡然的、残缺的、脆弱的，在楼的森林里挣扎，希望证明黄昏的存在，黄昏的美丽，却显得力不从心。没有月亮，月亮随太阳坠落了，湮没于楼房的背后。几颗惨淡的星，拯救般出现，却挂得很高很远，似乎远水救不了近火。相反，往日黄昏中的昏，昏暗的昏，此刻却在聚集，凝固，形成宽广而厚重的黑暗，大山般气势逼人，向那一抹残喘的橙黄倾泻而来，眼看就要把它吞没。黄昏的秩序和美都被打乱，天地间措手不及。我有了许多担心，担心美丽的黄昏会败下阵来，从此被压入地平线下，白天和夜晚没有了正常的交接，从此失去黄昏，失去金梭之织，失去美丽的地平线。没想到，在我的担心被痛苦地拉长的时候，出现了又一个意外。

是的，又一个意外。我还没来得及对第一个意外进行消解，另一个意外却又出现在了我的眼前。令人意外的是，黄和昏，或橙黄与黑暗的较量，并没有按照我担心的逻辑演进，而是突然出现逆转，陷入了一场胶着的拉锯战。扭转局面的是灯光，城市浩瀚的灯光。不知什么时候，次第开启的灯光，从城市的每一个角落出发，做了夕阳的接力。天地间被撑开一条缝，黄昏交织，充斥其中，令人想起史蒂芬的果壳和果壳中的世界。群楼屹立，勾画出幻影幢幢。高昂的、低矮的、俊拔的、丑陋的、清晰的、怪异的，还有城市的街道树木汽车和行人以及即将进入的我们，你我他，你们我们他们，都浸泡在果壳内黄昏色的溶液里。我担心，那黄昏色的溶液，会溶解这一切。包括我们，都溶解于这幻象的溶液里，变成一个黄昏的符号，很美丽，很自由，很超越，也很真实，镶嵌于天地之间，笑傲头顶的昏黑。

于是，对于熟悉的黄昏，我有了更多更深的怀疑。

我很想把自己想象成史蒂芬，营造一个果壳，然后把自己放进去。只装精神，其余的都统统赶出。哪怕很小，很抽象，只是一个果壳的符号，我也是这个世界的国王。怀疑并不可怕，尼采可以怀疑上帝，我们为什么不可以怀疑生活。有怀疑才更鲜活、更真实、更丰润，只要精神是自由的，就能感受世界全部美的真谛。

为黑夜的出现点一盏灯

黑暗是突然出现的，吞噬了这温暖的屋子。似乎有吱的一声，不知从什么地方传出。声音很小，冲击却很大，令满屋的人措手不及，方寸大乱，甚至从内心产生了少许的恐惧。

一家人的情绪，被电视带向远方，被一场乒乓球决赛强烈拨动。人在这个川西南的乡村，心却飞到了香港红磡体育馆，那个东亚运动会的赛场。突然间，电视黑屏了，电灯熄灭了，满屋的黑暗，挤破了窗户，蔓延到窗外。说是突然，其实是一种感觉。已是晚上九点多钟，黑夜早已降临，萦绕在我们的身边，伴随我们走了很长一段距离，只是我们似乎没有察觉到。并不是突然，而是有一个过程，慢慢的、悄悄的、轻轻的，循序渐进。世界上没有突然。佛家说，一切缘起皆有法则；哲学家也告诉我们，任何事物的变化，都是由量到质的。白天和黑夜的替换，通常情况是，到了午后，太阳便开始西沉，不断地下坠，下坠，靠近西山的树尖；然后，在天地间画出一条细长的线，澄亮的，中间粗，两头细，像一支游动的梭，要把天地间的裂口缝合。确实是缝合了，但是，并不是带来了明亮，而是漫无边际的黑暗。在这个时候，不知谁说了一声，该开灯了；或者根本就没人说，只是有人路过门口，轻轻一个抬手，顺便揿了下开关，灯就亮了。白昼与黑夜的交接，在一种自然而然，不知不觉的习惯中完成。以至于我们在习惯中麻木，对灯光麻木；对光明和黑暗，都没有注意，也没太在意。只有突然，当灯光突然熄灭，黑暗突然降临，在一种强烈的对比刺激下，我们的感官才有明显的反应。

周末回乡下，为母亲生日祝福。母亲84岁高龄了，还很少专门过生日。父亲在时，母亲总是说，给你父亲过生就行了，我就免了，过来过去太麻烦。一直以来总是这样，子女们麻烦了母亲几十年，母亲却总是怕给我们增添了一点点麻烦。就这样，光明与黑暗，被那吱的一声划分，楚河汉界，泾渭分明。我们在生活中经常遭遇这样的事情。

我走向阳台，目光从原野出发，先环顾四方，又仰望天空。是想找到一点光亮，哪怕是微弱的，细小的，一闪而过的，浩瀚黑暗中的些微月光，或星光；然后，为黑暗撕裂一条口子，轻轻把头探出去，闻一闻阳光的味道。我相信，此刻，我许多的欲望都已淡出，全部的幸福指数，就锁定在那一条臆想的口子里。然而，月亮不解人意，星星不解人意，就连远处的县城，往日可望见城里的一抹浅淡亮色，也被雾霾遮蔽。口子并没有从天空撕开，黑暗依然包围住我，幽深的、浓厚的、无边的黑暗，就是这个世界的唯一皇帝。撕开口子的是母亲。就在灯光熄灭的一瞬，或者很短时间；就在大家都还在手忙脚乱的时候，就在我走向阳台，环顾原野，仰望天空的时候，听见母亲用有些着急而果断的语气说道，快把灯点起，快把灯点起。说着说着，屋里就亮起了灯光。闪烁的，柔和的，暖融融的灯光，重新照亮了整个屋子。突然间，竟有一股暖流在心里涌动，多么熟悉多么亲切多么及时的灯光啊！记得儿时，当黑夜降临的时候，母亲也是这样为我点燃灯光，然后催促我赶快完成作业。只是人是物非，那时的灯光是菜油灯，洋油灯，现在是蜡烛，乡下经常停电，家里备用的。

一张照片令我注视了很久，凝思了很久，至今没有真正弄明白那里面包含的生命玄机。是一个胎儿，躺在母亲子宫里，正在发育成形，头和眼耳鼻嘴都隐约可辨。画面是橙红色的，但明显看出，那橙红不是外在的附着，也不是透射上去的，不是表面的色彩显现；而是内在的，从内向外渗透的，有一种不可阻挡的力度感。似乎有一个隐藏很深的橙红之源，生命的光源，强烈地从内向外射出，透过肌体，要向我们表达什么，张扬什么。不可思议的是那照片的注释，并不是胎儿、子宫或者临盆，而是“洞”。注释说，“洞”不是“缺少”，而是“创造”的地方。条件反射是形而下的理解，想到女人的生殖器官。很快意识到自己的粗俗和低级，但走出迷惘却不是一件容易的事。

似乎要诠释柏拉图的那个梦，却把我带进了霍金的世界。世界从洞开始，再到洞结束，有一个轮回非常遥远。不是一般的洞，而是宇宙中的黑洞，恒星死亡形成的黑暗之洞。原来，宇宙中最巨大的生成与死亡，是以黑洞的方式呈现的。演变是漫长的，以亿万光年为单元。恒星诞生了，伟大的生命从白矮星开始，经过中子星，夸克星，演变至耄耋老者，直至失去生命的表征，成为黑洞。在这个过程中，恒星的身体和能量不断收缩，形成巨大的引力场，使得自己发射的任何电磁波，都无法向外传播，变成被世界看不见的孤立天体，人们只能通过引力的作用，来确定它的存在。这很容易让我联想到曾经见过的汉崖墓，它们列阵于乐山麻浩的山崖边，布下无数诡秘的黑洞。那些黑洞张着阴森森的大口，虎视三江，不知是要向路人诉说那些已埋葬了的故事，还是要永远地吞噬，把一切生命都吞噬下去，埋入黑暗无底的深渊。海通法师花了九十年，修凿了凌云大佛，企望它以佛的伟力，驻守三江，扼制住吞噬，点亮拯救之灯，却终是徒劳。如今，黑洞依然，吞噬依在，只是换了方式。

柏拉图对自然和宇宙之理，不可能有这么深刻的认识。面对日起日落，茫茫黑夜，他只有苦思冥想，然后夜有所梦。

柏拉图的梦，是从女人的子宫开始的。只是，此刻柏拉图看见的不是普通的子宫，而是一个神秘的、无形的、黑暗的，类似子宫的空间，这个空间存在于一切思想产生之前；羊水里孕育的也不是某个胎儿，而不整个宇宙，他把它命名为Chora。Chora既存在于宇宙间，也存在于我们每个人的身上，是幽深的生命之井，母子共存之地，是一切欲望之源。它在母亲身上，表现为母性的本能，或前俄狄浦斯冲动；在人的意识中，表现为无休止的企求；在音乐、诗歌和艺术中，则表现为创造的手法。柏拉图的梦，就是从洞穴里的欲望开始的。人们长期居住于黑暗的洞穴里，习惯了里面的一切。突然，一束阳光穿过洞口，似一盏明亮之灯，从背后照射来，把他们的影子投射在洞壁上，光怪陆离，如梦似幻。他们感觉到了虚幻与不真实，甚至心生恐惧。可是，当某年某月某日，某人不经意间转过身去，仰望光线射进来的地方，被某种神秘所吸引，然后奋力攀登，爬出黑暗的洞穴，进入上边敞亮的世界，才发现了世界的真实之景。

在《内窥镜》里，女性主义思想家露西·艾瑞格瑞，以她特有的洞察力和敏感，解构了这段梦境。她说，洞穴就是子宫；影子就是黑暗的空间以及我们日常生活中的固有经历；攀登的路，就是我们与母体的分离。换句话说，我们从胎儿开始，就生存于一个黑暗的洞穴里；我们日常的生存状态，只不过是一些黑暗的影子，难以捉摸与把握；灯光就在头上，一闪一闪，充满魅惑。可是，亲近并不是一件容易的事。仰望灯光，走向光明，要承受与母体分离之痛，经过艰难曲折的攀登。

在昨天的《都市报》上，读到一位狙击手的故事，让我的心，纠缠于一种复杂的情绪之间，久久地，难以自拔。是在大白天，黑暗与光明，内心深处的，关于社会与人。

照片上的狙击手英俊挺拔，一身得体的警服，把他包裹成了一个黑色的精灵。他半蹲于一片绿茵茵的草地，双手紧握的狙击枪和胸前醒目的特警二字，彰显出一种不可阻挡的威武之气。乍看照片，不得不承认，那一种酷，正是当下多少青少年梦寐以求的。然而，在听了他的讲述之后，我的心却深深地战栗了。他是在刚刚完成一项狙击任务后，接受记者采访的。那是一名乡下男子，三十多岁，进城淘金，却每每受挫。好不容易找到一份笨重的装卸工，干了半年却领不到工资。求助无门，走投无路之下，不知什么叫法的他，想到了以极端的手段报复。报复老板，报复政府，报复这个社会。于是，他找来一把菜刀，偷偷溜进一幢高楼，突然劫持了一名柔弱的女子。他一手扼住女子的脖子，一手乱舞着菜刀，不停地嘶喊着，狂呼着，叫嚣着，吼着叫你们欺负我，叫你们欺负我。男子的壮举，顿然搅动了整个世界。成队的警车闪烁警灯呼啸至，警察牵起了一圈长长的警戒线。消防人员赶来了，一面在楼下铺设了大大的气垫，一面从楼侧架构了云梯，试图以特殊的方式接近人质。特警也赶来了，在对面的楼顶布置了狙击手，以防万一。看热闹的越来越多。见此情景，男子的情绪越来越激动。来自四面八方的法制宣传、劝说、疏导，他再也听不进去。就在他叫嚣着要与人质同归于尽，并疯狂地挥舞菜刀，欲要砍向人质头部的时候，狙击手不得不扣动了扳机。

就在接受采访的时候，狙击手仍说，他的眼前，还不断地晃动着那名被击毙罪犯的面容。他圆睁着眼，子弹从他前额穿入，地上流了一大摊血，冒着腥臭的热气。每次完成狙击任务后，这样的影像，总是要在他的脑子里晃悠很久。仿佛是一种痛苦的传导，社会的各种阴暗，似一个无边的黑夜，吞噬着他原本单纯而平静的内心。长此以往，他饭不香，睡难眠，陷入了罪与罚的深深痛苦之中，他甚至怀疑，自己是不是得了抑郁症。为了摆脱痛苦，他利用周末，偷偷去找心理咨询。他希望找到一盏灯，照亮自己也许被黑暗传导了的内心。

一名文质彬彬的女心理咨询师，面带微笑与真诚，热情地接待了狙击手。她先还耐心地聆听，解答，以一种职业的责任，技巧与自信，为狙击手指点迷津。可是，听着听着，狙击手越说越投入，心理咨询师越听越没言语。不知不觉地，他们似乎颠倒了角色。在狙击手还自顾自地淘淘倾诉，没有意识到这种角色易位的时候，心理咨询师来了个突然袭击。她顿然失声痛哭了起来，很痛苦，很投入，难以自已。狙击手慌了，不知所措地赶紧追问，呀，老师，你是怎么了，怎么了呀？费了九牛二虎之力，好不容易，才把心理咨询师的情绪安顿下来。

狙击手赶紧撤退，好像怕那心理咨询师追上。走出门，他苦笑笑摇了摇头，在心里嘀咕了声，嗨，这娘儿们！他说，他再也不找心理咨询师了，面对黑暗，点亮内心的灯靠自己。

城市幻象

这城市先于我们来到这里，也必将比我们走得更远。我们只是匆匆的过客，这城市永远不属于我们。

——题记

一只麻雀飞到电线杆上

不知是因为好奇，还是不小心走失，或者，是想寻找一片新鲜的栖息之地，一只麻雀飞进城市，着陆于电线杆上。

没有人关心麻雀的到来。是的，这个城市耀眼的东西太多，值得人们关心的东西太多，人们早已疲于奔命，自顾不暇。政府、医院、学校、银行、公安、城管、超市、股市、高楼、公园，这些赫赫有名的名字，任何一个，都牵扯着市民的神经。不说小小麻雀，就是麻雀着陆的电线杆，除了刮风下雨停电，人们也没有把它当成一回事。可是，对于麻雀，就不一样了。在这个城市，这电线杆就是天，就是地，就是衣食父母和靠山。记得，在麻雀刚进城的时候，并没有风，天是忧郁的，炊烟在村庄的头上盘来绕去，积雪掩盖不住田野里的荒凉。麻雀决定外出看看。此时的麻雀，只是听说外面的世界很精彩，不知道外面的世界也很无奈。在这种似是而非的朦胧中，麻雀就上路了。羽翼把瘦小的身子高高托起，熟悉的村庄，茅屋，竹林，树木，河流，被一一抛到身后。当快要精疲力竭的时候，它的眼前出现了这片高楼。面对这个突然出现的城市，那种陌生而神秘，曾让麻雀充满好奇、恐惧、迷惘，又有几分期望。在天空转悠了半天，犹豫了半天，不是决断，而是实在没有力气了，没力气再作一次遥远的飞翔。麻雀只好壮着胆，找到了这根很像秃树的电线杆，把全部的希望与命运，寄托于这个陌生的伟岸。至于麻雀从哪里飞来，这确实是一个谜。人们关不关心是一回事，是不是又是另一回事。至少，在这里体现了麻雀的价值，它为这个城市制造了一个谜。

当然，这样的谜只属于城市，而不属于麻雀。麻雀心里是有数的。在鸟类中，麻雀有较好的记忆力。虽然，南北各地，欧亚大陆，处处都有麻雀的家园，但并不意味着它们常常远走高飞。事实上，麻雀很念家。它们一旦选择了栖息之地，就会在那儿筑巢安家，繁衍后代。家虽简陋，多以草茎、羽毛等构筑，建在屋檐下或墙洞中，但却拴住了麻雀的心。无人施蛊，它们日常活动的半径，却不过两三公里。谷物成熟时，麻雀们便成群结队，飞向金灿灿的田野，觅食谷物，待养得体健身肥，便开始产卵育子。因此，可以断定，这只飞到电线杆上的麻雀，家并不遥远，不会是北国的户巴拉，也不会是南方的琉麻雀，就是附近的家雀；它的家园，也许就在这城市郊区，某个村落，某户人家，屋檐下，或某棵大树的枝杈间。城里人更多的是关心自己，关心赚钱、升迁和角逐，烟雨茫茫，四野荒荒，有谁关心这只不速之客式的麻雀。更不会有人去想，在这漫天飞雪，天寒地冻的隆冬季节，要拒绝暖巢的挽留，作别多情的炊烟，割舍熟悉的树林，离开曾经金灿灿的稻田，来到这陌生而诡秘的城市，麻雀是多么不容易。隔一个族类，就隔了天地的距离。

然而，不知麻雀是否知道，真正的不容易还没有开始。

着陆了，终于着陆了，着陆于这根电线杆。准确地说，麻雀是着陆在了电线上，而不是电线杆上，麻雀把那电线当成了树的秃枝。树才是电线杆。先还有一些欣喜和踏实，为一种意外的坚实。麻雀是有心理准备的，尽管再劳累再疲倦，它也做好了着陆的准备。麻雀知道，在乡村，那树的枝杈很纤细，很柔软，富有弹性，着陆时须先找准枝杆，用细爪紧紧抓稳，然后再慢慢敛翅。晃悠是必然的，就在着陆的一瞬，由上到下，由下到上，再左摇右晃，一种漫不经心的序曲，成了迎接麻雀驾到的仪式。然而，此刻却出现了意外。那枝杈不仅没有晃悠，而且坚硬如山，一动不动，令过分专注的麻雀一个趔趄，差点摔了下去。当意识到脚下的坚实安稳时，旅途的劳顿与担心，从麻雀心里一扫而去。怪不得，自己在乡村亲近的那些面孔，那些与自己相依而栖的人们，纷纷离家别口，丢下山川河流，树木茅屋，飞到城里安家落户。城里的树虽然没有叶，但城里的枝杈是坚硬的，稳健的、踏实的，没有危险的柔软与晃悠。环顾四周，又试了试，仍是一动不动，这让麻雀感到一种从未有过的安慰。

然而，好景不长，没想到真正的柔软与晃悠，还在后头。

站稳脚跟，稍事休息，麻雀开始梳理。看见城里人个个花枝招展，一个比一个较劲，再看看自己，一身仍是在乡下时的灰不啦唧，麻雀开始感到有点自惭形秽。先是梳理身上的羽毛。虽然没有梳子，但那黑色的喙，弯弯的，短而坚硬，强健有力，使用起来也还方便。于是，麻雀从左梳到右，又从右梳到左，然后又艰难地梳理颈项。满身的羽毛都被梳遍了，理顺了，只有两片不坚定的羽毛，在梳理中脱离了麻雀，飘忽忽地飘向城市的天空。并没有落地，如果落地，也许麻雀会想到把它重新衔回，用以筑巢；可是，那羽毛随一席轻风飞走了，飞到了城市的楼上。麻雀想起了乡下，想起了温馨的家，还有那些乡下的树和风中飘落的树叶，心中竟涌起一种悠悠伤感。

既来者，则安之。度过了短暂的磨合与不适，麻雀开始寻找新的生活，它要学会适应城市的环境。于是，站在电线杆上的麻雀，开始注意观察城里的人，它要看看聪明的人类，在这个城里是怎样生活的，也许，那能给自己一些启示。

首先想到的是工作。要在这个城里生存，总得要干点事，找到谋生的途径。让灵性驾着轻舟，离开凡俗的肉体，去城市的上空神游，麻雀要寻找精神的皈依。它发现了一位求职者，一副斯斯文文的样子；他的脑子里装着亚当·斯密，怀里揣着厚重的文凭，上面烫金的“博士”二字，不仅刺眼，还有一席淡淡的油墨清香，从纸背透出。博士穿过七拐八扭的，弯弯曲曲的街巷，来到工商局。哦，他是要注册公司，想当老板啊！麻雀肃然生敬。这样的事，自己可从来不敢想哩。不过，既然跟随来了，就看看吧。如果运气好，说不定还可混个董事长、总经理干干。很快，麻雀发现了一个秘密，工商局的人，见了博士文凭，并不像自己那么激动。走进公司登记科，一位美丽的工商小姐，坐在华丽的转椅上，正在电脑上看《蜗居》的人，也许博士来得不是时候，工商小姐显然心有不悦。麻雀便随博士转移目光，转向工商小姐聚精会神的电脑荧屏。剧情正精彩。宋思明惹怒了海藻，生气的海藻不顾多情，愤然离去，冲出门；宋思明气急败坏地冲上去，连拉带哄，强把她抱回，不停地亲昵，道歉，呵哄，然后，孔武有力地把她揿在床上，一番激烈的翻云覆雨后，战争烟消云散。剧情的发展是合乎逻辑的。矛盾化解了，工商小姐仍在喃喃自语，找男人就要找宋思明；麻雀却想不通，在心里嘀咕，你们人类是怎么了，做个爱也那么复杂。这时，一句冷冰冰的话，从工商小姐那里甩过来：登记公司，看什么文凭，我们只审查法律文书和注册资本。说罢，又甩过一叠厚厚的登记表，还有密密麻麻的办事流程。麻雀有些失望了，自己娘生父养以来，就没正儿八经上过学，至今，仍是目不识丁，乡音难改；即便同类交流，也是叽喳喳，五音不全，常常被人类斥之为噪音。不说那巨额的注册资本，即便有钱，那套烦琐的表格文件，就是几十个，什么《发起人协议书》《董事会成员委派书》，什么公司《章程》《股东会决议》《董事会决议》《公司预核准名称》，还有《验资报告》，等等等等，就是博士，也要折腾半月呀，何况自己。罢了，罢了，别再跟在博士后面浪费时间了，不敢高就，还是找个简单活干，当个打工仔吧。

麻雀驾着自己的灵魂，离开了博士和工商局，重新在这个城市的上空寻觅，寻找属于自己的位子。

倒还顺利，没费多少周折，就找到了就业局。妈呀，门口拥挤了那么多人，男的、女的、老的、少的、高的、矮的、胖的、瘦的，揣大文凭的、小文凭的，把就业局的门口挤得水泄不通，一副副焦急，期限的神情。那些人好像已等了很久，如《等待戈多》里的戈戈和狄狄，但获得满意就业岗位的似乎并不多。一位手持就业推荐证的人，骂骂咧咧走出门。那种失望与焦虑，终于传染到了麻雀。一种隐隐的不祥之感，在麻雀脑子里涌动。等待倒不可怕，自己有的是时间。怕的是拥挤，自己身小体弱，怎堪那惨烈的推推搡搡；还有，那张就业推荐证，据说就要掏一百多元。这还是政府补贴了的，民间机构收费更高。麻雀慌了，你们人类倒无所谓，身过百斤，弄钱的路子也多，而自己身为麻雀，虽说肝胆俱全，但浑身骨肉皮毛，算干打净，也不过一二两，就是变着戏法掺杂使假，把自己卖了下油锅，也凑不了那么多钱啊。作罢，作罢，麻雀赶紧从那依附者的身上脱离，悄然离开，怕再逗留下去，稍不小心，被人强拉去就业。

时间不早了，明天再找吧。麻雀悻悻的，满脑空空，与刚进城时的心情，判若两麻。麻雀感到些许的倦意。特别是那种心里的累，以前在乡下，是从未感受过的。那种山清水秀，携雏将妇，逐戏于田边乡道，现在想来，简直是一种奢侈。

在灵魂归返的路上，麻雀想到了栖息。对了，临近黄昏，该是人回家，鸟归林的时候了。可林在哪里，家在何处？总不能一直站在电线杆上啊。这里要茅屋没茅屋，要树没树。这时，麻雀发现了高楼，许多许多，高高矮矮，眼花缭乱。先还有点兴奋，可是，当它来到一幢正在开售的楼盘前，差点没吓昏，一平方米售价，就相当于几吨麻雀身价呀，阿门！那些星级酒店，灯红酒绿，更是麻雀不敢想象之地。

难道偌大一个城市，竟没有我一只小小麻雀的安身之地？麻雀第一次感到了绝望，彻底的绝望。带着疲惫，焦虑，绝望，让灵魂归附于肉身。仍站在电线杆上，已不是刚进城时的心情。饥肠辘辘，两眼发花，电报的坚硬失去支撑，似乎整个世界都在晃悠，令麻雀恐惧的，难以承受的晃悠。麻雀准备飞下电线杆，就在路边觅点食，顺便拉拉屎。哪怕是一条细小的虫子，一片菜叶。可是，就在要起翅纵身，准备下跳的一瞬，麻雀发现，城市的街头路边，站满了公安，城管，税务，环卫，他们以鹰鹫般的眼，觎视着城市的每一个角落。看见大盖帽，就想起“除四害”时的举国追杀。麻雀不寒而栗，出了一身冷汗。

天啊，既生我，何生城市！

一声绝望的哀嚎。麻雀两眼一黑，栽了下去。电线杆回复空静；街头，两只露宿的蚂蚁躲闪不及，被麻雀砸死……

街　头

走上街头的时候，是在午后。太阳艰难地露面，挣脱雾霭的纠缠，扭扭捏捏，似乎刚刚开面。刚开面的还有城市。城市刚刚起床，像我平时那样，掖好被盖，到卫生间洗漱一番，一脸便神清气爽。我站在街头，面对刚开面的城市，还有晃动的人和车，不知道此刻究竟该去哪里，找谁，做什么更恰当。

曾经望文生义地理解，街头，是否就是街道的头，头部或头头，或者说街道的尽头。我按照这样的思路去寻找，也还是有一些发现。我相信，头这个词，最早是指向人或动物的，而真正的意义在人。头在身体的顶部，上顶蓝天，下连躯体和两脚以及两脚站立的大地，思想的发生器珍藏在头脑的心里。因此，我更希望这样的理解，街头街头，指的就是街道的头，头部或头头。它脚踏大地，头顶着这个城市的一切，呵护着城市的一切，也见证着城市的一切。楼房、草坪、雕塑、电线杆、政府、企业、居民、超市、夜总会、繁华、残酷……

当然，在这一切中，人是主宰。有人才有了城市；有了城市，才有了街道。人是城市之魂。于是，我循着人的足迹，去寻找城市；再循着城市的足迹，走向街头，去寻找人。一找就找到了北京周口店，找到“东非人”与“能人”的化石，还有长眠于埃塞俄比亚哈达地区的“露西少女”。烟尘撒了一路，200万年，350万年，500万年，他们的足迹渐行渐远，越来越模糊，直至消失于一片遥远的迷蒙深处。城市似乎要清晰一些，烟雨街头，总还有残垣断壁。“三里之城，七里之廓”已是后来的事，事实上，城市的足迹要远得多，封尘要厚得多。我蹚过尘世的烟雨，踏入了庞贝小镇，赫每兰尼姆，古罗马街道，还有被称为“英国金字塔”的列石圣地埃夫伯里和它的肯内特大道。我相信，那些列阵的巨石，是埃夫伯里人的精神之城，而城内蛇形环绕的肯内特大道，则是一种精神外化的大地之舞。我怀着无比虔诚与敬畏之心，小心翼翼地踏入它的街头，欲要聆听它精神的回声。那回声却虚无缥缈，神性般难以捕捉。城市没有尽头，街道也没有尽头，有尽头的只是某个城市，某条街道，而不是整个城市，整个街道。就像此刻，我栖居的这个城市，站立的这条街道。我发现了自己的渺小，还不如这城市里的一粒浮尘、一方绿地、一尊雕塑；我甚至怀疑，若在夜深人静时，独自一人，进入城市，站在这样空旷而寂寥的街头，会不会心生畏惧。

嘈杂的市声，总是牵引着我的思绪。“大脑像一台电视机，灵魂在里面歌唱。”忽然想起了一句话，不知是谁说的，与眼前的情景契合。一个画面，闪烁的、变幻的、捉摸不定，呈现在我的面前，我既是一位旁观者，又是画中人。市声是它的配音；不，是它本身发出的声音，与画面的切换同步。我再次挣脱市声的干扰，让灵魂与记忆独处，寻求精神的偶合。我企望从嘈杂中理出头绪。镜像不停地切换，先是密尔格拉得，质朴与现代竟是如此和谐地融合在一起。奇形怪状的房屋，有的盖着草，有的盖着芦苇，甚至顶着木头。街道是交错的，穿梭在楼房之间，宽阔而整洁。街边是齐整的篱栅，上面挂着忽布实和瓶子。这样的街道，精神是质朴的，很容易让人联想到某个古镇，周庄、上里、汉阳，或者绍兴，但无论如何，联想不到眼前，联想不到这座古老而年轻的城市。思绪被甩得很远。我又想到遗失街。它坐落在邬斯宾斯基笔下的T城，那无数歪倒的，半坍的，或完全崩塌的屋宇以及可怕的、黑沉沉的，响着孤单“当心”叫声的秋夜，都是遗失的表征，城市精神的遗失。当心什么？眼前的城市，并没有泥泞的街道，坍塌的楼房。我想，也许泥泞和坍塌，隐藏在城市的心里，以市声嘈杂的方式表现出来，要告诉不绝的行人。于是，有了街道，让人进出；有了街头，让人驻足与聆听。

不要辜负了一种长久的守望，不要辜负了市声，不要辜负了街头。此刻，我强烈地感觉到自己的责任。我调整好站立姿态，以一名受众的样子，认真地看和听。就像平日在家里，经过一天的劳顿，晚饭后，斜躺在客厅的沙发上，手执遥控板，打开电视。我把街头的景象想象成电视荧屏，我要聆听灵魂的歌唱。喇叭声是突然出现的，尖厉、刺耳、盛气，甚至淹没了席卷而来的尾气。要是在平时，面对那刺鼻的尾气，我会条件反射地掩鼻的，此刻，却被那声音招引。是一辆V6宝马，鸣着喇叭，左托右拐，不断超车，不知是确有急事，还是一种招摇，也不知车里坐的是什么人，要去哪里，去做什么。我只觉得烦，没想到要去弄清这些。当喇叭声远去的时候，才注意到另一种声音的存在。就在街道的对面，那声音热烈而嘈杂。一家大型超市的门口，正在举办新年促销活动。舞台是临时搭建的，占据了往日的停车场。扩音器按照设定的程序，播放着激情雷动的音乐。不知从哪里请来的歌手，一男一女，红衣长袖，在小小舞台，应着音乐的节奏，尽情地表演着。他们时而声嘶力竭地歌唱，向街道释放着超限的分贝；时而扭头摆尾，以十分夸张的动作，吸引着路人的注意；时而又打情骂俏，以一些五花八门的招数，以内衣内裤胸罩之类为道具，做着粗俗的街头秀。其实，那声音是早就存在的，只是刚才被宝马更强大的声音淹没，让街头的我对它有所忽略。就在我思索这种忽略的时候，另一种忽略又呈现在我面前。就在对面的喧嚣停顿的一瞬，我发现了另一个声音，就在我的身边，谦卑的、微弱的、怯怯的，从重重淹没中浮出水面。原来，大的声音总是压住小的声音，小声音的呈现，以所有更大的声音的离开为条件。是一位中年妇女，以一身整洁的衣服和粗糙的皮肤，注释着她的勤劳。她以企求的眼光望着我，怯怯地问，先生，擦鞋吗，帮衬帮衬下吧，挣点钱供娃儿读书……

一方小木凳，安放在街边，安放下我的身体。一边擦鞋，一边观望眼前的“电视”。街头涌动着行人，车辆，嘈杂，来去匆匆；街边耸立着楼房，层层叠叠，错落零乱。高楼压着矮楼，矮楼压着平房，平房压着街道。矮楼看高楼，必须仰望，不是喜欢，与喜欢不喜欢无关；而是高矮的现实，决定了一种残酷的存在。远处望去，街道似一条地平线，以自己公正平等的头，托起这个城市和城市里林林总总的楼。那些忽隐忽现的窗户，像一双双诡秘难测的眼，或正在倾诉的口。我弄不清它们背后的隐秘，听不见它们的声音。但我相信，它们是有话要说的，它们有自己的声音；或者说，它们正在说，或强或弱，或悲或欢。无声电影时代早已成为历史。只是，我站得太远，面前的市声太喧嚣，我听不清楼房里发出的声音，只能看见一种站立的姿势。

我看见，城市和楼，都站立街头。同一地平线，却生长着不平等的喧嚣、冷清、压抑、淹没、差异与不平等……

巷　尾

不是要承续一个乡言俚语，让街头巷尾在这里团圆，而是我今天在城市的脚步，确实是这样延伸的。在街头逗留了一会儿，看了看电线杆上的麻雀，我便走进了这条小巷。

从大街到小巷，是一个巨大的切换。时尚到传统，开阔到细小，现代到古老，都在切换中实现。这种感觉，不仅是去政府驻京办，从北京的王府井大街，进入交道口北二条才有，在哪个城市都一样。巷尾是我随口而出的，并没有客观的确定。其实，一条小巷，或者说至少眼前这条巷，坐落在城市纵横交错，密密麻麻的街巷间，两头都连着大街，通向大街，是无所谓头，也无所谓尾的，不像一个人，一条江那样，头尾分明，起止清楚。我之所以称之巷尾，在于它与大街的接口。是要去小巷那头理发。那家理发店不仅技术好，手工精细，而且使用的剪和修面刀，也是土的，土剪土刀成了一个招牌，这很容易让我回到童年，想起当年乡下的理发匠吴师傅。不管从什么方向来，只要你绕过中心广场，穿过商业街，来到大街与小巷的接口处，这接口的特别就很容易被发现。一边是灰黑现代的沥青路面，细致、平整、开阔，一边是陈旧古老的青石板路，粗糙，凸凹，狭窄。一种强烈的反差聚集在一起，没有让人感到别扭，不知是城市的包容，还是城市的消解。我想到的却是时间，如果以此时此刻为界，我站在这大街与小巷的接口，这里的一切，都是我们过去的尾，我们的头，都在可以追忆的时间前面，有的近，有的远，有的深，有的浅。我相信，每一个脚印，都珍藏着一个人过去的生命；每一条巷尾，都蕴含着一个城市深刻的记忆。

面对这样的巷尾，不得不把脚步放得轻些，再轻些，我怕任何的莽撞与造次，都会惊扰这个城市沉静的历史。但是，并不是我想沉静，就可以获得沉静的。就在巷口，或者说就在这个城市历史的最新截面，一家揽客的网吧，似探风的哨兵，绊住了我前行的脚步。从未进过这样的场所，却被揽客的服务生叫住，不是一般的叫，而是热切的、殷勤的、难以拒绝的招揽。小侄子就因为泡网吧而上了瘾，无心向学，误了前程。从此，我对网吧有了一种内心的反感。

是什么魔力，让人如此着迷，不妨顺便看看。

门很狭小，以厚实的布帘虚掩着，欲把魔影幽光挡在屋内，嘈杂喧嚣却挤出了帘外。未曾拂帘，已是嚣声盈耳，使人感到，三五步之外，便是另一个厮杀的世界。想到折转，服务生热情地连劝带搡，已是身不由己。瞬间，一种声色俱厉呈现在眼前。污浊的怪味扑鼻而来，心里涌起发呕的感觉。灯光是幽暗的，似乎故意要给启动的游戏留下空间；一排排电脑荧屏前，零乱闪烁的影像，映照着一张张稚气，嬉笑、困倦、专注的脸；厮杀尖厉的嚣声，此起彼伏，弥漫于屋内。在服务生的引领下，我以一种单刀赴会的心理，硬着头皮往里走。顺势一瞟，光怪陆离的荧屏上，一些陌生而怪异的名字，闪烁其间。什么《传奇归来》《永恒之塔》《神鬼传奇》《魔骑士》《生死格斗》《魔域》《众神》。我的脑海里，顿然出现了一种幻觉。意识飞回18年前，香港铜锣弯街头，华灯初上，迷幻瞳瞳。突然枪声大作，刀光剑影，14K与和胜和，香港两家著名黑社会的数百马仔，云集街头，在黑老大的指挥下，厮杀正酣。我夹裹在下班的人流中，急忙躬着腰捂住头，仓皇四处躲避。想不到香港街头武戏，今日又现，虽只是在网吧里，我的心里早已沉淀了一种无意识的恐惧。顾不得斯文与面子了，有点粗武地断然挣脱服务生的强留软缠，匆匆忙忙出门，重新回到外面的世界。

仍在巷尾。经历了一场不古不今，似幻如梦的体验，重回这古老与现实交错之中，竟有一种恍若隔世的感觉。好在太阳下去了，天空仍在，麻雀没了，电线杆仍在，屹立于不远的街边，凉风仍告诉人冷的感觉。满城的灯火次第点燃，在天地间挤出一条缝，那缝被不断地鼓气，涨大，形成一个迷幻的穹宇。城市躲在穹宇之间，想要躲避黑夜，却被迷幻传染。城市里的一切，包括楼房、街道、电线杆、广告牌、汽车和行人，甚至就是那制造迷幻的黑夜，灯光，激光，还有霓虹和夜总会招牌，都变得模糊，虚幻，难以捉摸。人们开始在城市中狂欢，证明着夜也是一种生活。我猜测，这迷幻是城市刻意营造的，为了驱赶黑夜的寂寞，并且取悦人的狂欢。唯有小巷，被狂欢遗忘的小巷，仍在现实中蜗行，孤独的、清冷的、沉稳的，似乎正要陪伴我走，从巷尾走向巷头，去寻找这个城市的根。

青石板路瓷实，坚硬，凸凹不平。逃避狂欢与喧嚣，是想求得一种安稳沉静，没想到这路的狭窄、漫长和冷清，没有孤寂而行的思想准备。便忘记了是路，怀疑是一支竹简，被某位考古学家遗失，躺在城市的这个角落，正在期待知者解读，然后被它珍藏的秘密唤醒，重新把它捡起，揣进怀里。我相信，那些传说轶事传诵的，都不可靠，有太多主观虚构的成分，就像我们平时写小说，自己编些故事，倒腾自己的情绪。

可靠的是眼前，脚下，感官触及之间，就是哲学家们说的此在，或我思故我在。

用脚丈量着历史，在冷清与幽暗中，我踽踽而行。高一脚，低一脚。好在地面是坚硬的，落差也不大，不担心摔倒或跌伤。跌伤的是情绪。幽暗先还只是在表面，把小巷拉长，门户浸染，突然却袭击了我的心。就在幽暗的深处，一辆摩托从对面驶来，速度很快，诡秘的、跳跃的、刺眼的灯光，刹那间就到我跟前，又一闪而过，看不清车和人。只感到一阵风声呼啸之后，车和人都消失在了巷尾，把一串呜呜的声音抛在身后。然后是一个女人的尖叫声，从幽暗之中传出，就在我前面不远处。先还只是叫，恐惧的、凄烈的、绝望的叫，只有分贝，没有语意；语意是在尖叫之后出现的。我这才明白，是打劫，刚才那辆摩托的飞车打劫，女人的坤包被劫走了，人被一股强大的惯力，冲倒或拖倒在地上，口里仍不停地叫着打劫啊打劫，希望唤来见义勇为者或警察。可是，显然是徒劳的。一切都发生在瞬间，整个世界都来不及反应。人们纷纷涌出，从小巷旁边的不同小门，将女人围着，轻轻扶起，嘘伤问痛，当弄清缘由的时候，摩托早已不知去向，消失于城市的迷幻里，就像一只被放生于大海的海龟。警察很快赶到，边安定女的情绪，边做着机械的询问。车型，车号，男女，年龄，相貌，衣着，特征。可是，似乎唯有我，是最在场的目击证人；而我，也深感内疚，确实什么也没有看清楚。大家只好对那女人安慰一番，说一些多多保重，失蚀财免灾的话，提醒以后多加小心，然后各自进门关门。警察例行公事地做了询问笔录，留下当事人联系电话，最后丢下一句负有希望的话，告诉女人如有什么情况，会随时联系你，也走了。我感觉到，在警察启动摩托的一瞬，女人脸上掠过一丝条件反射式的惊悸。

情绪被破坏，似乎做什么都没有心情。站立小巷深处，被幽暗包裹，身和心。充满犹疑，举棋不定，在心里盘算着，是否继续往前走，去理完发，然后回家修改单位年终总结；或干脆折回，去约几个朋友去远景楼喝茶……

车　站

到达车站的时候，天还没亮。但地是亮的。黑黝黝的地，或曰城市，被灯光一点一点照亮。那照亮的点，就形成一团团光晕，毛茸茸的，被夜风吹着，在城里晃动，很像是峨眉山的佛光，等待朝圣者膜拜，或者被照亮，然后揣上一个美梦，让自己陶醉。可是，光晕间有些模糊，让灯光消解了照亮的意义，城市的夜色走失于一种魅惑中，让到站进城的人迷路。

是来接站的，从P市开出来的T86次列车，一早就要到达。

前几天，一位乡下的同学来电，说读大学的儿子放假了，要来这里拜望我这位长辈。不便问事由，也不好拒绝，我知道一个乡下人，要供养出一位大学生的艰辛。就是这班车。夜色朦胧，意象迷乱，此刻城市隐匿了尊容。我发短信叮嘱这个叫我叔叔的孩子，说出站后就地等候，千万别乱走，否则会迷路的。在城里迷路，比在乡下要复杂得多。不像村庄，山头与炊烟，一看就让乡人心中有数。街道、路灯和红绿灯，都不关心夜行者的心事，它们只关心自己，不可能充当夜间的向导。这孩子是第一次来到这个城市，一种迷离与陌生的邂逅。欲望栖居的地方，迷乱开始滋长。不知谁的诗句，被我悠地想起，触媒是这满城的光晕与迷离。我怀疑，这车站便是欲望打的结，每一次到站离站，都是一次欲的旅行。面孔总是陌生的，是庞德的湿漉漉的枝条。来去都不重要，重要的是为什么而来，为什么而去，车站能否引渡目的。许多人似乎并不清楚，车站只能为心情打结，而不能解结；只负责迎来送往，不负责安身和目的。比如此刻我的到来，目的只属于我，而不属于车站。

下车，一种阴阴的冷，从夜与灯光的缝隙渗透过来，一些拂着脸面，一些钻进袖口。要是在枢纽城市，早已是人满为患，而这里却仿佛是世外桃源。也许是太早，忙乱还没有开始，走进宽敞的候车大厅，稀稀落落的人，驱赶不走晨早的寂寥。一不小心，我就成了这稀落里的一个，陌生与迷离，是这里唯一的主题。我不认识别人，别人也不认识我；我们都不知道彼此怀揣的目的——很难分辨谁是接站的，谁是出发的，谁是送人的，谁是票贩子。找个位子坐下，开始一个新的角色。都是一些普适性的动作，懒得言语，茫然地张望，持久的静默，随便找份残缺脏乱的报纸或杂志，看看或晃了一眼根本就没看，或者呵欠连连，用双手撑着头脸，斜倚在长椅的靠背上打盹。尽管如此，还是难以走出迷阵。我不知道那些张望的人，是否仅仅在等待进站的列车，其实候车是用不着张望的，这是火车而不是汽车，多数时候是正点。我也不知道那些打盹的人，此刻是否有梦，有和无都蕴含着不同的内容。更不清楚那些静默的人，此刻，他们的人和心，是否都处于同样的静。夜是静默的，但星星躲在浓云的背后，在远处眨眼；太阳在地平线下跃跃欲试，随时都有可能冒了出来；我也是静默中的一个，却正在杂乱地想一些事情。原来，真正的静是很难获得的，从外界到人的内心；所谓的心如止水，也只是波澜不兴的对应，更多的还是静水流深。世界上没有两片完全相同的树叶，也没有两个完全相同的心情，尤其是在人来人往的车站，每一个出发或归来，迎接或送行，都有不同的意义。比如此刻的我，就在想第一次外出，怀着迷离与不安，在县城车站候车时的情景。

三十多年前的阳光，与现在一样，有时温暖，有时毒人，有时艳丽，有时阴郁。不同的是人。

正是年少不识愁滋味的时候，梦比现实要多。高中毕业了，回乡，接受贫下中农再教育，一个也不例外。这些在现代青少年看来，也许须加注释才能读懂的概念，却是那时最时髦的流行语。大学是一座神秘的高山，锁在深远的云端，欲要攀达，眼前的路却突然中断。命运把我引到一个人生的车站，却突然丢下不管了。我陷入了深深的迷惘，不知道该赶哪班车，去到何方。印证了一个虚幻的梦，正要赶去参加一场决定命运的约会，到一个中转车站，全部的车却已收班，退不是，进不得。我心不甘，先是拼命地复习，准备迎接冥冥之中那遥远不期的高考；父亲先是劝我安心务农，不厌其烦地教我二十四节气，还有春播秋收之类知识。见我实在没有兴趣，就托邻居家一位在县农资公司做事的叔叔，找了一份工程验方的零工。地点在乐山牛咡桥，须赶长途公共汽车去。母亲煮了几个鸡蛋，塞进我手里，叮嘱父亲一定要把我送上车。上车后就不怕了，对面有人接。就这样，我们父子俩一前一后，走过了无数的乡道，弯的直的，宽的窄的，平展的坑洼的，仿佛是一种暗示，未来的人生之路，就这样作序。我们来到了县城汽车站。破烂，尘土飞扬，车站没有给我留下什么特别的印象，唯有一种刻骨铭心的痛。这痛，在车站生成，就在汽车启动的一瞬，与一种悠悠的茫然、无奈、空落，还有车窗外孤零零的父亲和一带长长的扬尘粘连在一起。后来读朱自清的《背影》，总是两眼潮湿。也许都是相同的车站，都是父送子行。或者说，我们的分别更为特别，一张写满忧虑久久张望的面孔，本来就比模糊的背影更具震撼力。

同样，并不是每一次的到站，都拥有归家的温暖，寒冷往往突然袭来，就像这立春前后的天气。

就在前几天，去客运中心站检查春运，还亲眼目睹了一幕令人怅然忧伤的事情。午后，正值春运高峰，客运中心站里里外外忙作一团。按照功能，车站从正中一分为二，右边是到达，左边是出发。出发的人群似乎要慌乱得多，一排排长长的队伍，高高矮矮，弯弯曲曲。只见人头攒动，点连成线，线连成片，黑压压的，喧嚣而杂乱。大包小包的行李，似乎要把世界的希望都带回家；而再多的行囊，又似乎统一不了他们此刻的心情。表情是复杂的，有的挂着喜悦，有的写满忧愁，有的堆积着疲惫，有的充满焦虑。我不知道在这些表情的背后，都隐藏着一些什么故事。但我可以断定，出发和归来，都具有相同意义，只是掉换了起点和终点，谁也说不清，究竟自己该在哪一边。

突然间，一声声嘶力竭的呼叫，从右边传来，让原本秩序稍好的到达大厅乱作一团。人们很快聚拢，以呼叫者为中心，将一个杂乱的圈不断扩展。随行的领导连说对不起对不起，就丢下我们赶了过去，边维护秩序边通知驻站公安，折腾了半天，才控制住了局面。车站领导回来，我们才弄清事情的原委。原来是一位在外打工的农民，从广州回家过年，刚一到站，在出站口的拥挤中，腰间的皮包不翼而飞，那里边不仅装着他打工一年的血汗，还装着他卧病老母的生命希望，装着妻儿望眼欲穿的期盼。然而，突然间，他连换乘回家的路费都没有了。派出所民警赶来了，询问排查了半天，似乎也没理出个头绪，为了防止失控，把那农民工带离了现场，据说是到派出所进一步调查。虽然我没有随那农民工而去，不知道最终的结果，但据我了解的许多此类询问，加上车站复杂的环境，可断定多半是凶多吉少。我常常讲换位思考，此刻，我却不敢；在这个车站，面对这位不幸的民工，我不敢设身处地。时间已经过去了好几天，一想起这事，我心里就有一股说不出的酸楚与忧虑。车站负责人说，虽然保安措施已很严密，可这样的事，在车站几乎天天都要发生，仿佛已成为车站的一个普遍顽疾。此刻，它却传染到了我的情绪。

一声长长的汽笛声，火车进站了。我起身走向出站口。这时，我才发现手机上一条未读短信，打开，上面一行清晰的字：叔叔，我这次是来找工作的，添麻烦了，你一定要帮助哦……

车站，清晨。我的心情一下被拉回到了三十多年前。这是怎么了，想读大学的与读了大学的，命运的轮回竟是如此相似！

大　门

门而谓之大，不仅是指它的形状和规格尺寸，更在于它的内里乾坤。的确，这里开阔高朗的空间，绝非一般家庭小门可同日而语。山不在高，有仙则灵；水不在深，有龙则灵；门不在大呢，靠什么而灵？我还没有研究过，开始说这个大门，纯粹是一种形而下的意识，指的是它二十米宽的开间，直通天空的顶端，开阔大气的通道，压根儿就没有把它与里面的政府联系在一起。当我联系到政府的时候，反而有了一些拘谨，怕沾染上敏感的政治情绪，十分注意自己的遣词造句。

拘谨正是从那灵宝之源开始的。我知道，这样的大门，过去是不叫大门的，而叫衙门，或者官衙、官府，门口置备大鼓，两边武士把守。现在，除了一些古典的书本上，人们都不这么叫了。其实，只要门里住的是政府，行使着社会公权，而非其他，它的灵宝之气就依然存在。按照亚里士多德的命名规则，只要它的本质属性没变，其他的都是形式。当然，并不是说形式不重要，有时，形式不仅影响内容，甚至暗藏玄机。还说这门，这县人民政府大门。曾参加过这个城市，这幢大楼，这个大门的规划论证。对于这个城市，规划可不是件小事，按照当时县主要领导的说法，那可就是这个城市的脸面和灵魂。那是在这个城市刚调整行政区划的时候，一个阳光灿烂的盛夏，空气里热烘烘黏糊糊的，兼容着一种高湿度下的闷腻。稻田里的谷子正在疯狂灌浆，并不知道这已是它们最后的生长，这一方田土将很快告别稼穑，不再属于它们扎根之地。书记很谦和，很深入，言语也很规范。他先是冒着酷热，陪规划专家们踏看现场，边走边交换意见。说是交换，但那语气中分明透视中一种胸有成竹和不可忽视。专家们也心领神会，总是可以左右逢源，从理论、理念和政治的高度，诠释着书记指示的高瞻远瞩和精辟在行。

书记语重心长地说，规划可是这座千年文化名城发展的里程碑，是决定这个城市未来前景的宏伟蓝图，是“三年创辉煌，五年大变样”的行动纲领啊，是……

后缀的“是”还有很多，那个后缀的语气助词的啊发音也很重，富于感染力。但是，书记讲的意义大都记不得了，记得的只是重要和非同寻常。非同寻常的，还有政府大楼和它的大门；具体说，是政府大楼的规划位置和大门朝向。决策是审慎而认真的。显然，这除了城市规划那些宏观大道理外，还有许多只可意会不可言传的小道理。有人说，领导专门安排过身边的人咨询香港风水师，还派规划组考察了国内外十多个同类城市；也有人说，天下名山僧占多，天下好口岸政府占得多，这都天经他义。这些说法既非捕风捉影，也难考证。最后的结果是，政府宏伟的办公大楼，规划在了这个城市新区南北两条主干道的交汇口处。最微妙的是政府大楼大门的朝向。按理说，两条主干道的交汇口有四个角，都是这个城市绝好的口岸，政府大楼规划在哪个口都可以。但是，为此却争论不休。第一轮的争论，是大楼规划在西北、东北角，还是东南、西南角。最终决定占据西北角。道理很简单，东当阳，南当道，都是不可丢失的风水宝地；而西方暮气映夕照，就要规避了。因此，只有西北角，才可皆得二利，又避开夕照。但是，在东与南之间，谁主谁辅，却众口难调。有的主张首取阳，何况东面还有滚滚大江，风水风水，怎能背水而栖；有的则主张主道，衙门向南开，自古使然，不要破了千年官道。规划师似乎更能揣摩书记的心思，从建筑学的角度，巧妙地化解了大家的分歧。他说，咱们不能以封建时候的“衙门向南开”为理据，否则，我们的政府是否也该“有理无钱莫进来”呢？显然不行。不过，从采光的角度看，大门朝南显然更合理，它既可有效采光，又避免了东西向的从早到晚两面晒。书记喜形于色，赞不绝口，连连说你看你看，专家就是专家嘛。

于是，在“大变样”的澎湃激情下，从规划到设计、招投标、施工、装饰，不到三年，在这个城市的新区，南北两条百米大道的交叉口西部角，一幢威武雄健的大楼巍然屹立，傲视四周残喘的田园和田园里星星点点的建筑。造型是独特的，高高的靠背，端庄的护手，还有左右搭配的茶几，无论远望近观，都很容易令人产生许多联想，联想到过去皇室里的龙椅，和那些演绎不尽的与权力有关的故事。令人意外的是，原来争论的两个焦点：大楼的位置和大门的朝向，随着规划方案的尘埃落定，再也没有人去议论，而原来大家一致认为没有问题，且造型别致，富有灵性和动感的地方，反而成了争论的焦点。争论的是“龙椅”靠背上的那个洞，那个与大门一样大小，一样形状，一样向南的洞。洞像一个随时张开，喋喋不休的大口，镶嵌在作为“龙椅”靠背的主楼的正中，将楼分为东西两部分，西面党委政协，东面政府人大。如果想象“龙椅”的主人入座，那洞正好在主人的胸口处。显然，当初的设计，主要考虑了外观审美和造型，并没有考虑那个洞口有那么多的是非。是非确实发生了，不断出现，每隔一年半载。要么是东面的要与西面的较劲，一下把党委提交任命的干部否定一长串。要么是一些搞事的如土行僧般冒出，来无声，去无影，对这幢楼里的大小决策，横挑鼻子竖挑眼，写信，告状，制造传播小道消息，直至把清水搅浑，浑水搅臭。矛头往往直接对着大楼的最高主人，并不是个人有什么违法违纪，而是无中生有，煞有介事，或小题大做，专挑漏子，冲着一些发展举措吹毛求疵。一些关于是非的是非也应运而生。自然与靠背上的那个洞有关。有的说，那个口不仅在背后，而且本来就是个空穴来风处，怎么没有告黑状，说长短，挑是非的呢；有的说，东和西本来就是一对矛盾，不是东风压倒西风，就是西风压倒东风，不仅是伟大领袖的语录，也是社会规律，自古始然，不可违逆；

有的还说，北是“龙椅”，南是庶民，“龙椅”坐北向南，官对民，大口对小口，怎免得了说不完的是是非非。

看来，如有所谓的风水大师，也是有顾此失彼的；规划专家化解得了规划和采光上的分歧，却化解不了现实中的矛盾。大楼依然，洞口依然，大门依然，故事也没有结束。

门卫威严而庄重，两手交叉背后，站立于大门两侧，忠实地履行着职责。制服和身份不断变化，先是保安，后是武警，然后又是保安加警察。铁打的衙门流水的官，不动的是大楼和大门，动的是这里的人，其中，大门又是进出的唯一关口。因此，就有了这样的说法：观静看楼，观动看门。其实，这只是表面的，真正的动，是静水流深。每天上班下班，出入车辆、面孔的微妙改变，根都在楼内。正在招收公务员，名额是50个，可报批者过千人。于是，大门口又热闹起来，并不是上下班高峰，这里却熙来攘往，络绎不绝。有报名的，有托人说关系的，有查询报考岗位的，也有探听面试有哪些考官的。门卫先还一个个查验身份，怕上访的、滋事的、搞破坏的、精神有问题的混进去，影响大楼内的秩序。后来见人多了，就以貌取人，见学生模样的，衣着顺眼的，举止大方自然的，面孔似曾相熟的就放行；年长的、穿戴不整的、左顾右盼贼眉鼠眼的、面孔陌生的就仔细盘问。从一张张纯净未脱，怀揣学士硕士博士文凭和一腔梦想的面孔，不仅可以看出千人竞走独木桥的拥挤，而且可以想象这幢楼这个大门的引力。就像围城，没进去的想进去，进去了的却向往着外面的世界。其实，许多人对大楼里的规律并不了解。并不是一切都水到渠成顺理成章，不是鲤跳龙门般自然简单，不是每个人都可叱咤风云呼风唤雨指点江山，不是喝白开水呼吸空气享受阳光，或洗脚按摩都可凭票报销，不是每个人都在腐败，想腐败，可腐败，敢腐败，都有腐败资本和条件的。总之，大楼里的世界与大楼外的世界一样，也有千差万别也有卑微高低，也有自己的游戏规则，有许多的是，也有更多的不，不是，并不是。

招公热闹很快过去，但大楼与大门并没有恢复平静，或者说，隐藏在这个城市深处的暗流，才开始涌动。这个特别的大门，只是一面镜子，正和邪都在这里显影。

正是辞旧迎新之际，门内正忙于总结、汇报、评优、发奖、团年、拜年、横向交流、上下联络、培养感情；门外正忙于上访、催债、讨工资，希望通过施加压力，解决切身问题，合法合理的和无理纠缠的，都在大门会合，掺杂在一起。似乎捉摸到一个规律，不是少数人，而是许多人，年头岁尾祥瑞之际，正是各级倾力保平稳求和谐的时候，也正是上访讨债解决问题的最佳时候。正在工地检查安全，突然接待办公室通知，赶快回家，调阅档案，查对项目的立项情况。原来，快过年了，大批民工找政府讨要老板拖欠的工资，堵住了政府大门。问题很快查清，不仅本部门，还有国土、规划、建设、环保，都政策正确，手续齐全，程序合法，没有任何问题。问题出在施工单位，低价中标后又层层转包，层层克扣，不干活的赚大钱，管理的赚中钱，小包工头没赚到钱，就拖欠民工工资。年关在即，怕无法脱手，干脆玩起了消失。政府没有过失或过错，疏导组成员底气十足理直气壮。可是，民工们更底气十足理直气壮，冲着疏导组嚷嚷：包工头跑了，我们不找政府找谁呀？公民意识觉醒了，疏导组长却一下被噎住了，是呀，他们不找政府找谁呢？

当然，政府也不是吃素的，招投标监管和劳动稽查立即出动，双管齐下，不良业主乖乖就范，循规蹈矩，该亏的亏，该赚的赚，自己对自己的行为负责，这是法制政府和市场经济，大家都应遵守游戏规则。但问题并没有就此了结，小包工头赔了夫人又折兵，怎咽得下那口闷气。就找到政府，要讨回公道。原来，他之所以这样做，也是被误导，政府门卫处有个保安，曾向他承诺帮助摆平此事。承包亏损，他想到只有找政府咨询政策，但保安在盘问中了解到情况，觉得是个发财的机会，便吹嘘认识大门里的许多人，只是打通关系需要一些钱。真是沧海遇稻草，只求救命。于是，交易在大门口达成。一边暗中窃喜，一边期待佳音，没想到民工们一闹，双方都乱了方寸。

保安被抓了。风波过后，大门终于平静。

平静的大门张灯结彩，被装扮得祥和喜庆，端的政通人和，太平盛世。旧年即将过去，新年就要到来。只是，我更相信，平静是暂时的，相对的，只要这大楼在，大口在，大门在，还有门外的风景在，这里就不可能只见证平静。

醉　了

看来，这人是醉了。一个耀眼的“2”，一直亮着，就在那光亮熄灭，电梯门缓缓开启的一瞬，我们发现了他的醉态。一个醉汉，被一位美女纤柔的双手扶着。

电梯门关上，一个数字熄灭了，一串数字还亮着。电梯是船，数字是灯，我仿佛航行在弗·柯罗连科的河流里。醒目的阿拉伯数字，被一个个突兀的圆微微托起，就有了一种力，从平面透出，证明着数字背后的意义。“1”是大堂，还有购物天堂和商务中心。大堂的大门不像门，像一架水车，被一对俊男靓女呵护着，不停地旋转。转动中拨动的不是水，而是人。温馨含情的，喜气洋洋的，满脸倦意的，酒气薰熏的人，形形色色，随着那水车叶片的转动，一拨拨进，又一拨拨出。常常的景象是，水车依然，进出已物是人非。购物天堂的命名是恰到好处的，彰显着身份与快乐。天堂里没有冬寒春暖，名牌的意义，已不是遮身蔽体，不是保暖避寒，而是身份。商务中心散发着温馨，订票的、打印的、电传的、旅游的，这里就是家，一个电话，一声询问，一切就会体贴如愿。“3”是夜总会，灯光，美酒，音响，是这里的基本配件，但不是基本要件。要件是人。不是普通的人，而是小姐。就像一座山，有没有灵性，不在它的高低和挺拔峻峭，也不在有没有奇石怪兽，而在有没有仙。小姐们的翘首弄姿，风情万种，便是舞动在这里的仙气。隔音壁是空心的，并不厚实，但那空心有如宇宙中的黑洞，具有无限的吸附能力。不仅是调情，不止高分贝混响与亲密耳语，还有许多不为人知的交易与秘密，都在这里消解。“4”—“20”是客房，里面置放着柔软的枕，洁白的被，温馨的灯，精致的酒吧，还有诱人的快乐雨衣和做不完的梦。

可是此刻，这些数字都被忽略。我们的目的地是39楼，那里是酒店的梦幻餐厅，不仅可低酌浅饮，还可以在旋转中领略这个城市迷幻的夜景。忽略并非刻意，而是在不经意间，自然地，不知不觉地，那个熄灭的“2”，和从2楼进来的醉汉，牵引了我的思绪。电梯里的指示牌写得很清楚，

“2”是餐厅。手机要充电，汽车要加油，人需要吃饭，补充能量，都很正常。不正常的是异化。醉汉的出现，令我想到了醉的制造者，想起了工厂里的生产线，手动的和自动的，数控的和人控的，原材料源源不断地进去，成品次第出来。只是这里的产品不是别的，是醉汉。只要酒楼在，餐厅在，这个城市就少不了醉汉。记得在乐山工作的时候，为了接待方便，单位比照干部队伍梯队培养原则，以一种不成文的排序，将内部可应战酒场的人，按量级分成三个梯队。正值改革开放初期，流行亚洲五小龙的说法，梯队便按五人一组编排。喝白酒一斤以上的为第一梯队，又叫五小龙；八两以上的，是第二梯队，又称发达地区；半斤以上的，又叫第三梯队。为了鼓励梯队晋升，人们还编了劝酒令，说“能喝一斤喝八两，这样的干部还培养；能喝八两喝半斤，这样的干部要谨慎；能喝八两喝一斤，这样的干部党放心”。直到后来在省里开会，五小龙之首受到一位后生挑战，不甘酒仙英名毁于一旦，在斗酒之中英勇献身，劝酒令才终于中止，没人再敢拿老命赌输赢了。

大哥……刹，刹一脚，我想方，方便下……

醉汉冲着我，不停地嚷嚷。搀扶的美女非常尴尬，不停地一面嗔怪醉汉醉了，你醉了，别乱说啊，这是在电梯里；一面不停地向我们解释，先生对不起，对不起，我们老板陪领导，喝多了点。可是，醉汉并不服气，嗔怒地冲着美女一本正经道，谁醉……醉了，你，你……才醉了。快停，停……停下来呀，我，我要方……方便。说着，醉汉便要拉开裤子，被美女眼捷手快地制止。终于，电梯门开了，不知是几层，大家都没注意那个从闪烁到熄灭的小灯。对醉汉和美女，此时，似乎数字与楼层并不重要，重要的是电梯门开启。我在想，如果醉汉不顾美女阻拦，硬要拉开方便，那场景将是多么难堪。谢天谢地，好在有地洞可钻。美女连拖带推，把醉汉扶出了门。出门后，美女再次回头，向我们致以尴尬的歉意。我们说没关系没关系，把他照顾好，别要出事，然后相视而笑。我对同行的伙计说，平时，你们总是狡酒，刚一端杯，就醉了醉了。其实，知道说醉了的人，往往没有醉。你看，人家这说没醉的，才叫醉了啊。

是的，这才叫醉了。只是，同一个城市，同一个酒店，我们并不清楚，这位醉汉，这一场醉，究竟该怎样定义。

电梯再次启动，缓缓上行。楼有层级，醉有等级，任何存在都有自身的意义。我思量着美女的话：“我们老板陪领导，喝多了点。”老板，这是位什么老板呢？搞房地产的，包工程的，做生意的，还是办工厂的？或者，本身也是一位领导，在党政机关，也有人常常这样称呼；较小的官员，陪相对较大的官员，也有这样的情况。这里的相对二字十分重要，金字塔的尖，只是一粒微小的尘埃。尘埃之上，便是虚无；尘埃之下，任何一级，大和小都是相对。平时，人们往往只注重把目光盯住眼前，盯住那些喝酒的人，从醉酒者身上，去划分等级，寻找意义，分辨谁是酒圣，谁是酒仙，谁是饮者、酒徒和酒鬼。殊不知，大隐隐于市。真正的意义在彼岸，在被请者，被陪者身上；或者说，从醉者身上，发现最多的，是低层的酒徒和酒鬼，真正的酒圣、酒仙和饮者，一定产生于被陪的关系与意义中，那才是醉的境界高地。在酒圣，酒仙和饮者的层次，关系是暧昧的，意义隐在杯光酒影的背后，深藏于推杯换盏间。此时，酒一旦带上功利，就不再是叙情与享受，而是一种痛苦。特别是在不会喝，不想喝，超量喝时。因此，为了某种目的，被拉去陪酒的人，被称为傻瓜。在官场和生意场就有了这样的说法：“三等傻瓜为自己醉，二等傻瓜为工作醉，一等傻瓜为别人醉，头等傻瓜莫名其妙醉。”

前几年，为了一个政策性项目跑北京，曾见识过一位这样的高人。项目重大，不仅涉及几个亿的债转股指标，还关系到一户重点企业，几千职工的出路，事前不得不精心策划。通过中介人打探到可靠消息，项目审查的关键环节在体改司法规处，关键人物是一位姓赵的处长。此君系北方人，为人豪爽，仗义耿直，不要钱，不收物，只贪杯，只要不违反大原则的事，半斤八两佳酿下肚，什么都好说好说。这可是难题，本人除了涂鸦，别无他长，举杯交箸更是外行。研究了半天，决定从企业选两位种子选手一并赴京。可是，与中介人联系，连说没必要了没必要了，酒店里有专门陪酒的人，这样成本更低。真是喜出望外，干了几十年的经济管理，想不到市场配置资源，到如今，已有如此完善细密的配套体系。

果然，在“跑部钱进”中，效果出奇的好。

陪酒员是两名优雅漂亮的美女，据说，还是京城名校在读大学生，陪一次酒，一人收500元。当然，她们席上的身份不是陪酒员，而是我们单位的职工。一切都按策划进行，我等最差劲的饮者先上。陪酒员矜持地静坐一旁，赵处长几次举杯相邀，都娇羞地口称不会不会，大哥怜香惜玉呵。赵处长不仅没罢免，大丈夫豪气立刻被激发出来，连连说没关系没关系，斟上大哥帮你喝。于是，原本该硝烟弥漫的酒场，成了赵处长一人的表演。赵处长从来者不拒，到主动出击，在酒过N巡后，也就顾不得怜香惜玉不怜香惜玉了，主动向两个美女发出了挑衅。仍然是你喝不了大哥帮喝。美女却不再相让，口吐莲花，手挥豪气。来，大杯斟满，大哥喝不了，小女子帮喝。处长兴头正旺，岂听得这话，没两个回合，就到了不断重复“没醉，没醉，还喝”的境界。怕再喝喝出事来，我们费了九牛二虎之力，才结束了这场没让赵处长尽兴的宴席。第二天上班，我们赶到赵处长办公室，他正在审查我们的材料。见赵处长满脸铁青，病态恹恹，我的心里悠地升起一股感动，一种内疚与不忍。可赵处长似并无责怪之意，热情地让座倒茶，俨然老朋挚友，令一旁等候的人羡慕不已。

人生难得几回醉。我弄不清楚，“对酒当歌，人生几何”的醉，是一种愉快，颓废，还是痛苦；世间的醉有多种，可是，在官场或生意场，有几个醉，属于自己精神的愉悦。比如眼前，这醉汉今晚的醉，属于哪一种呢？我不清楚，只是想到这个问题的时候，心里有一种说不清的痛，隐隐的。

电梯走走停停，上上下下，好不容易到了38楼。走出电梯门的一瞬，我傻眼了。醉汉正在吧台，缠住服务生要酒。身边没有了搀扶与监督的美女，醉汉似乎更狂放自由……

五线谱：城市之舞

想到舞，并不是优美的舞姿，而是声音。

客厅里的音响，还是在香港工作时带回的，已有些陈旧。免税。对，是免税的，当时这两个字很时髦，也很重。同时很重的还有品牌。音响上醒目鲜明的KENWOOD，不仅是一种信誉的标榜，还是一种品质的保障。随着高清电视的普及，音响时代早已过去，事实上，这套音响已很少使用。我想，要不是每周一次的家政擦拭，它早已是尘满面，鬓如霜了。可是，当某一天，比如这个周末的上午，某种情绪涌来，重新开启这套系统时，满屋的立体混响仍然可荡心回肠，令人产生一种凡体融化，飘飘若仙的幻象。此刻，你就会感到音乐是一种力，可以摧枯拉朽的柔曼之力，你就不难理解当旭日阳刚唱《春天里》时，为什么那么多人，打工的和非打工的，都那么动容，甚至泪流满面。

从形而上到形而下，把我从仙境拉回现实的，是舞。不是人之舞，而是电子之舞，或曰城市之舞。

一个人静静地坐在沙发上，沉浸在音乐的美妙中。先是舒曼的《迷娘安魂曲》，然后是啤酒桶波尔卡系列，《威尼斯的夜空》《火车》《爱的永恒》，还有维瓦尔第的《G大调交响曲》和《C大调小提琴协奏曲》，一曲接着一曲，自动转承，没有接口。音乐的舒缓与柔曼，似一叶轻舟，载着失重的灵魂，在一个想象的空间里漫游。没有边际，没有关狭风雨，烦恼如污垢般被洗涤，只剩下一个纯粹的自己。有几点星光或月色，从浩瀚的空间突然闪现，由远而近，由虚幻到真实，由模糊而清晰，然后着陆于我的客厅，在KENWOOD的电子显示屏上站稳，以生动的五线谱姿势。我很快确认，这是音响上的电子显示器，一些晶莹幽蓝的靓丽曲线，随着音乐的节奏而闻鸡起舞，由跳跃的点，连接成线，再呈波浪起伏，优美而浪漫。本来是很熟悉的，记得当时选这款音响时，这就是重要原因。抽象的音乐被外化，以一种美妙丰富的跳跃曲线表现出来，给人一种有形的质感。记得刚买回时，每当开启这套音响，进入音乐的意境，我不仅倾心聆听，而且还随着音乐的节奏和曲线的起伏手舞足蹈，惹得女儿捧腹大笑。

确实是久违了，这跳跃的灵魂之曲，这晶莹的蓝色之舞。更没有想到的是，这重新拾回的蓝色之舞，会紧紧地缠绕着我的灵魂，随我走出客厅，走进城市的内心。

仍在现实中行走，意识是从形而下出发的，连接着生活的琐事。明天要出差，去凉山和攀枝花，那边天气暖和，得准备一些生活用品；更重要的是，老婆指示午饭后快去交水费，电子卡已提醒几次，再不交就要断水。于是我关了音响，离开客厅，走进城市，这个我身在其中，天天出入，而不知其所以然的水泥森林。没想到音响关了，那无形的音乐和有形的蓝色之舞，并没有立刻在我脑海里消失，仍在我的灵魂里萦绕和跳跃，并很快与眼前的城市对接。消失的只是轻柔与美妙。声音很快被切换，喧嚣的市声扑面而来，杂乱琐碎的主调不再是打击乐器，不是和弦轻弹，也不是丝竹悠扬，而是汽车喇叭刺耳的嘟嘟，建筑工地打桩机震耳欲聋的轰轰，激情广场声嘶力竭的推销，政府部门创卫宣传车高音喇叭的响彻云霄，还有在强大市声的海洋里几近淹没，艰难挣扎的市井之声。生活以这样萎琐的方式存在。伴随出门的音乐美感，瞬间被驱赶荡尽，一种噪音的伤害油然而生，难以拒绝。我开始怀疑，怀疑这世界的声音，怀疑刚才在客厅里享受，并依依不舍，携带出门的那一份美妙是否真实。

可是，我的怀疑很快动摇了。因为舞，城市之舞。在蓝色之舞的跳跃曲线中，我很快找到了对接，与这城市的对接。我发现，那高低错落，跳跃起伏的曲线，怎么也随我出门，从灵魂深处跳出，在这城市的大地上落根，生长，变幻，上演着城市之舞。许是阳光的照耀，或浮尘的侵袭，只是色调变了。它不再晶莹，不再幽蓝，而是黄噗噗，灰蒙蒙，显得疲惫而躁动不安。舞姿也没有那么优雅，且变幻缓慢，僵硬而木讷。

我把目光聚集于起伏的楼房，那舞的躯体，试图解读城市之舞背后的秘密。站在城市的一角，方位已不重要，重要的是我这一站，就确定了一个位置，一个坐标，可以从东南北方不同角度，观察城市的面貌。多日响晴，尘土飞扬，街边的小叶榕有些萎琐，叶面积满了尘埃，看上去似有一种掩不住的病态。透过西倾的阳光，楼房西侧阳光普照，而东侧的阴影已经生成，正在生长。我知道，当阴影完全取代阳光的时候，黑夜就降临了，此一刻，时间的某个阶段，一种黑暗战胜光明的趋势将不可逆转。侧光下，楼房的高低错落与造型，把心里的蓝色之舞外化定影。北面那些高楼，是小区普通职工住房，地价飞涨，为了节约用地，便往空中延伸；恰好相反，南面那片低矮的建筑，紧临一汪湖水，人称在水一方，是政府小区，住的都是上了级别的官员。于我，这个城市有了“南帝北丐”的说法。远处的楼房也一样，高和矮，都不是既定不变的，不是标准。规划师说，城市建筑应高低搭配，错落有致，才有美感。我更相信，城市就是一个舞台，人是舞编和导演，楼房不过是舞者，所谓高矮曲直，不过是舞蹈中的一个动作，一个程式，偶然间被城市捕捉，以一种虚假的真相示人。高不一定意味伟大，矮不一定表示渺小，关键要看什么背景，编导是些什么人，行使着什么权力和功能。高矮曲直的楼顶，勾画出起伏跳跃的曲线，把KENWOOD里的音符还原，只可耳闻的音响，转化成一种视觉符号，彰显着城市的节律。

当然，这些都是有形的，或者说只是表面，并不能说明意义，意义隐藏在音符里。比如，在我聆听《威尼斯的夜空》的时候，思绪已经超越时空，随蓝色之舞搏动，着陆于意大利东部的那座水上都市，想到那里前不久曾水漫为患的

118个小岛、177条水道、400多座桥梁，还有我曾目睹的千年手工艺。当然，最不该遗忘的，还是公爵府、叹息桥、圣马可广场以及那里用圣马可命名的建筑，如大教堂、钟楼、行政官邸、拿破仑翼大楼、图书馆等。我博客上的那张照片，就是在那里拍摄的。碧空湛蓝，海天一色，游人如织，却惊扰不了信鸽们的自在。飞立我肩头，并不是为了觅食，我手掌里没有任何诱惑的蚕豆；而是一种亲近与和谐。不是吗，人与鸽都是自然之子，何必要争夺与仇视。还有《火车》。从父亲带我第一次乘火车，由夹江到思蒙那场破处之旅，再到浦东的磁悬浮列车以及明天的凉山，攀枝花之行。长长的铁轨，不仅铺设出时光之流，还诠释了途中的含意。我们不过是匆匆过客，不论身份与职位，都只是经历其中一段。因此，对途中的每一点相遇，都值得珍藏和珍惜。

还是回到眼前，回到城市之舞。那跳跃的五线谱背后，都隐藏着什么。这个城市的许多东西，我们无法逃避。

前几天随市领导接访，接待的两位老上访户。一位住在高楼里，一位住在城郊廉租屋，一高一矮，占据着城市曲线的两个节点，或曰城市之舞的不同声部。街坊传闻很多，而老上访户，更是胡搅蛮缠的代名词。我做了充分的准备。先来的是一位女士，四十来岁，租住在滨江高楼里。她被工作人员带入，一个微笑，点头致意，然后入座。如此彬彬有礼，几乎让我们不知所措。更没有想到的是，她反映的所谓“老大难”问题，是如此简单。问题只是老，拖了一年多，可既不大，也不难。原来，她是一位小包工头，两口子从外地来到这个城市，生意倒还做得顺。反映的是医患纠纷。前年，她着凉发烧，去市医院看门诊，医生不耐烦地量了下体温，就嘟哝了声检查。她只想到到医院检查天经地义，也没多想就随医生去了检查室。一阵钻心的剧痛后，身体就再没有清静。下体流血不止，不是一月一次，而是天天如此。事情闹大了，才知道那位医生不仅草率诊断，而且在未征得病人同意情况下，就为病人做了活检。只有疑似癌症病人才做这类检查呀！结果，没大病弄出了大病。尽管如此，她并未提出无理要求，只希望医生赔礼道歉，医院承担千多元误诊医疗费。不是缺这点钱，而是讨个公道。可是，医生态度蛮横，根本不承认自己错；既然医生没错，医院就谈不上赔付，不服气可找卫生局；找到卫生局却又叫找医院。推来拖去，只好找市领导。事实上，领导一个电话，问题就解决了。我反复在内心问自己，我们的基层组织和服务机制究竟患了什么病？简直不可思议。

接着被带进来的，是一位年轻人，就是租住在城郊廉租屋那位。年轻人腼腆而稚气，一落座就不断道歉，说这事完全是他自己的错，实在没办法了，才来救助于政府。原来，他是刚毕业的大学生，学的土木工程。手持鲜艳的大学文凭，他雄心勃勃，立志学以致用，自创业绩。他注册了一家建筑公司，东拼西凑，找亲戚朋友借了几十万元，买了施工机具，准备大展身手。真是天遂人愿，正当他准备向市场出击时，一单生意却找上门。业主是一家寺庙，钱是化缘得来的；合作方是成都一家大公司，揽下生意不想做活，只从中吃几个点子；背后有乡政府支持，为了打造旅游目的地。多好的项目呀，他踌躇满志，规划着创业梦境。他与合作方草草签了协议，连同筹集的资金和业主方首付款，一并作为保证金交给了合作公司。可是，当他拉上几十人的施工队伍上阵，把工程干开，按合同该由合作方支付工程款时，签约的项目经理却泥牛入海。电话空号，身份证假的，找到母公司，却被告知，公司体制就是项目经理负责制。更令人绝望的是，咨询律师才得知，国家对寺庙扩建有明确规定，而该项目根本不具备合法手续，合同无效。得知这一消息时，他如五雷轰顶，天旋地转。没曾想到，创业不成，被现实当头一闷棍。春节临近，工人要工钱，亲朋好友要还款，乡政府催他工程进度，寺庙里的师父见他就是阿弥陀佛，善哉，善哉，仿佛他骗了佛财，罪该万死。他整天惊慌失措，不知怎么渡过这一劫。但良知告诉他，他必须面对，不能跟着玩消失。于是，政府成了他最后的稻草。

倾斜的阳光，照射在城市身上，高低错落的楼，勾画出跳跃的音符。漫步于城市的街头，踏着虚幻的五线谱，仿佛正加入一场无形的城市之舞。可再也没有了客厅里的轻柔舒缓，而是有几分沉重。由此深感，并不是所有的舞都是一种快乐，有时，它更是一种痛苦，深度的痛苦。

比如眼前。

一些树长在屋顶

以为是按错了按键，电梯原地未动；或者是因为电梯太平稳，静与动都让人没有感觉。总之，当电梯门关了又开启后，看见这些树，我竟有些诧异：怎么还在地面。

是的，还在地面，而不是六楼。不是幻觉，没有眼花缭乱，而是因为树，这些长在屋顶的树。树的品种很多，灌木乔木都有，还有花草，已蔚然成林，遮蔽了泥土，与我们小区楼下的园林，没有多少区别。真实是在举目远眺中找回来的，不是仰望或俯瞰，而是平视，不经意的自然而然的平视。平视中进入我视野的，不是小区里幽静的小树林、绿茵茵的草坪和反季节花朵，不是远远近近，横亘于前，错落高耸，光怪陆离的楼房，也不是小区广场悠扬舒缓富有节奏的乐曲和踏着乐曲扭秧歌的大姐大嫂。虽然眼前许多也有，有黑土地和潺潺流水，有草坪飞鸟，有花香蓝天白云，但是显然，它们已不是往日的状态。树木花草不是安静低调地蛰伏于小区的群楼之间，面对四周的高大挺拔，它们甚至有些萎琐。群楼也不是往日那样，高高在上盛气凌人。鸟儿的叽喳，黄桷兰的馨香，也不再单纯，不时被汽车的尾气和喇叭声扰攘。一切正常的秩序都被打乱了，仿佛西方现代主义的魔法，突然作用于此，令这个城市里的一切，都顿然时空倒错，逻辑混淆；而我，则是贸然闯入这座现代城里的古代怪物。

还是回到树。这让我神思迷乱，此刻正夹岸护送，陪我信步的树。这些生长在屋顶的树，我认识的很少，叫得上名的，只有黄桷兰、银杏和铁树等几种，其余都不得而知。

首先想到黄桷兰。并不是它的高大挺拔，枝繁叶茂，而是它的馨香。事实上，屋顶上的这棵黄桷兰，既不高大，也不挺拔，在整个屋顶的小森林中，它只不过是普通一员。然而，它的香却一枝独秀，幽馨袭人。有同行的朋友说，刚才在楼下很远的地方，就闻到了那沁人心脾的馨香，只是不知从哪里飘来。我一直患有轻微鼻炎，对味道并不敏感，没有注意刚才在楼下有什么不同的感觉。注意到这浓郁的馨香，是在上楼以后。初夏，阳光很柔，一夜小雨，洗涤了城市的天空，净和暖和明丽，都凑在了一起。黄桷兰的馨香，就是在这个时候溢出来的，溢满了这座叫东湖雅居的楼，准确说是它的六楼楼顶。我猜想，那香是想满世界跑的，就像漂亮的女子，总希望有更多的人回头和欣赏。有香不远播，不如锦衣夜行。可是风不解花意，轻轻地来，悄悄地去，远行的路上，不愿带上花的心意。黄桷兰溢出的馨香，就拥堵在了楼顶，在电梯门开启的一瞬，迎面向我们袭来。有点猝不及防，真的要醉了，这样纯净，浓郁，温馨可人的香，甚至带着些许的清凉。我相信，喜欢它的，不仅仅是女人。

故事很老了，浸润着伤感与失意，绝不该在这个时候提起，可还是不召自来了。还是在城乡差别有如天壤的年代，我的一位出生在农村的男同学，却爱上了一位城里的女同学。应该说，郎才女貌，他们确实很般配，也真心相爱。可是，城乡差别，却是横亘在他们中间的一个巨大鸿沟。乡下很穷，没有什么金贵的东西，可以作为爱情的信物。在一个偶然的机会，黄桷兰走进了他们爱的世界。没想到，他第一次小心翼翼地送她，她就很喜欢，闻了又闻，还给了他一个甜蜜的初吻。于是，在花开的季节，他天天采，天天送；花期已过，他还是天天攀上枝头，找呀找，望呀望，希望奇迹出现。终于有一天，中暑的他两眼一花，从树上栽了下来，半身瘫痪。为了不连累她，他咬紧牙关，选择了拒绝与消失。她的父母知道后，怕他们此情难了，强行把她带到了另一个城市。我不知道这个结果，对两位情窦初开的青春男女意味着什么，也不知道他们爱的小屋，是否依然阳光明媚。我只知道，世事强过纯情，城与乡的嫁接，历来都是一个相悖的命题。一种刻意呵护的爱情之花，在第二年，第三年，在后来的每一个花季，并没有走进他们冰封的世界。

大地为母，植物为子。离开了乡村，离开了大地，这屋顶上的树，是怎样生长的。我感到纳闷。直至一个周末，几位朋友相约去一处人工园林玩，我才弄清楚个中秘密。

是在锦绣花都。从我们住的小区出发，沿滨江大道南行几公里，过了岷江一桥就到了。这里本来是一块河滩荒地，经过锦绣花都的精心策划和打造，已然成为一个远近闻名的山水园林。原来是一块岷江河的冲积平原，山与水，都是人工修造的。河滩里的沙石，是城市建设的宝贵材料，取沙石过程中，乱石和污泥堆积一旁，就成了平地而起的山；挖出的坑，让河里的水透过沙石层浸渍进来，过滤尽了大河里携带的杂质，将零乱丑陋的坑口，填充成一汪纯净的清流，人若靠近，几可成鉴。山水都有了，缘于城乡概念就地的魔变，于老板赚钱高楼崛起之间。不得不佩服业主的独具匠心。唯有树是外来的，陌生的，带着不同的泥土和乡音。很容易令人想到城市里那些漂泊族，他们从乡下来，从穷乡僻壤走进城里，环境也许会由生而熟，但他们的心却永远是飘的，不知道究竟何处是真正属于自己的家。

首先注意到银杏，与东湖雅居有关；或者说，就是因为东湖雅居楼顶的树。银杏杆粗枝壮，但已不是我们平时在乡下看见的那样，不是自然粗粝，绿影横斜，亭亭玉立，而是披挂着一身人工修饰的痕迹。银杏在山之旁，在水一方，伫立于一幢叫天香引的楼前，似乎都凸显出它在主人心目中的位置。显然是刚移栽不久，怕风吹动，影响成活，树的四周，还架设着坚实的三角支架。这样的树，更接近柏拉图式的抽象，或树的意象。过长的枝杈被锯掉了，只留下一块桩头，把苍劲、结实、老成、鲜活融合在一起，看上去，更像是一块硕大的盆景。我没有求证，东湖雅居楼顶的树，是否是从这里移栽过去的，但我相信，那些城市里的树楼顶上的树，一定与这样的人工园林有关。从主人的介绍中得知，这已是一种成熟的商业模式。园林公司走乡串户，四处寻找乡下的树，或者说叫生树。当然，不是一般的树，而是古树，名树，奇形怪状的树。以柴薪之价，廉价买来，连土带树，人抬车载，历尽千辛，搬运进城。然后，按城里人的喜好和审美需要，进行修枝剪叶，栽培于园林里，逐步地将生树养成熟树，再以高出买价几倍、甚至几十倍的价格，卖给城市里的单位。于是，这些原本生长于乡下的树，摇身一变，成了城市的宠爱，被移栽到了街道旁、公园里、小区内，或房前屋后。栽在楼顶上的树并不多见，却反映了城里人向往城市，又怕远离乡村、远离泥土、远离树，飘浮于一座无根之城空中楼阁的担心。

灵王好细腰，楚国多饿殍。根本没想到，这种在楼顶上的树，还与政治有关，没想到现在正时兴种树政治。

手里有一本杂志，专门介绍了种树政治的奥秘。资料显示，随着我国工业化和城市化的推进，全国正掀起创建花园城市、园林城市、森林城市等的高潮。人们开始用挑剔的眼光，看待和审视城里的树。那些过去曾沐风节雨，吐故纳新，为我们带来绿荫，带来富氧离子的树，正在接受命运的重新安排。有的甚至把树与城市精神、城市形象、城市风格联系在一起。自己觉得丢失了精神，丢失了个性与风格的城市管理者，开始从树出发，千方百计，挖空心思，按照自己的好恶和审美模式，寻找属于自己城市，自己喜好的树，自己的精神家园。众里寻它千百度，踏破铁鞋，不是无觅处，似乎是找到了，在一片片钢筋水泥的怪兽丛林，在此起彼伏的喧嚣声中。比如北京的国槐、上海的香樟、重庆的黄桷树、广州的木棉、武汉的水杉、乌鲁木齐的大叶榆、南京的雪松、深圳的红树、三亚的椰树，还有我们眉山的小叶榕。这些不知是幸运还是不幸的树，似皇帝御封般获宠，纷纷被赋予市树的桂冠，占尽了城市的一个个风水宝地。

于是，换树移树，被推向了政治舞台。

在种树政治的风潮下，为了给这些御封的树王让位，城市里开始“废黜百家，独尊儒术”，掀起了“砍，挖，移，换”大潮。尽管，树从乡下移栽进城，由生树到熟树，成活率不足50%，人们还是不痛不悔，义无反顾。据说，有个城市在组织几千人进京唱红歌的同时，还花了几十亿换树，繁木变银杏。我弄不清这样做的目的，想必是要以秋日银杏的耀眼金黄，映照那响彻大地的红声吧。一条还散发着油墨香的新闻，就在前几天的各大媒体上，新闻背景却要追溯得更远。据说，1928年，孙中山遗体从北京移至南京时，时任南京首任市长，选用了梧桐作为市树。从此，南京的中山路、南路、北路等以“中山”命名的地域，都种植了梧桐。这些坚守街头的梧桐，为一个伟大的灵魂遮风挡雨，播撒绿荫与宁静，一站就是近百年。还有香樟、本槐、合欢、女贞、栾树、臭椿、梓树、银杏、水杉、樱花、桂花、薄壳山核桃等，它们携手为盖，共同呵护着这个城市的绿与清新。可是，斗转星移，时代变了，南京的市长变了，市树也变了，由梧桐变为了雪松。为了给现在的市树让路，在建南京地铁3号线、10号线中，就有了一批年逾花甲的梧桐老树，成了计划中的冤魂；就有了40多棵梧桐被瞬间放倒；就有了市民自发组织的保树运动。由此，我在对南京的现任市长感到痛心与不可思议的同时，对南京首任市长和市民肃然起敬，因为他们的自发、自觉与勇敢壮举，不仅是捍卫了一批世纪梧桐。

在锦绣花都，这棵刚移栽的银杏树下，公司老板以略带自信与骄傲的口吻，向我介绍了这棵树曲折而不平凡的进城经历。不知怎的，老板的情绪并没有感染我，反而，看见这缺胳膊少腿，遍体鳞伤的树，我心里有些隐隐的痛。虽然我理解，这都是城市，都是我们这些城里人的罪过，不能怪老板。公司以营利为目的，只要合法经营，都无可厚非。我相信，我内心的痛，与银杏在我灵魂里的位置有关。几亿年啊，从藻类开始，到恐龙消失，在地球的生命序列中，银杏远比我们更早，成为这个蓝色星球的主人。谁能怀疑，现在与我们相遇的每一棵银杏，都经历了几亿年的生命传承接力，才走到今天。甚至于爱，银杏也充满浪漫。很像我们人类，不仅是雌雄异体，因时而动，各自产生果实和花粉，风为媒，让一种相惜相望得以靠近；还因为执着与忠诚。因此，在第四季冰川中，恐龙灭绝了，银杏却保留了下来，陪伴今天的我们。相对于一个几亿年的坚守，我们只是匆匆过客。无论讲资历与忠诚，我们都不敢与银杏比。可是，我们却要指手画脚，按照自己的意志主宰银杏，主宰树，改变生命圈的规律。

要把一棵硕大的树，连根拔起，连同根系上包裹的泥土，一并带上，从深山运进城，艰难可想而知。老总的话，把我带到了另一种生命的历险。他说，放出去的探树飞鸽，在翻山越岭，走乡串户中，偶然发现了这棵树。不，准确地说是两棵，一棵雌，生长在高崖下，是一户农家茅屋侧面的绝好风水；一棵雄，生长在高崖半腰。凭借经验判断，两棵树的年龄至少在百年以上。真是喜出望外。特别是茅屋侧面的这棵，不仅粗壮而结实，而且在一人多高处又发了杈，一分为三，以携雏将子之势，深情仰望凝视着高崖半腰那棵。端是个其乐融融一家子，还有与树为邻的茅屋，和茅屋的主人。真不忍心将它们分离，但是怜悯拗不过欲望，城里人多希望得到这样的树啊，更何况物以稀为贵，欲望背后是利益。当然，这句话不是老板说的，是我猜测的。我只是侧面问老板，这棵树培养成熟树后，能卖多少钱。老板说，有人给了30万元，但他不想卖，想把这棵树留下，作为园林里的风水树，呵护这一片园林，还有自己的梦。我又问，这棵树的购买移栽成本大约有多少。老板扳着指头算了算，一副精明相，回答，购买本身没多少钱，就两三万。老板又补充说，这在乡村已是很高的价了，要在其他地方，最多万把元。问题是那老乡不肯卖，说这树伴随了他祖祖辈辈几代人，就像家里的亲人，不忍心把它们分出去。我派去的人软磨硬说，不断加价，加上老乡的女儿刚考上了大学，正愁学费哩。贵的是挖树和搬运，还有由生到熟的培育成本，算下来，总成本要超过十万元。

在挖树那天，老板组织了二十多位民工上阵。先是坐车，坐了七八个小时，然后又步行十多里，来到老乡家，开始挖树。因树龄已高，怕不好养，老板亲自到场，不断叮嘱，开挖半径要尽量开阔些，树兜要尽量留大些，根系要尽量多留一些，要多带一些土。结果，挖了大半天，才把树挖出。然后是剔除多余的枝叶，将树五花大绑，绑成十人花轿状，二十几个人轮流抬。坡陡路窄，根本不能正常行走，只能挪，一步一步往前挪，一小时挪不了一里路，挪到公路边，已经是半夜了。还有中途的麻烦也惹不起，交警、路政、林业、农民，都要找麻烦。没有办法，最好的办法就是拿钱摆平，三五百，千把八百的，就硬着头皮给；几十块钱一株的稻秧，也只好给，不尽快离开麻烦会更多。总之，能用钱摆平的事，是最简单的。怕就怕节外生枝，要你的树，或要价太高，太过分。遇到这种情况，就只好以邪对邪了，只要不弄出人命，就不怕，有的人就吃这一套呀。

老板说，真正让他过意不去的，是那户老乡。老板反复说，老乡确实是不愿卖这树的，是自己的诚意感动了他，当然还有不菲的价。挖树那天，老乡一家人都离开了家，他们说，不忍心看见挖树，怕心一软，改变了卖树的决定。而乡里人是一言九鼎的，不能出尔反尔，那要被人耻笑的。听说，老乡一家晚上回家后，守住那个深深的空荡荡的树坑，咽咽地流了好久的泪。

听了老板的介绍，我心里像打翻了五味瓶，有一种说不清的情绪在涌动，因为这些树。除了黄兰与银杏，楼顶最多的是铁树，各种品种、科目的铁树。据说，这家老板开始创业时，因为铁树开花，带来好运，发了大财，才修了这幢楼。从此便迷信铁树，在楼顶种了许多。他相信东方不亮西方亮，这棵铁树不开花，那棵铁树会开。不断开花的铁树，就能够给自己源源不断带来好运。于是，这楼顶的树，已不再是纯粹的风景，而是命运相关的风水，承载了某种世俗的期待，让人难以释怀。

此刻，置身楼顶，面对这些从乡下进城的树，楼顶的和楼下的，形形色色的，我不知道该说什么。

有堰西来

一个充满诗意与遐想的名字，伴随眉山新区，走进我的视野。至少刚到眉山时，我的感觉是这样的。

西来堰。

记得，在多次眉山新区基础设施规划审查会上，无论交通，还是城建部门的领导，在汇报方案时，都提到这个名字。交通部门的领导说，省道106线纵跨眉山东西，连接仁寿、眉山、洪雅三县，是全区两纵三横交通网络的主骨架，必须彻底改造，才能适应发展。但考虑到资金承受能力，第一步，可先搞地势平坦，投资较少的西段，即从西来堰开始，至洪雅县城结束。第二步，再搞东段。城建部门领导的意见是，新区城市规划，不应走旧城改造路子。在城北片区规划发展新城，是一个开创性的思路；重点是北拓东进，北至太和，东至岷江，西至西来堰……

那时，我虽还不知道西来堰是啥样子，甚至不知其在何处，但有一点是非常明白的，无论城还是乡，街或者路，新城和旧城，西来堰都是个节点。诗意与遐想，就是在此时产生的。

西来堰，西来堰。你究竟是一条什么样的堰呢；从西而来，为何而来，往何处去；为何又与眉山如此息息相联？我相信，任何长久的存在，包括来和往，以及过程和状态，都与某种因缘有关。乐山凌云禅院门口有副对联“大江东去，佛法西来”。记得，第一次看见这副对联时，我内心曾产生深深的震撼，关于西来与佛法。不信佛，但面对这浩浩大江，滚滚激流，我却感受到了强烈的威严。仿佛有双无形的佛眼，就在我身边，注视着这世界的秘密。

当然，更多的联想，还是在眼前——堰与规划。堰的功能是提高上游水位，便利灌溉或航运。显然，西来堰，并不为航运，而是灌溉，为接迎李冰父子的伟大功绩。这也了不起啊，谁能否认，这片川西坝子的奇迹；谁能否认，这千百年来的水旱从人。原来，在漫长的农耕文明风雨里，这里的风调雨顺，是有一种佛样的宽广与慈爱，在呵护着，恩泽着，遮挡着。啊，亲爱的西来堰。

问题是，一切都在变。乡正成为城，路正成为街。这堰，西来堰，也在变。它不仅坚守于灌溉的本分，功能正在不断拓展，正成为眉山新城的一片风景，一道门，一眼窗，一份佛（福）缘。它伫立于新城的西门，无论眉山人出门远行，还是远处的人来到眉山，大都免不了由此出入；而首先要跨越的，就是西来堰。

有堰西来，你看见了什么，要告诉我们什么？

我相信，唯一的答案，是看见了变。这城市的变，这窗口的变，这行人车辆工厂商户的变，这堰和门的变。

天上的云彩是虚幻的，脚下的路是实在的。变就在脚下。此刻，我就站在桥头，而且是桥连着桥。不管有没有人看我，反正我在桥上看风景。变幻中的风景是复杂的，不能用惯性思维去判断。比如这桥，如果仅仅从桥出发，就去浪漫地理解“一桥飞架东西，天堑变通途”，就错了。的确，桥下有西来堰，宛若一道城池沟壑，横亘于省道106线上，需要这桥的飞架与引渡。但这远远不是桥的全部含义。这桥还有城市立交的功能，桥下不仅有大路，成昆铁路，成乐高速公路，还有跨越南北的物流园区，汽车城，商贸中心；桥西是南北走向的工业新城，有新兴的眉山铝硅产业园、机械产业园、经济开发区和金象化工产业园区，那里有成片的厂房正拔地而起。

当然，变化最大的还是桥本身。随着城市的飞速发展，当初，我们规划的省道106线城区段和西来堰大桥，已明显不适应了。改造，不仅仅是加宽，还要加美，加文化。宽阔的路面，流畅的曲线，配上古朴典雅的宋时门楼华灯，开启的已不仅仅是一个通衢大道，而是这个城市的现代之门，文化之门，文明之门，生态之门。

岷江东去，有堰西来，似佛眼，注视着这桥头堰尾的变。

岷东有帆影

我说的岷东，就是岷江以东。

帆影是一个长久的存在，若隐若现，如梦似幻，在我的精神原乡里徘徊，就像血液中的血浆、血细胞和蛋白。如要解读，可从但丁、彼特拉克、达·芬奇和拉斐尔等欧洲文艺复兴大师们，与古希腊和罗马文化的经典审美中，去找到类似的原型。

童年的梦，是一种记忆经典，被岁月风化，沉淀成精神标本。帆影是其中最珍贵的一页。它总与故乡的油菜花、白虎岩、思蒙河，还有乡情俚语联系在一起。稍不留意就返回去了，回到了帆影。无论是春夏，还是秋冬，天空都是明澄澄的。印象最深的，是帆影的第一次出现。是在读小学，家庭作业还没有做，不得不背上背篓，牵上牛，到白虎岩去。

天气与风景都不重要，首要任务是放牛割草。生命中的帆影，就是在这首要任务完成之后，闯入我视野的。

我躺在白虎岩的草坡上，是想放飞下少时童真。阳光柔软软的，沐着悠然觅食的牛。轻风蛊惑着草尖，来搔我的耳，痒痒的，有点调皮。当我辗转反侧的时候，整个世界也在跟着转。这一转，就转向了东面的远处，成都平原南沿，或者叫蚕丛故里。所谓平原，并不是单调的平，除了一望无际的田亩，还有林盘，河流和山脉。帆影就是在这时出现的，在遥远的平原尽头，山脉之前。只见近处的思蒙河，并不见远处的岷江。岷江、龙泉山脉与地平线融为一体，天地相接，没有缝隙，我甚至怀疑它的真实。帆影在地平线上滑行，平平的，缓缓的，稍不注意，就会把它误解成天边的云。孤帆远影，碧空幽静，一江连天。我真怀疑，当年的李白，是否也曾到过这里，像我现在这样，躺在白虎岩的草坡上近看远眺。回到家，向父亲求证，才知道那是岷江里的帆船；帆影旁隐约的楼群，不是仙山琼阁，是县城，一个可望而不可即的天堂。我有点震撼，为那天地间的壮美云帆。

帆影一步一步走近，梦幻一步一步破解。

帆影第一次以白帆，而不是虚幻之影，在我面前呈现，是在我读高中的时候。后来才知道，那是“文革”“停课闹革命”中，难得的一次“旧的教育路线回潮”，已停课三年的县城“崇本中学”，第一次恢复招生。包括应届，四届初中毕业生，近万人统考，招收200人，有人戏称为万人拥挤独木桥。我有幸没被挤下去，成为过桥人，在乡亲们看来，简直是一步登天。现在回想起来，所谓一步登天，并不是生活环境的改变，其实就是对县城的走近，帆影的走近。

是在一个周末，没有放归宿假。做完作业，有同学提议，到老河街岷江边。也没问去干什么，仅仅是那个“岷江边”，竟让我高兴得几乎跳了起来。呀，这才想起，到县城快半年了，怎么就没有想到该去一下岷江边，该去看一看那梦幻中的帆影呢。仿佛遗忘了一件绝不该遗忘的重要事情，或者是一次严重的情感践约，我内心升起一种深深的自责与愧意，甚至感到，自己真有点不可思议。

来到岷江边，我震撼了：这哪里是一条细小的线，哪里是简单的平平缓缓，哪里是家乡门前的思蒙河可比啊！只见一条宽阔的大江，奔涌而来，浩荡而去，豪气冲天，势不可当。不同的船和帆，以不同的姿态面对大江。泊岸的，樯桅耸立，高过老家的房顶，宽大的船舱，牛拉马拖，好半天都装不满，腾不空。最壮观的是出征或归来的船队，它们几艘，十几艘，结成长长的船队，樯桅高扬，风助帆张。船工们斜倚船沿，悠闲地抽着叶子烟，或不时与岸边送行的、迎接的女人们翘首张望。心里有一种微微的冲动，船工们多浪漫啊，朝辞彩云，日行江陵，千里朝夕，山转水移，天天体验着诗仙的日子。当然，当时的羡慕，也许还有另一层隐秘：船工都是正式工人，端铁饭碗的。我内心非常清楚，在城与乡，工与农之间，有一条难以逾越的大河，它的两岸距离与遥远，远远超过了我眼前的岷江。

就这样，帆影梦破解了，对岸梦又产生了。

是的，在我的面前横亘住一条河，或者说江。原本只是一个遥远而美妙的梦境。可是，当你走近，来到江边，才发现那是一种天然的阻隔，一种距离，真正的破解，须到对岸。比如此刻，没有桥，没有横渡，风帆驶向了远方，我却到达不了不远的对岸。

岷东，成了我一个新生的梦，种在了心里。

谁知，这一种就是几十年。

是的，几十年了，我没有真正走进岷东，最多只能算走近。虽然，借助于桥梁和现代交通工具，我也曾到过，路过岷东地区，但那仅仅也是到过，路过而已，走马观花都谈不上，怎能算进入？我对于岷东，或岷东对于我，都只是李白笔下的孤帆远影。

真正的走进，是在最近。

是参加市里的项目检查，我们进入眉山岷东新区。这是我第一次以审视的姿态进入岷东，从当初梦幻般的帆影，到后来一次次的行色匆匆，擦肩而过，一晃竟是几十年。此刻，我站在岷东高处，也就是新区安置小区所在位置，鸟瞰之处，不像是流动的河流，也不是奔腾的大江，而是一片沸腾的海。除了工地，还是工地，工地间甚至没有边界和围墙。畅游的船只，是帆影延伸的想象，从童年的白虎岩出发，走过了梦幻般的青春年少，浮躁不定的不惑耳顺，迷惘的不知天命，最终幻化成眼前的场景。是一幢幢造型各异，拔地而起的楼房，它们分别以川师教学楼，成都城市职业技术学院图书馆，或者成都七中眉山东坡实验学校宿舍楼等命名。突然想起了卞之琳的那首诗，不知是风景，还是宿命，此刻，被一片工地钩沉而起：我们在高处看风景，看风景的人在看我们吗，怎么看，看见了吗，看见了什么；帆影装饰了逐梦者的窗子，阳光是否装饰了别人的梦？

没想到，在返程的路上，不经意间的蓦然一个回首，神奇产生了。阳光映照在山顶尚未竣工的安置小区高楼上，高扬挺拔中，闪烁着粼粼波光。不知是波光造成的幻象，还是阳光精心给了我们一个隐喻，总之，我发现那高处挺立的不是楼房，更像是一面硕大的帆影，正乘着祥瑞的和风，带着这片土地扬帆起航。航路是清晰明朗的，不仅是浩浩荡荡，逶迤东去的岷江，还有纵横交错，宽阔笔直的大道，它们中任何一条，都可通衢，都连接着我童年的帆影。

“云展帆高挂，飙驰棹迅征。”快快离开吧，不要惊扰了这阔海帆影。不然，文雅的白居易也会生气的。

一方水土

不仅一方水土养一方人，一方人也养一方水土。生命的哲学就是这样，养与被养互为因果。

家在周庄

不是去游览，而是要回家。此刻的感觉就是这样。姓周的家不在周庄，又在哪里呢。何况魂归？

初夏姑苏，不燥不热。这样的天气，最适合安放心情，就像家。曾在一篇文章中写过，有房屋不是家，因为有房屋的地方很多；可供吃饭不是家，外面到处都有饭馆；能够就寝也不是家，宾馆路店都可安下身子。家是“放”心的地方。这里的心，不是物质的，不是人体胸腔之内、膈膜之上、两肺之间那个形似倒垂莲苞的东西。而是精神的，是灵魂的另一个名字，或老子《道德经》中的道。“放”心，也不是担心的反义词，不是主谓结构，而是动宾结构，放置的意思。要放置灵魂，需要圣坛。天下何处可配，于我，最是周庄。

比如今夜。

从苏州到周庄的距离并不远，思绪却被一路拉长，从白天，伸入到夜。我相信，穿过时空，是要我看看家的前世。

刚看过《姓氏来源》，前不久在西安半坡遗址买的。装饰典雅而古朴：一帘长卷缓缓打开，卷头是两柱华表，浮雕缠绕的龙身，张扬着一种图腾；原本规整的文字，经若隐若现的历史浸漫，显得有些隐秘了。透过那满面的规整与隐秘，我追溯周姓的起源。这一追，就追到了远古的黄帝和轩辕。视野模糊诡谲，心情被沉重纠缠，来路漫长而多舛。多少先宗的足迹，从刀光剑影中蹚过。安宁被战乱、颠沛和欺侮践踏，心无放处。家是路旁的树，树叶从未曾干竭、间断、冷凝。岁月抹平了记忆，回家的我，站在周庄的双桥树下，分不清什么是后稷始祖的张望，什么是周昌、周勃、周亚夫的呐喊，甚至连周文王的丰功伟绩，也觉得遥远而虚无。我更不愿去猜测，如果没有周郎的赤壁大火，历史将是什么模样。更不要说他乡异姓，到了周庄，是什么结果。就是你逃过了水灾瘟疫，涉过了大海彼番、神盆聚宝，挣得富可倾国，也难逃得过强权算计和充军发配的命运。

在周庄，沈万三就是一例。

可是消失了，一切都消失了，消失于深邃的夜，似流星。那些厮杀，那些征战，那些欺侮，那些一路的风风雨雨，都消失得无影无踪。此刻，我感受更多的，是满庄的闲适优雅，富足安宁，与夜相拥。难免有了怀疑，难道几千年的磨难，终于修得正果；是周庄在等我，还是我在寻找自己的归宿？

很快发现，怀疑是多余的，真的是回家了，就在今夜。

一切都难以拒绝。我说的是闲适优雅，从周庄，不，是我家的各个角落浸润出来——这水，这田，这镇。

周庄的水有多少，我问了几位当地人，都没有确切的回答。比较普遍的说法是，周庄是江南水乡，人间天堂；天堂里有多少水，这里就有多少。当然，百问不如一见。当你走近了，便发现这里的水不仅多，而且很有秩序。它们分别以湖、河、江的形式存在，既独来独往，又藕断丝连，哪一家要一统天下，都不可能。大的太湖不说，在周庄的方寸之地，能称之为湖的，还有很多。比如淀山湖、阳澄湖、澄湖、傀儡湖。河则有北市河、后港河、油车漾河、中市河；还有白蚬江、吴淞江、娄江。这些江河，各有各的路数：要么纵横东西，要么步行南北。一来一往，就织地为井；而身边的湖，正是它们坚实的根系。如果说，江河是水的行走，湖则是水的停顿；江河是水的省略号，湖则是水的顿号。周庄之水的妙处在于，它总是走走停停，或走与停交错，省略号与顿号结合。间或再有一些石拱桥，在江河间飞来跨去，制造些暧昧。不过，这一切，此刻并不清晰。原本的暧昧，被夜色放大，这些水，便幻化为光，悠悠忽忽，似醉汉，在叙述着周庄的白天。闲适优雅就写成了，在不经意间。

不要一提到田，就想到躬耕田亩，是为农桑。周庄不同。或者说，周庄已基本没有传统意义上的农田。在进入周庄之前，汽车穿过了一片田野，水网密布，鸭戏其上，乍一看，很江南。可当地人介绍，那些田并不属于周庄，且没有嫩绿的稻秧，或快要收割的油菜、小麦之类。按理说，在这个季节，在江南鱼米之乡，田野是该有这些植物的。幸好不是周庄，否则，真要动摇了我前往的兴趣。奇怪的是，到了周庄，仍然不像庄。街道宾馆小楼花埔，小桥流水阁楼古榕，优雅地排列着，端的是现代化小城。正在纳闷，随主人信步中才发现，这只是外围，我们是由城入庄。真正的周庄躲在里边，走过一段花草扶疏的街，穿过一道宽阔高大的门，或叫牌坊，再往左侧一拐，就到了。

仍只见庄，不见田。不是因为夜，而是本来就没有。

没有田，还能叫庄吗?

我陷入一种悖论式的纠缠。就是在这种纳闷与别扭的纠结中，周庄式的田，庄田的田，走进了我的视野。

庄田又叫蒲田，是南湖西面的一个圩。不仅名称，功能也与常说的田大不一样。不为耕作，也没有春华秋实。有的是湖边的香蒲、芦苇，护卫着独圩，让候鸟栖息，也让游人观赏。恰好与周庄的闲适优雅珠联璧合。传统的田园耕耘收割，已被打捆，托付给梦，通过“打田财”来表达。据说，周庄的“打田财”习俗由来已久，《周庄镇志》就早有记载。后来，这种风俗，甚至传到江浙沪一带。是夜晚，闹元宵那天，人们扶老携幼，从四面八方赶来，聚集到广场。当桅杆上彩灯内的蜡烛燃到尽头，他们就开始鸣放随身携带来的鞭炮、爆竹、烟花，祈祷声骤起，高亢而悠长：“炭炭烧烧田角落，牵砻三石六……”且用月炮、九龙抢珠、“五百鞭”“一千鞭”，向杆上悬挂的“田财”射击。在祈祷的同时，还要驱傩。祈祷与驱傩并举，只为求得风调雨顺，岁岁安宁。周庄人似乎早有用意，在几百年前，就在用自己的方式，演绎了庄的含义，直到今天实现。

走完了周庄才明白，所谓的庄，已不是传统意义的，而是镇。与许多古镇不同的是，这里的各类古建筑，从深宅大院，重脊高檐，河埠廊坊，过街骑楼，穿竹石栏，全福讲寺，到沈厅，双桥，迷楼和张厅等，不仅具有鲜明的唐风宋俗，而且，经过纵横交错的水系一分割，便形成依河而街，偎江而阁，桥街交吻，阁水相映的奇妙景象。夜只是一款鸡尾酒，由月色、灯光、清风和贪婪的黑勾兑而成，装满了周庄，包括这里的湖，这里的江，这里的河，这阁楼空巷小桥码头的每一个角落。古朴幽静，典雅闲适，都不是装出来的，没有虚伪矫情。而是内在的神韵，蕴含在古镇的血液里，不需要说出，只需要静悟。

领略了这水，这田，这镇，我产生了一个疑问：这千年的风雨周庄，究竟是怎么沉静下来的？仅仅因为夜？我怀疑。

哦，是要歇歇了。

不是顿悟，而是必然。人不能总是征战、奋斗、漂泊。再势不两立的厮杀争夺，都有息战；再宏伟壮硕的千秋伟业，都有泊岸；再遥远神秘的旅途，都有归处；再放飞无羁的心，却有落脚。那泊岸，那归处，那落脚，就是家。

依然是周庄，这个夜。

从千年风雨中走过来的周庄，托着一份难得的闲适优雅，多情而温馨地守望在姑苏。为我，也为大家。回望来路，它从蒙胧的摇城出发，四面泽国，咫尺往来，携带着吴王少子摇的雄心，汉越播君的壮志，周迪功的捐田建庙善举，沈万三的丝绸、刺绣、竹器、脚炉和白酒等，风雨兼程，从烟雨江南走来，一走就是几千年。走过了遥远的春秋秦汉，走过了盛衰几时的唐宋元明，走到了康熙治下。才以周庄命名，把迪拜的范例，沉淀为家，让积攒一世的闲适优雅固化。终于，这心有处放了。不仅我，不仅周姓人家，包括一切有缘之人，只要你舍得抛弃浮华。

于是，在经历几十年风雨后，我回来了。

不仅今夜。

冬日意象：风霜雪雨

子，风

风不大，却很刺骨。一种萧瑟的痛，躲在落叶的背后，从衣物与身体的缝隙钻入，贴着肌肤游动。就对北方产生了畏惧，不敢想象北方，那寒风的故乡，怎一个冷字了得。

来路是清楚的，挂在树上。那风，本来想走近冬菊，却走近了梧桐。记忆中，仍是一树的茂盛，由枝杈和树叶构成。枝是直的，指向蓝天。那里的云很妖娆，红的、紫的、灰的、亮的，都竞显风流。是要讨好泰戈尔，去他流连的枝头，却不见风。那枝很秃，没有叶，只是一种生命的意象，被记忆唤醒。风无法停下，一直往前，直达大海。海很开阔，风一吹而过，留下浪涛，海鸥，企鹅，还有赶海的人。海风吹乱了他的头发，吹乱了海水的宁静，吹乱了海鸥的翅膀。这些都不重要，重要的是吹乱了心绪。心被泰戈尔或风牵走，便听见沙沙的声响。血液里奏响的歌，不需要休止符，只需要渴望；男男女女的渴望，在海里疯长。然后，又走向契诃夫，走向罗加奇乡村。教堂的钟声，敲了十二下，又突然停了。我只是一个过客，站在乡村的尽头，一个冬草生长的山冈。此刻，我才发现，风只想证明一个问题，只有乡村是生动的，其他的都很呆板，包括你和我。

同时发现的秘密，是风的家。它原来很远，与我的相遇，只是在途中，一个偶然，以过客的姿态，把风景检阅。

我感到惊讶，风和景，竟是这样结下的缘。它总是把美好留给过客，而自己的寻找，却只是一种向往，对温暖的向往。北方冷，南方暖；北方有大山，南方有大海。随风南下，远道而来的过客，就把路过的风景当成了家，不想离去，把全部的希望投放。正是激扬情怀的时候，他们来了，带着星光，带着寒风，带着落叶，带着阳光。可是，风走了，行色匆匆，没有停留，没有驻足，没有小憩些许的意思，甚至丢下追赶了一程的树叶。风景风景，同一块肉，同一个基因，生成了同一个儿子，天然的美，怎堪可分？我怀疑，没有了风，还有风景吗；或者说，只有景，没有风，再美丽的景，是否会失去生命的血液和动感，陷入死亡般的僵硬？我不明白，这样的疏忽究竟是谁的错。

叶是金黄的，梧桐的叶。金色被阳光渲染，形成一种华贵的氤氲之气，在这里弥漫。从这样的色彩，可以断定，那叶没有遭遇过雨，只经历过风。从北面来的风，带着寒气，越过黄河，翻过秦岭，一天一天地吹过，把梧桐的叶由绿吹黄，由浅黄吹至金黄，由平展吹向卷曲，由枝头吹落地上。有梧桐，无细雨，愁是无法长久的，至少不会地道。心中有些释然，站在树下，不担心被一种愁绪卷去。风仍在吹，不停地吹。不，是经过，不停地经过，如一支连绵不断的队伍。梧桐仍在那里，一动不动。当然，是指整棵树，还有它的位置。除此外，它的形和神，都在不断改变。有一些叶，经不起风的诱惑，欲随风飘远。只是，没走多远，就坠落了。它们在空中画了条弧，弯曲的，扭捏的，落点也不规则。还有一些叶，不理会风，仍站在枝头，张扬着一种坚守，一种高昂之气。没想到感动了麻雀。它们成群结队，从天空飞过。不一定是累了，这半树秃枝，也不见得有多大诱惑。但是此刻，麻雀就想落脚。几乎是没有判断，没有选择，它们便敛翅伸脚，瞅准那叶。可是，叶落了，麻雀一个趔趄，差点随那落叶跌倒。就这样，院坝里的梧桐，又少了一些卷叶。

风从枝头吹过，冬在田野蔓延。树下的草坪上，堆满了金黄片片。从空中吹过的风，吹不走地上的草叶。于是，黄绿相间，生命的两种状态，终极的，都在这里映照。我有了一些理由，不做过客，不愿像风一样流浪。何不做一棵梧桐，一方绿茵，坚守一隅，笑看风来风去；即便是飘落，也要映照生长。

丑，霜

不知二十四节中的“霜降”，与霜的到来，有没有必然联系。这对于我，一直是一个未解的谜。

形而上的定义，常常被形而下的实际搅乱。在最早的记忆里，霜降，总是和父亲的农事联系在一起。一般是在秋收过后，谷子晒干扬净，入了仓；草垛一堆一堆，在田边地脚耸立而起；收割完的稻田被翻起，晒上几天太阳。会有一些小憩，公公婆婆会逛逛街，赶赶场，卖出一些东西，也买回一些东西；儿子携娇妻幺儿幺女，提上一只鸡，或一些蛋，回丈母娘家看看。当这些程序都进行得差不多的时候，父亲便会自言自语地叨念：“寒露胡豆霜降麦。”然后，一五一十地掐算着新一轮的秋种。接下来的耕作，无论是播种胡豆豌豆，还是小麦油菜，从翻耕，点播，施肥，到发芽，壮苗，开花，结实，都似乎是一种例行程式，一个顺理成章的过程，顺着节令行走便是，没有什么悬念和神秘。因此，在我童年的记忆里，一直以来，“霜降”与霜，是两个不同的概念。“霜降”是一个节令，与耕耘和播种联系在一起；而霜，则与风雨雷电一样，是一种气候现象。

知道它们的联系，是在稍大以后。

记得，又是一年秋种前，又是父亲叨念的时候。不同的是，父亲不仅口里念念有词，还里三层，外三层，翻箱倒柜，从一个古老的床头柜里，找出一份皇历。那皇历陈旧，泛黄，破损，模糊的字，是用毛笔誊写的。父亲边翻边说，破“四旧”那阵，这书可不能看。现在，你长大了，也该学点农时耕作了。就这样，我跟随父亲，翻开晦涩难懂的皇历，从十大天干，到十二地支，再到六十甲子，二十四节气的推算，一一学来。越学，越觉得深不可测，奇妙无穷。就是在这时，我从书本上明白了霜降、立冬的意义，明白了秋与冬的交接，其实就是从霜的到来，雪的紧随开始的。现在想来，父亲当时的传授，就是一部农耕文明史。那泛黄的皇历，还有皇历上的天干地支，也许就是这样，从父亲的父亲，或者更远的始祖那里，一代一代传承下来。传到我手里，是希望我传承下去。然而，我却远离了乡村，走进了城里。

但是，现实与书本，往往有一段距离。当我从形而上的皇历中，理解了霜降后，很多时候，很多年份，却没有在这个时候，发现真正意义的霜。在农人眼里，真正的霜，或曰霜降，是从萝卜青菜的成熟开始。

在南方，记忆中的霜，总是在“霜降”后姗姗来迟。在某一天，或早或晚，总是在白天的阳光过后，星空清丽，人还沉浸于一种冬日的清丽静美里。深夜或凌晨的某个时辰，于不知不觉间，那霜就突然降临了，不肆渲染，悄无声息。人们盼霜的心情，是矛盾的，一种鱼与熊掌不可皆得的矛盾。一方面，怕那霜的到来，带来摧残，带来寒冷。往往是清早起床，开门，房顶上，树枝头，菜叶上，院坝里，灰白的粉末，滞涩的，细微的，薄薄的，衍了一层。千万不要有风，哪怕是些微的，从霜上吹过，都会带上刀和刺，无孔不入，扎入你的肌肤里。那种刺刺的阴冷，会直渗入你的骨髓。一些植物，已在冬季坚守了多时，眼看就要熬过，可在瞬间，便被那粉末打闷，奄奄一息，直至死去。没有死的，也会脱胎换骨。比如萝卜，比如青菜和白菜。它们从秋阳的温暖里走来，除了蓬勃、茂盛、从容，还有从顺境中带来的稚涩生硬。农人不理会节令背后的植物学原理，只坚信，必须经过几次霜打，那些萝卜、青菜、白菜，才能脱去原有的稚涩生硬，变得清脆鲜嫩，才可能成为菜中上品，才谈得上走向成熟。

桌面上有一幅摄影作品，题名为《风霜》，作者为余和平。作品中的风霜，并非自然意义的，而是生命意义的。画面是一位老人的头部特写。作品构图简洁，用光讲究，通过写实手法，以黑白反差的鲜明质感，于人物的须发眉宇间，营造出一种风霜的视觉效果，生动细腻地表现了一位饱经风霜老人的精神气质，给人一种生命坚韧的强烈震撼。

真正的成熟在霜后。面对这样的老人，对于风霜，我心生敬畏。

寅，雪

我猜想，二十四节气的命名者，一定是生活在北方。不然，霜降过后，那些与北方节令合拍的名字，怎么就一个个接踵而至。立冬，小雪，大雪，冬至……

好一个雪，刚好夹生在冬的中间。至于后面的寒，无论是小寒，还是大寒，都不过是冬的延伸了。于是，我在想，如果没有雪，还有冬吗，这个季节还能叫做冬吗？

一直认为，四季分明，冷热有度的成都平原，在地理气候上，是一个十分奇妙的地方。它显然不是北方，秦淮之南的处所，是一种公认的分界。当然，我所说的，不仅仅是地理书上的注释，主要还是它的内在气质。比如此时，秦淮之北已是冬寒料峭，这里却仍是四野葱郁，草木丰茂，找不到任何的萧瑟荒凉，白雪皑皑。问题是，这里似乎也不是典型的南方。常去香港，广东，福建，到这些常被人们称为南方的地方，经历那里的四季。其实，夏季并没有什么区别。区别主要在冬季，那种南，才南得有味道。草木葱绿自然是常识，但是，那只是一种表征。更为重要的是，南方的冬，是暖的，骨子里的暖。暖暖的阳光，暖暖的轻风，暖暖的脸。这不能不说是一种颠覆，对冬的颠覆。如果你带着一本辞典，或带着一些概念，去这里寻找冬，比如大雪纷飞，山寒水瘦，比如寒气逼人，冰天雪地。你只能失望。因为，这里少雪，雪几乎成了节令中的一种另类。没有雪，还能算冬吗？你甚至会对四季的更替，产生怀疑，怀疑节令中还有冬。

最奇妙的是雪，成都平原的雪。总是感到，成都平原的雪，天生就得了某种魔道，有点神秘莫测，捉摸不定。

雪的到来，总是神出鬼没，来路不清。首先是雪很少，往往很多年，都看不见雪的影子。有时，雪即便偶尔光顾，也是来去匆匆，忽隐忽现。更重要的是，弄不清它究竟来自天，还是地。所谓地，是指那些纷飞的蝴蝶，小白小白的，它们追逐在冬春的花地里。那雪来去得也无规律。不是踏着节令的脚步来，往往是来无踪，去无影，下雪的大小长短，均无定数。童年印象中，关于雪的记忆，一直有个断痕。前面是空白，占据着我好几岁的年轮。在这段空白里，只有春暖夏热，只有收割耕耘，冬是残缺的，因为没有雪。雪是突然闯入的，在我大约五六岁的时候。一切都是突然，没有程序，没有预告，不是循序渐进，也不是悠然淡入。记得那天清早，我正躲在温暖的被窝里，恍兮惚兮做着梦，突然被母亲叫醒：明娃也，快起来看雪哩，好大的雪啊！当时，还没有雪的概念，不知道什么是雪。只隐隐约约感到，那雪一定是个新奇的东西。比如，就像邻家强娃儿的媳妇。记得那次，那媳妇刚来相亲，母亲也是这样叫我的。

这是我在童年看见的第一场雪，应着母亲的叫喊声而来。起床，穿衣，出门，揉着惺忪的眼。我一下惊呆了。房顶屋面，院坝树梢，村前村后，都是白茫茫一片。太阳在云层里挣扎，欲要探出头来。天空一片厚重的白，在阳光的映射下，有些刺眼。雪仍在下，稀稀疏疏，似棉花飞絮。片片雪花，不断地叠加于厚厚的积雪上。邻家的几个玩伴，正在院坝里堆雪人。雪人堆成了，树叶是衣，茅草是发，一截树干，横腰插上去，玩伴们乐得手舞足蹈，呵呀，雀雀，雀雀。我却发现了一枝秃枝上的画眉，向它举起了弹弓。画眉一头栽下。我跑走过去，看见挣扎的画眉，和雪地上的点滴殷红。我后悔了。已经过去多年了，可是，那雪中的画眉，留给我的，仍是一个追悔的痛。

冬至在即，仍不见雪。迄今为止，童年那场雪，仍是我看见的成都平原最大、最地道的雪。现在想来，即便在北寒带，遥远的俄罗斯，在雪的故乡，所谓的雪，也不过就是那个样子吧。“窗外落着鹅毛大雪，雪花像蝴蝶似的，扑向窗玻璃，在玻璃上撞了一下，又翩翩地飞向一旁……”

这是柯切托夫笔下，北极的雪。在成都平原，那翩翩的蝴蝶，就是我们盼雪的心情吧。只是此刻，它不是在窗外扑棱，而是在窗内张望；张望窗外的天，想飞出去，成全一种奢侈。

卯，雨

在成都平原，风和雨，都是冬的常客。它们不像霜，也不像雪。往往说来就来，凭兴而起，不分初冬还是深冬。

说来奇怪，自从入住这个小区，我对冬雨的判断，竟是一种静，悄无声息的冷静。这种静，与树有关。因此，这几年，屋外的树长大后，这种感觉更是明显。小区里的树很多：小叶榕、大叶榕、杜鹃、竺葵、水杉、山茶，已然草木成林。但谈到长大，主要就只有两棵了。一棵是银杏，一棵是梧桐。经过十年攀长，它们的树冠，已与我卧室的窗举案齐眉。有了树，窗外就多了许多生动。天晴时，就有许多鸟，不知什么时候，从什么地方飞来，叽叽喳喳。把我吵醒的时候，它们已在窗外。我猜想，此刻，它们也许正在尽兴欢唱，为又一次阳光热身；或者，是一些雄鸟，为了取悦雌鸟，正在枝头跳来跳去，尽显其能。总之，许多时候，小区的早晨，是从小鸟的叽喳开始的。

这是在天晴，雨天就不一定了。

要是在夏秋季节，窗外的树，无论银杏，还是梧桐，都枝繁叶茂。特别是那叶，成熟的、厚实的、密匝的，宛然两只大伞，撑在窗外。如果哪一天早晨，没有听见鸟儿的叽喳声，一定就是雨滴的淅淅声。相对于鸟语，那声更匀称，细腻，密集。多少次，在雨声中醒来，有一些新鲜，也有一些不习惯。我就会躺在被窝里，做短暂的停留。不是赖床，而是以一种纯净之心，体味窗外的雨。心灵的溪涧，就有雨滴抚摸。淅淅沥沥，滴答，淅淅沥沥，滴答，滴答。此刻，身心就会融化，幻化成滴落树叶上的一滴雨，或溪涧里的一瓣花，无拘无束，自由自在。无论滴落，还是漂忽，自由的怡然，心性的放逐，都是最高贵的幸福。快快起床，不为上班，只为拥抱那多情的雨。

然而，这样的美妙，只与季节有关，似乎并不理会我的心情。过了“立冬”，树上的叶，那些金黄的蝴蝶，就像是受了惊吓的鸟，纷纷散落于地碾作尘。风和鸟，似乎都与这种跌落有关。但是，它们最多是催化剂，而不是原因本身。真正的原因，是从血液里带来的天术；此刻的跌落，不过是一种既定程序。问题是，没有了树叶，就没有了窗外的伞；那些淅淅沥沥的冬雨，就没有了遮拦。住在四楼，窗外的梧桐银杏，已是一树秃枝。于是，那些绵密细碎的雨，便把窗外的树叶省去。它们往往不肆张扬，飘飘忽忽而至，悄无声息，直入大地。就说这个冬季吧，雨不多，但也偶尔光顾，就在前几天，还下过一次，以静默的方式。我说的是雨声，在这个喧嚣的世界，不留下任何痕迹。

就是在那天，我以一种前所未有的刻意，还有追根溯源的执着，认真走近了一次雨，清晨窗外的冬雨。

那是一个周末。晚上，为了写一个命题文章，就是那个塔里木的红，熬到深夜。清晨，只想到，睡觉睡到自然醒，便有些放任。结果，还是被女儿叫醒。起床后，才知道外面在下雨。拿了文件，又钻进被窝里。本想再绵一会儿床，心却被那雨带去。我摒弃杂念，静下心来，只想窗外的雨，希望捕捉到它的声，它的形，它的蛛丝马迹。思维总有一些惯性，身不由己，我就走进了茅盾的《子夜》，走进了上海滩。我想从耸立的高楼，迷蒙的阴霾，模糊的人影，穿行的汽车中，追寻都市之雨。然而，一切都停留在意象中，漂泊于意识的流动里，无法打捞，无法定影。我又试图跟随屠格涅夫的足迹，走近乡村之雨。从一片茂密的白桦林出发，刚抬脚，就是一个搁绊。这样的雨，打在白桦林上，该是一种怎样的萧瑟。然而，此刻没有。我又捉住高高的、繁茂的凤尾草，还有它优美的茎。走过秋季，它已经染上一种暗紫的色彩，有时，倏忽间又转成淡蓝，没有光泽，令人想起过熟的葡萄。极细的雨，偷偷地下了起来，本想制造一种神秘，可是，那神秘很快被沙沙声打破。很快，那沙沙声便喧宾夺主，顺着白桦林的枝杈，还有凤尾草的茎间蔓延。我相信，那些白桦林和凤尾草，叶枯了，根是活的，它们正陪伴雨，走向来年。

思绪山南海北，驰骋了一大圈，又回到原地。仍躺在被窝里，不想起床。有一些风，带着潮气，从窗缝间挤进来，在房间里播撒着冷。回到原地的思绪一片空白。楼房消失了，汽车消失了，人影消失了，甚至连雨打在白桦林和凤尾草上，那种细微的沙沙声也消失了，消失于冬雨中一种阴冷的静。

终于若有所悟，这才是成都平原的雨，小区的冬雨。

停留的河

我首先想到的是停留，而不是停止或者静止。停止或者静止表明了一种沉寂，呆滞，不再前行，几乎丧失了动感和生命。而停留却是暂时的，是前行的另一种姿势，它不仅富有生命的质感，而且内涵更加丰富，会令人去想它的过去现在和将来。

我说的是湖，眼前的湖，这个叫东坡湖的地方。

是的，东坡湖就在眼前。在这个周末，参加一个叫泡菜城的规划论坛，我又来到它的身边。一脸的茫然，“泡菜”和“城”，原本就是两个精神对立的概念，一个代表传统与生态，灵魂栖息于村庄；一个代表了现代和侵袭。我不知道怎么能够把二者融合在一起。也许是这样的情绪影响了天，这天变得不阴不阳，不秋不夏。刚下过一场雨，没有闪电雷鸣，雨却轰轰烈烈，还拖下一条长长的尾巴。原本静悄悄的湖面，有了一些轻波慢涌，被涌入的雨水推着，在静与平中，就注入了一些动与褶的元素。一会儿是江，一会儿叫河，一会儿又说湖，我不知道即便本地人，究竟有多少能搞清楚这江，这河，这湖的身世。我不能说自己搞清了，只能说自打记事的时候起，岷江河的名字，就与父亲母亲兄弟姐妹一样，经常出现在我的耳边。可是，很长一段时间，当父亲母亲兄弟姐妹的名字，已逐渐融入血液，演化成同一个屋檐，同一方天井，同一缕炊烟，同一种甘苦的时候，岷江河的名字，在我脑子里，却仍然停留于原初的符号和概念，而且，随着时间的推移，那个原初的符号和概念，似乎变得越来越遥远，越来越模糊与神秘了。这种遥远与神秘，是与天上的吴刚和嫦娥之类神话传说等量齐观的。我曾经相信，岷江河不仅不在我的身边，也不在凡间，是一个可以遥想而不可抵达的梦幻世界。

逐渐走近岷江河，走近它的怀抱，它的涛声和白帆，还有它的血液和灵魂，是在我进城读高中，走进知识的时候。在这种走近中，我终于弄清了岷江和岷江河，其实都是一回事；特别是有两个发现，让我坚定地相信，岷江的身世、经历和内涵，并不亚于父亲母亲，甚至村子里任何一位老人。

第一个是它的行走，由站着行走，到匐地而行。

几乎所有的江河，在它发源于高山雪域之时，都是站着行走的。这是亮程兄的发现，我在岷江身上得到证实，已是很久以后的事。我第一次来到岷江边，发现江里的白帆很多，也很豪迈，那种豪迈被风鼓动，高调而夸张地招摇于大江之上，把多少人的梦带向远方。驾驭风帆的船工说，顺流而下，就是长江三峡和大海。就这么一句随口而出的话，却让我猜想了几十年。当我穿过三峡，面对大海时，已是风尘已凝满脸霜了。船工又说，逆流而上，便是弓杠岭和郎架岭了。那是岷江的发源地，有终年不融化的雪山，还有许多珍贵的物种。对于这，我至今仍停留于遥想与梦幻里。时间紧张都是借口，千年母亲河，几十年的哺养，并不长的一段路，不去是没有理由的。可我就是没有走，没有去，辜负了多少纯洁的守候。所谓偶尔的悠游，不过是文字风帆下的隔岸观火。透过那些生茧的文字，我没有像走近父亲母亲那样，走近岷江的灵魂，没有解开心中的许多疑惑和郁积。也许是阅尽红尘，心事已老。我没有见证岷江的出发，哪怕是一片飞雪，一眼清泉，或一丝细雨；没有亲眼目睹站着行走的岷江，那种昂扬的雄姿。更为重要的是，我没有了解，岷江是怎么出发的，怀揣什么心情、目标和信念。还有，它为什么要那么高调出发，站着行走，让头颅与高山白云看齐；后来为什么又那么低调，甚至匐行于地？仅仅靠宝瓶口的飞瀑和分流，靠李冰父子的竭诚疏导，靠都江堰流淌不尽的枯燥注解，还有成都平原几千年的风调雨顺，旱涝从人，就能解释得了这一切，能说清它怎样由亲近高山，到亲近大地吗？不。我真的很难相信。

第二个是它的停留，由不断行走，到现在的停留。

是啊，行走着的岷江，为什么突然就停住了脚步，停了下来呢？水利专家说，这里是岷江老河道，当新河道形成，它就丧失了作用，最多在遭遇大洪水时，帮助泄泄洪，降低这个城市的危险。一眼就看出，这纯属于一种功利主义的解释。忽视了情感和人文，忽视了岷江深刻的内心，再深刻的解释都没有生命。不用否认，岷江行走于成都平原，足迹清晰而鲜明，但这样的改道并不多。我在想，穿过成都平原，进入东坡故里后，岷江是如何想到了改道，想到停留的。总之，现在的结果是，新河道顺着东山边直直地往下，把旧河道那一弯静水放在一边。

这一放，就让千万年的纠缠浮出了水面。不仅是新河道与老河道，行走与停留，也不仅仅是山和水。

猜测，不如靠近。两点间的直线距离最近。不需要几何原理，却揣着几何之心。我终于明白，那是一种迫切，奔赴大海抵达彼岸的迫切，深藏于岷江之心。心是直的，停留，本不属于岷江的本性。也许，这样的迫切，在弓杠岭和郎架岭就已生成，经过千万年的雪压冰冻，好不容易苏醒，一路的高昂飞瀑可以作证。怎奈世间总有风光雪月，总有阴晴圆缺，改变着生命的节奏。即便行走的心情是直的，风景却拒绝平铺直叙。何况，此处有山如眉，何处可配眉山。山为躯，水为衣，平原是躺椅，这一方水土怎不眉清目秀？猜想总是浪漫的，既有现实助长，又有主观成分。一种情况是，如眉之山爱水，有如陷入爱河的翩翩才俊，梦想着那水长久相伴，有美人兮在水一方，已成永久的梦境，无人可唤醒。山和水产生了纠缠，走与留，直行与绕道，都成了问题。这就误导了水，那一江早到的水。江水说，你的大美高挂于眉山之巅，白云之下，不可近看，只有远视，于是远远地绕道而行。可是，爱一旦长出，就像毒瘤，想要割除谈何容易。远离的水让山更加着急，更想靠近，朝思暮想融为一体。

就铸成了千万年的呼唤和眷恋，从那山长出，挂于眉梢；同时疯长的，还有一种阳性的引力。终于，有一些水收敛了脚步，停留了下来。水的深情，感动了一段古老的河道，停留，成了它们今世的永远盟誓。另一种说法，似乎更富理性。说是因了这山延伸的腿脚，令眉山之侧变得坚硬而凸兀。水击石穿，本身就是一个遥远而残忍的故事，暂时的绕道而行，不仅是一场误会，还是一种无奈的选择。也许在经过九九八千八百一十年的冲刷之后，那水终于击穿山脚的顽石，带走堆积的沙土，理清了一条纠缠了千年的直线。

就这样，该走的走，该留的留。走的从容，留的温情，这一方山水，有了更多的理解与包容。

可是，我们还是没有明白，再次误解了岷江的停留。在规划这个城市的发展蓝图中，把这段停留的江河更名为了湖，而且，命名与这个城市的千古英雄东坡联系在一起。可见，我们是严肃而认真的。可是，当我们在这个城市歌舞升平，喝着岷江送来的高山雪域甘泉清露，享受现代文明带来的幸福的时候，却忘了停留的江河和它的痛苦。不仅是这个城市，这里的高楼、工厂、GDP和欲望，还有不断涌入这段江河里的废水，都有违岷江停留的意志。于是，眷恋遭遇歪曲，温情被消解。由岷江，我想到河流和它的命运。也许，无论是行走的河，还是停留的河，一旦沾上城市，变成了湖，就是噩梦的开始。路途还远，水却不再纯洁。难道，这河和水的低头与停留，是因为丢失了某种自信?

住在湖滨的豪华酒店，凝视东坡湖。水光潋滟，欲静还动。这停留的河，似乎对我有了回应。岷江，不，这停留的河，你现在究竟在想什么呢?置身如眉之山，我却无法走进你的内心。

这让我感到莫大的痛苦。

画板上的柳江

画板作证：夏日柳江之美，重在古镇映衬的山水神韵。

据说，有几位美术学院的学生，暑期到柳江写生，一来到柳江，就被这里的神韵搞懵了。美是一回事，重要的是迷失，季节的迷失。明明是夏，这里却没有洪水肆虐，只有青山映溪，波澜不惊。杨村河的水，其静其幽其大雅天成，绝不逊色于书门闺秀。要说是春，虽也有点点娇艳，撒落月季杜鹃枝头，却不能说红肥依旧。这里的茂林修竹，绿得滴翠，戴上放大镜，也找不到“碧云天，黄叶地”的影子。更不要说山寒水瘦了，只能被人笑为痴人说梦。

难落笔了，难落笔了。老师教的审美发现不管用了，往日魔幻般的七彩色板，也突然变得木讷僵硬不好调遣。几位学生东瞧瞧，西瞅瞅，磨皮擦痒地折腾了大半天，灵感没找到，人早已弄得精疲力竭。于是问了一下导游，一路找到大榕树下，选了个露天餐厅面江而坐。然后，要了一些清汤雅鱼、石磨豆花、瓦屋山蕨菜之类，就着几瓶啤酒，青山为靠椅蓝天当客厅，边吃边看边扯，海阔天空漫无边际。扯了半天，还是众口难调毫无结果。最后一位同学说，咱们百里而来，总不能扛着一张白板回去吧。不如把复杂的问题简单化，就顺着这节令，以柳江夏韵为题，各自发现吧。大家说好吧好吧也只有这样了，便各自扛着沉重的画板出发了，散落到柳江古镇各个角落。

柳江韵夏。是啊，明明正置身盛夏，为何要舍近求远。

又回到了刚才的难题：这柳江夏韵，该何处落笔呢？不仅是游人，此刻，发出这疑问的同学，正站在杨村河河心的桥墩上。他本来是要从水出发去觅夏的，不经意间的一个抬头，却发现了葱郁的山。山就在江的尽头。所谓江的尽头，距离并不是想象的那般遥远，最多也就两三里地。并不需要君住长江头，我住长江尾那种望穿秋水；也不是列塔索和阿里奥斯托笔下的山，一切都是高尚的、温柔的，一切都在诉说着爱情。虽然，老君顶和五凤山，其名其形也是一阳一阴，宛若天作之美，也是含情脉脉，有如鸳鸯绝配。它们厮守在杨村河两岸，银汉迢迢，怎奈群山在后，大军临阵，不是谈情说爱的时候。只见那山层峦叠嶂，一直往前排列，一排，就把一堆堆葱郁推到上了天，直至隐匿于蓝天白云间。山和云似乎还有一些交接，那交接之处一会儿山像云，一会儿云似山。草和树叶都被省略，只留下一些模糊的剪影。那剪影大小不一，高低不同，挟持着绿影，堆砌在那里，让夏归隐为山和云之间堆堆厚重的影子。画板上的季节变得单一。在云蒸霞蔚中，单一的绿影被夏垄断，镜像妖娆，像凝固的树，被风吹着，多变而混沌，不知那树是长在山上，还是云端。

写生的同学灵感一动，想到了深山藏古寺。对，藏！葱郁不正是藏的绝妙遮蔽吗？那么，藏什么呢，肯定不该是古寺，也不该是鲜花美女。学生再次举头，仍见葱郁堆砌，云山模糊，弄不清是形而上的演绎，还是形而下的观照。原来，这绝世的混沌之美，就隐匿在夏日柳江，云山之间，让庞卡莱列举的汉密尔顿方程也费解。还不快快将这葱郁的模糊招来。此刻，艺术技巧已变得拙劣，而灵感才是神力之源。快叫太阳调整一下姿势，侧一侧身，扭一扭头，六十度或四十五度，斜斜地照过来，让葱郁滴翠，先打湿人衣，再把阳光分解。无须聚焦，也不要色板，只需山与树之间，穿过一些零乱的光线，而让更多的光亮留在背面，与云一道，作为底色，听山差遣，来滋润荒凉的画板。最好有一席轻风，徐徐拂过，只带走炎热，不带走心情。当然，不要有暴风骤雨，电闪雷鸣。那样就糟了，会惊扰云与山的融合，不仅让捕捞到的夏韵逃遁匿迹，树与云披挂的霓裳，也可能因此而撕裂，柳江唤醒的大山之美，会在画板上被击碎。甚至不要有太多的花，或者太多的落叶，不要风霜雪雨和季节变幻，否则，柳江之夏的一山云影，就丧失了葱郁的纯粹。

当然，无风无雨，无鲜花无枯叶，不可能无水。

山不在高，有仙则灵。其实很多人并不清楚，真正的仙气，既非人，也非神，而是水。黄河之水天上来，这只是诗人发表的诗性；水是生命之源，大山之魂，江河的血液。此刻，夏日的柳江之水，正流入学生的画板，形而上的源头却在灵魂里。灵魂里的水，先只是弗洛伊德的潜意识，另一位学生在寻找灵感时，把他请了出来。那学生本来在岸边，就在刚才喝啤酒时的那棵大榕树下。寻夏觅夏捕捉夏踪中，他懒得走远，就在杨村河边左观右看，前瞻后望。有道是，处处留心皆学问。只是这里的学问不是什么学理玄机，而是夏韵，柳江夏韵。发现只在一瞬间，就像书上说的电石火花。当河边学生的目光，落在江心学生和他的倒影上的时候，一下就被柳江的水抓住了。柳江的水，实际上就是杨村河的水。柳江只是个地名，并不是给这里带来水的江名。水是杨村河带来的，乍一看，你容易误会。因为水太清，不仅是春秋，而是包罗四季，一眼就可看清河里的水草沙石，你会以为没水。别要小看了这河，麻雀虽小，却肝胆俱全。流水，舟坝，小岛，码头，石拱桥，河边拥吻的恋人，还有天上的流云，远处葱郁的山，近处的吊脚楼和临水榕树。一汪一汪的水，构成一块一块的镜，把天地之物拥揽入怀。于是，就形成了两个半柳江，一个在地上，一个在水中；地上的柳江清新单调，水中的柳江朦胧灵动。半个是水和鱼。学生发现，最贪婪的水，在独揽天地时，自己却私藏着游鱼，二者寸步不离，不给天，不予地。好在，给了画板。

俗话说，没有无源之水，无本之木。那么，这柳江的水，杨村河的水，究竟是从哪里来的呢？由于杨村河太小，不像长江黄河岷江一样，有族谱身世之考，传说和猜测，几乎构成了它的全部故事。这让写生的学生更感兴趣。比较有代表性的说法，至少有三种。一种说来自天上。理由是，追溯杨村河，一追到瓦屋山就追不走了。不是没有了河，而是河以不同的方式，钻进了山里。山乃土石一堆，肯定没有水。唯有的可能是，这山与天连接，天上的浓云密雨，通过山顶的树尖，丝丝入土，浸润成溪，汇集如流，形成了杨村河。另一种说法是来自山里。理由是山有多高，水就有多高；土石是死的，山却是活的，是内在的水分储藏，构成了山的大小血管，山才有了生命。还有一种说法，是说来自地表径流，包括高山平地，村前屋后。因了杨村河的博大胸怀，既不拒大雨，又不拒细流，才成就了自己的江河之梦。这些说法孰是孰非？学生急了，问身边一位本地老人。老人一脸诧异地反问，你为什么一定要弄得那么清楚呢？有这水不就行了。学生先是一愣，继而莞尔，连说谢谢，谢谢，赶紧在画板上涂抹。

夕阳落在山顶。河岸的学生与河心的学生互相点了点头，收起了画板。扛着柳江，见面，交流，都觉得夏有了，韵也有了，但似乎仍缺点什么。双双决定，蹚过河里的石墩，到对岸柳江古镇去，去寻找另外的几位写生的同学和他们的画板……

山籁在窗外

我又想到籁这个词，而且把它与眼前的山联在一起。心里有些不踏实，还翻了翻词典，然后确认。不就是一种声音吗？从这山发出，穿窗而入，与我的梦纠缠。然而，我却又立即陷入了迷茫，不为别的，就为这声音，山的声音。

是的，我可确认，是这山发出的声音，我实在找不着其他更恰当的词，来给这山的声音命名。谓之山籁，是我的发明。

山是玉屏山，就在峨眉山身边。而此刻，我正在它的身边，聆听山籁。记得当年，“文革”如火如荼，一道玉屏不仅阻隔了造反派，阻挡了外面疯狂的世界，也阻隔了多少躁动的心。于是，“山下造反，山上造林”，成为这里独一无二的声音。现在，那声音已经固化，演化成为百万亩森林，遮天蔽日。于是，我相信，声音是可以固化，可以生长的；可以穿越时空，催我入眠，又趁夜深人静时，悄然闯进你的梦里。可是，我又不清楚，这声音究竟是怎样发出的，它有什么心事要对外倾诉。我还想到了天籁、地籁，等等。可是，当我触及到人籁、市籁时，灵魂却一下被绊倒了，很难起身。我发现了一个矛盾，籁作为一种声音，却明显地不适宜于人和城市。虽然，人和城市，发出了世界最多最强的市声。迷茫在蔓延，被这个叫声音的东西牵引，在更广阔的思维空间，寻找自我证明的依据。词典上的诠释，是如此生硬而苍白。何为籁，是古代的一种箫吗，它是什么模样发出怎样的声音，至今能否走进我们的心里，叫人如何识得。是从孔穴里发出的声音吗，那是一个什么样的孔穴，为什么发出这样的声音，谁人能触摸到它的生命之气。仅仅是一种声音，一种普通声音吗，所谓万籁，是否还包含籁本身的含义？我怀疑。我相信，真正的籁，不是有形的，不是由口或机械式振动发出，而是不可捉摸与判定，它来自天堂和灵魂，又回归于天堂和灵魂。我无法判定。比如此刻，一个盛夏的深夜，置身于玉屏山野鸡坪，浸润在窗外飘来的山籁里，籁可拾得，却不好注释。这样的感觉和心情，只有我自知，藏在心里。太多的怀疑，随梦疯长，不仅因为词典。我本来就不相信词典。词典是死的，而山是活的，感觉是活的。一切就在眼前，就在窗外，不如驾驶想象之舟，驶入其中。

夜已深，阳光已经休息，世界的许多真相，都被黑夜遮蔽。我提醒自己，要大胆而行，细心而为，真诚与进，重在感悟，而不要惧怕与担心。不要惧怕黑夜的阴森，没有尘嚣的干扰，我们的聆听会更加纯粹干净。何况是聆听山籁，不需要用感官，任何感官的获取，都是表面的，肤浅的，形而下的。

就这样，我走进了山，被山籁召唤。

我的聆听率性而自然，既没有刻意的亲近，也没有刻意的拒绝，甚至聆听的姿势也是自然而为的。就在这个盛夏之夜，单位组织到玉屏山开会，几位朋友先在我住的房间闲聊，山南海北没有主题，也没有想到窗外的山和山里的世界，没有注意山有没有声音。最明显的感受是气温，山下正“小暑大暑，热死老虎”，山上却很凉爽。用不着空调，也不需被子，宽衣解带，以一副本真之身，躺在床上，归于大山，温度和心情，都恰到好处。朋友散了，梦就开始。说是梦，其实只是一种说法，并没有真正的梦，没有痛苦与甜蜜，也没有风雨。梦是山籁带来的。分不清是山籁迎接了我，还是我迎接了山籁，总之，一层透明的薄窗，是我们幽会的唯一距离。至今仍不敢确定，从梦里走来的山籁，究竟是否曾把我叫醒。只觉得世界上有什么声音，在向我走来，似是而非，若即若离。先是蟋蟋蟋蟋，似乎被一些叽叽咕咕，啦啦来来簇拥，形成合唱，由虚到实，由暗到明，由隐到显，悠然而来，似盛天云霞，要与我合影，梦与现实，都全凭自己认定。我欲要伸出双臂，与山籁承接，捉住它的尾巴，与它相拥而眠。可是，我的拥抱却总是落空，不知指向与位置。

结果可想而知，声音未捉住，梦却越拥越长……

我首先想到的是鸟儿。小区的清晨，也是相隔一层窗，我几乎每天都是被鸟语唤醒的。这山有上千类鸟儿栖息啊。鱼沉底，鸟归林，被视作夜间铁定的自然法则。然而，我很快笑了，笑自己的无知与幼稚。鸟儿夜间归林是事实，可夜间鸣叫，特别是深夜，就有违常理。我还是不敢确定自己的判断，让灵魂之舟，驶向一个个经典之夜。走进沈从文的边城。我发现月光如银，无处不洒落，山上的竹篁，在月光下变成了一堆黑影，深不见底。也有声音，从山间或草丛中传出，咯咯咯咯，啰啰啰啰，时缓时急。仔细辨认，是觅偶的夜莺。很快又消失了，消失得无影无踪。我又走进果戈理的密尔格拉得之夜，也是夏日，我不知道它与玉屏山的夏日有什么区别，但我知道夜的颜色与声音，总是大同小异的。星月之下，夜显得有些怯懦，这怯懦并不明显，被一层薄薄山岚遮着，山间、树林、天空、溪谷都已入眠，唯有风是醒着的。它轻轻吹过，与物相低语，这低语成为这山籁的唯一组成。我终于否定了鸟语。我相信，至少，这玉屏深夜浩繁无边，此起彼伏，绵亘不断的山籁，应与鸟语无关。

想到是昆虫的时候，我竟有一些感动。缘于一个悲壮的爱情故事，主人公不是人，而是昆虫。我是在参观一个昆虫博物馆时，发现那一场气吞山河大爱的。博物馆的昆虫，都是以标本状态示人的。据说，标本的制作十分讲究。先得上山或原野，进入昆虫们聚集栖息之地。无论强攻还是诱捕，关键是要捕得活的，然后用药物毒死，把血抽干，施了药水，防腐防变，再把躯体风干，精心制作。总之，从捕到制，都不得损伤，包括它们的形状身体。只有这样，才能让标本栩栩如生。否则，就不叫昆虫标本，而叫尸体。因此，博物馆里的标本，大都是单独制作的，而很少多只同时。但是，我在这里发现了惊人的例外：在一个标本盒里，两只水蜡蛾，尾部紧紧粘连在一起，仿佛正在交配。讲解员介绍，蜡蛾的一生，都十分恩爱，而交配便是它们表达深爱、繁衍生命的神圣仪式。许多捕捉蜡蛾的昆虫学家，往往不忍下手。怎奈蜡蛾的爱太深，缠绵太久，不得不忍痛断爱。眼前这一对蜡蛾，就是在爱的高峰被捕捉的。在制作过程中，昆虫学家小心翼翼，生怕稍有不慎，损坏了它们的身体。可是，几次企图把它们分开，都没有成功。后来大家经过商量，既然爱是蜡蛾生命中最持久的姿势，为什么不就保留本真，让它们爱的姿势成为标本？于是，博物馆里就有了这一对标本，让我们去思。

不过，我此刻关注的，不仅仅是蜡蛾的爱情，还有它的声音。是边城草丛中的昆虫细语，令我想到了昆虫，由昆虫让我想到了蜡蛾。资料记载，玉屏山里有1900多种昆虫，我相信，这山籁中的某一个声音，就是蜡蛾发出的；交媾中的蜡蛾，发出的声音，应当比其他昆虫更温馨，更悦耳，更富激情。当然，不仅是蜡蛾，仅仅是蜡蛾的欢爱，形不成这浩繁的山籁之声。该有蝉。蝉的声音很悠扬。它叫山更幽，韵更长，而此刻，什么都没有。我想，是蝉怕自己的高亢之声，惊扰了山籁的安静，于是，它宁愿在阳光下的尘嚣中出现。我猜想，是一定有蟋蟀的，那蛐蛐之声，其他昆虫就是摹仿，也摹仿不像。此刻，蟋蟀不知是在促织，或趋织，还是在决斗。如果决斗，一定有几只雄性的蟋蟀，为了食物或争夺爱侣，互不相让，互不服输，蟋界与人类一样，战争是解决问题的最高形式。它们斗得你死我活。最后，胜者带着自己的战利品凯旋，或携得美蟋归；而败者，则在一旁啜泣，把泪压进肚子。我听见的声音，也许就是它们的厮打，或者献媚，也可能是败者的哭泣。世界从来就是这样，欢声与泣声相伴，不理会所谓情绪。雌性蟋蟀要含蓄得多。它们先是做爱，然后受孕、产卵，裸露于山间；不是张扬，而是要让昆虫们看见，咱蟋辈的爱情，也是结了果的。没想到隔墙有耳，蟋蟀的私语，仍被我听见。不是故意窥视，我没有那个习惯，而是我的窗没关严。

没关严的窗，让山籁畅通无阻，把我的美梦俘获。捉摸着那一席游丝，虚无缥缈，又有声有色。它从山籁中淡入，让自己以一种独立的姿态存在，主导着山籁的主旋律。我猜想是泉水，在溪涧流淌，岩石要挽留，而游鱼又要相送。争恃是有意义的，它让情感获得自私，还有丰满的注释。不经意就走进了屠格涅夫的世界。也有泉，随猎人来到山里，参加今夜的和唱，把山忘在一旁。泉从山里流出，带着山的体温山的心情；溪是一种约束，也是一种爱护，孤独的泉最容易在山中走失。此刻，泉水正欢快，无论岩石的挽留，还是鱼的欢送，都融入山籁，从山生长，又回到山的怀抱。最理解的是树；不，应该是林，森林的林。我相信，有一些声音是树与风的杰作。盛夏之夜，暑热难耐，知了只是声称知了，却无能为力。只有风，才善解人意。风轻轻从林间吹过，把酷暑带走，却把声音留下。山和我的梦都不再孤寂。我想，躺在泉边的霍桑，也与我此刻一样吧，他发现了生命的活力，泉水的欢声笑语；我却发现了山籁，让世界不再有停顿与孤寂。

干脆起床，轻轻靠近窗，既不关，也不打得更开。我觉得，聆听山籁，此时此刻此情此景正当时。山籁在窗外，离世俗很远，离我很近，便拥入怀里，不再松手，直至成为灵魂的和声。世事浮华，噪声很多，我没有理由不珍惜。

赵州晓雨

应该是赵州小雨的，落笔时，我却鬼使神差，写下了“晓”。

确实，雨不大，没有轰轰烈烈，电闪雷鸣，甚至太阳也没有完全被浓云遮蔽，那雨就毫无迹象地来了。雨稀稀落落，却很结实，如果不是脸上的点点湿润，还有地上的麻花碎影，还以为是哪位顽童，站在高处，正往地下撒落一些豌豆。确实是雨。仿佛是一个早已筹划好的仪式，刚好此时此刻开始。不知是迎接，还是开幕致辞，我不知道这雨的来意。总之，就在我从五台山出发，经石家庄栾城赵县，带着一个怀揣了几十年的梦与神秘，蹚过一路的秋高气爽，步入赵州桥景区大门的时候，那雨就窸窸窣窣下了起来；而当我在一个个神话传说的列阵中，穿过长长的林荫引道，来到赵州桥头时，那雨又戛然而止。从头到尾，干净利索，我还未曾撑伞，或者说还不忍心撑伞。这就怪了，连同刚才的神秘、讶异与惊奇，都被这来无踪，去无影的雨拉长，不见头尾，也无法寻找诠释。就这样，我被这雨的身份搞晕。

也许，当一个人带着欲望时，总是很容易被搞晕；当被搞晕时，总是希望明白；而当真正明白时，却又懂得了最珍贵的是放弃。命运中的纠缠，就是如此复杂。这是早上游览五台山，听取高僧做法事时得到的启示。我相信，这雨的到来，本身就带着证明。我想到了晓。不是拂晓的晓，此刻不是拂晓，而是午后，太阳把人影拉斜，形影之间构成一个简洁的V字。而是知晓的晓，也可以理解为明白的意思，也许与峨眉山的洪春晓雨差不多吧。我相信，晕的是我，而不是雨。雨是明白的。否则，这雨为什么那么恰如其分，令远道而来的我，心未想而事成。当然，所谓事成，成的并不是什么宏图大略，而只是一种心情，一种明白的获得。一个人阅尽红尘，行走天下，还有什么比心情更重要的呢。的确，这雨的到来，令我精神为之一爽。尽管，落在脸上的雨，与滞留的汗渍混合，还有一些黏腻，并不舒服，但那只是肌肤的、表面的，几天来的旅途颠簸，仍被这雨一下涤净。

当然，我所说的明白，并不仅仅是指这雨与汗，清爽与腻烦，而是这桥的前世今生。就像水与舟相联，水可载舟，也可覆舟一样，桥总是与水相联的。不是吗，没有水哪来的桥呢，没有水拿桥来做什么呢？创世之初，洪水泛滥，那时还没有桥，我们不能渡到无边的对岸，只好在漫无边际的洪荒中等待救赎；那时也没有舟，是上帝赐给我们的诺亚方舟，让脆弱的生命得以泅渡。但这里的水不是洪水，更没有肆虐泛滥。从某种意义上说，洨水（xiáo shuǐ）河更接近母亲河的本真。她温情可人，只有哺育，没有肆虐，只有付出，没有获得。她自从获鹿、井陉接壤的五峰山走出，就一路的浅吟低唱，唱不尽千万年的摇篮曲，经获鹿、栾城、赵县，入宁晋，与沙河汇合，进入滏阳河，都忠实地履行母仪的天性，哺乳生灵，慰藉大地，夏秋两季，还可为舟楫往来开辟捷径，给一片平铺直叙的土地增添妩媚。有水，就有了分割，有了阻隔和距离，洨河也不例外。虽然，并不是一切分割阻、隔和距离都是坏事，但洨河两岸的人需要方便。赶集的乡人，往来的商贾，相亲的情侣，回娘家的媳妇，清明祭祀的孝子贤孙，都希望像从母亲的左臂，温馨挪到右臂一样，顺畅地往来于洨河两岸。我想，这就是赵州桥又叫“安济桥”的本意吧，平安，帮济，不是既是一种祝愿，又是一种帮衬？

有河就有桥，这是一种必然，也是一种使命。只是，这使命来得太早，在1400年前，在全世界的人都还习惯于以木为桥，以舟渡岸的时候，这使命就落到了李春的身上。

我对李春并不了解。我不知道他是什么样的一个人，是高是矮，是胖是瘦，平时爱穿什么样的衣服，有什么习惯爱好。这不是神话传说，这是历史，因此我相信，李春是一个既普普通通，又与众不同的人，是一个真正的明白人。他明白洨河的水性，明白百姓的企盼，明白造桥的要旨，更明白自己的使命。于是，我站在桥头，凝望那一尊尊与这桥有关的塑像，久久发呆，无论传说的，还是现实的，我都希望自己的贴近，能够穿越千年时空，还原鲜活的历史。可是，思索再久，面对明白的李春，我还是有许多不明白。我不明白李春的气魄。在那个遥远的年代，何以如此超越，在宽阔的洨河上造一座惊世骇俗的桥。我不明白李春的智巧。他创造的“敞肩拱”，比法国泰克河上类似敞肩形的赛雷桥，整整早了700多年；他设计的桥梁构造，为什么至今仍然是桥梁设计的经典。你看，大拱两肩衬小拱，既扩大了流水通道，节省石料，减轻桥身自重，又形成重力分解，增强了桥的稳定与负载。我不明白一座经历了千年风雨、战乱和地震，仍桥水相依，固若金汤的石桥，为什么到了我们这一代，却生命渐枯，灵性衰减，有形无神。导游的解说是随意的，却句句刺痛我的心。导游说，洨河的航运史一直延续到新中国成立后，上世纪60年代后，上游水源逐渐减少，最终于70年代断流……

从导游的解说中我才知道，现在的赵州桥飞架的洨河故道，实际上已是一条消失的河。只是，碍于赵州桥名气太大，只好让它消而不失。于是，智慧的当地政府出钱，按照修旧复旧的原则，不仅在原址修复了赵州桥，而且在桥下造了一段人工河。水是用抽水机抽排的，在这段蓄水池般的人工河里机械地循环。如果不抽排，死寂的水不仅会很快发绿发黑发臭，而且会很快干枯，让河与桥都异化为一个没有存在依据的怪物。何况，这洨河是只有付出，未求获取，哺乳了我们千年的母亲。据说，洨河已经改道，改道后的洨河，还属于赵州桥吗？这段无头无尾的河，依然谓之洨河，可是已无昔日洨河的活水，洨河的灵性，洨河的母仪了。或者说，河与桥依在，在那里坚守着一个千年的辉煌，千年的骄傲，也是千年的神话，只是，它已丧失了水与桥原本的意义，演化成一座作秀的桥，飞架在一段作秀的河上，为崇拜的外地人寻找列籍，为精明的当地小贩赚取商机。

哦，我终于明白这不期而至的雨，赵州晓雨，明白了它的来意。它是要以点滴的鲜活之水，为洨河和赵州桥，还有陪同的主人，以及带着朝圣之心，远道而来的我消除尴尬啊！

那坡……

那坡不是地名，具体说不是百色附近的一个县名，是主人随口而出的称谓，至少，他此刻的所指是这样的。

进入广西，来到百色，无论高速路边的路牌，还是主人热情的介绍，总是不时地与“那”字邂逅。那墩、那荒、那汪、那浪、那鸡、那万、那娘、那荷、那怀，从山到水，从物到人，从花草虫鱼到人文情怀，都徘徊着“那”的影子。坚守了几十年的金科玉律，那些教科书上的语法修辞和字词句定义，一下被一些琐碎而拗口的地名颠覆了，颠覆得很彻底。

大学上现代汉语课时，讲语法修辞的老师姓杨，高挑而白净，戴一副镜片很鼓的眼镜。至今仍记得他讲课的情景。他总是应着上课铃声健步走进教室，铃声结束，正好在讲台上站定。然后是默不做声，从左到右，用目光扫视一遍教室，说一声同学们好，现在上课，课就开始了。有时，眼镜的反光，常常令人产生误会，不知道老师是否正注视自己。同桌一位姓何的同学，上课时开小差没瞅准角度，就因此而挨过批评。“那”字就是从那时起沉淀入我记忆的。杨老师说，“那”和“这”都是指代词，“那”表示远，“这”表示近。从此，我就记住了“那”表示远，在现实中的表达，也每每被验证。然而，当我来到百色，知识与经验，却统统一下滑入了经验主义的泥潭，不仅是表面的形，而且是内在的神，关乎着一种精神与情感的疏远与贴近。

那坡就在眼前，从空间距离到心理距离，离我们都很近。或者说，此刻，我们已置身于那坡中，带着一种无上的崇敬与景仰，心贴近这里的每一寸泥土，每一片草叶，还有这里伫立的灵魂。主人热情引领，在百色游走，参观了粤东会馆，澄碧湖度假区，南岗和二炮台，绕了一圈，又回到城里。跨过迂回往复的右江，主人透过车窗往外一指，喏，百色起义纪念馆就在那坡上。说者无意，听者有心，我的心再次被绊了一下，不是踉跄，而是打定，根在那坡，那个隐匿神圣的地方。好在我们正在前往，那坡并不远，就在前方，不是可望而不可即。经蓝天裁剪，此刻，正是车窗外一幅美丽的风景。

到了，方知刚才主人说的那坡叫迎龙山，位于广西壮族自治区百色市东北郊。据介绍，百色起义纪念馆，原名叫“右江革命文物馆”，1961年，由百色起义重要领导人张云逸大将提议，经广西壮族自治区党委批准成立。1996年11月1日，经江泽民同志题写，才正式改为现名。纪念馆大门处，四根粗壮大圆柱，稳稳地支撑着皇冠形的外廊，支撑出一种顶天立地、中流砥柱的气概。是的，迎龙山可以作证，左右江可以作证，这里沉淀的历史，是足可以立地顶天，砥柱中流的。虽然此刻，硝烟早已散尽，幻化成天上美丽的云朵；虽然，春天的故事仍在叙述，邓小平、陈豪人、张云逸的名字，已经凝固为一尊尊永恒的雕塑。但每一个来到这里的人，记忆总是会轻易被激活，让历史还原为一幅幅鲜活生动的故事，不是简单的往事讲述，而是在咀嚼中吸取养分。在浮躁中跋涉，我们太缺少养分了。从蒋桂战争中新桂系军阀的失败，到中共的不失时机、积极而为；从南宁津头村的会议，到土地革命、武装农民、城市工运，再到武装暴动夺取政权的准备；从粤东会馆的运筹帷幄，到百色山城红旗漫卷，锣鼓喧天，临时苏维埃政府的成立，再到叱咤风云的红七军。

再一次证实，历史很漫长，可关键时刻就那么几步。

是的，就这几步，可是显然，百色比许多地方走得更早，走得更好，走得更远，一直走到现在，走到那坡。不，是这坡，这座叫迎龙山的山头。山头不是尽头，路仍在延伸。迎龙山迎来了邓小平、陈豪人、张云逸、韦拔群，迎来了从百色起义走来的几十位将军。然后，便开始安静。以青山为衣，蓝天为伞，山石为躯体，江河为血脉，生命与血液都是鲜活的。安静不是停止，不是鏖战后的慵懒，而是沉淀和思考——有太多的嘱咐，要交代给来人，尊重与聆听都需要安静。我们是乘车上山的，沿着宽阔平坦的盘山公路。山顶开阔，林荫相交，曲径通幽，花草不败，阳光被裁剪成满地的碎影，七彩揣在心里，温度只有从艳丽中去猜测，现代的优雅祥和，早已消解了昔日的刀光剑影。有几位中学生，依草而息，席地而坐，照相、赏花、看天、发短信，悠闲得目中无人。安静也不是不变的主题，就在我们走出纪念馆，站在山头，就是先前在城里主人指着的车窗外说的那坡上，回头眺望百色城，才发现，往日的行走，并没有停顿；往日的热烈，正在满城上演；往日的企盼，正在不断兑现。一座充满朝气拔地而起的现代化新城，正在传递一种从硝烟中走来的足音。

禁不住问百色的朋友，在这里，为什么那么多的“那”，有什么特别的含义。朋友告诉我，在壮语中，那表示田土之意。哦，田土！面对生命之母，我终于明白，那山，那水，那坡……

走出纪念馆的时候，时间已经不早。夕阳挂在西边，看上去很遥远。从那坡出发，我们似乎把遥远踩在了脚下。从此，那，不再是遥远，而是贴近，灵魂对生命和未来的贴近。

金川之川

不会拆字，来到金川，却把金和川拆了开来。然后去冥思苦想，希望从中找出一些玄异，进而走进这古老而美丽的镜像，将心融入，把一种天道般的金色精神带回家里，受用一辈子。

首先想到了金，金川的金。金不仅是五行之首，而且是一种品质、奢华与至尊。金銮宝殿，虽有无数刀光剑影，但从来就是权贵与至高无上的象征。父亲是研究过五行说的，当初听他讲那些玄妙的相生相克，总觉得好笑，一种虚妄而飘摇的感觉，驱逐了思考的兴趣，我根本就没有在意。回想想来，那真是一种丢失。现在才明白，没有一种真正的骗术，能够传承千年，许多成熟的玄学与宗教，其实都是一种哲学，关乎生命的根本。其实，五行之间的相生相克关系，也就是事物之间的相互联系，而五行的相乘相侮，则是事物之间平衡被打破后的相互影响。同样的生命辩证法，只不过是古人用了一种质朴而形象的方式表达。金生水，水生木，木生火，火生土，土生金。当我面对金川，面对这藏区“小江南”，再次默念这古老而玄异的五行说时，想到的不仅仅如此，不仅仅是生克乘侮，还有一种孕育、生长、传承。我仿佛看见一条连绵不断的线，让生命之脉永恒。在这条线上，我惊喜地发现，位居源头的金，占据着生命线上那至尊至贵无可取代的位置。是的，不仅仅是金生水，水生木，透过一个循环，我们发现，金是一切生命之源。此刻，我顺着大川而来，正站在金川的土地，不，应该是以超越之心，置身于这生命的源头，身披一路风尘，来不及卸下，审视这生命的尊贵与前世今生。想起了《圣经》创世记，便有一种身为上帝的感觉，甚至邯郸学步，禁不住在心里呼唤：要有阳光呀，要有山川河流呀。还有，禁果虽然可怕，但该吃还是要吃的。比如亚当和夏娃，蛇的蛊惑只是个说辞，其实，真正的动机藏在他们自己心里。

在金的至尊溶液里，身心有些飘然，心情不仅是放飞，而且有一种回归的感觉。对精神家园的回归。此川浩荡，穿过千年尘烟，一路从容而来，何愁归乡之路。就走进了川，不仅是身体，还有疲惫的灵魂。然后，就把宋真宗的“四川”弄混，联想到当初的益州路、梓州路、利州路、夔州路，想起李白的“噫吁嚱，危乎高哉！”神思便径自飘飞，在成都、三台、汉中和奉节的上空盘旋，在“川陕四路”中寻找，出和入，来和往都不重要，重要的是要有一根血脉，鲜活的，搏动的，连绵的，与足下的大地，还有我们的心相连，不要让自己丢失。

是的，最重要的是不要让自己丢失。当我们走进金川之川，脚踏这片诚实而富饶，与尊贵、通达结缘的土地，走进一种民族文化的内心，似乎才对丢失二字有了更深的理解。

我发现，当金和川融合，一种天道的安排，就主宰着这里的命运。金川，金川，金色之川，曲折、漫长、坎坷、坚定、自信，不丢失自己。此刻，金川县万林乡的领导老李就站在我们面前，站在半山腰的一个高处，一条刚拓出路基的盘山公路，这里是个的拐角，正好鸟瞰这条气势恢宏的大川。老李如数家珍般向我们介绍他的万林振兴之梦，没有激扬文字，却在指点江山，以一种坚实的自信与从容。他说，乡里已经规划，利用这里的山川地貌和植被资源，发展旅游产业，在让藏区老百姓致富的同时，也让被喧嚣和废气逼迫的城里人，到这里修身养性。我的目光随着老李的指画游移，一条耀眼的金色之川在眼前浮现。时值深秋，高原的阳光没有遮拦，就洒洒脱脱地照在地上，掷下一团团的金黄幻影。也有深绿、淡青、蓝紫、橙黄、艳红，或者干脆说，太阳有什么颜色，这山川就有什么颜色。真水无香。我相信，这山川原本是没有颜色的，只有性灵，一种天然的空净。是同样富有性灵的阳光，照在山上，通过树叶的介质，才让隐形的颜色还原，云雾显影。刚才汽车进来时，走的是大川间的沟底，只感觉这是一条美丽的川，被阳光和万木所簇拥；我甚至怀疑，那些支离散碎的色彩，也是被阳光击碎的浮云，跌落在山和树的幕上。这让我想起曾经看过的水幕电影。只是此刻，大幕不是喷射的水雾，而是由延绵的山和满山的树，它们紧贴于地，迎接阳光的到来，为云朵的跌落做出呵护，也铸就了一条金色之川。我深知，万木方可成林，可眼前的浩瀚，岂止是万木可喻。我感到有一种莫名的无知，在心里滋生，逼得自己面颊发热。尽管一切就在眼前，主人不厌其烦地介绍，在这万木中，我仍只记得青刚、桤木、沙棘、萨仁、红桦、银杏、雪杉、针叶松、水杉几种，它们以色彩的姿态存在，把意义埋藏心里。心想，所谓金川，就是眼前的这条山川吧，从形到神，这里都把金川之意传达得惟妙惟肖。

草坪上撑起一顶伞，银白色的，硕大、洋气而现代，但却没有影响这里的自然和谐。如果说，万林乡的这条山川是一个句子，正在诉说金川不一定辉煌但却坚定的历史；那么，西里赛的草坪、木屋、银杏和牛羊，就是一个标点，打在句子的中间。不是断句，而是注释和分隔，注释着这里的旅游产业之梦，分隔着这里的川与川，山与山，或山与水的界线。牛羊在附近悠闲地觅草，并不理会我们的存在。我们围坐在伞的周围，坐凳子或席地或站着，一边品茗、聊天、观景、照相，一边继续听着老李自信的介绍。我边听边吃着葡萄和橘子，就是这山上采摘的，蒂和叶子都是清香新鲜的，老李说没有施过化肥和农药。不要过多细想，我怕稍一细想，用灵魂贴近这山这川这草这牛羊，就很容易川融入这标点，参与这场无头无尾，无边无际的分隔。因为在这里，金和川的坚守是不可分隔的，就像人的形与神。比如，当我们怀着几分依恋，离开万林乡的金色之川，来到勒乌乡的马厂村，站在高高的山头，欲要对此川与彼川，山和水进行分隔时，不经意间却又跌入了另一条川，那就是横贯金川的大渡河。

不能不说，最能代表金川气质的是大渡河，那种优雅清澈，那种激情澎湃，那种一往无前的坚强、坚定与自信。那天从眉山去金川，穿过雨城雅安，翻过二郎山，就一直沿着大渡河边往前走。感觉总是巍峨绵延的山，挤压着一条坚定的河，刚与柔的对峙，似乎难分伯仲。山弯弯绕绕，水迂回往复，弄不清谁是进攻，谁在防守。对峙而行的大渡河水，时而湍急，时而舒缓，时而惊涛裂岸，时而高山镜湖。当时我就在想，也许金川之川，指的就是大渡河吧。我甚至想到，如果没有大渡河，没有生命之源的滋润，没有大渡河的开山辟岭，在崇山峻岭中，打通一条通往山外的路，这金川之川，也许永远与尊贵的金字搭不上边；这一片遥远而神秘的藏区，也许现在还是一块未被开垦的处女地。

我们是由大渡河进入金川的，许多人也是一样。大渡河不仅是一条生生不息的生命之川，而且是金川永远的来路。

不是历史惊人地相似，我们很渺小，就如大渡河里一滴水珠，与历史无关。但历史却让我们对大渡河与金川的千丝万缕关联刮目相看。主人带我们去看马厂村，本意是要我们看看这里建设的新农村，却未曾想到，一下把我们带进了历史，与金川的坚强、坚守与自信相关。主题反而成了铺垫，包括这里的退耕还林，粮食直补，地震灾后重建；这里的一排排崭新农宅，四合院或小洋楼，葡萄园，雪梨树，水泥路，健身中心；这里幽雅的环境和闲适的生活，以及村民们脸上挂着的幸福。这些，都让我们感到惊奇，但却是一掠而过，毕竟，现在这样的新农村多。让我神思驻足的，是一个古老的故事，与大渡河有关，与金川有关。故事的引子便是这个村子的名字。也许，村里人对外来的人介绍自己村子时，已习惯了这样的开头，但对第一次聆听的我，却是个巨大的冲击。原来，所谓马厂村，乃是当年乾隆皇帝屯兵驯马之地。驯马做什么，攻打金川，一场估量错了的战争。

未曾想到，一个村，大渡河畔小小的荒野山村，却关联到了皇权的神圣。天下之地，莫非王土；天下之人，莫非王臣。可是，在西南边陲这片蛮荒之地，居庙堂之高的乾隆爷却不胜了了，无法把握。卧榻之间岂容他人酣睡。占有欲是出发的初始动因，而旷日持久的拉锯战，则是金川人坚定、坚强与自信的铁证。漫漫二十九年啊，该有几代军人在这荒山野岭耗命；多少羊群，在夜间上山放牧，不为觅草充饥，只为头颅高昂，撑起那些蛊惑入侵者的天灯。上万两的白银哪，马厂村的驯马场，不知见证了多少马生马死，马嘶马鸣。遥远皇城的处心积虑，却敌不过嘉蓉藏族屋角高耸的四方之神。浩荡皇恩，驱赶着浩浩大军，沿着大渡河，沿着这条金色来路，乘兴而来，到了金川，这条宽容的大川，却变得狭窄而坚硬。不再摧枯拉朽，不再无往而不胜，不再节节而进，而是在这里绊倒，难以站起，打下一个结，永远无法解开的死结。此刻，是否征服已不重要，重要的是有一种精神已在这里生根——那种经年沉淀的坚定、坚强与自信。一个故事，随一个叫马厂村的名字在这里凝固。从此，马厂村不再是一个简单的地名，而是金川一段辉煌的历史。金川之川，因大渡河畔的马厂村而站立。谁能否定，就在离马厂村不远处，那尊耸立于马尔邦乡的巨碉，还有巨碉旁写着“中国苏维埃西北联邦政府”和“全世界人民联合起来打倒帝国主义”字样的石碑，正是这种金川精神的延伸。一方地，一条河，带着一种金色的自信起程。

于是，我想到，所谓川，金川之川，不过是一条不知起点的金色来路，带着一种金色的自信，通向没有终点的金色远方……

就听竹说

沐川究竟怎么样，你不要听南来北往的人道听途说，他们的话，会很快被风带走；也不要完全听信那些安居乐业的本地人，谁不说咱家乡好，溺爱，可能会让语言扭曲。

就听竹说。

竹，说到就到了，比前来迎接我们的县领导还准时。就在沐川与犍为的交界处；不，应该说竹那热情的手，已微微伸过了界，就像一把金钥匙，要开启一扇迎宾的门。已经十多年没到沐川了，这次来，多少带有点旧情重拾的意思。心比车切，情愫是被镜像吹动的风铃。先在雅宜路上走了一段，心情很爽。刚通车的高速公路，路面幽黑幽黑的，平且柔软，车跑起来沙沙沙响。两岸的菜花刚刚绽放，娇贵而害羞。偷懒的蜜蜂还没有引来，却早早地引来了风，把过剩的花香，献给了来往的路人。好在，这种爽爽的心情，没有被高速公路带走，没有贪图舒适，沿着这宽直的路，一直往前，像李白那样思君不见下渝州。而是随我而行，顺口而出，一头扎进通往沐川的路。虽不是高速，路况却差不多。仍是一路的幽黑幽黑，仍是一路的柔柔软软，仍是车轮起合中的沙沙沙沙。只是两岸变了。不再平坦开阔，也没有热闹的菜花，和那一份娇贵的害羞。而是树，安安静静大大方方的树。季节没得说的，正是四时的开头，节令上路，就没有回头。一切都是悄无声息，该发芽的发芽，该开花的开花，该破土的破土。一年的书刚刚翻开，世间万象，共同合奏着一支安宁的序曲。

竹是慢慢出现的，随着那浩如烟海的安宁。并无言语，只是默默无闻地站着，坚守于自己的位置，任阳光照耀，随风雨抚摸。我想，这并不奇怪。桃李不言，下自成蹊；对于竹，安宁就是最好的叙述。先是一株两株，伫立于沟边路旁，但并不孤独，有树木花草溪流为伴。也有在山上的，只是不容易发现，被淹没于树的强大绿茵里。发现的时候，已来到两县交界处。树的绿，山的绿，竹的绿，还有远远近近的越溪河、江安河、走马河、柏条河、蒲阳河、沐溪河等的绿，都理不清，分不明地纠缠在一起，组成一种强大的阵势，让柔软的安宁，铸成厚重的力，站立于沐川的大地。仿佛一种刻意安排的礼仪，迎接最真诚的宾朋。旅途的远近无关紧要，也不管你蹚过多少风雨，阅尽多少浮华，重要的是有了这竹的仪式，只要你来到，就踏入一种无边的安宁里。

我相信，这样的安宁，与竹有关。

谁不知道，这一片状若彩蝶的土地，就是以战乱与安宁为楚河汉界的。已经是四川盆地西南，不说李冰父子开凿的都江堰，在恩泽天府的时候，对这里却是望川兴叹，就是长江上游的岷江、大渡河、金沙江，流经身旁，已是擦肩而过。我不知道老天究竟要干什么，这么忽略了沐川的存在，竟在这三江之间，留下个几不沾边的三角地带，让百姓受苦。老天说，这点自然的苦算得了什么，你们的孟子不是说："天将降大任于斯人也，必先苦其心智，劳其筋骨……增益其所不能。"真正的苦还在后头。你看1200多年前，外夷侵扰，匪患不断，战乱频仍，沐川百姓的苦不堪言。皇帝老儿也看不下去了，在唐僖宗乾符二年（875），在一片蛮荒的沐川筑城驻兵，置沐源镇。本没有城，只有营，是一些驻守官兵，筑了一些帐，养了一些马，战时挥戈沙场，闲时狩猎山上。长此以往，营变成了城，虽不是“三里之城，七里之廓”，但总是聚集了一些人。先只是士兵，后有了百姓，大树底下好乘凉啊，不就是为了求一分安宁。直至宋代的沐川寨，元、明、清的长官司，民国的沐川镇。都是兵戎相见，所谓的安宁，只是梦幻，离沐川何其遥远。百姓的颠沛流离之苦，向谁诉说。

也许，真正的安宁，不是用重兵驻防能出的。不知从什么时候起，这里的百姓就想到，只有衣食足才能礼仪兴。先是加入远来远去的马帮，牵一匹马，带一条狗，随那东来西往的商贾，融入一条绵长的茶马古道。这是我在竹海山顶看见的一群雕塑。带上本地产的黄姜、苦笋、甩菜、绿豆、木料，带回远方的丝绸、布匹、茶叶、经书，就这样，一代又一代地带来带去，以物易物，永远带不走的却是苦难，带不回来的是安宁幸福。一条千年的茶马古道，终于走到了尽头，路垮了，尘封了，长满了苔藓。但希望仍在，没有尘封，也没有尽头。沐川人又想到旅游。他们将一个个宝贝打扮，黄丹喀斯特溶洞、黑熊谷森林、简车坝水库、银子岩奇观、神龙池雪景。不仅是看，还有吃。好客的沐川人从不吝啬，宁愿忍嘴也要待好客。没有海味，山珍却不少。就这样，奇特的虫宴，笋虫、笋蛹、蝉、打屁虫（屁弹虫）、蜂蛹、乌鸡，还有甩菜、苦笋、蕨菜等，都经过精心炮制端上了桌。

然而，沐川人还是不满足。

外面的世界很精彩，沐川人却更多地感到一种莫名的无奈。不知哪一天，也不知是谁，不知是站在沐川河边喝茶，还是在银子岩看云，或者黑熊谷调研。总之，忽悠之间就想到了竹。是啊，四面环山，两河水绕，丰饶的冲积平地，山高林密，溪河纵横，雨量充沛，典型的亚热带季风气候，谁来了都会如数家珍的宝地，最是竹的沃土，可怎么就偏偏忘了竹！想到不如做到，做到不如做好。于是，领导走乡，干部串户，不说催粮催款，也不说刮宫引产，就说一个竹。十年树木，或树木十年，也适用于竹。山腰河边，房前屋后，十万亩，二十万亩，五十万亩，八十万亩。一个只有20多万人的小县，竟有竹木资源160多万亩，森林覆盖率超过70%。满山遍野的竹，不仅改变了天，改变了地，也改变了人。财政增收，老百姓致富，都是一些官话，写在官方的汇报材料里。实实在在的是，这一方水土真正安宁了，就像这浩瀚无边的竹，纤尘不染，一种灵魂里的安宁，从血液中沁出。

我终于明白，老天是偏心的。千年沐川，有许多的忽略，都是在为竹让路。

大地之舞

有一场舞蹈，静寂的，轻柔的，浩大的，正在我的身边上演，或者叫生长。我感受到它的存在，或者说正享受着它带来的愉悦，却弄不清演出主体是谁。我只知道，此刻我正行走在家乡的田野，没有目的，心是静的。我想，也许这正是我感受到这舞蹈存在的原因。世界上的许多美好存在，带着功利和浮躁，是无法发现无法感受的。

时值清明，没有雨纷纷。乡间的土路上，行人也不多，分不清哪些是去拜祭的，哪些是走亲戚赶场或踏青休闲的，看不出欲断魂的端倪。雨在前几天下过，缓解了人们抗旱解渴的心情。天空和大地都被清洗，浮尘随雨滴遁入土里，只留下全景式的洁净。我不知道，这是不是一种刻意的安排，让躁动的灵魂先洁净下来，清静下来，然后去拜祭，让断魂断得更彻底干净。可是，腾空的心灵净地，却没有被悲伤填充，没有欲断魂的感觉。不是不孝，国家专门安排这样的假日，就是要让人们放置思念。可是，当思念被岁月拉远，悲伤早已渐渐生茧，面对每天不变的日出日落，我们内心留下的就只有平静，那种阅尽红尘，波澜不惊的平静。跪在爷爷，奶奶和父亲的坟头，点燃香烛，燃烧冥纸的时候，平静的心里没有悲伤，只有一些祝愿，像对待在生人一样。大喜大悲已成过去，我相信许多人都和我一样，既然先人们将尘世间的烦恼已彻底甩开，就让他们在那边过得幸福快乐。我也相信，此刻的平静不是无情，而是情的净化和升华。

又想到了舞蹈。一位哲人说过，舞蹈是无声的语言，是灵魂的净化和升华。我猜想，生和死都是一种舞蹈的方式，他们的魂是相通的，只是被我们忽视。

果然，我的猜想很快得到证实。离开祭场，带着那份平静的心，回到家里。就感到静是一张洁净的宣纸，每一点落墨都不可随便。这样的心境，聊天与打牌显然都不适宜。便到了原野，说简单点，就是门前那一片田野。正是一个生长的季节，到处都是勃勃生机。这是我开始的感觉，很快，我发现了这感觉的俗气，陈旧，了无新意。春是一个恒定的主题，只要视觉或嗅觉是正常的，到田野走走，无须深究无须用心，谁不知道花在绽开，草在发芽，树枝在伸展，江河在解冻。想到舞蹈，是缘于一束菜花。说来有点奇怪，已是古诗词里芳菲尽的时节，满坝的油菜早已花谢角长，我却突然发现了一束菜花，不是很大很盛，却分外耀眼。我知道，它的耀眼不是它的灿烂夺目，而是它绽开的季节。要是早二十天三十天，它的这一抹艳丽，会完全淹没于满坝金黄里的。然而，当迟钝成为一枝独秀，美的价值就得到提升。当然，真正令我惊艳令我激动的还不在这里，而在它的造型。它令我想到一个震撼灵魂的舞蹈——千手观音。

是一次义演，为5·12赈灾募资。一个个歌唱、朗诵、讲述，波澜迭起，把晚会推得高潮迭起。突然，音乐停了，灯光暗淡，满场的喧哗静了下来，动与静，形成强烈的对比。主持人一反常态，没有报幕，没有介绍节目内容和演出对象，给大家留下一个悬念。一席天籁般的音乐，由暗到显，由弱到强，从遥远的天际轻轻飘来。幕布缓缓拉开，灯光由暗到亮。一尊千手观音，金光耀眼，呈现在舞台的中央。然后是聚散离合，随着音乐的节奏，时而轻柔妙曼，时而激扬情怀，时而固成雕塑，时而散成天仙，出神入化的协调和谐。人们完全被舞蹈营造的静美氛围所牵动，平心静气，神随舞起。场子里鸦雀无声。这种浩大的静，一直延续到舞蹈结束。那个熟悉的千手观音造型，再次屹立在舞台的中央，数秒，人们才似乎从一种恍惚的空静中走出。掌声如潮，经久不息。这时，主持人才缓缓走出，走到舞台前方，站定，再次向大家抛出又一个悬念，让大家猜猜，这个华美的舞蹈，演出者是谁。当主持人告诉大家，他们都是特殊学校的聋哑人时，大家才发现竟没有一人猜对。场子里再次爆发出热烈掌声，打破了夜的沉静，会场的空静，心的静远。

我的心被震撼了，强烈的，久久的，无法平静。在别人热烈鼓掌的时候，我的手却因震撼而遗忘，僵硬地放置在原处，一动不动，全部的神经都交给了记忆，回味主持抛出的猜测，思考着那些聋哑少女们刚才神奇的舞蹈。

是的，我用神奇代替了华美。不仅仅是评价。我很难想象，这些两耳失聪，口难言语的聋哑人，究竟是凭借什么，实现舞姿的统一和谐的。那么复杂华美的动作，单个的和整体的，几乎完美无缺，大雅天成。我只相信是灵魂的律动；只有灵魂的神性之舞，才不需要有形的音乐和节奏，那节奏藏匿于心灵深处，只需要神性的感悟。就像眼前这束迟钝的菜花，那些梨花谢了，春红太匆匆的主人，以及此刻田野里的万物。菜花躲避在油菜林的低处，要不是田埂挤开的一线空间，我怀疑它的生长，能否还有现在的从容茁壮；它的枝干直直的，就说明了它对天空与阳光的向往，与其他植物并没有两样。差别只在花开的季节，我不知道它的迟钝与错时，是品种的变异，还是秉承了某种神性。物极必反。我们知道，生命和生长，都不应该太单调，也不应该太热闹。一个万物葱郁的季节，总需要花的装点。它姗姗来迟，是否为了履行一种弥补的使命，生命的弥补。

相比之下，地面的杂草，就显得卑微而低调。几乎是以一种静默的姿态，开始春天的舞蹈。虽都在发芽，泛青，生长，但姿势是有区别的。有的刚刚破土，冒出芽尖，一副蓄势待发的样子；有的叶面已舒展开阔，开始由青转绿走向成熟；而有的已经夭折，伤口还未曾愈合，不知是路过的牛犊，还是割猪草的娃娃，给它们带来了厄运。树要张扬得多，把一袭华盖似的蓬勃，高高挂起，遮蔽了秃枝的丑陋，就居功自傲，经不起风的蛊惑，把欢欣鼓舞写在脸上。下了几天的雨，也不大，淅淅沥沥，软软绵绵那种。思蒙河水就涨了，一些冬天积淀的垃圾漂在河面，要随河水去远行，却不知路有多远，杨花未开，水性已彰显无遗。天空清丽而高远，但仍看得出云；或者说，高远的云更像是云，而低处的云更像是雾。此刻，高处的云也不甘寂寞，以自己的方式开始起舞。动作是轻缓的，聚散自如，脚尖垫得很高，更接近于俄罗斯美女跳的《天鹅湖》。回到眼前的菜花，直直的主干，从大地出发，指向天空，托起一个高峰；一根根纤细的枝干，再从主干出发，也是向上，托起朵朵娇媚的黄花，片片花瓣似张开的手掌。这不正是一尊袖珍的千手观音吗？没想到，两年前的震撼，今又重现，就在家乡的田间，在白虎岩的守护之下，与袅袅炊烟相依相挽，在思蒙河柔软的怀抱中，踏着柔美的狐步。

离开家乡，走进城里，以为该是曲终人散的时候了。然而，林立的楼房，闪烁的霓虹，喧嚣的市声，很快打破了我的想象。灯光再亮，也照不亮城市的全部轮廓。不知是乡下带来的思维习惯，还是朦胧中的城市，本身就是一个硕大的舞台，总之，我发现，这城市正在上演一场迷离的大舞。参差的楼房，若隐若现，跳跃的线条，串起点点窗口，很容易让人联想到五线谱。陪女儿练钢琴多年，我对这跳跃的音符太熟悉了，以至于一进城，就有一种似曾相识的惊喜。城市是模糊的，市声是模糊的，记忆也是模糊的。我凭借一种模糊的感觉，先入为主，拾回当年的记忆。不经意就走进了哈农的练习曲，贺绿汀的牧童短笛，或巴赫的小前奏曲与赋格曲，还有这个城市硕大的舞池。一场只有开头，没有结束的舞会，正在这个城市上演。意象中的舞池音乐缠绵，射灯闪烁，光怪陆离，人影憧憧，看不清舞者的面孔。

但可以猜想，他与安娜当年步入的舞池，并没有多大区别。所有白天见过的人，官员、军人、教师、律师、企业巨头、社会混混，还有浓妆艳抹的舞女，都在这里起舞弄影。不仅是消耗自己过剩的精力，也追随自己怀揣的梦，希望应着轻快的节奏，一步步靠近。

行走于雅

洪是什么，雅在哪里？

行走于洪雅，你会觉得有一种无形的东西，慢慢地向你靠近。然后包围着你，浸润着你，直至俘虏了你。温馨的，美好的，惬意的，崇高的。不知不觉中，你浮躁的心变得宁静，褊狭的胸襟变得开阔，混沌的灵魂，也逐渐弥漫出一席清新之气。

主人说，这就是雅，洪雅的雅。

时在仲秋，桂花的香气融进了节令。也不是第一次到洪雅，这次的心境却不一样，总有一种“走进”的感觉。对，不是一般地走走看看，也不像过去那样带着烦俗的“任务”，不是日常的到来，而是带着灵魂，指向文化，指向这一方山水人文的根系。

行走于洪雅，能感受到什么？我感受到了一种力，力量的力，盘桓于这里，难见其影，难觅其形，又似乎处处感觉到它的存在，并悄悄地改变着这里的一切，最终形成洪雅的基因。

先并不知道这力来自哪里，要达到什么目的，只感觉到它的存在。一进入洪雅，就有一种东西慢慢地向自己浸润过来。然后逐渐加大，包括范围和力度，直至包裹住你。不是身体的某一部位，比如涉过小河时，足触及幽凉的流水，或清晨在田间散步，用指尖在草叶上轻拣露珠的那种感觉。而是概括的，整体的。身和心，都感觉有一种外在东西，正靠近，温润，柔软，清新，雅致。仿佛有位温情的女子，正朝你款款而来，欲与你窃窃私语。那略带香馨的发丝，不经意间在你的耳畔轻搔慢挠。在你期待着她将要告诉你什么秘密时，她又悠然而止，消遁于弥漫着桂香的阳光里。阳光变得柔和，身体是清爽的。人仍在行走，精神已经改变，嫁予了无尽的遐想与惬意。

直到深入洪雅后，我才发现，那力来自于绿。这不仅与那70%的森林覆盖率有关，更在于那种由绿沁入的气势。

记得，刚进入洪雅时，这样的感觉就慢慢生成。它令人想起春天的田野和田野里的花木草叶，那种破土、含苞、发芽、生长，日盛一日，势不可当。当然，这一切的完成，包括感受的力度和方式，都有一个过程，不算长，也不是在顷刻之间。是在洪雅行走的几天。从眉山出发去洪雅，从地理上说，过了丹棱，就跨过了成都平原与盆周山区的分界线。但实际情况要含混些。所谓分界线，由田野和浅丘相吻而完成。当浅丘出现的时候，林木就已开始。先稀疏而后茂密，先萎琐而后挺拔，唯有绿，是始终如一的底色。

当我穿行于瓦屋山百万亩原始森林的时候，那绿变成了一种立体的堆砌，层层叠叠，排山倒海般向我们袭来。浅处的苔藓、蕨草、黄荊子，中个的杜鹃、桫椤、枫树，伟岸的云杉、松树、楠木等等，都只是代表，而非全部。事实上，瓦屋山的植物多达数千种，其中不乏名贵珍稀品种。当我泛舟雅女湖的时候，那绿是深邃的。下不见底，上不见天，平不见山川田野。视野迷蒙，分不清彼此。游鱼与飞鸟，都归隐了，归隐于无，不知是怕我们打扰，还是为了修行。真正的天人合一。我相信，这不是因为雨，淅淅沥沥的秋雨；而是因为绿，洪雅山水的本来面目，就是这个样子。当我置身于柳江古镇的时候，那绿是复合的，被青山、绿树、老街、古屋、清流整合、天地万物、自然人文、水乳交融，分不清哪些才是绿的元素。

行走于雅，我还感觉到了一种悠远，令人敬畏的悠远。

悠远有多远？在洪雅，你不要说什么三皇五帝，盘古开天地式的传说，也不要动不动就去求证于所谓考古。那些并不可靠，不能全部诠释这里的秘密。如果尚史，就请你问问隋文帝杨坚吧。问问他是怎么想的，要在治内的隋开皇十三年，在这里设置县治。或者说问问司马迁，问他为何洪雅要分分合合千多年，分属犍州、义州、南安、严道、齐乐、益州、齐通、青州、眉山、嘉州、夹江等等。一路走来，经历那么多的曲折艰难，直到今天，才如此从容坚定，以一种神圣的雅示人。崇尚现实，可去问问瓦屋山的桫椤。问问它怎么从侏罗纪和三叠纪时期走来，以及那些两亿多年前的故事。比如，恐龙怎么成为这里主人的，瓦屋山与美亚里桑那州硅化木的关系。

当然，真正的悠远，不在于长，而在于深。所谓“山不在高，有仙则名，水不在深，有龙则灵。”瓦屋山的“仙”很多，老子，张道陵，葛洪，张三丰，哪一个不是在这里得道成仙之人。我始终认为，关于老子与瓦屋山关系的传说，并非空穴来风，而是有依据的。大量史料、碑文，还有那尊太上老君雕像，就摆在眼前，只需随手轻轻拈来，就会让人心悦诚服。何况，史料并没有确认，老子云游四方，修成正果之地在哪里，而老子与瓦屋山的传说，却代代相传，传诵了几千年，直到现在。一种虚妄之说，谁能有如此大的本事？

大隐隐于市，大雅隐于洪。

这是我行走于雅，登临瓦屋山，翻开《道德经》，面对太上老君遗迹时的惊奇发现。这里的“大”，当然不是庸俗的规模、范围之类，而是雅的深度，或曰洪雅，一种与老子大道之理一脉相通，深隐其间的存在。在浩瀚的原始森林，面对自然，我体悟 “独立不改，周行而不殆”的意义。在高山与深谷，枯枝与鲜花，松土与坚石，飞瀑与冰雪间，我领悟事物的两面，以及它们的对立转化，试图真正弄明白“反者道之动”“正复为奇，善复为妖”以及祸福相依的道理。面对凡俗的是非得失，走进瓦屋山，捧读《老子》，从“天下万物生于有，有生于无”中，会豁然开朗，块垒尽释。在我们天天维稳，防这防那，为构建和谐煞费苦心时，来到瓦屋山，斜倚于一方林泉，品读《老子》，心里会有一种沉甸甸的堵塞：“天之道，损有余而补不足，人之道则不然，损不足以奉有余”；“民之轻死，以其上求生之厚；民不畏死，奈何以死惧之？”走进瓦屋山，你会感到，老子那些朴实而又悠深的哲学，与这方山水是如此契合。你会坚信，它就产生于这里；或者说，它只有产生于这里，于情于理于法（法度），才说得过去。

雅是一种包容，令人汗颜的包容。

在进一步走进洪雅时，我突然想到了这个词。这里的隐，指的是雅，洪雅的雅。过去，多次到这里，大都是走马观花，停留于表面，根本没有把雅和包容联系在一起。我想到的只是词典里那些生茧的词，比如高雅、风雅、典雅、优雅、雅致、雅思、雅趣等等。走进洪雅深处，了解了一些这里的地域文化密码后，我惊讶了。原来，那些词典里的雅，都是轻巧的、单薄的，甚至肤浅的，真正的洪厚之雅，在由这方山水造就的人文里。

触动我的，是将军和止戈的命名。

它们分别是洪雅的两个乡镇。不必重复那个令人震撼的故事，它已流传了千年，融入这方山水，任何重述，都是多余。不能自已的是追问，那个不知名的将军，带着至高无上的天命，千里迢迢，赶到洪雅，是要杀人的，诛杀县人董济民。可为什么来到洪雅，竟将高举的利刃刺向了自己？仅仅是为了正义，了解了奸佞的陷害吗？非也。是洪雅这方大雅包容的山水人文，钝化了将军的意志，用死，捍卫一种雅的尊严。还有汉昭烈（刘备）与武侯（诸葛亮）会师于此，雍阊宾服，隔岸止戈的往事，不也是包容的神奇魔力？

感觉往往是肤浅的。在形而下的行走里，去解读洪雅，难免盲人摸象。好在，解读只是一种自我求释方式，不影响存在。存在先于本质。不管你是否捕捉，是否把握，那洪那雅都存在。

行走于雅，最难能的，是对洪雅的发现。

山河追问

震后书：瞬间

总是常常困惑，困惑于对瞬间的定义；或者说，瞬间，成了我一个近来纠缠于心，感到阅不尽，读不透，捉不着的幻影。我不知道这是不是所谓的地震综合征，我只知道，有时，瞬间很短，也很长，很薄，也很厚，很浅，也很深。

灵魂被情绪驱使，找不到回归现实的路径。这已经不是一个普通的词语，也不是一个简单的时间概念，不是一切庸常的计时或纪事单元。不要怪仓吉，不要怪他辛辛苦苦造的字，再生动再丰富的象形，会意，或者形音，都不可能表达尽世界的全部本真。也不要埋怨亚里士多德，不要责怪他发现的形式逻辑，再科学准确的概念、判断、推理，都不可能演绎尽生命的全部真谛。有时，瞬间的顿悟与发现，往往可以改变人对整个世界的看法。事实就是这样，5·12，在这场巨大的灾难面前，面对众相纷呈的世界，我竟读不透一个最真实的瞬间。

一切都发生在瞬间。山崩地裂，昏天黑地，楼塌桥断，生命的坚守与走失，美丽的毁灭与生成，人性的爆发与彰显。

范跑跑说，那一刻地动山摇。这是他事后的描述，很诗意，似乎还有一丝悲情的浪漫。其实，在那一刻，是没有诗意的，也不可能有浪漫。瞬间的反应是惊惶失措，然后是本能地逃命，人的本能，生命的本能。不堪回望的瞬间，在摄像师的镜头下锁定，那是都江堰电视台的记者们，用生命留下的墨迹。晴朗的天空尘土飞扬，沉静的大地剧烈摇晃，令人恐惧的怪声在天空回荡。一辆小车，正在前行，突作蛇行状，在左冲右突一番后，撞在街道栏杆上，停下来了，开车的一下从驾驶室跳出，满脸惊惶。背景中，一些楼房正轰然坍塌，溅起的尘土和碎块撒落四周。尘埃飘去，已是一堆狰狞的废墟。一幢楼房半塌半立，倾斜而变形的窗口，探出一个血肉模糊的身子，整个画面，是一幅绝望恐惧的求救特写。一些高楼还在剧烈摇晃，震落的墙砖、瓦片、玻璃、木板，雪片般从天而降，砸在一些慌乱逃难者的头上。街头乱作一团，呼喊的、号啕的、尖叫的、搀扶的、作揖叩头的、惊恐万状的、头破血流的、抢救伤员的、呼妻叫子的、呆若木鸡的……

秩序在瞬间颠覆，世界在瞬间改变，生命在瞬间分裂。满世界的人都在逃跑、逃避、逃命，无论是官员还是百姓，工人还是农民，教师还是学生，正在外面奔波忙碌的谋生者，还是在家午休看电视的休闲人。身份，职业，追求，复杂的正在进行式，都在瞬间停止，去蔽，敞亮，回归人性原初的求生本能。似乎一个逃字，便可概括眼前的一切。范美忠也在跑，作为北大的高才生，都江堰光亚学校的一名教师，他与许多不幸者一样，遭遇了这场灾难。在灾难降临的瞬间，他选择了逃命，义无反顾地逃。区别仅在于，别的教师逃命中，首先想到了自己的职责，想到监护的学生，还有自己的同事。没有动员，没有要求，没有约束，一切都是同样的本能反应。范美忠的本原，是首先想到自己。他的一段内心独白，诠释了自己跑的全部含义。他说："我是一个追求自由和公正的人，却不是先人后己勇于牺牲自我的人！在这种生死抉择的瞬间，只有为了我的女儿我才可能考虑牺牲自我，其他的人，哪怕是我的母亲，在这种情况下我也不会管的。因为成年人我抱不动，间不容发之际逃出一个是一个，如果过于危险，我跟你们一起死亡没有意义；如果没有危险，我不管你们你们也没有危险，何况你们是十七八岁的人了。”我相信，这样的独白，更能说明一个人内心的沉淀。在人性深处，本能也存在着差异。只是，有一些本能，被现实遮蔽，我们很难看清它的真面目。需要一种特定的力，在某一个瞬间，突然爆发，这种深藏的本能才被激活，以一种真实的状态显现。

当我发现这一点的时候，一种莫名的沮丧，被理性强奸的沮丧，已经在心里滋生。我坚信理性的力量，却不明白，自己为什么抱住一颗理性之心，自认为很清醒，很从容，很自信，却还是没有坚守着那一分拒绝，对社会遮蔽的拒绝。用不着三段论，用不着演绎，我的思考，却还是陷入了那个庸俗的概念，瞬间。从它开始，再到它结束。总是捉摸不定，由它激活的本能，以一股巨大的魔力，纠缠着我的情绪。我不知道瞬间究竟有多长，是浩瀚天空流星一闪，还是一分、一秒、一毫、一厘，或纳米王国的一个微粒？翻开《辞海》，也没有确切的答案。曾经以为，我们拥有现代科技，可以捕捉光和电，对于生命与灵魂的瞬间呈现，也可以像其他事物那样，可以借助于某种仪器，在三维空间里，测量出它的瞬时值；再用世俗的天秤，去度量它的价值。然后，像陆机那样，书一阕《天赋》，高歌一曲“观古今于须臾，抚四海于一瞬”，把世界的风云际会，揽在怀里，慢慢咀嚼，品尝生命的百味，尽享那一刻的陶醉。如果能这样，我也满足了，哪怕是瞬间。

然而，我错了，错得很彻底。

我的错误在于，没有摆脱世俗的理性。而事实恰恰相反。面对一种突如其来的灾难，变故，冲击，其实，通向本能的瞬间，往往是属于感性的。没有思考，没有判断，没有理性，没有选择，没有举棋不定，一切都是从灵魂的本原出发。面对灾难，面对灵魂的瞬间呈现，我没有瞬时测定仪。

灾难已经过去，伤口正在疗治，被毁灭的家园正在重建。然而，在灾难降临的瞬间，一些震撼人心的画面，却永远留在了记忆深处。那是人性中最真实本能的大美。

怎能忘记谭千秋，我相信，他那瞬间的姿势，将定格成一种师德的永恒。52岁的谭千秋，是德阳市东汽中学的老师。学生就是他的事业，追求，理想，就是他全部的爱和生命意义。这种大爱，甚至改变了一个男人的粗心秉性。老师们说，平时，他行走在校园的林荫道上，看见路面上有一粒石子，也要躬下身子，轻轻把它捡起，扔进垃圾箱里。他怕他的学生不小心踩着，摔了跤，或扎伤了脚。在大难降临的那瞬，谭老师正在授课。也许是手持粉笔，形态从容，踱步于三尺讲台，写下一些词语，然后讲解，启发，循循善诱。我不知道他授课的具体内容，但作为政治教师，可以猜想，他的“传道，授业，解惑”，应当与理想，信念，道德，价值有关。他总有好多知识，要对自己的学生传授，政治的、文化的、时事的、人生的、社会的、做人的。然而，天妒人勤，突然之间，竟将一幢巨大的高楼，生命的难以承受之重，倾覆于他和他的学生。灾难发生在瞬间，楼房在剧烈摇晃，然后瞬间坍塌，让谭老师没有反应时间，没有判断和逃避的机会，没有更多的思考和选择，包括深爱的妻子、孩子，还有远在千里之外长沙的父老乡亲。一切都是本能反应，那个沉淀于灵魂深处，由一种弗洛伊德式的无意识支配的本能。

谭老师的遗体，是在5月13日22时12分，从坍塌的教学楼废墟中被扒出来的。在他遗体露出废墟时，仍然保持着生命最后一瞬的姿势。他夸张地张开双臂，趴在课桌上，呈鲲鹏展翅之状。没有痛苦，没有犹豫，似乎只有怨恨，怨恨自己的双臂在太短，伸展不尽整个教室。巨大的钢筋水泥碎块，把一个魁梧的身影，压印在了课桌上。他身子已经僵硬，变形，没有体温。体温在课桌下，从他身子护着的四名学生身上发出。他们是谭老师从死神手中呵护住的生命。5月16日晚，谭千秋老师的骨灰，由妻子张关蓉和家人护送，抵达故里长沙。在黄花机场，100多辆出租车，排成长队，自发为他送行。在湖南大学，2万名学生，手持蜡烛，迎接他们优秀的校友魂归母校。人们知道，这位离乡的游子，其实很想家，时时念着那一方养育他的故土。送他回老家祁东县安葬，是为了让自己优秀的儿子，掸去满身的风尘，在故乡母亲的怀抱里，好好安息，不要把思念拉得太长。

周末，几位朋友相约喝茶，地点选在东湖雅居。这是东坡湖畔的一幢高楼，茶园是露天的，木桌木凳，有一种质朴的纯粹。刚下过一场雨，暑气在风雨中消解，只剩下满楼的凉爽。临湖而品，茶在杯中，云飘天际，水漾楼下。劫后余生，更感到生活是如此美好。谈起汶川地震，朋友又摸出手机，给我们阅读几条珍贵的短信，幸福，成为他脸上一种无法掩饰的神情。短信共三条，是他妻子发的，时间分别为：

5月12日下午2时29分，31分，33分。内容分别为：老公，你在哪里，地震了快逃出楼房；老公，你怎么样了，快，快告诉我；老公，快告诉我，你安全吗，安全吗，我不能没有你啊，呜……

三条短信后面，还有几条短信，同样是地震安全的询问，分别是发给父母兄妹、亲朋好友的。

朋友告诉我，他老婆发这些短信时，正在逛商场。是一幢高楼，商场在底层，窗户墙砖不断震落。满楼的人都在仓皇逃遁，唯有他的老婆，一位柔弱的女子，坚定地站在门口街边，不恐不慌，不惊不诧，不停给老公发短信，直至得到安全的音讯。

我深深地感动了，为一种大爱的本能。我相信，有这样的短信，定格那一瞬间的本能，为他们的深爱作证，面对漫漫长路，还怕什么艰难困苦，怕什么风雨兼程。

在汶川，我问大禹

知道大禹，就伴随着一段传奇。据说人定胜天。但却不知道大禹就在汶川。用不着以史为证，《史记·六国年表》载，“禹兴于西羌”；谯周《蜀本纪》也说：“禹本汶山广柔县人也，生于石纽”，就是汶川的刳儿坪。此刻，大禹就站在我跟前，以一双凝重之眼，审视着这破败的山河，似乎欲言又止。

遥远和亲近，传说与现实，就这样融合，融合于汶川城头，我的见证，纯属巧合，巧合于几位朋友的汶川之约。那缘是水。就在我与大禹的身旁，滔滔岷江奔涌而来，穿过汶川城，流向前方。我太熟悉了，前方有紫坪埔、都江堰、成都平原。当然，最主要的，还有我的家乡，那个叫长池村的地方。在我童年的梦里，就装满了岷江，装满了水。我深信不疑，家乡年年的风调雨顺，旱涝从人，都与岷江有关，与水有关；《圣经·创世记》里所讲述的，上帝在创造世界之前，先创造了江河，创造了水，并不是传说，而是确有其事。我甚至相信，水与人的命运攸关。很多年前，命相师就煞有介事地对我说，你五行中缺水，遇事总会蓬勃中后力不济；成功的同时，总会有小人作祟。本是戏言，却不想一语成谶。我终于明白，科学家们探寻地球外的生命，为什么首先想到寻找水的蛛丝马迹；人借助高倍射电望远镜，在遥远的星球发现了水的痕迹，为什么那么兴奋不已。

然而，面对伤痕累累的汶川，还有汶川城头伫立的大禹，我开始怀疑我们对水的理解与珍视。

从都江堰出发，沿都汶高速前进，路牌显示，到汶川82公里。掠过一丝轻松怡然：按现在的速度，要不了一个小时。

说到汶川，其实我是去过的。在大地震之前，去考察杂谷脑河上的一座电站，也了解了那里的一些风土人情。就想到了神秘魅惑的羌寨、寨子里包帕子的女人、顶帕子的男人，还有对歌谈情的羌家姑娘与小伙子。当然，最重要的，是羌民们对水的亲近。羌民们认为，天空的云，是水生成的，雨雾缭绕的羌寨，就是最美的仙境。他们生活在山中，离天很近，与云很亲，云成了他们生命的图腾。平时，女人总是在家织布、做饭、养牲畜，特别是绣云锦，几乎是羌家女人的绝活。她们将云绣在鞋上、袖口上、衣襟上、裤管上、头帕上，寄托心愿与吉祥。绣有祥云的鞋，称为云云鞋，让男人们穿上，便将云踏在了脚下，可在云上行走，过着祥云般的日子。男人们也不是闲享清福的，脚穿云云鞋，是要立地当家的；头顶的帕子，更代表天。农忙担重活，农闲外出揽活，都是男人干的事，为了家人过上好日子。每当羌族节日期间，羌家寨子内，男束腰带，外着无袖羊皮褂，脚穿云云鞋，女束花围腰，围着火塘，跳起锅庄舞，吃着大块肉，喝着自制的米酒，咂酒，打着羊皮鼓，吹着羌笛、唢呐、口弦琴。此时，姑娘小伙们便开始深情对歌，寻找心中的恋人。

可是，那场突如其来的灾难，顷刻毁灭了一切。

好在，灾难已经过去，关于汶川5·12地震，我们了解到的是：抗震救灾，三年任务两年完，跨过惊心动魄，艰苦卓绝，气壮山河，我们已从悲壮走向豪迈。好久就想去看看了，看看曾经天崩地裂，让多少人心碎肝裂，泪流满面的汶川。此刻，它擦干泪，疗好伤，美过容，走向豪迈的样子。不想去钩沉记忆，本来的匆匆而过，草率而模糊的印象，早已被颠覆，刻意的拼装，不再纯粹，往往包含主观的心愿。就像我们的祖先，那些撼天动地的传说，比如大禹治水，比如夸父逐日。

没想到，轻松怡然很快被驱逐。破碎的山河，险象环生的环境，似乎要把我们推入一条恐怖的死亡谷。

天飞着细雨，云天混沌，厚厚的一层，压在头上。我感觉，自己不仅没有穿着云云鞋，行走云间的怡然，而且好似被强套上了铁鞋，每前行一步，都万分艰难。其实，这样的阴沉，并不是才出现，只是刚出都江堰时，视野开阔，公路直敞，怡然的心忽略了天象。可是，过了紫坪埔大桥，穿过两条深邃的隧道，当地震中如雷贯耳的映秀出现在面前时，仿佛就跨过楚河汉界，一切都变了。却原来，所谓的都汶高速，不过是一个概念，为了与“灾后重建任务胜利完成”相匹配。真正通车的路段，只是都江堰至映秀的26公里，据说投资了42亿多元；而映秀至汶川的56公里，仍是修了毁，毁了修，修修补补的原213国道。

颠覆了，此行的计划与心情，还有美丽的胜利完成。

5·12地震特重灾区，从映秀分路，实际上有两线：一条往左，跨过岷江大桥，沿303国道，经卧龙自然保护区到达小金；一条直走，沿213国道山，到达汶川和茂县。前者，我在2010年10月曾经走过，那种惊心动魄，破败惨烈，已写入《拯救，或黑色穿越》里。当时就想，也许这里偏僻，且不被上边来的领导和媒体关注，在重建中或多或少有所忽略。所以，时隔震后两年多，仍是惨不忍睹。而汶川就不一样了，这里是震中，是那场灾难的命名地，是拯救与社会主义制度优越性的象征，是各方关注与聚焦的重中之重。然而，想不到，又隔了一年多，当我来到想象中的重建楷模时，满目伤痕残败，依然令人触目惊心。不是拯救无力，也不是重建不当，而是面对大自然的神力，我们确实有许多的无能为力。毕竟，我们不是大禹！

是啊，我们不是大禹。可是，是大禹又怎样呢？

我们需要的仅仅是一种精神，更重要的是，看得见，摸得着，感受得了的实在，比如这眼前的公路、桥梁、房屋和羌家长期安稳的日子。可是，我们多少人仍怀揣大禹的豪言壮语，不知是要给自己的虚妄壮胆，还是作证。站在汶川城头，我问大禹：这里的每一寸山河，都体无完肤，谁可安抚？大禹回答，我只管治水。我又问，难道这些伤痕，破败的山和遍地的泥石流，都与水无关；如果无关，那汶川怎么成了这个样子。

大禹茫然，默默无语。

确实，大禹是难以回答的。不信，请随我而行。

过了映秀，一直往前，朝着汶川的方向。满目疮痍的不仅是沉寂的山河，还有正在修建的路。所谓正在修建，并没有机具轰鸣，热火朝天的施工场景，只有高速公路的雏形。事实上，都汶高速过了映秀，就只有骨架没有路。修建中的高速公路，天马行空，而不是脚踏实地，更像是城里的高架桥。怎奈落户于深山峡谷，不仅没有高楼霓裳护道伴行，而且，穿行于岷江的水与堆积的泥石流之间，避免不了命运坎坷。不测后生，只看今世，便可觅其端倪。艰难蜗行的高速公路，不是连贯的，没有穿山跨河，一往直前的挺进之势；而是残缺琐碎的，一截一截，一段一段，长短形状各异。那些孤支的桥墩，干瘦的桥梁，生锈的钢筋和桥面枯黄的杂草，不是在诠释沧桑，而是在证明艰难。这很容易让人想起一位瘦骨嶙峋，甚至残肢不全的老人，举步维艰地行走在险峻的山谷。施工机具和彩旗，本来是富有热烈，喜气，动感的物体，很适合于人定胜天之类的语境，可是，不知从什么时候起，它们就沉寂了，沉寂得锈迹斑斑，乌黑死气，与这山谷里那些在地震中损毁的农舍、公路、桥梁、日子、希望以及坚韧的拯救，形成和谐一致的景致。混凝土搅拌机，淹没于堆积的泥石流里，挣扎出半个受伤的头，奄奄一息；乌黑的彩旗，被风雨撕裂成条，时而还被风鼓动，辨不清上面的字。

不是嫁祸于大禹，这一切，都与治水有关。

失去理智的水，大禹是没法的。不然，怎么会有诺亚方舟；怎么可以说，水可载舟，也可覆舟。再看眼前，就如我此刻一样，站在汶川城头，与大禹举目而视，阅读这座死亡中的涅槃之城。无论你怎么看，往前看，往后看，往左看，往右看，往天看，往地看，都会读出大禹的茫然与无奈。多少次，身后的岷江，曾以冲天巨浪，卷着千钧泥沙，排山倒海而来，旧城被摧毁了，一次又一次，一角或一片；刚修复的新城也被摧毁了。遥远的摧毁，已化作云烟，我没有看见，但大禹应当看见。我看见的是去年，或者叫虎年，报纸与电视里的画面都清晰可见。广东兄弟援建的汶川城，有的刚刚竣工，有的还在施工，肆虐的岷江野性暴发，不管伤痛，不理感情，让这座多舛之城，再陷困境；就连城头的大禹，也差点儿被卷入浊流，成为泥石流中的一块巨石。岷江是温顺的，就是我也愿意作证的。证据在成都平原，那一江清流，那么柔软多情，顾盼流连的身影，几如阁中闺秀。所有的暴虐，根源在雨。盛夏，汶川天空，那雷电壮行，倾盆如注的雨。不错，是地壳的板块位移，地层断裂错动，震碎了沉寂的山石，让万年沉淀的坚固，变得脆弱而疏散。但是，脆弱疏散的山石，仍然是山石，不能行走，不会排山倒海。让山石排山倒海的是水，暴雨形成的高山流水。不信，请抬头眺望，眺望两岸的山，那满目的伤痕，或大或小，或浅或深，或旧或新，哪一个不是雨水撕裂；岷江河谷里堆积的泥沙，一堆堆，一片片，一带带，哪一处不是水的搬运。可是，面对水的张狂肆虐，站立汶川城头的大禹，还有这里的禹王宫、禹王庙、洗儿池、禹穴、圣母祠、圣母塔、禹迹石纹等，那些有关的传奇，除了无奈，还有什么。

汶川新城并不大，开着车，十来分钟就转完。时间已不早，得回去了，何况，进来时的一路惊险，还左右着我的情绪。我怕走晚了，那一路的飞沙走石。收到一条短信，显然是群发的，不是电信，而是商家的，却没有平常对此类信息的厌烦，感觉格外亲切：“云上布瓦，震中汶川，欢迎品茶休闲。”

我感知，汶川已擦去眼泪，开始新的生活。

我再次来到汶川城头，站在大禹像前，恭恭敬敬地躹了一躬。想再问问什么，却欲言又止。我崇敬大禹，敬佩参与灾后重建的所有功臣。但我不相信人定胜天。我相信科学，相信大自然的无边威力。记不清哪位哲人说过，跨出一步，真理并不存在。从汶川出发往回赶，出了汶川城，顺着大禹目光指向的地方，出发。我知道，这是对来路的收复，历险的倒叙。为了弥补来时的许多忽略，我嘱咐同车的贾洁兄，记下一些典型的东西。没有笔和纸，只好借助手机，我口述，贾兄以短信发我储存。于是，在我的手机里，有了这些文字：城头，“半山阳光，广东援建”的字格外醒目，让人平添几分崇敬。汶川地震纪念广场，主题：记忆·希望。这里原为阿坝师专美术系实验楼，地震后为少有的残存建筑。红砖灰顶，铁网石墙，身缠一圈圈不规则的蓝色腰带，不知是地震裂痕修复的痕迹，还是因为伤得太深，那疗伤的绷带还没有解开。没有正在修建高速公路的痕迹，路牌显示，此处地质构造复杂，正进行沉降观察。过飞沙一号桥，二号桥；又过羊店一号桥，二号桥；过草坡大桥。桥连桥，山连山，峰回路转，险象环生。岷江在山谷中艰难穿插，小车沿岷江困苦蜗行。视线被高山遮挡，天空很小。暴雨早已过去，高山伤痕累累。流失的不仅是血，还有骨和肉。水的杰作：堆山袭海的泥石流，在岷江河谷横陈一片。地震遗址：淹没的断桥，楼房，农房……

当然不能怪水，也不能怪大禹。要怪，只能怪我们自己。怪我们不了解水，违背了自然的上善法则。

不得不说到与水相关的树，或者说森林。

无疑，森林是地球生态圈的重要组成。人类目前面临的生态问题，温室效应、臭氧威胁、水土流失、水资源短缺、大气污染、生物多样性、酸沉降等等危机，大多与森林萎缩有关。可以说，人类的生态演变史，几乎就是践踏森林、破坏植被的耻辱史。曾几何时，在大约5000多年前的中国新石器仰韶文化时期，森林和草原，占了我们国土面积的四分之三，其中，森林就大约占了半边江山。自战国秦汉时期，出现第一次土地垦殖高潮以来，我们对森林的破坏，就踏上了永劫不复的迷途。我国2009年底发布的第七次森林资源清查结果显示，全国森林覆盖率为20.36%，比世界平均水平低

10个百分点，其中中国西部地区仅为17.05%。植被损毁，让全国三分之一的土地流失。20世纪70、80、90年代，我国土地沙化面积，平均每年达到1560、2100、2460平方千米，且呈递增之势。被称为美国水土保持之父的Hugh Hammond Bennett，早在60年前，就将水蚀和风蚀，列为土壤侵蚀两种主要类型。他的论断，一直被美国作为生态立法的重要依据。应该说，我国政府对森林和水土保护不谓不重视，仅这些年实施的“天保”工程，就使全国森林面积，5年净增2054.30万公顷。但是，时至今日，我们的森林覆盖率，仍只及世界平均水平的2/3；人均森林面积0.145公顷，不及世界的1/4；人均林木积蓄量10.151立方米，仅及世界的1/7。

《老子》说，上善若水。意思是，最高境界的善，与水一样清澈澄明，不含任何功利与目的。

了解了水，才能了解世界。我理解，所谓上善，当是无私宽广的胸怀，对万物规律的尊重；然后，在顺应规律中，实现对世界的大彻大悟以及与天道的交汇融通。因此，要从根本上治水避灾，首先要善待水，善待森林，以上善之心。我不否认，大禹的治水之经，改堵为疏，至今对我们仍有意义。但真正有效的疏，应当在水之上，在上善之境。我不知道，伫立汶川城头的大禹，目睹这体无完肤的大山，是什么心情。

我不想问，或者说不愿问，不便问，不敢问。

拯救，或黑色的穿越

有一些拯救，是注定要失败的。比如这条沟，这条从小金到汶川映秀，由省道303线的卧底牵引，穿越卧龙自然保护区的狭长山谷。这是我绝望而悲忧的慨叹。面对伤痕累累的山河，拯救的神圣与希望，在我的内心顷刻坍塌。

现实是残忍的。而记忆，又为这种残忍添加了依据。

有一些美好，本来珍藏已久。比如小金，比如卧龙自然保护区，还有映秀。记得，第一次接触到映秀这个地名时，我竟悠地想起钟灵毓秀这个成语。是啊，一头是小金，一头是映秀，卧龙自然保护区贯穿其间，两点一线，珍珠串联，多么完美的珠联璧合。灵猴、野兔、黑熊、大熊猫、箭竹、银杏、桦林，数不清的美好镜像，会油然而生，把你的灵魂带入一个天堂般的仙境。也许是命中注定的劫数，犹如红颜薄命，美好的极致是破碎。显然，我来晚了，错过了那一场大劫前的风景。好在，小金仍在，仍携着四姑娘山，坚守着一方自然的纯美。

那天去小金看望援藏区干部，并没有沿着这条线路进，而是从雅安翻越二郎山，经金川折转。这样，首先与我照面的，就是金川之川和四姑娘山。劫后余生，素面朝天，小金之美，依然令我们陶醉。谁会怀疑，上帝是偏爱小金的。这里是圣火燃起的地方，这里是嘉绒藏族的故乡，这里最多阳光。诗不是诗篇写在纸上，而是血液融在小金的骨髓里。如果说，这些评语多少还有点导游色彩，而我此刻的体验，却不是肤浅的诠释可以替代。清流飞溅谷底，白云飘于天上，绿树携带着奇石怪峰，是想以柔克刚，却在不经意间，为视线铺设了一栈天梯。天地间不再分割，山和水也不再敌对，融合了，一切都融合了，融合于阳光下的无色无味。走进藏区，就走进了一部博大精深的书。关于嘉绒藏族，我不得不承认自己的无知与浅薄。我不知道古老藏族的这一个重要分支，在与藏民族的文化中，是怎样既水乳相融，又独立传承的，不了解汉流，辛格，还有嘉绒藏族的寨子。也曾穿越过藏寨，不止一次，但都在车上，比走马还远还快，多彩多姿的四檐飞角，不过是车窗外一掠而过的风景。殊不知远看是不行的，许多细节会被距离遮蔽。不仅仅是风景，还有文化。

好在有此行，有四姑娘山，有那顿藏家里的锅庄午餐。从远处的藏寨，到眼前的藏屋，我们走近了，人和心。

藏家建在背风向阳处，屋前是河。石头和泥土，构成了藏屋的主体。砌房的石块，似乎并不像刻意雕琢，不像我在儿时乡下看见过的石匠精心之作，而是从自然中拼凑而成的。拼凑的石头不需要十分规则，只需大小厚薄基本一致。砌房时却十分讲究，放一块大石头，再放一块大石头，在它的缝隙间填上石灰泥浆，墙壁就凝结成了坚固的整体。内外墙由石灰粉饰成白色图案，装饰语言，突出立体感，民居与寺庙建筑的精华。房檐是最忠实的迎宾，首先与我们照面。我发现了一种装饰的讲究，近似于虔诚。不仅是形状多样，色彩鲜艳，更在于装饰的主角，那传统的藏式八宝吉祥图案。雪莲花，吉祥结，宝伞，奇羚羊，动物和植物，都被招来，为一户藏家的吉祥守护。房子一般为三层，一楼为储藏室和地窖，二楼为锅庄、客厅、厨房、居室，三楼为经房。需要特别一提的是锅庄，四根柱撑着高朗的房，铁三脚架在房屋的中央，锅就放在三脚架上。炉灶是分层的，上面是熊熊燃烧的柴火，下面是尚未燃尽的木炭与灰烬，面馍和羊排，都可在炭火里烘烤。旁边有桢板和饭桌，褚红色、黄色为基调，喝酒唱歌中，锅庄舞就产生了。一切随性而发，手舞足蹈，不需要导演，激情和酒就是导演。宗教的意识，集中体现在三楼的经房和屋顶的四棱飞角上。几乎是家家户户，房屋或高或矮，或一层或多层，但屋顶的四棱飞角是少不了的。飞角上置经幡，据说是祈求四方之神保佑平安。抽象而遥远的神，被这样请来，请入每户藏家，与藏人的日常生活相伴。

可是此刻，美丽已成往昔的记忆，与一种惨烈联在一起。每一次的翻阅，都成了一次撕裂，不仅是美好的山河风景，还有被破碎包裹的心。一切都发生在飞角之旁，经幡之下。崩塌的山，破碎的河，垮塌的房屋，淹没的挖掘机和工棚，撕裂的旗帜。没有什么力量可以拯救，人和神都无能为力。

巴郎山似乎是一个阻隔，海拔5040米的耸立，不仅隔断了那场灾难的入侵，还隔断了视线。残酷与美丽，就以山为界。从四姑娘山出发时，主人说，巴郎山至映秀的路已经开通，沿省道303线骑行即可。比原路返回要近上百公里，又不走回头路，何乐而不为。于是出发，凭着主人一句话的指引。藏语叫巴郎山，汉语为怪柳之意。我一直在揣摩，那个怪，怪柳的怪，是否与这种阻隔有关。举目远眺，巴郎山奇峰突起，峰峦叠嶂，峭壁嶙峋。“立马秋风绝顶山，千崖万壑拥斑斓。披开云雾依辰极，身在青霄紫气间。”翻越巴郎山，烟霞缥缈间，就翻越了一种界限，一种历练与奔赴的预感，在心中升起，只是不知奔赴的目的地，究竟是天堂，还是地狱，结果要在穿越中才呈现。

惨烈的序幕，几乎是从山底开始的。并非但丁的净界山，而是山谷两岸的危岩；起伏弯曲，伤痕累累的省道303线，成了山的伴侣，或山谷里一条跳跃而诡秘的黑色音符。

山依然耸立，由脚下的翻越，到了我们的头顶；水依然流淌，由清澈平缓，变成了浑浊跳跃。破碎的山和浑浊的水，击碎我怀揣了一路的梦，金川之梦，小金之梦，美丽之梦，让灵魂回到现实。没有了青山绿水，不，应当是刚才的青山绿水不见了，随山的崩裂，石的翻滚，泥浆的倾泻而消失，消失于这条脆弱的山谷里，消失得无影无踪。一切已在发生之后，我没有去调查，不知道它们消失的具体时间。现实惨烈，消失成谜，许多人间悲剧都是如此。也许是昨天，也许是前天，或上个月，上年。但有一点可以断定，它们并不遥远，肯定在5·12之后，在那个艰难而漫长的拯救过程中。依据是那些伤痕的成色，直白、坦露、新鲜，不是一处，而是一片接一片，从头至尾，连绵不断，覆盖了整条山谷，30多公里，流溢着生命的疼痛与惨烈。我不知道在那山岩崩塌而下的瞬间，是如何地动山摇的。我曾做过一个类似的梦，不是一大片，只是两块巨石，从高处的山顶崩裂而下，直袭向我。我惊恐万状，忽地从床上蹦起，翻倒在床下，头和脸伤了一片。如今却不是梦，是眼前的现实。地没动了，山没摇了，但伤痕仍在，惊险仍在，就在我们的右侧，薄而透明的车窗，挡不住惊险的侵入，反而增加了我们的脆弱与心悸。我不敢想象，在那大雨滂沱，雷电交加，山岩崩裂，泥石挟裹，倾泻而下的一瞬，这山经历了怎样的痛裂，这水经历了多大的冲击，这谷经历了多少惊恐，这里的人，为那场巨震恢复重建的抢险队员们，经历了多大的打击与危险。此刻，只需要拯救，不是人定胜天，只是了却一个心愿。就像当初，一切都发生在瞬间，没有预兆，不可逃避，难以选择，所谓人定胜天，不过是可笑与渺小的传说，就像地震废墟深处，一声婴儿的低微呼唤。

再说这谷，山谷。暴雨渗入岩石的裂缝，助推了山的崩裂泥石的倾泻，从山顶到山谷，以千军万马之势奔涌而来，冲向山谷，再与奔涌的江水混合，一层一层往前推。不管是河还是路，是桥不是屋，是树还是田，都排山倒海般倾覆过来，势如破竹。随着江河的平缓，河床的开阔，流速的减慢，一些较大的岩石，在泥石流中流不动了，沉淀了下来，成千成万方地沉淀。一切都打乱了，颠覆了，重新洗牌，我亲历了传说中的造山运动。千年的山谷改头换面，不管资历与秩序，只看能量与实力。于是，在河床的开阔处，留下一大片的岩石砂土，一片新的河床，似坚不可摧的铜墙铁壁，欲要阻拦这流了千年的河，在峡谷中制造一块堰塞湖。湖水日涨，高悬于头。于是，在这条高危的死亡之谷，出现了拯救与被拯救的纠缠：抢险队伍正冒着危险，开山辟路，拯救被地震毁坏的家园；山谷两岸的山，随时都可能再次崩塌，似一支达摩斯之剑，高悬于拯救者头上，他们随时都需要拯救；堰塞湖又形成另一支达摩斯之剑，高悬于下游灾民的头上，旧的拯救尚未完成，新的拯救已刻不容缓。

拯救不得不立刻转向，艰难的，危险的，无奈地转向。

此刻，最迫切的是为河水开路，消灭堰塞湖，卸下达摩斯之剑。原本辟山修路的挖掘机，顺着山谷的走向，河水的流向，选择堰塞湖最薄弱的一角，艰难地挖掘出一条通道。柔弱的河水撼不动铜墙铁壁，只好顺着这狭窄的通道，拼命往前冲，往前挤。那奔涌而去的水，一路的飞溅跳跃，不知是悲泪满面，还是热泪盈眶，是重生的欣喜，还是涅槃的伤悲。

河流被拯救了，拯救者留下一曲悲壮，却不知去向。判断拯救者曾经存在，依据的是山谷里的一些细节：半途而废的隧道，残缺的桥梁，在淹没中垂死挣扎的挖斗，还有拯救者的旗帜。隧道依偎在山崖的一畔，巍峨的山，不仅曾经给了它绝望中的希望，而且让拯救者欣慰。山崩裂了，造就了一袭泥石流，以摧枯拉朽之势，冲向山谷，摧毁了桥梁，公路和村庄。拯救者经过严密的科学考察，决定依山取势，凿开坚固的山崖，修筑一条隧道，让道路恢复，血管通畅，给田园和村庄输入血液。然而，隧道修到一半，山崖再一次崩裂，千万方的泥土，被暴雨席卷，奔涌而下，把修建中的隧道湮灭，还有修隧道的拯救者。拯救的一角，宣告了失败，惨烈的失败，拯救者和他们的血和泪，都被埋在了泥石流下，不见天日。桥梁是一种接应，为了支持隧道的延伸。然而，几乎是在隧道湮灭的一瞬，它也自身不保，几根孤立的桥墩，成了它在新的河床里几点挣扎的标志。挖斗是钢铁的，在泥土、石头、山崖面前，曾经无往而不胜，几乎是拯救的英雄。然而此刻，它却奄奄一息，苟延残喘，在泥石流造就的新河床里，张开一张呼救的大口。唯有旗帜还依稀可见，上面写着“四川路桥”“中国城建”之类的字，他们是拯救使命的承担者，责任者，希望者，强撑着一种精神，拯救的精神。然而此刻，它们也没有了昔日的豪气，只有露出的头，被秋风吹打着，在遍体鳞伤的山谷里呼救，表明它的存在。可惜，我只是匆匆过客，穿行于一条拯救与被拯救交织的死亡之谷，怀揣危急的担心与拯救之心，却无能为力，只有把一声叹息，留在山谷里。

以为留下叹息，就可以穿过这死亡之谷，卸下心情的沉重，然后轻松上路。然而并非如此……

时值深秋，天下着雨。雨不大，却黏黏糊糊，和着一路飞溅的泥浆，让心中的危急与沉重凝固。穿过映秀，很快到了都江堰。不到七点，可阴郁加速了黑夜的来临，满街的灯，撑起一团团朦朦胧胧的红晕，映照着七零八落的灰暗身影。已是饥肠辘辘，大家嚷着快找地方吃饭。真正的饥不择食，连门牌都没细看，就停车，涌进一家餐厅，差点把一位出门的轮椅女子撞翻。连声歉意，送走了轮椅女子，却没有送走餐厅内一种异样的眼神和窃窃的议论。先并没有在意，只想快快点菜充饥，但最终还是没有逃得过那议论的来袭。原来，那女子正是一位拯救者。先是为了去见她当武警的丈夫，他在赈灾第一线。她徒步来到灾区。余震不断，经常山崩地裂，飞沙走石。人们劝她快快离开，但她就是不肯。她说，能够与丈夫在一起，再大的危险，心里也是踏实的。于是，她参加了自愿者队伍，一住就是一年多。在一场强烈的余震中，她的丈夫牺牲了；在房屋倒下的一瞬，她一把将同事推出了门。没有过多考虑，不是英勇无畏，只是条件反射。同事获救了，她自己却失去了双腿，成了现在大家称呼的轮椅女子。

轮椅是一个抢险救灾单位送的，为她量身订做。为她的事迹所感动，希望通过这把伸缩有制，折叠自如的轮椅，拯救她失去双腿的行走。然而，双腿的功能是拯救了，她被砸碎的心却难以拯救。丈夫的微笑，地动山摇，轰然坍塌，悲鸣的绝望，她的脑海里总是浮现着这些镜像，残酷的，鲜活的，震人心魄，走马灯般闪现，分不清是白天还是梦境。她根本无法接受这一切，常常自言自语，与迷乱的镜像对话；或独自抽烟酗酒，不分什么烟，什么酒，只要能麻醉。然后是号啕大哭，对着天空对着山谷对着黑夜。同事们怕她出事，腿还没治好，就把她送去灾后心理康复中心。心理专家们很尽责，也颇具专业水准。先是因子分析，从共性到个性，从学术的到实践的，一些闻所未闻的术语，让人听后云里雾里。什么IES总分、闯入因子、回避因子、警觉因子、躯体因子、抑郁因子、焦虑和其他因子。许多同样受伤者，骨折的、截肢的、脑外伤的、脊髓损伤的、挤压综合征的，身体和心理的创伤，都在科学的救治下，逐渐走出阴影，开始新的生活。可她没有。她仍然整天唠念着要去看丈夫。不是幻影，而是去祭祀，她知道丈夫已永远离她而去。总是买了大包小包的香烛冥币，还有冥府的美元、英镑和轿车；刚去了又想去，没完没了。

灾区的街头，逐渐已恢复往日的悠闲安宁，可轮椅上的她，仍神情黯然，行动怪异，常常引来路人的注目。对人们异样的目光，她变得越来越敏感："有什么好看的，又不是怪物！"愤怒之后，她又双手捂面，咽咽而泣，声音微弱，没有眼泪……

一头是小金，一头是映秀。以为穿过了这黑色的死亡之谷，就可以步入一片平坦与开阔；以为一切拯救都是神圣的，因为它连接着胜利与希望。

然而我错了。

匆匆晚饭后，从都江堰出发，继续往回赶。天已大黑，雨仍在下，车灯似犁铧，吃力地拨开雨夜交织的黑幕，艰难地往前行，家在前方，归宿在前方，我们不能停止。灾区已成为身后的记忆，我们仍在黑夜中穿越，心情阴郁而压抑。我知道，再多的风雨，再长的黑夜都会过去，太阳会照常升起，明天依然是新的。可是，我们却无法回到从前。

平遥之遥

自己也清楚，对一个地方的走近，不能仅仅凭借某个形而下的概念。但是，当我走近平遥的时候，还是犯了常识。

平遥平遥，平实而遥远吗？一种悠念徘徊于心，总是会左右人的情绪，不管你有意无意，愿不愿意。时值金秋，踏着三晋大地，脚步沉稳而踏实。虽然，地下的煤田，地上的玉米，还有树上的柑橘和梨子，都与我无关，那些收获并不属于我。但是，它们却让我感到一种内心的沉实。就像这风，不轻不重，不热不凉，证明着生命的活力与存在，又不把东西带走，包括果子、树叶、汗水和思绪，都留在原地。遥远只属于他在，而非此在，任何一种存的证明，只与真实有关，与有没有人去思去想它无关，笛卡儿的证明，多少带有点书呆子气。比如，此刻我对遥的证实。平实的平，遥远的遥。确实是孤陋寡闻，羞于启齿。虽然，也拜谒过不少名山大川，国内的、国外的、自然的、人文的、民间的、宗教的，但却一直不知道平遥这个名字。当然，当主人安排我们参观平遥古镇时，我把我的这种无知遮蔽得很严。我一面连说好呀好呀，久闻盛名，难得一见；一面在心里嘀咕，这平遥究竟是什么玩意儿，让主人如此推崇自恋。在一种猜想的迷惑中，心里的距离很远，几近于有与无的虚幻。我知道，这种远是由平遥催生的，让城外的我，变成了卡夫卡的土地测量师。

就这样，平遥从遥远的历史中走来，我从现实中走进平遥的历史。平遥之遥对我来说，是一种历史的距离。

我相信，这是一种因果。大地是因，照面是果，尘烟是缘，一段古老的历史，与我有了连接。那个古老，不是随便可使用的，比如某个城池，某个村庄，某些故事，某些人。进城，登上古城墙，陪同的主人说，这是平遥三宝哩。看似脱口而出，言语间的骄傲与自信，有一种隐隐的穿透力。宝，宝贝之宝。我想，这样的情感，是浸入骨子的，我一时读不透它的含义。“三里之城，七里之廊，环而攻之而不胜。”关于城墙，这是我最早接触到的文字。它被硝烟熏黄，在复原的残页碎片里，莫不带着拒绝与守卫，还有就是碎纸背后的灾难、血腥与屈辱。是的，就像矛永远代表进攻，盾永远代表防卫一样，城墙永远表示拒绝与守卫，它以文化的方式，写入一个民族的心灵。平遥也不例外。四方之城，墙高数丈，墙面镶砖，墙上筑垛，3000个垛口，似警惕的眼睛，随时窥视着城外的敌情。墙外有护城河，城周辟门六道，东西各二，南北各一。据介绍，东西诈外，又筑以瓮城，难攻易防。显然，一切奸巧之设，皆为防备。平遥是不安稳的，平遥的安稳，在被城墙守护中，一守就是几千年。

俗话说，没有永远不变的江山，也没有永远不倒的城墙。可是，平遥却是个例外。在我的脚下，这高耸、伟岸、墩厚、坚实、黑褐色中带着沧桑的城墙，平遥古城墙，就是证明。2800多年呀，从西周宣王的壮志，到明洪武的德政，从明清的休养生息，到“文革”的风雨，多少代人的今世今生，多少个悲欢离合，多少硝烟弥漫，多少战鼓声起声息，这城墙没有倒下，没有坍塌，没有撕裂；然后一段一段，一个一个累积，才有了这座叫平遥的古城。行人是渺小的，千年的络绎不绝，匆匆脚步，带不走几粒砂子；自由的行走可通天下，可阅览风尘无数，却动摇不了这坚厚城墙的一坯厚土。毫无疑问，对于平遥，我也只是个过客。但我相信，与平遥的相会，会影响我一些判断的，比如关于坚守与永恒，关于遥远与贴近，关于创造与瓜分。我暗暗提醒自己，不要埋怨姗姗来迟，越是深厚的缘，它的节点越远，有些事，没有到一定的时候，是不可遇难以感知的。更重要的是缘在，没有断线，连接着你我他。我今天终于来了，就站在平遥古城墙头，两眼的视线被历史拉直。

这里说的历史，指平遥古城，或者说城内风景。

当我站在城头的时候，这座古城尽收眼底。所谓历史，此刻不过就是一幅画，在我面前展开。这画与遥远无关，只与天气有关，它决定画的成色。在艳丽的秋阳下，那画红里泛黄，更接近历史的本色，阳光与厚重，是它隐含的主题。据说，现在保存的平遥古城建筑，有的几百年，有的上千年，包括六大寺庙、县衙署和市楼，以及城内100多条大街小巷，大都是原物。街道两旁的商业店铺，多为明初风貌。铺面整洁，屋檐结实，檐上有的绘有彩画，有的刻有彩雕。铺面后的民宅，则是一色的青砖灰瓦四合院，轴线明确，左右对称。一个古代群落，被历史完美地带到今天，不是枯燥的文字，而是原型，它们以奇妙的形式呈现。眼前是精巧的木雕、砖雕和石雕，配以浓重乡土气息的剪纸窗花，惟妙惟肖，栩栩如生。没有打捞，也不需要还原，历史以它真实的面貌走来，素面朝天，与我们照面，平实自然地，就让我们置身于遥远。没有伪装，也没有隐匿，这是对我们的最高礼遇。这也难怪，中国是个礼义之邦，在平遥不可能没有体现。城墙上的72眼碉楼，就象征孔夫子的72弟子。占有与礼义，以如此奇妙的形式，在古城墙融为一体，不知是要昭示“非礼勿动”，还是一种教化和武器。可是，进得城内，却让人感到礼义的遥远。物是景非，没有改变的是建筑和街道。古屋相拥，一排排大街小巷，横排竖直，井然有序。改变了的是人和商品。古老的商号，兜售着形形色色的商品，尤以古玩为最，亦古亦今，古陶青铜，石像泥人，真的假的，充斥于市。礼义被推向遥远。

当我走进平遥旧县衙署，联想到前几天看到的一则消息，对这种礼义的遥远，似乎有了更深的认识。

平遥旧县衙署位于古城衙门街中段路北，坐北朝南，占地2.66万平方米。建筑群主从有序，布局对称，前朝后寝，左文右武，是一处难得的保存完好的封建官署。更难得的是一种吏治精神。印象最深的，是县衙署内几处对联和县太爷的膳谱。“莫寻仇，莫负气，莫听教唆，到此地费心费力费钱，就胜人终累己；要酌理，要揆情，要度时世，做这官不勤不清不慎，易造孽难欺天。”这是衙署大门的对联，上句针对庶民百姓，下句则点出了为官之道。还有大堂的对联，作为衙署中心位置，不能不说不表明这里主人的德政追求：“吃百姓之饭，穿百姓之衣，莫道百姓可欺，自己也是百姓；得一官不荣，失一官不辱，勿说一官无用，地方全靠一官。”“与百姓有缘，才来到此；期寸心无愧，不负斯民。”衙署里还有一个保存完整的县官膳谱，分“日常用餐”和“宴请上司”两类，主食，菜肴，水酒，条目分明，有点类似我们今天常见的政务公开栏。在豪华的“宴请上司”栏，不过是九碗、九碟，外加一些汤和酒，比起我们今天见惯不惊的官方豪宴，可以说显得十分寒酸。用不着多加诠释，也用不着无谓的慨叹，这只是一种礼义的光环，透过一个旧衙署的影子，跌落于今天的土地，因为时空的错位，让我们感到有些陌生。

事有凑巧，就在前不久，从网上看见一则消息，也与官方宴请有关，就发生在同一个平遥。记者从平遥县古城管理委员会获悉，今年端午小长假的两日，到平遥旅游的12600

多游客中，2000多人为公务接待。实际情况是，自平遥古城被评为世界文化遗产后，这里繁冗的公务旅游接待就没完没了，令本不富裕的平遥县不堪重负。最多时一年“公务接待”近10万人次，仅门票一项就少收入1200多万；而吃、住、行及礼品开销，更是不好统计的“天文数字”。有关部门不得不做出规定，限定每个部门每年公费接待的人数，也是多者上千，少者数百。与此同时，因缺乏保护资金，平遥古城墙已坍塌多处；古城保护和新城开发及建设保护性搬迁，至少还存在20多亿元的资金缺口……

我一时无语。

身为官场中人，我深知这种官式接待的无奈与无助。礼义之遥，并非仅仅平遥。忧郁与矛盾如此交织。中国是礼义之邦呀，何况，客走旺家门，来，是看得起你。问题是礼义的变味，已走向了自己的反面；礼义精神，正与我们渐行渐远，任何呼唤，都是徒劳的，就像日行于天。走出衙署，已是午后，仰望蓝天，天高云淡。游人如织，不知来自何方，不知各自的身份，也不知彼此的心情和目的。有点热，但不是阳光带来的，而是行走。该是午饭的时候了，我却没有食意。

干脆把日升昌看了再吃午饭。主人似看出了我们的心思，当然，我相信那只是表象的，只是饿与吃的问题。其实，至少我的内心哪仅如此。好在有日升昌，让我内心那种遥远的忧郁，得到少许的稀释。不要再说什么封闭与围墙意识，真正要飞翔的翅膀，围墙是围不住的。这是日升昌给我的最大感觉。想起学习的剑桥经典，一位朋友送的MBA教程，厚厚的12本，上面有商品经济和公司制的起源。那些航海家，他们顺便携带的海外贸易及其催生的股份制，都曾经让我叹为观止。可是，面对日升昌，我的崇拜大厦坍塌了，坍塌在了这陈旧而不落后的柜台前。这就是晋商吗，这就发生在我们华夏大地吗？不要怪我怀疑，太多的教科书，教给我们的都是城墙、围墙、四合院、长辫子，还有日出而作，日落而息，似乎我们的祖先，就只会上山打柴和跟在牛屁股后耕田。可是，有多少人知道，就在平遥，就在这最古老、坚实、敦厚的城墙内，正是中国晋商的发源地。不是康乾盛世，与皇恩浩荡无关，只与晋人的智慧和胆识有关。开始的动机也许很简单，没有亚当·斯密和凯恩斯，也没有《资本论》，只想省力省事防路上强盗。先是煤炭、食盐的兑换，以物易物，然后是票据。在清代道光四年（1824），比英国工业革命还早了近40年，中国第一家现代银行的雏形——日升昌票号，就在平遥诞生。仅仅3年，日升昌在中国很多省份先后设立分支机构；19世纪40年代，它的业务已扩展到了日本、新加坡、俄罗斯等国家。在日升昌票号的带动下，平遥的票号业发展迅猛，鼎盛时期这里的票号竟多达22家，一度成为中国金融业的中心。“月球一小步，人类一大步。”突然想起阿姆斯特朗踏上月球表面时说的那句话。我相信，在一个几千年封建意识紧锁的国度，当初晋商们面临的土壤和环境，比阿波罗11号太空人登月好不了多少。但是，他们冲破厚厚的城墙，以石被天惊的创造，把一种东方式的市场意识及其优秀作品呈现时间，推向了无与伦比的遥远。

前几天，一位领导的话对我触动很大。他说，在一个落后的国度，我们需要的是创造财富，而不是对别人财富的掠夺和共享。

可是我们……

平遥之遥，该从哪里诠释。

塔里木，一个脚印与上帝有关人

走过，会留下脚印，上帝走过呢？

从库尔勒出发，至牙哈，轮南，再到克拉；又从克拉出发，顺着轮南，牙哈沿路返行。并不是往返，我们没有返回原点，没有回库尔勒，而是想进入大漠，就是那个被称为死亡之海的塔克拉玛干。因此，此刻，我们实际上是在徘徊，徘徊于大漠的西北边缘，或天山山脉与帕米尔高原的环形圈。此时，我的灵魂里，悠地蹿入一个影子，脚印的影子。那影子幽灵般忽隐忽现，萦绕于我的心里。我不知道，这样的脚印，是否与上帝有关，只知道那脚印被异化，变得硕大，诡诀，又神秘莫测。趟入的感觉是异常的，弄不清楚是恐惧，蔑视，从容，还是冲动和跃跃欲试？我把握不住此在的情绪。

心事被徘徊拉长，在心里，悠悠地，排不开，理不清。我琢磨，徘徊是什么呢，是犹豫，是优柔寡断，是举棋不定？我为什么徘徊，于不知不觉间。是因为大漠的恐惧，死亡的恐惧，面对一个生命的禁区，我变得懦弱和胆怯；还是因为那个影子，脚印的影子，我弄不清上帝的意思，不敢妄动轻举；还是因为矫情，就像某些作家，想发表心情，又怕泄漏隐私？

思绪回到原点，回到塔里木油田展览馆。站在那张恢宏的卫星遥感图像前，我心怀敬畏，然后是怀疑。无须看说明，也不需要身临其境，心已被深深地震撼，切入生命与灵魂的震撼。难道还不清楚吗，眼前的塔克拉玛干，不是别的，就是一个巨大的脚印。它不仅是踏在塔里木盆地腹部，更是踏在我的心里。只有天庭之上，上帝之眼，才能看见啊，怎会亲近我们凡夫俗子。“我思故我在。”我不是怀疑论者，不像后现代主义者那样，怀疑一切价值和意义，我不需要绝对的怀疑。但是此刻，笛卡儿的哲学，还是给了我怀疑的勇气。就这样，面对一幅图像，我第一次对神圣的科学，产生了怀疑。难道有那么巧合，一个陨落星体的撞击，真有那么大的魔力？我不相信那些虚张声势的推理，更相信眼前的所见所思，相信在塔里木，那个神秘的脚印，一定与上帝有关。

时光已然倒流，柏格森的心理时空，主宰了我的意志。已在成都平原西南，多情而柔软的思蒙河水，带着母亲的嘱咐与希冀，从村庄边缘环绕而过，就像此刻徘徊于大漠边缘的我。是在夏或秋夜，天空纯净如水。怕惊扰了这夜的纯净，月色淡雅而安详，月亮和星星，都被安顿在了远方。喂养了猪牛，做完了作业，我站在院坝，用仰望星空，来为又一个晚上的梦境作序。月亮大，星星小，月亮少，星星多，月亮近，星星远，月光强，星光弱。我的思绪，就这样在月亮与星星之间徘徊，穿梭。正要困顿麻木的时候，突然，寂静的夜空，一溜火光划过，长长的，燃烧的，头和尾巴都很清楚。我兴奋地问，妈妈妈妈，快看这是什么呀。妈妈却一脸凝重，沉沉地说，扫帚星哩，不吉利呀。说罢，拉着我就往屋里走，生怕我被那灾星掳走似的。后来才知道，那个所谓的灾星，不过就是彗星，一种陨落的天体。

眼前的塔克拉玛干，也是陨落的天体撞击产生的吗？面对天文学家们的言之凿凿，故弄玄虚，我难以置信。

汽车就这样来来回回地跑，跑干了油又加，加足油又继续跑。师傅姓江，在这里跑了快二十年了。他很敬业，也很热忱。只是，他的热忱，是以一种职业的方式表达的。一上车，他就笑呵呵地叮嘱，一定要把安全带系上啊，前排后排都要系。语气间没有商量的余地。开始，我们还有些不习惯。接着他又提醒，座位两侧有水。呵，一看，塞得满满的，有一二十瓶，都是本地产的矿泉水。顿然感到，这是一次不同寻常的旅行，关于大漠的种种传说，被那些水勾起。车子启动了，很快钻入大漠。他两眼平视前方，镇静自若，目光闪亮，聚焦在看不见尽头的油田公路上。有时，他也随景而兴，给我们讲一些关于大漠和油田的故事。江师傅是尽职的，所谓的徘徊，其实是线路使然。通往沙漠的公路只有一条，从克拉到塔中作业区，我们不得不往返。真正的徘徊是在心里。循着上帝的脚印，我对一种权威产生了怀疑。

目光投向窗外，除了近处的戈壁，远处的怪山，什么也没有。地上的荒凉，与天上的空寂，都在这里会合，亦步亦趋，形影不离。流云很高，鸟儿不知飞到哪里去了。想起了油田朋友讲的那个故事，和一位诗人关于飞鸟的句诗。

那故事说，在大漠深处的塔中，一位刚分来不久的大学生，晚饭后到作业区大门外散步，在沙漠公路的人工防扶林上，他突然发现了一只乌鸦，在这里出现的第一只乌鸦。他顿然惊呆了，久久地盯住那乌鸦，那不知从何处飞来的乌鸦，感动得泪流满面。然后，赶紧打电话，告诉远方的母亲。他因激动而显得语无伦次，妈妈……妈妈呀，我看见乌鸦了。母亲心里一紧，哽咽着提醒，儿啊，你可要小心啊！大学生顿然明白，母亲是误会了。在许多地方，乌鸦都是不祥之物。他赶紧解释，妈妈呀，在这里，有生命就是最大的吉祥，我很好，你放心吧。这也难怪，谁不知道，塔克拉玛干，是生命的禁区，冬天是冰窟，夏天是火炉，地表温度可烫熟鸡蛋。在石油工人到来之前，不说飞鸟动物，即便是极度抗旱的沙漠植物，也难以生长。

那诗说，鸟儿飞过，把影子留在天空。无疑，这符合佛家的逻辑，万物皆有因，有果，有缘。那么，在塔里木，在塔克拉玛干，这深深的印痕，大地的印痕，究竟是谁留下的呢？

我也曾试图说服自己，就忠诚于那些既定的文字，从天文学家们那些口若悬河的叙述中，去找到一些破碎的依据。然后，心安理得地与他们一道沾沾自喜。然而，越是这么想，越感到思想与情感的航向，与目标背离。我会感到一种隐隐的不安，不仅是对不起石油兄弟，对不起他们在这里留下的足迹，那是他们生命的印记；也对不起创造生命的上帝。不要以为我带着太多的感性，其实，我求证的过程，是非常理性的。

按照天文学家们的逻辑，我选择了两块陨石，做了一次心理体验。陨石一大一小，代表着两种极端的可能。我循着它们的轨迹，从不同的角度，去观照天体的陨落过程和结果。我仰望天空，不只是肉眼，还借助了科学家们的仪器，让视线穿过135公里，穿越大气层，抵达陨石们遨游的太空。先发现那块巨大的陨石。它魁梧、怪异、神秘，透析出一种居高临下的霸气。然而，不知什么原因，它突然偏离了轨道，跌入了地球的引力场。随之而来的是坠落，以摧枯拉朽之势。几乎是在眨眼之间，它坠入了地球的大气层。陨石前端空气被瞬间压缩，急剧压缩，以致发热发光，气化燃烧，爆炸碎裂，火光流拽。庞大，在炸裂中消解，天地之间，回响起浩然的隆隆之声；火光过后，苍茫大地，洒落下一片破碎的陨石雨。这样的景象，在童年的村庄，并不少见。再看那小的陨石，几乎是在与大气层亲吻的一瞬，它坚硬的块垒，就被那一抹燃烧熔化，幻化成太空里的一缕青烟，一抹光线，顷刻便会消失于浩瀚的宇宙间。同样，只需微微一个闭眼，遥想星空当年，我们就可拾回此景无数。

就这样，大的，解体了，化作了雨点；小的，燃烧了，化为了灰烬。星空依然，大地依然，一切又回归平静。何来的撞击，谁来撞击？因此，我不信拗陷坑，不信相沙岩，不信断裂痕迹和环形山，不相信它们，还有塔克拉玛干与撞击有关。

在经过了几个回合之后，汽车终于谢绝了天山山脉，谢绝了帕米尔高原以及盆周奇山绿洲和塔里木河的挽留，从轮台作业区出发，在和一个个水井房坚守了大半年、正准备撤退的护路人的呵护下，一头扎进大漠深处。到达塔中的时候，时间尚早，经过简单的小憩，主人安排我们跋涉沙漠。当然不是徒步，也没有石油人的艰险，而是乘坐沙漠车，是一种体验和欣赏。

出了作业区，很快就进入一片浩瀚的沙海里。大漠无路，人有路，路在沙漠车宽阔高大的四轮之下，在石油人的心中。我们沿着这心中之路，怀揣一腔肃敬与神秘，时而被带入沙谷，时而被抛向沙峰，时而平缓而行，时而天翻地覆。直到四野荒荒飞鸟绝的时候，车才停了下来。按照主人的嘱咐，我们下了车，脱掉鞋袜，赤脚体验大漠之旅。此刻，尘俗被大漠洗净，四野空旷，我们沿着一条无路中的路，肆意而行。有人对天长啸，有人开始撒野，我在一位石油人的带领下，向对面的一座高高的沙丘挺进，心中涌起一种今又丝路的豪情。

就是在这时，我又一次发现了脚印，大漠里独特的脚印。深深的，长长的，呈椭圆形。脚趾被流沙模糊，整个脚印，看上去显得有些抽象。它的形状，与卫星下的，不，应该是上帝眼里的塔克拉玛干，十分相似。脚印在我的前面，由带路的石油人踩出，印在荒凉的沙海里，那么清晰，深刻，坚定。我至今不知道那位工人的名字，只知道他是石油人，在塔中工作，穿一身的红衣服，在大漠里十分耀眼。刚才还是静止的、荒凉的、凝固的大漠，顷刻间，秩序被打乱。他的脚底下，踩碎的沙子，被重新组合。心里一个激灵，进而是震撼，怀想上帝踏入的震撼。我仿佛有一双慧眼，穿越时空，见证了上帝的创世，上帝对这里的踏入。我相信，塔克拉玛干的荒凉以及它代表的死亡意象，就是被这样的脚印踏碎，踩在脚下的。有了这样的脚印，前面的路就变得踏实而从容。虽然，这里只有大漠，没有孤烟，只有落日，没有长河。但是，只要脚印在，生命就在，不仅飞鸟会来，胡杨、沙柳、梭梭、芨芨草、骆驼草、盐角草、沙拐柳、石竹花、锦鸡儿，都会来。就只有荒凉的沙漠，没有荒凉的生命。

又想起《圣经》里那个创世记的故事。创世之初，世界一片混沌，没有生命和万物。我猜想，那样的世界，就像塔里木，就像我们眼前的大漠吧。是上帝带来了生命。上帝说，要有光啊，大地就有了光；上帝又说，要有鸟啊，天空就有了飞鸟。上帝的话，我无法验证。但是此刻，我眼前的脚印却是如此真实、清晰、坚定。大漠本荒凉，石油人说，应有生命呀，这里就有了生命；又说，这里应有油气呀，就有了油气；还说……

我坚信，在塔里木，塔克拉玛干的脚印，一定与上帝有关。赤脚行走于茫茫大漠，跟在石油人的身后，踏着石油人的脚印，我有一种蹚过上帝脚印接生命的神圣感觉。

哪一条沟壑能够带我走进陕北

一踏入这片黄土高原，我就被许多沟壑围住，以至于两眼迷乱，弄不清究竟哪一条沟壑，能够让我走进陕北。

不止一次，向地叩问。心门已叩痛，但展现在我面前的，却仍是生命那挣扎与痛苦的迷幻世界。土地是黑褐色的，物象呆滞而凝固，能够行走，不管是大风，残水，流沙，还是远道而来的我，已是一种生命的奢华。拥有的美好总怕失去，何况养育我的那方水土。我有一种隐隐的担忧。已是暮春，沟壑苍老，残涧干枯，不甘死去的是路边的树和草，生命的搏动，借助一个姗姗来迟的季节，挣脱了尘封的厚土，冒出了点点脆弱的新绿。一切都不堪忍睹。我甚至怀疑，是自己的观照习惯出了问题。是不是生长于天府之国，山清水秀，四季如春。连绵延不尽的春，掩盖了太多的伤痛。而眼前所见，才是生命的真实。就像尼采说的那样，生命的本质是痛苦。是的，我此刻感受到的是痛苦，自然的痛苦，大地的痛苦，陕北的痛苦。这种痛苦，通过沟壑呈现出来，刀刻斧辟般深刻、凝重、残酷、不容怀疑。除了沟壑，还是沟壑，似伤口，很深。有的已经结疤，有的还在愈合，有的则刚刚生成。不需要在百度中去寻找，就在此刻，在我们的车窗之外，新旧沟壑，交织在一起，一条连着一条，一片连着一片，重重叠叠，没有尽头，互相纠缠，难解难分，覆盖了整个陕北。它们以一种伤痕的姿势，依附于黄土，呈现于高原，主宰着高原的一切；它们没有因春天的到来而消失，不知是不是要让我们敬畏与警醒。关于生命，我们有太多的忽略，太多的误解，太多的肤浅与粉饰。

记得，还在飞机上，我就发现了这些沟壑。

带着成都平原的气息，梦是绿的，没有面朝大海，仍然春暖花开。飘浮于万米高空，竟忘了身在陕北高原。透过舷窗，还有脚下稀疏的云，不再是绿野万顷，而是连绵不断的沟壑，替换了大地的页面。伤痕累累，令人震撼的伤痕累累。曾有瞬间的怀疑，怀疑这大地是否像我的电脑，也遭受了黑客攻击，感染了病毒。空中小姐温柔而细软的介绍，没有让我的绿梦延续，却把我唤回到了残酷的现实中。哦，我们正置身于陕北高原，天没有变，地却变了。仓促走进记忆的仓库，搜索那并不多的存储。可翻箱倒柜，我还是难以找到与现实中的对应，分不清脚下的土地，究竟是延安、洛川、横山，还是长武、神木，是黄土还是大漠，更分不清一连串属于陕北的词，比如塬、沟、涧、湾、台、渠、梁、峁。便请教同行的小刘。小刘是陕北人，从小生在黄土地，长在窑洞里，与这些词相处了二十多年。小刘的解释条理很清，也很学理化，却仍没有破解我心中的迷惑。理论是灰色的，概念与现实，竟相差那么远。小刘说，虽然都是高原，都是黄土，都是沟壑，但它们的特征是有区别的。就像同一语系，有不同方言；同样的人，有不同的性格。从地域地貌特征看，延安以北地面，因风雨切割严重，破碎了连绵的梁，形成以峁为主的沟壑丘陵区，绥德、米脂一带最为典型；延长、延川等地，则是以梁为主的沟壑丘陵区；西部因有较大河流为分水岭，大起大伏，逶迤延绵，铸成了大面积的梁状丘陵；而延安以南，因以塬为主，构成了典型的塬梁沟壑区。还是不懂，关于峁，关于梁，关于塬。不因师道，高原的传说，并没因我的到来而解惑。

好在，此刻正行进在陕北。高远澄明的天空，连绵不绝的沟壑，还有巍然屹立的峁、梁、塬，夹杂交错于天地间，都是眼前的景象。解读很方便，可以说稍一走近，就可触摸到它们的气息。于是，请师傅停车，在一个高高的峁上。说是峁，也只是我的揣测。是一堆硕大的黄土，不是刻意的堆砌，应与分割与乱剁有关，沟壑对山梁的分割乱剁。东一刀，西一刀，南一刀，北一刀，再一些乱七八糟的刀法，就剁成了这个样子。很容易令人想起大厨制作泡粑，切来剁去，就只剩下一块厚重而丑陋的堆块。眼前的峁，突兀于天地间；一堆黄土一块高坡，铸成坚守的象征。如果有一眼窑洞，蛰伏于峁之下，那就是三生有幸了，可免却多少被风吹走，刀切走，水卷走的命运。

当然，此刻我的停留，并不是要追忆似水年华，不是要分辨是风的威力大，还是水的搬运切割更残酷。我是要寻找一种血脉的关联，关于生命，关于历史和现实，黄土高原的那么多概念，究竟谁是大地的主宰，谁在创造着奇迹。土地是干枯的，一些尘土，不时被来往的汽车卷起，又被风吹散，飘落于异地。有两棵树，伫立于峁之巅。枝头无叶，却有团团簇簇的花，洁白、细碎而紧密，缀满枝头，要不是几只蜂蝶，令人真要怀疑它的真实。不知其名，只有一种由衷的敬意，从内心升起，为这峁上绽开的小花。我对黄土高原的解读，就站在峁之巅，树之间，花之下。排除杂念，只让灵魂呼吸。不需要翻阅词典，也不需要小刘式的生活经验，我要用我的方式理解高原。我终于发现，黄土是高原的肌肤，塬是高原的祖籍，梁是高原的筋骨，峁与台是高原的旅途，河与涧是高原的血脉，而沟壑，则是高原的皱纹。更为重要的是，峁与塬与台，是孤立的，梁与湾是杂乱的，河与涧是稀缺的，天与云是遥远的，树与花是短暂的，唯有沟壑之于高原，才从未曾缺席。我不得不说，沟壑才是高原真正的灵魂。

就这样，一个信念在我的内心生成：从沟壑出发。我相信，每一条沟壑，都可通向高原的生命世界。

到达延安已是下午四点，顾不上休息，大家就急着要去宝塔山。入住的圣通大酒店，就在宝塔山对面，没几分钟，汽车就径直把我们送到了山顶。宝塔山之名，闻名的名，不在山，而在宝塔。这是一尊典型的唐代建筑，与普通的唐塔并没有多大区别，区别仅在它在中国现代革命史上富有的象征意义。这种象征意义与塔上的“胸中自有数万甲兵”题刻相互映照，不得不令人肃然起敬。但此刻真正吸引我的，还不是塔，而是延河。延河就在宝塔山下，自西向东，不息流淌。我以俯视的角度看去，它平缓安静，绕塔而行，富有美丽的抒情诗意。可是此刻，我却无法抒情，无法风花雪月，小桥流水。黑格尔说过，生命与水流同源。河流几乎哺育了人类全部的文明。何况延河。面对饱经沧桑，负有太多承载的延河，我内心充满了凝重与敬畏。

当然，我注目延河，并不是因为它的壮阔。要讲壮阔，它远比不上我们四川的岷江、青衣江、大渡河。不是因为信天游和剪纸，一方一俗，那些陕北的乡俗文化，不一定适宜于我。也不是冲着贺敬之的《回延安》来到的，“白羊肚手巾红腰带，亲人们迎过延河来”已属于过去。我们的使命是创造未来。

我注目延河，是冲着沟壑而来的，陕北之魂的沟壑。

是的，我是以沟壑的眼光，看待延河，审视延河的。不，我坚信，延河原本就是一条沟壑，硕大的沟壑，横卧于陕北大地。而且我相信，它当是陕北的沟壑之母，有了它的包容、吸纳与呵护，陕北高原那些众多的沟壑和顽强生命，才得以延续。我还相信，沿着那千年不息，静静流淌的延河，往深处追溯，用不着多么费心，就可追溯到它的源头。不是自然的，而是精神的。自然的源头用不着追溯。延河全长不过280公里，即使在延安，也只能位居老二，还有更长的窟野河排在前面，窟野河的身旁还有黄河。实际上，就从脚下的延安出发，向北而进，经安塞镰刀湾乡，穿过志丹县，进入榆林市靖边县，就到了延河出生的地方。看见的并不是奇迹，仍是陕北平常的黄土、窑洞、沟壑，还有梁、塬、峁等等。向下更短，经过延长县，在南河沟乡的凉水岸附近，它就注入了黄河。即便在不远的黄河，在那一种声势浩大，蔚为大观的奔流中，你也分不清哪一滴水珠，属于延河。

延河精神的源头，要追溯就难了。

毫无疑义，有水才有河，或者说，河是水的杰作，水是河的血液。这就注定，延河是一条向死而生的河，它从一出生开始，就与死亡为伴。这不是故弄玄虚式的危言耸听，也不是环保主义者的警示，而是由长期生长的母体决定的命运：延河流域年均495.6mm的降水量，9°C的气温；90%的黄土丘陵和石质丘陵，还有火焰山河谷；河床最窄处不足10m，最宽处不过80m，平均比降 6.7‰；频仍不断的旱灾、霜冻、冰雹、暴雨。面对这些无处不在的陷阱，对于一条短促而弱小的河，能生存下来，不能不说就是个奇迹。我想，这除了延河本身的执着坚韧，也许还要得力于那些密集的支流，得力于杏子河、平桥川、西川河、南川河、蟠龙川等。这些被叫做河或川的东西，实际上也是沟壑，比延河更小，比许多短促的沟壑更大的沟壑。是它们在源源不断地为延河输送着血液，才让在这片枯竭苍凉的黄土上行走了千万年的河流，没有消失于岁月的尘烟里。

相对于延河，我们的行走显然要快捷得多，平坦得多，舒适得多，没有坎坷和险恶。我们借助于现代化的交通工具，高速公路更是穿山跨壑，为我们营造了一往坦途。可是，这并没有消解我走近沟壑的渴念。时间不断流逝，车子却可以停留。我曾走近杏子河边，在它与那些更小沟壑的交接处，我发现了一户人家。司机随即更正道，不是一户，而是一个村庄哩。附近有二三十户人家，有窑洞，也有房屋。陕北的村庄，就是这个样子。哦，好，好，这正是我想要寻访的陕北。我窃喜。窑洞坐落在塬一侧，洞口与杏子河相对；塬的四周，都是沟壑，大似天槽，小如斧痕。大大小小的沟壑，几乎都是上窄下宽，上对天，下对地，在地一端，以开阔流畅之势，与杏子河对接。按照简单的地理知识，我知道这些沟壑，实际上是暴雨切割而成的。要么干旱连绵，黄土龟裂；要么暴雨成灾，搬沙推土。因而，这些脆弱的沟壑，不是没有水，它们是雨的最早接迎使者；而是它们把生命的希望，把自己守望了一年的所获，都奉献给了河。从小涧到小河，再到延河，黄河。不断的沟壑接力，生命才没有走失。

走进一户人家。说是人家，其实也就一位孤老男人，守于一眼简陋的窑洞里。老人黝黑清瘦的脸庞上，布满了深浅不一的皱纹，看上去酷似沟壑。我相信，这是一个浓缩了的陕北高原。洞室狭窄灰暗，洞壁上贴着一幅陈旧缺角的剪纸，从构图看，似乎是一个福娃。炕头有一盏煤油灯，灶头是土垒的，锅里碗里有一些剩饭剩菜。老人的老伴死了，死于泥石流。暴雨后，一场突发的泥石流，顺沟壑倾泻而来，几乎卷走了沟壑下的一切。沟壑给老人留下了永久的痛，却没有动摇他对这里的依恋和坚守。窑洞是后来修的。子女读书的读书，打工的打工，也都走了，离开了沟壑，离开了杏子河，离开了窑洞。只有老人一人，仍顽固地坚守在这里，憨憨地，呆呆地。这是老人告诉我们的。其实，老人很木讷，并不那么健谈，几乎是我们问一句，他答一句，或问几句答一句。我问老人，为什么不随子女进城。他回答，习惯了，还是这里好。其实，老人更深的隐秘，还在沟壑。他怕一走，沟壑的水就乱流，杏子河的水就干了。这是我从老人的眼神中捕捉到的信息。对话中，老人特别强调，他父亲和父亲的父亲，在离开这个世界的时候，就是这样叮嘱他的。我曾说过，家是“放”心的地方，因此我想，老人的坚守是有道理的。

我终于理解了沟壑，明白了延河。一条几经易名的河流，为什么最终要以延河命名。都是与水有关，无论战国时的“区水”，还是南北朝以后的“清水河”。据说，那时的河，两岸茂林蔽日，修竹护道，河水宽阔，清澈见底。后来战火不断，加上乱砍滥伐，导致生态失衡，清澈的河水日见浑浊干涸。人们怕赖以生存的母亲河走失，才以延河之名，祈求它永续绵延。

还是因水，生命之水，我们选择了舍近求远。

从延安至黄河壶口，南泥湾是必经之路。先并不知道，当司机不经意地随口而出这个消息时，我真有点喜出望外。一直是很想去南泥湾的，不需要理由，那些儿时的红歌，在灵魂里烙下了太多的仰望与神秘。可是，此行的原有计划，并没有这里，只有宝塔山、杨家岭、枣园，延河也是顺带见到的。黄河壶口在另一个方向，并不顺道。不好明说，线路是领导安排的。本想就这样，把遗憾埋在心里，留待以后去解。没想到，改变竟在偶然间。车已经启动，热情的司机说，其实，返回西安的线路有两条，一条经洛川、黄陵直达，一条经壶口，会合点都在黄陵，绕道也不多。说罢，又补充道，如果大家没去过壶口，可顺便去看看，挺壮观的，还可经过南泥湾。哦，既然如此，经常跑的师傅都没嫌麻烦，我们又何乐而不为呢。

面对南泥湾，我是怀着朝圣之心的。到了才发现，其实所谓南泥湾，也就是一道普通的湾，陕北随处可见。并不只是陕北，也许只要有山丘的地方，就有湾。我家乡的川西，就有许多湾，比如李家湾、鱼儿湾、沙湾。儿时经常喊它们的名字，作文时也没少写这样的文字：过了一道湾又是一道湾，可是，对湾的来历、含义、历史，却从来没有认真注意过，思考过，没有真正清晰的理解。到了南泥湾，面对一种神圣，才感到一种缺失，令人震惊的缺失。我首先把湾与沟壑联系在了一起。对，沟壑，陕北无处不在的沟壑。甚至武断地在心里下了结论，认定湾就是一种沟壑，比那些塬旁梁畔的沟壑更宽更长的沟壑。当然是以南泥湾为例，从一种神圣走向一种平凡。通常的概念，是指一个地区。资料显示，南泥湾地区为丘陵沟壑区，土壤为黄绵土，汾川河起源于此，流域达365平方千米。这正好与一年的天数相等，不知是巧合，还是本身就包含了某种天意的隐喻。当然也有区别，那就是这里的土地，由于经年的开垦与耕作，已不再是黄色，而是黄褐色；湾底的沟壑，已不再是自然零乱，布满暴雨洪流冲刷后的伤痕。不，准确地说，是伤痕已经缝合，被那一段难忘的大生产运动营造的平整缝合，满湾的江南诗意。

自然又想到创口与伤痕，关于沟壑与缝合。

倒流的时光并不遥远。抗日战争的硝烟弥漫，特别是1938年10月，日军占领武汉后，抗日战争进入僵持阶段。国民党在正面战场的几次会战，遭受重创，变得厌战。日本与蒋介石，都把自己的主要威胁，看成为中共领导下的抗日根据地。于是，日寇采取了灭绝人性的“三光”政策；国民党在日本的诱降下，实行了消极抗日，积极反共方针。1939年1月，国民党五中全会制定的“溶共、防共、限共、反共”政策出台后，开始实施包围封锁陕甘宁边区及各抗日根据地。1940年，蒋介石调集以嫡系胡宗南部为主的50万重兵，合围边区，形成北起府谷、横山，西至宁夏、甘肃，南接泾水，东到黄河的五道包围封锁线。加之连年灾荒，整个抗日根据地陷入没粮吃、没衣穿、没被盖的极大困难。1940年5月，从前线回延安的朱德，来到城东的荒山野岭。他发现，这里因为土地肥沃，野蒿居然长到一人多高。他向毛泽东主席汇报，开垦南泥湾以增产粮食，并建议调三五九旅屯垦的打算。毛泽东连声称赞，并要求延安的中央机关、军委机关、学校和留守部队都要动员参与。多少人还记得，那晚上的会议：1938年12月12日，抗大干部晚会。会上，毛泽东分析了抗日根据地面临的严峻形势，讲到选择和出路时，他口气沉重而语重心长：同志们，我们现在还有一点钱，还有小米饭。但以后会有那样一天，没有钱，粮食困难，那怎么办呢？第一个办法是饿死。第二个办法是解散回家。这两个办法是没有一个人赞成的。“第三个方案，就是靠我们自己动手。”

当然，还有一个版本，民间的，没有写入正史，但没有人怀疑它的真实。那是在一个雷电交加，大雨倾盆的夜晚。

地理知识告诉我们，陕北高原的许多沟壑，大的小的，深的浅的，短的长的，新的旧的，就是在这样的条件下形成的。高原难眠，穿过夜色和雨幕，在强大闪电的映照下，杨家岭窑洞的灯光幽暗而微弱。同样难眠的还有一位老太婆，因为饥寒交迫和对未来日子的绝望。窑洞破旧不堪，渗入的雨水和闪电，眼看就要把它击垮。绝望的老太婆喃喃自语中，不知怎么就说了一句“大逆不道”的话。她说雷公呀，你怎么不把毛泽东劈死。不知这话怎么就传到了杨家岭的窑洞，传到了毛泽东耳朵里。有人说，这还了得，把这老太婆抓起来。毛泽东震惊了，不是因为老太婆的话伤了自己，而是因为这老太婆诅咒后面的真正原因。毛泽东明白，显然，老太婆是不了解形势，不了解日寇野心，不了解国民党和中共的。她只了解自己，了解眼前，只了解毛泽东领导下的延安的艰难。她已无法支撑。当然，毛泽东不仅没有抓人，而是把这当做老百姓的心声。他想到自己的责任，想到如何发展生产，带领部队和边区渡过难关，缝合共产党与老百姓之间已经形成的裂痕。

蹚过南泥湾，跨过一条条沟壑，朝着延河流淌的方向，目标直指黄河。我希望以壶口瀑布的生生不息，宏伟壮观，获得一种生命的安慰，祈求一种守望的永续。到了才发现，虽然河床里没有黄土，只有顽石，但是，黄河也是一条沟壑；一条比杏子河、延河更大，更强势、更神秘、更富生命质感的沟壑。所谓“黄河之水天上来”，哪离得开以沟壑为路？

人离开了陕北，心却仍在高原流连。面对众多的沟壑，我仍在寻找，不知道哪条沟壑，能够让我走进陕北。

沿额尔古纳走近蒙古

这里的蒙古没有国界，不是国际政治上的中国内蒙古或蒙古国。而是一个民族，蒙古族；同一族姓，蒙古人。

不要大声喧哗，不要鸣号，甚至踏入草地的脚步，也要尽量轻些，再轻些。从满洲里出发，我就不断地这样提醒自己。目的地是明确的：海拉尔，穿过额尔古纳市就到了。可是，这穿过的，不仅仅是一个城市，一条河流，而且是一个民族的摇篮，一段历史的后院。我怕稍有不慎，就惊扰了安静的历史，得罪人了伟大的蒙古人。八月燥热，并不是安静的季节，草原也不例外。几何常识也告诉我们，两点间的直线距离最近。但我不能不这样。我毫不掩饰，舍近求远，选择绕道额尔古纳，是一种刻意。去年才到过，今年又义无反顾地选择，甚至有点迫不及待，只为了一种安静，蒙古人内心的安静，一个饱经苦难民族灵魂的安静。唯此处可觅。不仅是草原，还有湖和河，还有蓝天白云以及白云下的苍鹰，草地上悠然觅食的牛羊，蒙古包里哺乳的蒙族妇女，我在去年留下的脚印，都是安静的，一种从灵魂里渗透出来的浩大安静。

内心的流连，会让脚印生根。我终于相信。

我去过的草原不多，没有更多比较。草场、牛羊、蒙古包、界河、国门、防御工事，许多记忆，都是对一年前的还原。我觉得，呼伦贝尔的安静，额尔古纳的安静，不是表面的，狭窄的，静寂的，不像我们的书房阅读，或月夜树下的独处。而是圣母般的，饱含崇高、丰厚与仁慈。在经历了数不清的沧桑之后，圣母的内心归于安静，然后，再以安静之心，欣赏自己所孕育的生命与文明。毋须言说，不要表明，却有一种蓬勃，浩大，生长之势，从草尖上、花朵上、羊绒里、白桦林、浮云间、湖光水色中，从时空的每一个毛孔里浸润出来。安宁与静谧，躲在身后，须用心贴近，张开灵魂魄的触角，方可感悟；而当你感悟到的时候，便有一种力，浩大的安静之力，潮水般向你袭来，顷刻之间把你溶化。不是灵魂的消失与融化，不是“温泉水滑洗凝脂，侍儿扶起娇无力”，而是灵魂的升华与强劲。此时，你就会感到，自己的灵魂沉实了，不仅获得了一种安静的滋养，而且气定神闲，于天理大道中，获得了一种安静的力量。

离开满洲里不久，汽车就往左一拐，丢下宽敞笔直的高速公路，进入一条同样笔直却并不宽敞的草原公路。丢下的不仅是现代性的文明，更是现代性的喧嚣与侵袭。历史似乎也随着汽车的一拐，同时转了拐，让我摆脱尘嚣，进入本真的草原。

这正是我的向往啊！到了，终于又到了，亲爱的草原。

说不清自己此刻的情绪，究竟是在庆幸、欢呼、激动，还是在祈祷，为一种安静大美的重逢，或者说失而复得。真有过这样担心的，就在去年，在我登上飞机，离开海拉尔的时候。飞机起飞时，长长的跑道和艰难的昂首，都似乎在把我强行分离，已然融入草原，融入额尔古纳的心，沾黏的、揪揪的、痛痛的、纠集成隐隐的惆怅，穿过舷窗，飘落地上。我想，那是心下的酸雨。我担心飞机的这一起一降，无论降的地点在何处，成都，重庆，还是北京，我都会丢失窗外的一切。草原，湿地，牛羊，额尔古纳，呼伦和贝尔。丢失那种浩大的安静，再次走进浮躁，走进世俗的喧嚣里，躲不过灵魂的慢慢锈蚀。没想到，说来就来了，这么突然而喜出望外。还是这条路，进入草原，与额尔古纳河并肩而行的路，眼熟却不疲倦。公路细长，灰白，随地势起伏婉转，远处看去，并不像路，倒像一根纤弱的黄豆芽，从绿茵里长出。远处山坡上的羊群，稀稀疏疏，星星点点，很容易令人产生想象。不是想到那是牛羊，而是农人在播种时，不小心将一把黄豆种，弄丢在了地上，发芽和生长，都会在想象中完成，直至让感觉回归到眼前的路上。草只在近处是草，远看就只是绿了。比如路边，草杂乱而蓬勃，叫得上名字的不多。蓬勃的草从远处挤压过来，眼看就要左右合面，把柔弱的公路吞没，好在，车辆的前行，有了一种抵抗的力量。不知是谁家的麦穗，偷跑到了草原，也不回避，就站在路边，集合成金黄色的方阵，等待检阅。原本只注意到草，没注意花，花是师傅提醒的。师傅说，花期快过，不然路两边好多。这才注意观看。其实也不少，杂生于草间，没有独立成林。根本叫不出名字，这些名字也是师傅告诉的，什么马兰花、喇叭花、野菊花、狼尾巴花、猫眼睛花、金雀花、苜蓿花（后来才弄清其实是白色的叶），等等，姑妄听之，也无从考证。只是感到有了这些花，草也更加生动。往远处看，一切花与草的界限，都从视线里消失。只见一望无际的绿，似神毯，铺天盖地，上接蓝天，下连碧地，天地间分不清距离。甚至天上那只悬浮的苍鹰，也令人相信，那只是这安静的一个标点。便强烈地感到，绿的铺张，其实是一种静，浩大的安静。

我一直在想，安静与力量，本应该是一种对立，是什么东西，让它们如此完美地融合在一起。这一想，就走进了历史。关于额尔古纳，关于蒙古民族，关于成吉思汗……

关于蒙古民族的起源，历史学家们争论了几千年，至今仍众口一词，没有安静下来。额尔古纳河旁边的扎赉诺尔，挖出的一万多年前的古人类化石，不知是要证明一种古老，还是沉寂。但是，这个民族早已安静了下来，却是不争的事实。他们依偎于一方沃土，一片茂草，还有呼伦和贝尔两汪湖水，让灵魂栖息。当然，最主要的是额尔古纳河。他们管它叫母亲河，蒙古民族的摇篮。这令我深信不疑。世界上的文明，哪一个不与河流有关混沌初开，上帝在创造人类时，唤来了阳光和水。只安排了日出日落，让太阳按时出门回家，却忘记了水。为了不负使命，散乱横流的水，自己创造了河，才终于获得了栖息之地。河流在繁衍生命的同时，还创造了文明。走进人类文明的圣殿，我们发现，所有的伟大文明，从尼罗河流域的埃及文明，印度河与恒河流域的印度文明，到底格里斯河与幼发拉底河流域的古巴比伦文明，直至黄河流域的华夏文明，无不与河流有关。不领会历史学家们引经据典的饶舌，不领会什么猃狁说、北狄说、东胡说、室韦说，或者匈奴说、突厥说、柔然说、苍狼白鹿说。蒙古人只记住了一条河：额尔古纳河；一个时间：1206年；还有九杆白旗。

在此之前。是的，不得不说在此之前。整个蒙古民族的历史，几乎都是血腥而飘零的，为迁徙和战乱充斥；甚至这个民族，还没有一个真正属于自己的统一名字。

迁徙的目的，也许有多种多样。为了寻找一方丰美的牧场，为了躲避肆虐的暴风雪，或躲避追杀，寻找长久的安静。但迁徙的意义，却远远超越了最初的目的。我看见，一条文明的丝带，从迁徙的源头飘忽而来，随着那支由室韦—达恒人组成的队伍，在公元8世纪初，由额尔古纳出发，一直走了近500年。从此，布满突厥语族部落的漠北草原，开始了漫长而影响深远的蒙古化进程。我还看见，草原部落间那无拘无束，肆意妄为，没完没了的厮杀和争夺。没有法律，没有秩序，一切都由丛林法则支配。胜者为王，败者就不仅仅为寇了：男人当做牛羊，杀了用大锅烹煮，女人发配给将士们做老婆，儿童则打成永久的奴隶。于是，一些部落在厮杀中灭失，一些部落在厮杀中壮大。没有什么道理不道理，也无所谓正义不正义，适者生存。战胜就是最大的道理和正义，哪个朝代的历史，不是由胜利者续写？灭失的部落似一片流云，一堆羊群，一滴河水，在草原绕了一圈，或半圈，就灰飞烟灭了，匆匆离去。不是出师未捷，而是灵与肉的灭失。而壮大了的部落，则希望自己成为草原圣火，永远燃烧。据说，蒙古这个名字，在汉文史书上，就有蒙兀室韦、孟瓦室韦、塔塔儿、篾劫子、梅古悉、毛割石、萌古、蒙目斯、毛揭室韦、盲骨子等近20多种称谓。直到元代，才以“蒙古”固定下来，意为“永恒之火”。当然，以永恒的名义命名的，不一定就可永恒，哪一颗陨落之星，不曾希望永恒？就以蒙古族为例，真正在世界民族之林，以永恒的姿势屹立，已是1206年。

是在春天，一个生命复苏的季节。不知是一个征兆，还是一种证明。在这个春天，蒙古人真正站立，站立于历史的桥头，广袤的草原和额尔古纳河，是他们坚实的后院。

呼伦贝尔草原的春天，没有南方来得早，不是乍暖还寒，而是天寒地冻。牛羊在避风的圈舍里，无精打采地吃着干草，广袤的草场还压住厚厚的积雪，天空碧净湛蓝，往日静静流淌的额尔古纳河，仍是一条僵硬的冰带。圣火燃烧于胜利者的心里。铁木真坎坷而辉煌的一生，几乎就是蒙古民族曲折的衰兴史。从当初的“把阿秃儿”（勇士）血统，到9岁时父亲被仇敌毒死，泰赤乌人的追杀，与克烈部首领王罕、札答剌氏族首领札木合的合盟，与他们的先后反目，从十三翼之战的惨败，到择机助金，大败塔塔尔，再到班朱尼河之誓，草原劲敌王罕、太阳罕和札木合的覆灭，好不容易扫荡尽整个蒙古草原的敌对势力。此时，从额尔古纳走出来的蒙古人，挥舞的铁拳，再也没有受草原与额尔古纳的局限。他们向外扩张，节节制胜，西起阿尔泰山，东至兴安岭的蒙古高原各部，都被铁木真扫平……

终于迎来了这一天。铁木真召集了全体蒙古功臣与贵族，在与额尔古纳河相邻的斡难河畔，竖起了九杆白旗，举行盛大“忽里台”。也就是一种仪式，立汗仪式。一切都是有讲究的，以蒙古民族的理解方式：九代表永恒，白表示纯净；仪式的主题只一个，铁木真就位大汗，号“成吉思汗”。从此，草原各散落厮杀的部落，都统一为一个国家，蒙古国；一个族人，蒙古人。据说，这九杆白旗，至今仍珍藏在蒙古国的“国家宫”里，作为一个民族权力与神圣的象征，供奉并瞻仰着。

遗憾的是，我们此行没有取道斡难河，而是额尔古纳河。否则，我真想去凭吊一下当时的会场，哪怕具体地址已不很确切，只要走近那河就行了。我相信，现在的河水，就是从那时流来的，脉络和灵魂都不曾中断，就像我从去年走到今年，又来到呼伦贝尔。继续在草原穿行，路很直，四野开阔而安静。草原少山，见到一块起伏的山丘，竟有些激动。一条绿的流线，随丘顶勾画，被斜阳一透射，丘的身段就出来了，柔情似水，温婉而高贵，一种立体的美。我想，那支铁马金戈，所向披靡，随成吉思汗横扫欧亚，开创蒙古帝国浩大版图的20万铁骑，也许就有人生长于这里吧。因为只有这样的河流，这样的草原，这样的浩大与安静，才与那支铁骑般配。敦促师傅快快停车，兴致勃勃爬上山丘。蔓草掩膝，风吹草低，世界安静而单纯，只有青和蓝把天地分割。只是不见牛羊，不见河流，只见飞蝶。土地掩在草底，分不清黑色黄色，河流躲在丘的背后，总是不舍离去，牛羊在对面的山坡上觅食。所有的风景，都离我们远远的，我弄不清用意。场景有些眼熟。哦，这不是我们去年爬上的那个山丘吗？当时就醉了，直想躺下，躺下，就在这里躺下，以花草为垫，蓝天做被，在这草丛花枝间，安静地躺上一会儿，做个梦，多好。怎奈时间不许，匆匆走了，没躺，也没做梦，带着遗憾，还有来去匆匆的浮躁。没想到今天又来了，真的是缘分啊，草原你知道吗。不为寻梦，追忆当时的想法，安静而真实，比梦更好。

回望来路，目睹眼前，铁木真怎不感慨万千？

许是厮杀得太久，血洒得太多，借助于九杆白旗，铁木真真的希望回归安静；或者说，他是希望暂时的安静，为更大的进攻积蓄新的锐气与动能。没有“普天之下莫非王土”，仪式结束后，他把草场和领地，都分封给了他的家族成员们。当然，他并不甘心。他希望自己开创的伟业，在子孙后代发扬光大，而不是就此停止。他对儿子们说：“天下土地广大，河水众多，你们尽可以各自扩大营盘，占领国土。”怕大家还没听明白，他又对男人们鼓动道：“男人最大之乐事，就在于压服乱众和战胜敌人，将其根绝，夺取其所有的一切，迫使其结发之妻痛哭，骑其骏马，纳其美貌之妻妾以侍寝席。”眼前的胜利，不过是清扫了后院，前面的舞台还大得很。成吉思汗的话，一下把蒙古人的雄心或者说野心，还有蒙古国的生存发展空间，拓展到无限；呼伦贝尔与额尔古纳，包括斡难河和克鲁伦河，都不过是后院里的一个台阶。有了这个安静的后院，蒙古人的舞台是整个世界。

群情激奋，一场更惨烈的扩张与厮杀，已不可避免。

人员爆满，到呼伦贝尔看草原的人，都集中在这几个月。当地领导提前了几天，才在额尔古纳市郊区为我们预订了一家叫渔村人家的酒店。条件还不错，更重要的是，这里远离尘嚣，十分安静。安静地入睡，安静地早起，享受晨曦中安静的额尔古纳。出门便是乡村，踏着柔软的土地，柔软的草坪，安静的心，有一种分外的踏实。我理解了成吉思汗，理解了蒙古人，理解了成吉思汗那场轰轰烈烈的出发与西征。不仅仅是扩张，树大招风，其实有时，动是为了更好的静，进攻，正是更高更深远的防卫，一种居安思危的进取之心。于是，在蒙古人强大的铁骑下，畏兀儿归顺了，金朝覆灭了，西辽征服了，中亚强大的花剌子模土崩瓦解了，西夏灭亡了，甚至斡罗思也可长驱直入了……

一个个强大的帝国，在不足十分之一，百分之一的蒙古大军前，都闻风丧胆，不战而败。蒙古人把自己的名字，写遍了额尔古纳，华夏大地，还有中亚和欧洲。无可否认，野蛮和杀戮，都罪该万死，值得诅咒和谴责。可是，当刀光收敛，剑影消失，当世界回归于安静，我们看见，没有停息的是历史的车轮。历史不相信眼泪，不相信弱者，不相信同情。不信，请随我把眼光转向车窗外，就在此刻，在呼伦贝尔大草原，在额尔古纳河畔。车速不快，什么都看得清楚。这条蒙古人的母亲河，原本为地道的中国内河，而今却背负住一个令人沮丧与尴尬的名字：界河。什么界，边界的界，国界的界。还不清楚吗，请去看看中国近代史，看看《尼布楚条约》，看看额尔古纳河边，那长长的刺人的边境铁丝网。司机告诉我，跨过界河中线，就是别国的土地。隔着车窗看去，一样的河流，一样的草原，一样的蓝天，我们却不可循着成吉思汗的足迹，就这样驱车前往；不敢随意去那里的河里捧一捧水解渴，不可自由地到对岸的草原撒撒野。

沿着额尔古纳，我们不仅走近了蒙古，还走近了自己。

纸上的根河

本来是要亲临的，走近大兴安岭北段西坡，走近那片蛰伏于鄂伦春、额尔古纳、牙克石、漠河和塔河之间的神秘土地。一个突如其来的身体不适，竟改变了一切，莫名其妙地。

我说的是根河之旅，就在这个孟夏。

确实，世间有许多意想不到，一次简单的旅程，就是一段浓缩的人生。只是，人出发了，旅程可以终止；心情出发了，却覆水难收。走近是不可避免的了，不是身体，而是灵魂；不是借助飞机汽车等现代交通工具，而是几张纸，和纸上的文字。这些业已发黄，却仍然鲜活笃实的文字，记载着一个古老民族的沧桑史，也见证着根河的前世今生，或者说根河之根。

神思被绊了一下。我知道，那是一种敬畏，对根的敬畏，本原的敬畏，对一个伟大民族历史的敬畏。

又想起在场主义的发现，“命名即是创世，说出就是照亮”。专家们说，“根河”一词，是由汉语和通古斯语交融生成的，“根”是通古斯语，直直的，没有分叉之意；“河”则表河流，自然是汉语。我还是认为，事情可能不是那么简单，何况对一方水土的命名；我相信，在名称之外，一定有比表象更深的原因。什么语并不重要，重要的是找到命名背后的文化之根。然后，循着一根生命的脐带，走进一个民族的精神领地。

于是，我出发了。去路和来路，都是一条河。

这里有很多河，除根河外，还有激流河、金河、乌鲁吉气河、额尔古纳河等等。但我的目光，还是一下聚集在了根河。不因别的，只因那个根字。又据说，根河源自蒙古语“葛根高勒”的谐音，意为“清澈透明的河”。我相信，这里的“清澈透明”，不仅仅指河水，还包括一条河与一个民族的品质。资料介绍说，根河发源于东经122°37′、北纬51°16′、海拔1241米的大兴安岭伊吉奇山西南侧。河长427.9千米，自东北向西南，流经根河市、额尔古纳市和陈巴尔虎旗，在四卡北12公里处，汇入额尔古纳河。好一个额尔古纳河，一个多么熟悉而神圣的名字！去年我才去过，对那里的历史人文略知一二——那可是蒙古民族的发祥地啊；而汇入，则表明了根与主干的关系。原来，根河与额尔古纳，本就是一体，拥有共同的根系。

可是，并不是每一次寻根，都是一次轻松快乐之旅。此刻，我的感觉正是这样。比如蒙古，比如根河。

无疑，争夺、仇视与厮杀，乃痛苦之源。而包容、尊重与发展，才是安稳之根。一个马背上的民族，遭遇了太多的颠沛战乱，厮杀争夺，最大的祈求，莫过于安稳。这才是最珍贵的精神之根。它植之于人心，系之于根河，沁润于呼伦贝尔。

草原浩瀚，天地相接，牛羊为星，苍鹰不过是穹宇中一颗飘忽的尘粒。唯有追溯是狭窄的，几乎每一次的出发，都难免走进一种惨烈的争夺、厮杀和刀光剑影。丛林法则和丛草法则，都是一个道理。本是同根，相煎何急？原因很简单，人为财死，鸟为食亡。何况那时草原资源匮乏，人们常常食不过腹，衣难遮体。弱肉强食，可能有你就没我。道德疏离，秩序迷乱，仇视疯长下，铁蹄与弓箭，就是最有效的法治。一切都是为了生存和扩展，争夺、厮杀、征战、血腥，因欲望而毁灭欲望，为人性而远离人性，没有什么正确与错误之分。“饥寒起盗心。”这些古老而残酷的遗训，与地域和族群无关，只与人性的劣根相联。说不定，有的类似古训，就产生于这样的背景里。苍鹰飞过，天空没有留下翅膀。无论胜者还是败者，个体都是渺小的，在浩如烟海的历史长河中，许多事和许多事，都可以忽略不计。草原只记住了成吉思汗，记住了在厮杀中血脉不断的族姓，蒙古族，还有与之同生共在的鄂温克、汉、回、藏、苗、彝、壮、朝鲜、满、土、锡伯、达斡尔、鄂伦春、俄罗斯等。

好在，根，是最大的黏合剂，总是把对立连接在一起，让其若即若离，相生相克，争而不夺，灭而不亡。

面前有一本书，《鄂温克族简史》，纸页已经微微发黄，作者为鄂温克族历史学家乌云达赉。作者以古地名为经，以不同时期的称呼，如鄂温克、索伦、乌素固、弘吉剌、安居、沃沮等为纬，然后经纬交织，将历史的碎片拼接成网，锁定了自己的判断。鄂温克人的族姓之根，清晰地呈现在我面前。我背上行囊，随着作者认定的轨迹，从根河出发，穿越时空，一路追根而去。顺着哈拉哈河、洮儿河、松花江西岸，越过长白山北麓、图们江流域、绥芬河、乌苏里江、锡霍特山脉南段，一直追溯到西汉河平元年（公元前28年）之前的乌苏里江上、中游流域的“沃沮”人，追到外贝加尔湖和贝加尔湖沿岸的土著，追到公元前2000年的铜石器并存时代，那遥远高寒地带的游牧民族。尽管，自400多年前，那个叫叶尔马克·季莫费耶维奇的斯哥萨克猎人，翻过冰雪覆盖的乌拉尔山，闯入这片安宁的土地，猎人式的欲望之火，就被点燃，再没熄灭，这里就再也没有安宁；尽管，历史与地缘政治，割断了鄂温克人的足迹，让我们模糊了的泪眼，望不见黑龙江以北、外兴安岭以南，60多万平方千米土地上的草木和牛羊。可是，根和血脉，仍是一条难以割舍的生命线。

对于北望，我陷入莫名的纠结：很想，又怕。

事实上，早期的鄂温克人和蒙古人等，都属于北方游牧民族，同属阿勒泰语系；而直至元代以后，“蒙古”二字才固定下来。换句话说，对于这片土地，鄂温克族祖先的到来，比蒙古族的正式命名，至少早了1000多年。另有考证，在公元9—13世纪，根河地区居住的弘吉剌部鄂温克族人，原本就是蒙古族人，或蒙古化的通古斯人和鄂伦春人；在他们中有一个daayil（daakil）部落，很可能就是后来的达斡尔族源。

是的，谁能否认，当年游牧于、厮杀于这片草原的部族，从毛割石、蒙兀室韦、毛揭石，到孟瓦室韦、萌古子、梅古悉等等，本身就很难按后来划定的族姓一一对接。他们有的可能成了后来的蒙古族，有的也许成了后来的鄂温克族，或者草原的其他民族。开放的鄂温克族人本身，就禁止族内通婚，倡导异族通婚。谁能否认，在成吉思汗强大的金戈铁马面前，部族间的征服、统一、归顺，甚至通婚、融合，壮大与削弱，已超越了以族为界的秩序。谁能否认，分分合合是历史，草原，才是大家唯一永恒的母亲；而根河文化，则是一脉相承的地域人文之魂。

似乎都清楚了，关于根，根河之根，鄂温克之根。然而，历史上的根河，却让人怎堪触摸。

仍是纸，就在面前。我刚从电脑上下载的文字，就笃守在纸上。我轻轻一翻，就走进了一座浩瀚而神秘的宫殿——敖鲁古雅鄂温克族猎民乡博物馆。不仅是北望的纠结，循着纸中墨迹，我再次翻阅着这个民族的兴衰史。从战国、秦时的东胡驻地，汉时匈奴左贤王庭的属所，到三国、晋、南北朝时期的鲜卑部落联盟东部辖地，隋、唐蒙兀室韦部落驻地及清代呼伦贝尔副都统辖；从过去的迁徙厮杀，到近代的战争疾病，种族同化。在漫长的岁月里，这个地区和这里的鄂温克人，艰难曲折地、颤颤巍巍地一路走来，没有走失漫长的险象环生，就是最大的庆幸。到1945年，这里的雅鄂温克族仅存不足千人。不断的血脉，是不灭的生命之火，只要在燃烧，根就在，生命就要繁衍。什么原本不原本，同根的血脉与包容，才是真正的原本。其余都是流动的，交融的，变化的，你中有我，我中有你。

是的，对于母仪的草原，林林总总的族性，都只是符号，只是过客。无论是匆匆地来，还是匆匆地去；无论停留的，还是走失的，都像草原上繁盛的花草，或同一父母膝下的儿女。他们虽然绽放在不同季节，来到的时间有早有迟，拥有不同的名字和民族习俗，但都有相同的不可拒绝的血缘和根系。因此，要感谢草原。是草原的博大安静，让这些厮杀的部落变得包容，安静下来，和睦而处，相依为邻。要感谢根河。是这方纯净的草和水，让鄂温克族在颠沛中得以安顿，不仅繁衍生息族群，还繁衍生息美好的日子。要感谢生命。有了草原上这些生生不息的生命，厮杀与共生，敌对与通婚，都是形式。重要的是存在，海德格尔“此在”式的存在，铸就了草原的永恒之根。

对于鄂温克人，最重要的是，要感谢敖鲁古雅。

似乎是天意，或曰所谓的大道之理。一切都早已准备好了，准备好了，天地人和，妥妥帖帖。能说得清楚，这个叫敖鲁古雅的地方，究竟为鄂温克人等待了多少年；谁能说得清楚，这个具有“北极村”之称的圣地，是什么魔力，让鄂温克人，这支肩负使命的戍边之旅，能够停留下来，安下心来，一留就是300多年。鄂温克是他们的自称，意思是“住在大山林里的人们”。至今，在大兴安岭原始森林里，仍有鄂温克人的脚印与炊烟。他们与世无争，自得其乐，过着桃源式的日子。可是，历史的旧泪还没有擦干，新愁又添。怎能不让他们惶恐不安，曾几何时，几乎是一夜之间，这里的许多原始森林，就成了跃进疯狂下的碳涂。鄂温克人赖以为生的大山，几乎以每年5千米以上速度，卸去千年绿衣。后来，在政府的安排下，他们中的多数人，又离开了敖鲁古雅，走出了大山，落脚于根河市郊的一个小村。政府的好意是显而易见的，也是人类进步之必然。只是，不知习惯了大山生活的鄂温克人，是否有离根而栖的悬浮感。

我走进一个鄂温克猎户人家，以文字的方式。

这是一个入赘家庭，两老两中一小，三代五口，栖居于一座宽敞的蒙古包里，过着亦牧亦游的小康生活。小孙孙马上要小升初了，主人已做好打算，小孙孙一升初，老两口就搬进城里。为了照顾孩子学习，家里已在城里买了房，并已装修好。这一切，与过去封建牧主式的“尼莫尔”，及漂泊不定 “撮罗子”，显然已不可同日而语。去年和前年，我曾两次到过呼伦贝尔，走进过一些蒙古包，只是没有细问主人，是蒙古族还是鄂温克族。但我知道，这里的许多牧民，都构建了这种城乡两栖式的生活方式。

我以同样的方式，完成了食与观的体验。

食品是典型鄂温克族式的，稀奶油、黄油、奶渣、奶干和奶皮子。主人既自食，又常常用来招待客人。最常见的吃法，是将奶油涂抹在面包或点心上，就着香醇的奶茶，再加上几盅米酒，一吃就是半天。据说，居住在北部大兴安岭原始森林里的鄂温克族，则以肉类为日常主食，鹿肉、熊肉、罕达犴肉、野猪肉、灰鼠肉，及狍子肉、野鸡、乌鸡、鱼类等，都是他们的餐上珍品。食法也与牧区略有不同，其中罕达犴、鹿、狍子的肝、肾一般都生食，其他部分则要煮食。

这样的食肉习惯，有点让我敬而生畏。欣赏的，是舌尖上的幸福。资料显示，目前根河市的人均国民收入，已逾3000美元，人均可支配财力，竟是我们这个天府腹地的三倍。除了传统农牧业，绿色食品、木材加工、矿产开发、生态文化旅游，甚至现代通用航空业等，都落户于此，正成为区域经济的主业。小康之根如此坚固，还愁衣食安稳？

如游客较多，主人还要进行精彩的表演。阿罕拜、爱达哈喜楞舞、哲辉冷舞，或“斡日切”。鄂温克族人崇尚天鹅，以天鹅为图腾。鄂温克族妇女们闲暇时，喜欢模仿天鹅的各种姿态，自娱而舞，动作拙朴自信，富有生命的质感。宗教式的崇拜与劳动中的欢愉结合，逐渐演变成一种民族独有的舞蹈——天鹅舞。如果要追溯，可能追溯到族源中那个缠绵悱恻的爱情故事，让我们走进那场王子齐格弗里德成年之日，宫中为他举行选妃的那场舞会，追到美轮美奂的天鹅湖。现在，天鹅舞成了鄂温克族人在客人面前展示风姿的拿手戏。也展示他们的祭祀仪式。鄂温克族人崇尚多神崇拜，玛鲁（总神）、白那查（山神）、火神、吉雅奇（牲畜神）、敖卓勒（祖神）、奥米（婴儿神）、阿隆（驯鹿神）、毛木铁神等，都是他们心中的守护者，每一个祭拜，都专注而虔诚。且食且舞，且歌且祭，物质与精神的富足，谁还愁安稳无根？

原来，纸上的根河，依然如此美丽。

翻开旅游地图，蜿蜒的根河美丽而妖娆，梦幻般流淌在我的视野里。也许是大兴安岭的融雪与清流，注入了生生不息的灵气，也许是陈巴尔虎的茂草繁花，呵护住一路的行程，也许是高远的蓝天白云，折射着阳光的倩影，也许是额尔古纳河更浩大悠远的召唤，激励着意志；也许，还有许多也许。总之，我分明感到，一条有根之河与庸常之河，竟有如此大的区别。

我明白了，根是生命的神奇。

天生桥，还是桥生天？

干脆明天上午看了天生三桥再走吧，不要太累。

阿莲征求我的意见。看看手机，已是凌晨一点，我们刚赶到重庆武隆，正在入住酒店。我知道是大家累了，从下午四点出发，一口气赶了六百多公里，加上堵车，在路上已奔波八九个小时。我没假思索，就回答好。其实这正中我下怀。不为过桥，不需泅渡与跨越，只为了一个夙愿，一种宽松自在的休闲。国庆长假，几家人相邀自驾游，不就是图这一点吗？

只是对这天生三桥不甚了了，直到第二天早上，从酒店出发，正往那里赶，对这个天生三桥，我仍是稀里糊涂。这正好发酵了我的猜想，信马由缰，自由驰骋的想象。就想到了天和桥。我相信，这样的命名，一定与上帝有关。

《创世记》很清楚，世间万物，都是由上帝创造的，包括山川河流。对，上帝创造了河流，创造了一种断裂与阻隔，就不能不创造桥啊，就像上帝创造了亚当，就不得不创造夏娃一样。一切都在逻辑之内，哪怕是想象的逻辑，总比杂乱服人。似乎理解了，迷乱的心，回归于一种心安理得。不理解的是这天，也就是上帝，为什么要生桥。

为什么要生桥？这话问得有点滑稽，不如问人为什么要修桥。我想，那目的应该是一致的。

显然是为了泅渡与跨越。

当然，并不是《创世记》说的那么简单，不是上帝轻松地随口说一声，要有阳光呀，要有水呀，要有桥呀，就生出了这些。我总认为，桥当是人修造的。人类从洪荒中走来前，这个星球早已在行走，按照自己的轨迹，并且早已走出山川河流。阻隔比被阻隔还早，容不得被阻隔者选择，只有想法泅渡。有阻隔就会有泅渡，或者说跨越，动力来自于此岸对彼岸的向往，也有可能是追杀或逃遁。据说，最早的办法是，利用自然倒下的树、谷岸生长的藤萝，或自然形成的石梁石拱、溪涧突出的石块等，跨越水道和峡谷。跨越得多了，人类就开始思考，并触类旁通，举一反三。桥的出现，是水到渠成的了。人们从泅渡，跨越中，开始有目的地伐木为桥，凿石架桥，依水搭桥。这一伐，一架，一搭，并不那么简单，就像乘阿波罗号登月归来的阿姆斯特朗所说的那样，那是“个人一小步，人类一大步”。

并非人类一思考，上帝就发笑，这次上帝是拯救的。这是我开始对天生桥的理解。

人工桥就不一样了，桥的出现，无疑是人类的一大进步。从此，它让自然的阻隔，不再是一道不可逾越的障碍，由此岸到达彼岸，成为自在的可能。人类借助于桥，泅渡与跨越的，不只是简单的江河沟壑，不仅仅是自然的阻隔；跨入的，也不仅仅是一种自然的对岸。谁能否认，古巴比伦文明的形成，与早在公元前1800多年，古巴比伦王国修建的多跨木桥有关，那桥长达183米。谁又能否认，在古罗马文明的足迹中，镌刻着桥的印痕。事实上，古罗马人早在公元前621年，就建造了跨越台伯河的木桥；公元前 481年，又架起了跨越赫勒斯旁海峡的浮船桥。当我们走进我国桥文化的历史时，一举步，就抵达了西周，到达了渭水之滨，然后随心所悦，在一架浮桥上散步。

可是，我们即将前往的桥，明明是天生的，而不是人架的啊。不能不令我纳闷。想起了世间的生产、人类、动物，甚至植物，不仅是受孕、胚胎、生成、分娩那么简单。一株从海洋中形成的微生物，经历生物、藻类、动物体和植物体的分离，再到人类的出现，智慧的产生，计算的单元是亿年。

好在，天生三桥就在眼前。我有些迫不及待。

说到就到了。汽车从武隆县城出发，往东南行进约半小时，就到了白果乡与核桃乡交界处，天生三桥就坐落在这里。可是，我的纳闷并没有因此而解开，反而一路加深。我始终在心里纠结，桥，当架设于江河之间，沟壑之上，应当在低处。然而，眼前的情况是，从武隆宾馆出发，就一直上坡，往山上走，直至走到山的最高处。自驾的车不能再往前走了，得停在一旁。统一乘坐景区旅游公司的车，继续在山顶穿行；然后下车，进入人行石阶。都是普通的山，并不高，不是巍然屹立，而是舒缓起伏，严格说来只能叫丘。虽也是遮天蔽日，但并无古木参天，而是灌木杂生，枝繁叶茂，把路和头压得很紧。不像有江河沟壑的样子，林间的石板路，也是迂回而委婉的，此刻正秋雨滴答，雨雾缠绕，撒满诗意。谜团一个接着一个，担心桥的依据。

也许谜团堆积太多，令心承受不了，那堆积终于坍塌，坍塌于顷刻之间。记不清是突然转过一道山，还是穿过一丛树，或者绕过一块大石头，总之，一切都来得太突然，令人猝不及防。我说的是桥，天生三桥，它们在此时出现了。当然，先出现在眼前，让我们惊讶不已的还不是桥，而是坑，我认为叫渊可能更恰当。在两丘之间，山岚似路过的游客，树冠正要合拢。中间的缝是硬挤出来的，被那坑，那渊，还有山岚挤的。赶紧靠近，临渊，不是羡鱼，而是观看。万仞绝壁，深不可测，一股寒气，不知是从渊底冒起，还是脚底生成，把心挤出，悬在空中，悠悠地不能着地。更不可思议了，难道这天也学会了形式主义。此山本无壑，为生桥，竟先造了一个坑。本来完整一体的山，就这样被活生生割裂了。正担心此路何往，被一旁的服务生叫住。原来，不远便是电梯，不是上楼，而是入地。进门，关门，飞速下沉，一种跌入深渊的感觉。是观光电梯，临渊的一侧梯窗透明，可看窗外风景，几位女士却满脸铁青，把眼闭得紧紧的。

当电梯停稳，她们再次睁开眼睛时，已是另一重天地。

先看那天，桥生的天。

天很小，小到伸一只手，就可以完全遮蔽。我暗暗提醒自己，此地只宜抬头，不要望天，一望，就成了井底之蛙，看不清世界大小。抬头是为了看桥，人们所说的天生三桥，就在眼前。原来，所谓天生，乃喀斯特地貌的神工造化，因其神奇，分别以龙冠之，谓之天龙桥、青龙桥、黑龙桥。因其成因特点，也把桥写作硚。据资料介绍，三桥高、宽、跨度，分别在150米、200米、300米以上，呈纵向排列；一条叫羊水河的峡谷，以大气磅礴之势，从桥下平行穿过，就将三桥串在了一起。站在居中的青龙桥下，仰头而望，“三硚夹两坑”的奇观就出现了，只是弄不清究竟是桥，还是谷，勾连了天地人和与多方的对岸，还有壑和桥，以及山岚雨雾中的树。一幅雄、奇、险、秀、幽兼具，峰、峡、溪、瀑、洞齐全的天生桥壑图，就活生生地呈现在了眼前。当然，这些并不是天，而只是我们在抬头时，不经意间看见的景象。天是抽象的，像一个哲学标本，镶嵌在头上，时而方，时而圆，时而成线，时而像一只眼，时而又似一个口。都很狭小，找不到海阔天空，苍鹰翱翔，苍穹无际的感觉。词典里的天，只能在想象中完成。这也许是一个永久的悖论，真是弄不懂了，不知是因为生桥，还是造壑，一种感恩之力，把天弄成这个样子；也弄不明白，究竟是天生了桥，还是桥生了天，才在这武隆山野间，丢下这么多的悬念，不为泅渡，却让这么多人流连。

再看这地，天和桥下的地。

眼前的地是残缺的，伤痕累累。显然，老天在造壑生桥时，有些顾此失彼，至少忽略了地的感受。一切的冲击、撕裂、扭曲，都集中于地，仿佛不是在生桥，而是要打开地狱之门。结果是，山撕裂了，完整的肌体，一下撕裂成了几块，创口龇牙咧嘴，狰狞恐怖。疼痛是肯定的，只是此刻化为了隐忍，凝结于山崖间。一眼山泉，从悬崖喷涌而出，经风一吹，分散成瀑成雾。我相信，那便是泪，或者血；而那仰天大口，则是呐喊，或呻吟。不然，它们怎么如此变幻不定，弄得我们欲要接迎的老邓湿了一身。壑本来是要为桥作证，证明它存在的合理，证明天生桥、桥生天中的对立统一，却在无意间相遇了这泉。不，应当是瀑和雾。虚怀尽纳，遂成其河，这山、这桥、这壑、这地，甚至撕裂的山崖，便全都活了，因这河而富有了灵气。我怀疑，谓之羊水河，是有意思的，包含了这大地万物的某种目的。只是天机不可泄漏，留下一个谜，让人去猜，它究竟是要诠释，还是暗示。不难理解，天生之物既然是有生命的，就当浸润在羊水里。

更弄不清的，是桥上的风景。

我首先想到，这样的桥，天生桥，不管是一，还是三，还有人过吗？此岸与彼岸，明明是相通的，或者说本为一体，血肉相连，断裂与阻隔，都是人为造成的，像一场游戏。这样的桥，就成了作秀，过与不过，还有什么意义？

这两天媒体上的小悦悦事件，闹得沸沸扬扬，几乎所有的指责，都指向那十八位冷血看客，似乎每一位指责者，都是神圣的桥，社会道德裂痕的泅渡者。如果真是这样，用小悦悦的生命，能够唤醒一种社会责任，修复一种道德断裂，天堂里的小悦悦，也许也会有些许的欣慰。可是，我不相信。因为我看到更多的，似乎更是天生桥、桥生天式似的轮回。我很少看见有人问，假如我是那十八位看客中的一位，保证能比他们做得好吗；是谁制造了这样的断裂与阻隔，在原本一体的道德板块上，分隔出了此岸与彼岸。

还看见一个通报，说的是某地粗暴拆迁，因不良开发商与黑恶势力勾结，逼得一业主跳楼，激化了政府与老百姓的矛盾。上级追究下来，又赶紧抓的抓，撤的撤，处分的处分，费尽心机，重新修复毁坏掉的一切。

威尼斯的叹息桥（意大利语：Ponte dei Sospiri），又浮现在眼前。1998年和2002年，我曾先后两次前往参观，留下极深印象。叹息桥修建于16世纪，坐落于圣马可广场附近。石头拱砌，巴洛克式风格，密封式桥廊，都彰显其与众不同。但是，它的真正闻名，却不在这些，而在叹息二字。为何叹息？桥的两端，分别为古威尼斯总督府（都卡雷宫）和重犯监狱。当重犯被判决之后，被带到牢中，经过这座桥时，面对生死两界，狱卒会说：“看最后一眼吧！”便让犯人停下，透过桥廊小窗，看世界最后一眼阳光，目的是要让其精神与情感得以泅渡。往往是一声叹息，留给这最后的阳光。那时，正值欧洲文艺复兴，黑暗专制的中世纪正土崩瓦解，社会矛盾异常尖锐，人们的思想再也禁不住了，非常活跃，犯“罪”的人很多。超度者是善意的，用心良苦，他们称代表上帝的旨意，也就是天生桥了。因此，设计这桥，可能还有更深的含义。只不过这桥是人造的，修造者为雅各布·塔提，他是当时佛罗伦萨的建筑师，他的老家就是文艺复兴的发祥地。后来，这里又演变成定情之地。凡到威尼斯的人，一定要坐一种叫冈都拉的船；坐冈都拉的情侣，一定要穿过“叹息桥”，且在桥下拥吻，表明生死相依。据说，有个男人为了心爱之人，在这桥下的冈都拉上，杀死了女友的仇敌。他被判了死刑，走过这座桥，急切地攀窗俯视。他看见一艘冈都拉正驶过桥下，上坐的一男一女，正忘情热吻。定睛一看，那女子竟是他的心爱之人。男人疯狂地撞向窗户，大理石造的窗户纹丝不动，留下一具满头喷血的热尸……

善意的泅渡，有时也会走向它的反面。

针对信仰丧失，价值观扭曲的问题，有位社会学家搞了一次问卷调查，题目是《生命中的桥》，目的是要了解，不同年龄阶段的人，生命中最重要的追求，进而研究幸福指数。小学生的回答是，快乐、父母、学习；青年人的回答是，爱情、事业、收入；中年人的回答是，子女、老人、安稳；老年人的回答是，儿孙、健康、快乐。四个年龄段，几乎囊括了人的一生。是的，人们都在按照自己的幸福期望，用灵魂天生自己心中的理想之桥。社会学家发现了一个奇怪的现象，在这个过程中，只有一个词被两次重复选中：快乐，且出现在人生问卷的开头和结尾。我相信，问的是生命之桥，答案却是他精神的彼岸世界，答卷者心中的天。天堂的天，幸福的天。不同的回答，表达了不同的追求，都是人之常情，与人的本性相连，只是表现形式不一样，无所谓先进与落后。这也许才是真正的天生之桥吧。

人离开了武隆，离开了天生三桥，谜仍没有了结。

我仍在桥的悖论中纠结。目的似乎是明白了，天为什么要生桥，我相信，那一定是天认为，这世间有了一些需要泅渡的沟壑和阻隔；桥为什么要生天，那是桥对天的感恩。但我还是没有弄清，到底是天生了桥，还是桥生了天。

一个村庄的沉没史

没想到，对一个村庄的发现，哪怕是一块残片，会是在城里，在田园破碎，楼群林立的一块狭小空间，与一方菜花有关。城市和村庄本身就是一个悖论，我却钻进了它们的怪圈。

先是来到楼顶。便有一种高高在上的感觉。不是人长高了，也不是心长高了，眼界长高了。其实，什么都没有改变。只是被一堆高高的钢筋混凝土托起，换了个角度。来的目的，也不是观光旅游，不是像当年杜甫登泰山那样，要一览众山小；也不是远眺怀旧，高和远从来就没有必然的联系。而是喝茶聊天。是朋友特意的安排。观望只是一个无序的插曲，由一种节奏的错位键入。我们先到，其他的朋友迟来，站在楼顶溜达，几乎成了此刻最自然的选择。

常到这个城市，往往是来去匆匆，有许多的没有注意。即便偶尔停留驻足，也是站在这个城市的低处，以仰望之眼，观照这些楼房。目光是短浅的，近处的人，中处的电线杆和电线杆上的广告牌，还有街道边的绿化树，远处的楼房，都形成一道道的屏障，层峦叠嶂般耸立在前面。总有一种被遮蔽被淹没的感觉，与视线逆向而行，推着那些屏障，似大海里的浪涌，一层层地袭来，由矮到高，由小到大，由弱到强。无法看清城市，反而被城市读透。生长与抑制，伟岸与渺小，宽阔与狭窄，都交织在一起，为我与城市的关系注释。今天却倒了过来，不是心情，而是位置。城市未变，我一下登上了城市的头顶。这本身就很有意思。可是，更有意思的事还在后头。就在我高高在上，悠闲自在，从另一个角度，欲以居高临下之势，观望这城市的时候，不仅没有看清这个城市，反而不小心走进了一个村庄的沉没历史。

不是小桥流水人家，也不是茅屋炊烟古井，而是一方油菜花。说是一方，不是一片一坝，是指并不大。但我还是一眼就发现了它。在交错的街道、涌动的车流、高耸的群楼和脚手架之间，那一方艳丽的黄，似一株稚气的叶芽，挣破僵硬的土地，在艰难地生长，为麻木已久的城市，捎来季节的消息。只有意外，并没有惊喜。没有走进田野，沐浴阳光，呼吸地气，亲近花草的感觉。这令我也感到有些意外，怀疑自己是否已被这城市的麻木所传染，内心的清新与怡然早已丢失。钩沉而起的，是携带已久的压抑。担忧总是难免的，尤其是在此刻，当这种巨大的压抑，由往日的我，转移到那方脆弱的油菜花身上的时候。虽然，季节不可逆转，春华秋实都是规律，但透过城市强势的足迹，我还是洞察到了一种更大的趋势。不知道这个村庄的前世，却了解它的今生，知道它沉没的历史。一个村庄都这样被淹没了，一方脆弱的油菜花，能够改变既定的命运吗？

从乡村走进城市的我，怀揣深深的怀疑！

传说是不可信的，只能提供某种参照。比如，有传说说，这里本来就很繁荣，只是张献忠剿四川时给毁了。不可肯定，也难否定。历史尚是史学家们的游戏，何况传说。

我更相信现实。这里地处大江之滨，有最原始的水码头；蜀地最早的先人，就落户于此。男耕女织，繁衍生息，经营着这里古朴的繁荣。这几乎是可以断定的事实，有人还以考古发现佐证。确实，附近的汉崖墓里，出土的奇特摇钱树和接吻石俑，曾令不少人为这个村庄的过去着迷。我们亲历的历史，更是不可抹去。说是历史，也并不是想象的那般遥远，不是什么盘古开天地之事，就是我曾经目睹过的一些事实。大约三四十年前，我还小，村庄却早已长大，那种大的印象，甚至超过我心目中的父亲母亲。有个亲戚在城里，在我十多岁的时候，大概父亲觉得该带我出去见见世面，也向亲戚表明他家的孩子快长大了。我们就出发了，先是徒步，后是火车，然后就到了远方，父亲说的城里。火车站在郊外，开始给人的感觉，并不是进了城，而是从一个村庄，来到了另外一个村庄，也就是今天我处的位置。初次的印象总是难以改变的，那时才上小学，没记几个词，词穷语尽之下，不知道该怎样描绘，才能传达那村庄的样子。后来读书多了些，才突然顿悟，原来印象中的村庄，早已走进了作家们的书里。比如，读哈代的《德伯家的苔丝》，“她捆麦子的动作，进行得像钟表一样单调”。我就会想到刚下火车时，在麦田边看见的那位妇女。“波浪像鞭子一样，向脸上，向紧眯起的眼睛不住地打着。渔网像球一样鼓起来，向深处沉去。”此时，我便会感到不是在读肖洛霍夫的文字，而是随父亲来到大江边，看撒网的渔夫。还有西面的浅丘和小树林，村头那棵茂盛的阔叶榕以及榕树旁的古井，都很容易让人从书中找到依据。唯一的不同是，眼前的村庄，明显要比书上的更鲜活，更富有生趣，也更感亲切可人。

大约在十多年前，就感受到了村庄的改变。我说的是感受，真切的感受，而不是老人们讲的故事。

改变是外在的、表面的，却也是轰轰烈烈的。事实上，真正的改变应当更早。它的源头，也许在这个国家，这个城市开始复兴的时候，就已设定，后来的演变，无论快或慢，都是一个既定的过程。村庄没有变，外面却在变，未变的村庄与变了的外面，就注定了某种结果。首先是规划。城市的规划，片区的规划，都打乱了一种秩序，重构一种新秩序。与进步和落后无关，新与旧，都是一种需要，时代的需要，城市的需要，主要还是人的需要。我某次到来的时候，正处于这种打乱与重构之间，也见证了需要的力量。

是去参加一个会议，先是发现，停靠了多年的公共汽车站挪动了位置；继而发现了村庄的零乱与挣扎。显然，零乱是人为制造的，割断的稻秧、放干的鱼塘、折断的大树、碾碎的田园、残留的猪圈断墙，处处都留下人为的痕迹。村庄在受伤，人们喜洋洋。当时的场景，至今仍令我感到不可思议。村庄的伤痛，是由一棵树和一口井传递给我的。具体说，就是我第一次到村庄时，在村头见到的那棵阔叶榕和旁边的古井。正值暮春，阔叶榕已枝繁叶茂，只是那满树的叶，还没成熟，仍是一脸的嫩绿稚气。可是，此刻的阔叶榕没有逢春的喜悦，而是正在遭遇一场灭顶的灾难。树大太，人撼不动，也不可刀砍斧劈，就是铲车推土机也莫奈他何。一种类似于凌迟的残忍便降临。一辆铲车开来，此刻却不是铲土，而是司刑。施工队的人以铲斗为平台，把一位手执电锯的工人高高托起。随着沙沙刺耳的锯声，阔叶榕的枝杈，粗的细的，弯的直的，一根根被卸下，肢解，不一会儿，树下便横七竖八，堆满了卸落的残枝败叶。春风轻拂，阳光依然，树叶仍是嫩绿的，只是断了生命的血脉，很快便显得奄奄一息。直至最后，那树被卸得只剩一截桩头，再被连根挖起，消失于村庄与城市的交接仪式。

挖树桩翻起的土石，就是那些曾经养育榕树的泥土，此刻有点碍手碍脚，被当作了废弃物，倾倒于旁边的井内。井水开始上涨，快要涨到井口的时候，那水便显得有点力不从心。我好奇地探头观望，却看见一条垂死的鱼儿，正在随井内最后的一层残水挣扎。悲愤的、痛苦的、无力的，直至与水一道，被倾入的土石淹没。树死了，井死了，村庄正在沉没，以它零乱的、残缺的、受伤的特殊方式。人却是喜悦的，包括开发的老板和拆迁的村民。倒不是得到了超额的补偿，对村民的补偿其实很低。那时的村民，没有更多的企望和道理，只要政府做的事，就是国家建设，就该无条件支持。而所谓国家，又是很抽象很神圣很神秘的，离得很远。真正眼前的开发商利益，反而被隐藏在了背后，被人们遗忘了。

当这种遗忘被发现的时候，已是又过了好几年的事。

沉没是渐进的，也是明显的，有一股不可阻挡之势。几年前，我又一次来到这里，来到这个曾经叫村庄的地方。伤痕依在，挣扎依然，但这里的一切，已是名不副实。弯弯曲曲的乡道以及乡道上的铁马鞭、巴地草、鱼腥草，还有泥土的芳香，都被一层厚厚的沥青柏油路或混凝土覆盖，间隙间也可找到一些花草，规范而娇气，充满人工雕琢的痕迹。小树林似乎一夜间变成了大森林，一片钢筋混凝土堆砌的城市模型，在往日的山丘上招摇，枝叶被浮尘刮走，只剩下光秃秃的枝干。同时刮走的，还有树和草叶的青枝绿叶。公园里的花埔盆景是一个骗局，它让人对节令迷离，于不谢的兰香梅红中，把季节丢失，岁月异化成日历上虚拟的符号。

大江似乎是唯一忠诚的守护者，姿势与流向，都没有改变，改变的是守护本身。没有打盹，一夜守来，却不知道满江清流什么时候变了，颜色与气味不仅是感官反应，更是一种生命体征。还有守护的人。不知是觉醒还是愚顽，是进步还是倒退。面对沉没的村庄或村庄的沉没，一些村民不再安分守己。可是，他们的守护又显得那么力不从心。很容易令人联想到溃军的阵地，且战且败，且败且战，最终总是难挽沉没的结局。就在眼前，在我再次走近已经不像村庄的村庄的时候。大批推土机挖掘机绞伴机正纠集一起，很像战场上攻城的坦克大炮和重型武器；还有大批制服加身的公安警察，防爆队员，城管执法，正在为一场攻坚战调兵布阵。堡垒并不显眼，甚至不值一提，就是一幢茅屋，还有一对中年夫妇。他们的儿子早已进城了，进了比这个城更远更大的城。进城了就不想回来，不可能回来了。留下他们老两口，坚守这幢茅屋这个村庄，还赚了一个“钉子户”的美名。可是，重兵压境，再强硬的“钉子”也无法钉稳，再坚韧的意志也可能被摧毁。村庄的阵地在不断失守，茅屋已成孤岛，老两口已成孤军。一场实力悬殊的攻防博弈，不需要猜测结局，结局和命运，均早被格局安排。我只是过客，不忍继续观战。

人离开了，心却没有离开；逃得过初一，逃不过十五。这不，当初的孤岛及其四周，已崛起了一片高楼。此刻，我就站在他们中某一幢的顶端，俯视着地面，俯视着那一方村庄残留的碎片和碎片上长出的菜花。

梦里仙霞不是客

有些事物是适宜用梦去揣度，在梦里消受的，而不是亲历亲为。比如今夜，比如仙霞古道。

一个并不陌生的名字，自己也记不清了，它究竟已伴随了自己多少年了。也许，这正印证了梦境的存在方式。此刻，进入梦境的，是父母的故事，路人的道听途说，还是小学或中学课本里的章节，已不重要，重要的是它的存在，它深藏于我记忆根处的痕迹和它对我精神的影响。曾经顾名思义地猜想它的名字，仙，神仙的仙；霞，云霞的霞，都是我的敬畏与至爱。于是，把一种神圣与神秘召来，让自己肃然与陶醉，枯燥而单调的平淡日子，就有了轻波微澜。虽然是人工的，就像都市里的假山假树假花，但有波澜总比平淡好。盼望圆梦，一盼就是几十年。多情未笑我，依然早生华发，都是企盼抽出的丝线。结果，仙没有盼来，也许永远的戈多，本身就需要永远的等待，我还是显得浮躁了点儿；但云霞却来了，常常在朗朗晴日，不知是春夏还是冬春，此刻季节已不重要，重要的是它的存在，装饰了天幕的色彩。就在我不经意间，抬头仰望的一瞬，一些棉白或金黄，或者五颜六色的斑斓，悬浮于苍穹的高处，静止与飘逸，穿插与相挽，都会令人神往。就会在心里想，虽仙影难觅，云霞却拥有了，也就拥有了一半的仙霞，这梦的体温，也非尽然的虚空，还是可以触摸的。

路究竟有多长，究竟该有多长？我常常这样问，不知是在问人，还是问己，更不知该如何作答。触动我问神经的，就是仙霞古道。我始终不相信那些枯燥僵硬的文字，那些看似言之凿凿的说明或者解释。比如那解释说，仙霞古道，北起江山，南抵浦城，全长120.5公里。120.5公里，就是我们这里到成都或者乐山的一个往返距离，我自己开车，也就一个小时。一个小时的车程，无论有多少曲折，多么丰富，都没有理由流传千年，也担当不起如此厚重的承载。事实上，原来那个叫江浦驿道的称呼，是简单的、明了的，更容易让人理解。但是，不知从什么时候起，人们却把它遗弃了，淡忘了，赋予它一个神圣而神秘的名字，从此再也没有放弃。一个孩子换个名字，尚要三思而行，经过一番复杂的程序，何况是一个地方，一段路程。可就是换了，不知什么时候，也不清楚是什么人，于不知不觉中。随之而来的还有“千古绝作”“浙闽咽喉”“东南锁钥”等等。不能等闲视之了，更不要认为是一个偶然与随意，一种沉淀千年的集体无意识，连弗洛伊德也没有发现，是不能用偶然与随意解释的。也许是梦境，本来就介乎于现实与虚幻，主观与客观，有与无之间，一种神性的赋予与暗示。曾经涉足小半个地球，阅历名山大川无数，许多的旅游资料，都封存在发黄的记忆里，或书橱的高处，懒得翻阅。

这次却出现了例外。

有位叫大胡子的朋友，发来一个真诚的邀请，还有许多资料，希望能为仙霞古道写点文字。没有想到，一个封存的资料，竟这样被激活，忘了时空之隔，突然有了一种阅读仙霞的冲动。也许是没有脱俗，或者说觅奇爱美，本来就是人类共同的天性。总之，我以神游与梦境的方式，步了先人的后尘。只是，我不敢确认，在我的举手投足里，究竟是更像唐时日本空海法师和第十二回遣唐使贺能一行的样子，还是踏入了元代意大利著名旅行家马可·波罗走过的小路，抑或，正循着明万历年间意大利传教士利马窦的足迹。我更欣赏两广总督的大度，他以一种没有设防的东方式无私，给了远道而来的印度客人丰厚的赠予。我甚至相信，至今印度某个山丘的茶树，某位绅士优雅的香茗里，还浸润着马戛尔尼从仙霞古道带回的血脉。无论目的如何，从人类进步的长河看，古人们来到这里，或从这里出发，沿着仙霞古道，都承续了一种血脉，传播了一种文明。

当然，无论古人还是今人，国人还是洋人，只要到仙霞，就回避不了清湖镇。与“海内奇书”无关，那部清初的《读史方舆纪要》以及顾祖禹的文字，我至今还没有看过，更不知清湖镇是否闽浙要会，“闽行者自此舍舟而陆，浙行者自此舍陆而舟”。我更相信是一本书的封面或者扉页，只要翻阅，就要从这里开始。清湖镇的名字，就这样出现在面前。无论是起点还是终点，这个名字都不仅仅与仙霞古道联系在一起。或者说，这是一个目录，也可叫序言，对这一方山水的任何阅读，这里都是一个绕不开的开始。只需轻轻一翻，你就会翻到3600年前。清湖依在，码头依在，鼎沸的人声热闹依然，只是物是人非。旧日里的商贾，要么在这里做个小憩，徒步走过漫长的仙霞古道，在这里喝碗酒，冲杯茶，睡个懒觉，与东家小媳妇开开荤玩笑，然后就赚钱去了；要么怀揣无数的发财梦想，到这样再打个定，喝碗酒壮壮行，就出发上路了，踏上神秘的仙霞古道。今天的热闹就不一样了，无论玉茂，还是玉盘，往返都是一、二级高等级公路；车装船载的，也不是简单的茶叶水果，而是铁矿、磁铁矿、锆英矿、稀土矿、钒钛矿、花岗岩等，还有陆川猪的猪苗、竹木、水果、建材等。即便专程来旅游的，吟咏一下古诗人的佳句，虽也有“闲倚阑干看水纹”，但心情也是大不相同的了。

不要以为操着不同方言，就是外地的游客，或是在梦里。梦里不知身是客，不一定与语言有关。至少此代此生，他们都是当地居民。据说，在廿八都，现有的千户居民中，就有142个姓氏，使用的方言就达九种。我不知道廿八都的得名，是否与这里语言有关，但我相信，每一种方言的落脚，都与仙霞古道有关；沿着每一种不同的发音，都可以追溯一段复杂的历史。烟尘散尽，甘苦也不重要，重要的是已经发生，随这千年古道留了下来。当一种目的被岁月风干，以标本的方式留下来的时候，人们从历史的角度去解读，它原本的意义往往已被消解。肯定是有一种魔力，盘旋在这里，无论经商的、占领的、逃荒的、淘金的，带着他们的马车、长矛，老婆，孩子，还有山歌、乡舞、花灯、高跷、木偶、剪纸以及民谚、故事，来到这里，就不走了，似着了魔。落地生根，修房造屋，生儿育女，种茶赚钱，把寻找了一生的梦，都托付给这里。这与其说是一种选择，不如说是一种宿命。于是，这里不仅有了各种各样的方言，还有了各式各样的建筑，浙派的、皖派的、赣派和闽北客家的，都在这里落脚，形成一种新的土壤，它包容万端，同时又被世界包容。想起了鄂尔多斯，那个令成吉思汗歇马长眠的地方。想起了石头寨，无数坚硬的石头，进攻的、防御的、生计的，最终都凝结成观赏的风景，安居一隅，迎接远道觅奇的客人。是的，再惨烈的厮杀，都有偃旗息鼓的时候，再多的欲望，都有困倦的时候，再远的商旅，都有歇脚的时候。“三里之城，七里之廓”，现在都成了风景，被后人指点，有多少还能坚守原有的功能。关键是停息何处，安身何处，什么能长久。正是在这里，我们发现了仙霞的魅力与包容。

对，是魅力与包容。只有二者的结合，才有如此魔力，使仙霞的一条百里之道，让人走了几千年。

夜已深，窗外一片漆黑。但此刻，我却没有黑暗阴郁的感觉，而是发现了一种包容。夜的包容。它让世界的一切原色，都包容于同一种深邃的底色里，消解了美丑与等级；它让每一个人感到，梦里仙霞不是客，而是在场人。我们希望在一种魅力、平静与包容中，让灵魂小憩。

想起一首诗，就在《今夜》，为仙霞独有，也许可以诠释这种不老的生息与博大的包容：

太阳走了
没有告别就匆匆下山
月在小憩
宇宙被晚风清场
留下一个狰狞的荒原
不是虚无
仙霞古道再悠长
也丈量不尽红尘距离
世间太多的承载

需慢慢装卸

时间未老

只是今夜的温馨

长了胡子

洪雅三镇

地名，往往是一方人精神原乡的符号。走进洪雅，那些形形色色，与众不同的地名，不得不让人产生敬畏——

将军

将军，洪雅县属乡名，距县城千米，人口2万。

将军乡的命名，究竟意味着什么，要表达什么呢？我曾经到过洪雅多次，心中一直揣着这个狐疑，却一直未能求解。

还是几年前，一个秋日的黄昏，我陪一位日本客商去洪雅成洪磷厂。这里生产的食品级磷酸，早已声播东瀛。路过一户农家，竹林茅屋，炊烟斜阳，青衣江边，依山傍水而居，金黄黄的玉米棒子和红艳艳的干海椒，一串一串挂在屋檐口上。最美的乡村图画，这里的要素都具备了。当然还有人，或者说最主要的还是人。人没有在图画外，而在画内。是慢慢走进来的，就在此时，在我们望着农家发愣的时候，一个彪悍的男人，一手牵着黄狗，一手擎着猎枪，大摇大摆从屋里出来了。这情景，一下让我想到了苏轼的《密州出猎》。只是，那猎枪本该是鱼鹰或弓弩，再加上“锦帽貂裘，千骑卷平冈”。这样的主观臆断，是想为我的疑惑求解：将军之乡，难道你有崇武的传承？我知道，民俗里往往隐藏着地域文化的密码。可是一问，错了。男子哈哈大笑，啥崇武不崇武呀，俺就打野兔卖了补贴家用呀。

关于将军乡，依然还是秘密。

找到了，终于找到了。准确说，我找到的只是一个人，或者说一个传说，一个符号：将军。那个将军虽然没留姓氏，也没有籍贯地址，却与一位洪雅人的命运联系在一起：董济民，并因此而蝶化为洪雅的一方水土，一种仪式，代代相传，直至今天。

水土是刚烈的，带着将军的忠义之气。我在想，那位姓董的洪雅人，究竟凭借什么力量，不费一刀一枪，一兵一卒，就征服了一位将军。奸佞陷害激起的正义之心？不，在宫廷争斗中，这样的事见惯不惊。官官相护？更不可能，官场多么功利，尚方宝剑在手的将军，与退隐于乡的左朝散郎，有什么可以交换的条件。大任在身啊，手里就是宋高宗的密令，带兵前来，是要杀人，灭董家九族。是这方秀美山水，这方风俗人情，这里的宽厚、包容、大雅，钝化了将军的勇气。怎忍得下诛杀之令，血刃大雅，那不是最大的不义；不杀，又怎么向皇帝交差，勿言对抗天命，也背不起不忠罪名。那就自我了断吧，了断于这山水洪雅间，争取求个忠义两全。

于是，将军告别董家，来到青衣江边，以一江解冻的雪水，擦拭擦拭净佩剑。然后，面朝京城方向，轻轻闭眼，稍作默念。横扫疆场，杀敌无数的将军，第一次高高举起利剑，刺向自己……

仪式是神圣的，代表了一种地域灵魂。

当然是缘于将军。将军因忠义而自刎，怎能让董家安心，这方山水安心？以义换义，才是大雅真谛。为感恩，也为铭记，乡人以修庙立碑纪之，名曰将军庙，当不应是传说，而是常理。同时，董家倾其家力，在青衣江边，面朝京城方向，选了一座山，在半山腰开凿了一眼洞穴，将将军安葬进去。长此以往，凿山而葬，已为这方民间的一种墓葬方式，延续至今。在一次洪雅之行中，我就曾目睹这样的仪式。当时的感觉是，那不是死，而是一种神圣的开始。

这是传说，董济民，不一定确有其人。或者说即便有，当他与将军的命运联系在一起之后，他就超越了具象，与将军一样，成为一个符号，一种隐喻——董济民，将军为之死。

说不定，眼前这个英武男人，就是将军的后裔。

止戈

止戈，洪雅县属乡名，距县城10千米，人口2.1万。

自古，将军总是与战争、沙场、干戈联系在一起。所谓“一将功成万骨枯”，尽管太残酷，但这就是历史。

但在洪雅，却刚刚相反。这里将军连着止戈，不仅是两个地名，两个乡镇，而且是两种文化。它们山水相连，民俗相融，相携相惜，结伴而行，行走于这方并不大的土地，一走就是上千年。开始我还与朋友笑谈，真有意思，将军，止戈，这洪雅怎么了，究竟是要厮杀还是和解，难道这里过去是兵家争夺之地？随行的年轻人，是上边下挂来锻炼的，显然不了解这里的历史，只以呵呵作答。

后来我才了解到，与将军一样，这止戈确是有来历的。

文史上的记载很简单：止戈，三国时刘备与诸葛亮为平雍岂之乱，会师于此，雍岂投降，停止干戈，故名。尽管如此，还是有两点引起了我的注意：一是刘备；二是止戈。

刘备何许人也，三国时期蜀汉开国皇帝，政治家，军事家。从早年颠沛流离，投靠多个诸侯，镇压黄巾起义，到汉中之战、夷陵之战，及与关羽、张飞救援孔融、陶谦，从赤壁之战，与孙权联盟击败曹操，到夺取荆州，进取益州，建立蜀汉政权。也许，这些都不值得惊叹，拂开历史尘烟，哪一次改朝换代，不是充满残暴与血腥，哪一次的王朝争夺，不是刀光剑影，戈戟交集。值得惊叹的是，这么个身经百战，杀戮无数的一代枭雄，竟止戈于洪雅；而且，从此将这种止戈固化，固化为一块地名，一个符号，一种大雅，延续至今。

这是必然，还是带有某种偶然。我带着些许的疑惑，前溯后瞻。这一溯，就溯到了清时的洪雅保路同志会，两过洪雅的李、兰义军，溯到了抗义英雄余飞和抗日志士罗汝汉、王碧、安妮·玛丽，甚至那些三教九流的袍哥、团练、舵把子和“乞丐营”。他们，要么为止戈而毕其一生，要么奉行“盗亦有道”，在这里行侠仗义。洪雅，究竟有什么魔力，让一代代豪杰沉戈，枭雄折戟？

是的，我曾把我的回答，定位于一种偶然——历史上，这样的偶然难道还少吗？可当了解亥筱战事后，我发现自己错了。

亥筱，是解放战争时我军密电时间代码，亥为12月，筱为17日。时间是1949年。广州解放后，国民党残部退缩于川康，扬言要在此与共军会战，最后决一雌雄。为截断其逃入西康、云南退路，在成都平原彻底消灭，毛主席制定了“大迂回，插至敌后，断其退路，完成包围，再施回打”的战略，并交刘伯承、邓小平领导的二野实施。刘、邓大军以摧枯拉朽之势挺进西南，直取贵阳、重庆之后，包抄之势已然形成。唯一的缺口是西康，包括与西康相接的洪雅、眉山、丹棱、夹江、乐山一线。溃败的国民党残部聚集于此，包括一个新编师，六十五军165师、187师，二十七军135师，七十二军104师，及逃到丹棱的一个省保安团，共两万多人的大军，摆开了决战架势。一场大规模的残酷战火，眼看就要在洪雅一带点燃。在这千钧一发之际，国民党守军将领刘文辉、邓锡侯、潘文化，通过雅安秘密电台，向中共中央，向全国人民，发出了“亥（12月）佳（9日）起义通电”。大隐于市，或于无声处听惊雷。融冰三尺，非一日之暖。从起义之师使用的密码，人们已明白了一切。早在20世纪30年代，洪雅就有了共产党的地下组织，解放前夕的《洪民报》，早已成为我党掌控的重要阵地。此前，刘、邓已向党中央，向周恩来发出了亥筱之电：“我先头十六军与十军于铣（16）日攻占乐山、青神，正向北（洪雅、雅安）发展中，战果待报。”意思很清楚，胜利在握，小股残敌待歼，请党中央放心。这一天，亥筱，被定义为洪雅解放日。

虽然，大势已定，战争的结果也许都一样，但一场血腥的大干戈化解了，化解于顷刻之间，化解于这方大雅山水。它避免的不仅仅是一场战争，一场大规模的流血牺牲，还有正义的成本。

所谓将军？《左传·宣公十二年》里有个词：止戈为武。是的，要能不战而止戈，才是真正的武功。

从将军到止戈，我们感觉到了一种大雅之力。

桃源

桃源，洪雅县属乡名，距县城56千米，人口0.45万。

桃源与将军、止戈比，最大的区别，就是重名多。比如，浙江平阳、江西崇仁、湖北竹溪、贵州道真、四川洪雅、云南鲁甸、台湾高雄，都有叫桃源的乡镇或区域。我想，这不仅仅是一种巧合，还包含了人们的某种企盼或价值取向。

我的关注，从命名开始。桃源，这显然是一个单独概念，与任何词素无关，不可从构词学上去理解，也不能从定心、状心或主谓结构中去寻找答案。形式逻辑告诉我们，概念是反映事物本质属性的思维方式，那么，桃源反映了什么，或者说要告诉我们什么？我没有详细考证过洪雅桃源乡命名的因由，也不了解这里的前世今生。判断完全缘于猜测，尽管俗气，也不能不令我联想到《桃花源记》。

现实中的桃源是没有的，陶渊明早已做了回答。但心里的桃源是有的，就在洪雅，不仅是名，更是一种心境。

不是太守所遣之人，也不是南阳刘子骥，没有刻意的寻找，我的进入，完全是一种偶然。几年前，应文友之邀，专程造访了一次桃源。不是逃遁，但好奇心还是有的，有时是想到《桃花源记》，有时又给洪雅散文“三剑客”联系在一起。一路上，心里总是嘀咕，这里为啥有个叫桃源的名字，一个小小的地方，凭什么出了几位作家，还有，还有就是一些莫名的猜测和好奇。洪雅、青衣江、王河、柳江、高庙，一个个熟悉而陌生的名字，被车轮甩在了背后。过了柳江，我就逐渐有了一种异样的感觉。车少了，人少了，山夹着路，树遮住山，一些高大的树和楠竹，甚至遮住了天日。不时有不知名的树叶掉下，轻飘飘的，说不清是浪漫还是哀怨。一粒失落的板栗果子，掉在车玻璃上，又跳开了。人在山林间穿行，目光是短浅的，溪流与鸟鸣，都只闻其声，不见其形。间或的花，不知其名，不是落英缤纷；单株，并不成片，细碎而密集，一簇簇，一串串，或浅黄，或淡蓝，夹杂在一起。它们零乱地分散在路旁，不像是人工种植。刚才还绵绵的困顿，经车窗外凉风一吹，像洗了一场凉水浴，顿然神清气爽了。明显地感到，离尘世越来越远，离桃源越来越近。当然不是朋友邀请，即将到达的那个桃源，而是陶渊明的桃源。我相信，再这样走下去，也会“不知有汉，无论魏晋”，“遂迷，不复得路”的。

可是到了。穿过一片茂密的楠竹林，就到达了目的地。

多少有些遗憾。人进了屋，心还在外，难以停下。到这样的钟灵之地，待在屋里，简直是犯罪。草草放下行李，大家又出去了，并未邀约，只是心领神会。没有明确目的，就想在这山上走，与山水草木为伴，到山野里呼吸。一间茅屋，一棵黑桃树，伫立在一抹浅山的拐角处，形成眼前的独特风景。屋檐口上，挂满了收割不久的黄豆、辣椒，还有斗笠和蓑衣。没有风和雨，却有风和雨的意象，被斗笠和蓑衣引来，装点这山的灵气。屋和树都很静，似雕塑。动的是狗。一条小黄狗，老远地就汪汪大叫，主人一吆喝，又乖乖地躲到了黑桃树下，目光跟着我们走，并不吱声。还有人，三位，两男一女，或两老一少，正在聚精会神地打牌，川西南常见的那种长牌。他们神态投入，自若而怡然，先并不理会我们的到来，直到发现同行文友，是本地中学的校长，才赶紧让座。反倒让我们不好意思了，就这样冒失地来，打扰了人家的生活。在与我们打招呼的时候，他们的牌仍紧紧地拿在手里，只是暂时停止了出张进张。简单寒暄了几句，我们就自觉地离开了。路上，我问文友，他们一年的收入多少，很富裕吗，大农闲的，为什么不外出打工？谁知，这一连串的追问，竟换来文友一句不屑而轻描淡写的回答：什么富不富裕，只要不愁吃穿，自由快乐不就得了。怕我误解，又补充道，这里人都这么想，很简单。

心里就想，还寻找什么。陶渊明的桃源，不过是虚构的，带着某种虚无的幻想。谁不知道，在经历宦途破落、建威从军、彭泽之任，每每不得志后，这位曾经胸怀壮志，意气风发的田园诗人，心灰了，意冷了，厌恶于这丑恶的尘世纷争。他希望逃遁。可现实中哪有净土。好在文字是自己的、自由的。于是，他借助于一个虚构的桃源，把自己寄放进去。洪雅人要比陶渊明幸福得多，他们不仅拥有陶渊明那个虚构桃源中的许多要件，而且，这一切都是实在的：这山，这水，这竹，这草，这桃林板栗杂树，这茅屋干果，还有自在的黄狗。当然，主要是这人，这黑桃树下打牌的乡人，那种超然于世的心境。自然的宁静优雅，与人的纯粹自得，水乳交融，天地人合一，赋予了这里的简单。心简单了，人就自由了，没有陶潜式的烦恼。

文友说，天黑了，回去休息吧，明天好好看真正的桃源……

我考察了下洪雅县名，洪者，大也；洪雅，即是大雅。止戈，是战争的最高境界，却是发展的最低目标。战而不止戈为下，战而止戈居中，不战而止戈乃上。上者洪雅，不仅是安居乐业，更是心智至境。

原来，所谓洪雅，乃是一种至善的力量。

寻找自己：青藏万里行

2015年9月1日至14日，随成都春秋旅行社大风车自驾俱乐部一行3车11人，从成都出发，川藏线进，青藏线出，巅行12000里，画了一个曲折的圆。因泥石流，G318线桥梁中断，我们不得不走崎岖艰险的S303线。一路艰险危难，惊心动魄，即便亲历者，也只可感受，难以付诸语言……

序，再不去西藏就老了

春秋旅行社大风车自驾俱乐部，似乎总是与浪漫为伴，几页薄薄的自驾旅游指导，一开始就给了人一个诗意的浪漫：

你的神往

是近还是长

昨天越来越多

明天越来越少

再不去西藏

我们就老了

到布达拉宫问佛

到唐古拉山去堆雪

到可可西里去追藏羚羊

都需要胆量

天堂的隔壁是西藏

再不去就老了……

不是怕老，是怕岁月中的一些美好的丢失。更主要的是，西藏在上，布达拉就是大智大慧的普贤真身。尘世多浮躁，我担心迷失，甚至怀疑自己，已经离迷失不远。我要寻找，寻找一方净土，寻找觉悟之门，让灵魂获得清净的栖居。郑钧的《回到拉萨》，也许是一个蛊惑。他说回到拉萨，回到布达拉，根本不用担心更多的问题，他会叫你找到你自己。这正合我的心意。

于是，我毫不犹豫地选择了去。没有考虑更多的事，没有去想青藏的路好不好走，有没有危崖断桥泥石流，怕不怕高山缺氧，还有许多想得到的或想不到的问题，说走就走了，开上我的猛禽。就在这个金秋，在阳光正柔，天空正蓝，枫叶开始泛红的日子。在完成第六届（2014）在场主义散文奖颁奖盛典之后，朋友刚散尽，我的心就似乎出发了，直指天堂的隔壁——

青藏高原，我要寻找自己……

01. 是要远行

今天，2015年的8月31日，天气晴好。

当把最后一个小包塞进旅行箱的时候，我轻轻松了一口气。是一个备用旅行药包，里面放着红景天、伤风停胶囊、复方仙鹤草肠炎片、芬必得、藿香正气水、风油精各一盒（瓶）。此前，已装入的还有秋冬衣物、相机、剃须刀、牙膏牙刷洗漱用品、笔记本等等。还特地准备了一张DVD——郑钧的《回到拉萨》。当然，还有梦。对，梦是最重要的行李。何况，有的梦如此神奇，恐怕此生难遇，我要驾着自己的车，驾着期待已久的梦，寻找一种感觉。

旅行社已把行程精心安排，每一天的路和风景，都列出了表。白云在上，青藏在前，路是圆梦的黄丝线。是要去一个离天最近的地方，那里有最蓝的天，最近的云，最艳的格桑花和最美的天使。怎能不带上梦呢，等等，等等，彼处唯梦可配。就像郑钧的歌，根本不用担心更多的问题，你会找到你自己。

这才意识到，是要远行。远行并不容易，何况自驾，方向盘在手里，路却在远方，它要面对很多的未知。

02. 梦是原点

张导通知，9月1日7:00正，在成都诺亚方舟门口集中。心里默念，眉山到成都67公里，得6:00出发。就早早上床，调了手机闹钟。平时很少用这功能，总担心不灵，试了又试，调了又调，确认了再确认，直到最后，仍是带着担心入梦。未曾想到，天再黑，夜再长，有牵挂的梦，也会变得短促而脆弱。

很快醒了，一看时间，才凌晨3:00哩。强迫自己再入睡，可适得其反。梦是位聒噪的天使，越强迫，越不听顺。

折腾了半天，还是没有如愿。索性起床，打开凤凰卫视。正播日本黑社会山口组的会歌，是因为他们最近又搞事了，引起各方关注。然后是千疮百孔的叙利亚，欧洲难民潮，欧美推行西方价值观的杰作……

世界这么大，又这么小，这么美，又这么丑，这么善，又这么恶。我的选择是对的，到布达拉，到可可西里，寻找这世界最后的清净。

就这样提前出发了，原点在梦里……

03. 挤出来的棉

很小时就听说过石棉，在雅安，一直未曾来过。去年自驾去西双版纳，从攀西线回，经过石棉，就在路边吃了顿午饭。这次是穿城而过。据说，正常也不会这样，因为G318，才有这样的绕道，要绕近百公里。

石棉位于川南端，贡嘎山南麓，雅安攀枝花接壤处。国道318线桥梁垮塌，从国道211线入藏，这里就是必经之地。缘去缘来，也就这么简单，当然包括后来的历险。据说，石棉因产石棉而得名。什么是石棉，对我也只是个概念，并不曾见识，更谈不上了解，存谜于胸，一存已有几十年，没有像煤炭那样压抑，仍然铸就价值。

怀揣一个生茧的谜，穿过石棉，竟然有了一些发现。崇山峻岭，连绵不断，压得人喘不过气。据说，这里早期的尔苏人崇拜石头，崇拜巨石，崇拜白石，这与其他藏区和羌族的石崇拜相似。他们认为石头是灵物，能通神、鬼、人，能分辨真善美与假恶丑，能驱除邪祟，引来善福。满山遍野都是奇异的石头，有灵性，不敢亵渎。大渡河来了，穿过崇山岭，在这里挤出一溜小小空地，县城就见缝插针，落户生根。天被大山压碎，楼房似崖缝隙的竹笋，见光就长，希望出人头地，但始终冒不出大山的窝腋。于是挤，挤，终于石头挤成了棉。原来，高压后的石棉，坚硬是前世的血缘。

高压挤出的石棉，成了硅酸盐类矿物质，不仅拥有了前世的特质，它具有高抗张强度、高挠性、耐化学和热侵蚀、电绝缘，还具有可纺性。在芬兰，石棉纤维在旧石器时代的陶器作坊已被发现了。古埃及时期，人类就开始用石棉来制作法老们的裹尸布。希腊历史学家希罗多德（公元前5世纪）就曾谈到这样的情形。据说查理曼大帝（742—814）拥有一块用石棉制成的白色台布，他在一次宴请客人的饭后，将桌布扔于火中以使客人感到惊奇。中国利用石棉的历史始于周代，当时人们用石棉纤维制制的织物，沾污后经火烧即洁白如新，让皇孙贵族颇为惊奇。当然，它也有害，石棉纤维能引起石棉肺、胸膜间皮瘤等疾病，许多国家选择了全面禁止使用这种危险性物质。

当然，我们今天穿过的此石棉，不是彼石棉。它是一个县，位于四川西南部、雅安市最南端，贡嘎山南麓、大渡河中游，雅安与凉山彝族自治州、甘孜藏族自治州在此相会。1952年5月9日，政务院才批准正式建立。不知是因为这里的汉、彝、藏、回等民族，还是因为这里的金矿、铜矿、碲铋矿、铁矿和铅锌矿。以及板栗、核桃、柑橘、天麻、贝母、大黄、虫草等名贵药材。有国家保护的大熊猫、小熊猫、麝、豹、熊等稀有动物。当然，这里的人文古迹也是不可忽视的。安顺场渡口、田弯河风景区、上里古镇，都沉积了不少故事，凄美的、壮烈的、浪漫的。我今天都顾不上去观赏了，只能把传说揣在心里。西藏在上，揣上传说上路，继续我的寻找。

我有点怀疑，自己是不是一个传说。

04. 情与康定

人们对康定的记忆，几乎都是与情有关的，《康定情歌》不仅影响了几代人，而且已成为这里的文化符号，凝固在岁月的记忆里。

可是，谁曾想到，情是康定的奢侈。

这里是川藏咽喉，历来为兵家必争。康巴汉子结实的肌肉，都献给了战争。百姓不堪其苦，多求安康稳定。据说，康定名称的来历，也与此有关。具体渊源，有两种说法：一是以山寄安，丹达山以东为康，康山以安，是藏汉人民的心愿；亦说是与康熙四十二年（1703），清军平定木雅营西侧官昌之乱有关。两种说法，其实都离不开一个康，一个定。这也难怪，民以食为天，康定为地。战乱弥久，何来康定。天地人和之后，精神的高地，当为情。

朵洛溜溜的大姐，人才溜溜的好哟，世间溜溜的女子，仍我溜溜的爱哟……

此刻，江定仙、吴文季的美曲，穿过岁月的尘烟，带着一身的潮湿，又回响在我的耳边。只是，我在心里重新填了词，与我的寻找连在一起。不是世间溜溜的女子，而是我寻找的彼岸。

只是，再好的歌，再美的词，也敌不过这里的历史。

什么是历史，也许就是人类经历过的事。不一定是我们，还有我们的祖先。上至尧舜，下至父母亲。追溯到了远古的羌地，三国蜀时的“打箭炉”，或汉隶沈黎郡。更远的可能是折多河、雅拉河、跑马山。如果还不是，就是这里的五色海了。它深不可测，每逢斜阳一照，四山映入水中，千奇百怪之景，可能就是答案。郭达山在城北，山腰插有铁箭杆一支，俗称三国诸葛亮与牦牛国王相约，借一箭之地，此箭射此为界。这一借，就成了永恒。每逢午后，郭达山有烟出岫，紫红色者，预兆来日必有大风；浓黑者，次日必雨；白色，则必晴空。沿木雅立曲河前行，体悟到的不是绿水青山，也不是富丽堂皇，而是“荒”与“古”。时空的延续和纵深，在这里以史诗般呈现，让你遥想人类文化发展与毁灭。

发展与毁灭，生生不息，康定才如此重要。

05. 一活都桥新

成都有个新都，离眉山很近，耳熟能详，差一点误会。

一个城市化的名字，但不是城，也不是城郊，而是地地道道的藏区。青山逶迤，草茂水清，天地一体。我说的是新都桥，一景长卷，连天接地，挂在川藏线上。据说，这里的出名，主要是风景，包括早春的繁花、雪水，晚秋的红叶、枯草、牛羊。我们来得既不早，也不晚，那些美的元素，正在赶来的路上。半山牛羊闲，一卷都桥绿。穿过新都桥，只能穿过一个美丽的想象。

当然，城市的元素早已进入这里，让这里的地道，也带着几分现代气息。往日的蒙古包也不见了，取而代之的是藏家小楼。楼不高，一般两三层，那是自己居住；有的兼营旅社，就要高要宽许多了，趁旅游旺季招揽客人。不管自住的还是经营的，藏汉文化及古老与现代的融合，都很明显。

楼是现代的，是城市文明的产物；而窗户、顶层，甚至墙壁的装饰，都是藏化的，古老唐卡的变异，在拉萨的八廓街，满街都是。但八廓街的唐卡，图案是死的，再巧的工匠，也织不出、绘不出生命。这里的图案是活的。红蓝黄绿相间，构成多彩图案，与青稞、白云、绿草、牛羊、溪流，还有藏族汉子衣服，或女子裙子花紊连在一起，构成了活的基因，渗透到这方山水的骨髓里。这一活，眼前的这些物象，就丢掉了木讷，有了清新之感。我不知道新都桥名字的来历，是否与此有关，但这活给这里带来最生动的新，却是不争的事实。

楼顶的四角柱，据说是一种图腾，是为祭祀四方之神灵。这是佛教文化的印记。中国的佛教，当是从藏传佛教引入发展的，因此，佛文化的影响在西藏也似乎更深。这从沿途偶见的那些叩长头者可以得到证实。据说，他们一生的追求，所有精神的皈依，都在佛寺里。先是辛苦劳作，然后带上自己的所有财富上路，三步一拜，五步一叩，有的到达了佛寺，奉献上自己的全部祈望。有的死在路上，被人取下一颗牙，存入佛堂，也就是进入天堂了。不识字，不会诵读经书没关系，就花些钱，买来经幡，写上经文，托上虔诚的佛心，挂在最神圣的山上、树上、奇石上，让同样神圣的风帮助读。呼啦啦，呼啦啦，没日没夜，不顾风雨，比人还认真。不管别人信不信，反正人家自己信，这就够了。人活在世上，不是为别人的眼光。

人们常说，一个没有信仰的民族是肤浅的，危险的，有信仰就解决问题了吗？我向路上的叩长头者，投去尊敬的一瞥。

然后，开车上路……

06. 有气势的云

我只当着好看，就拍摄了，一张又一张，生怕遗漏。一起拍摄的，还有同行者若干。并没有注意那气势，气势是燕群mm发现的，相隔百里，在我们的“如花如瓜”微信上。见到微信，我就赶紧回头，仔细观看，从整体到细节。这一看，就惊讶了——

这有气势的云，我怎么就没有发现它的气势。

我想，燕群是比我等凡俗更熟悉云的，尤其是川西平原的云。那云经常和雾、霾、炊烟，甚至农民燃烧的秸秆混合在一起，变得阴暗、潮湿、浑浊、混沌，很容易令人想起一位饱经忧患的老人，和她浑浊无光的眼睛。阳光常常被遮蔽，清朗通透，成了奢侈，更不要说气势。这就是我们常常见到的云，川西平原的云。它甚至让我们对云的定义发生偏离，直至影响我们的内心。这是我们对一些正常的云产生惊艳的原因。

回过头来，再看这一片西藏的云。它是那么干净、纯粹、自信。一堆大小不一的云块，纯净的，洁白的，一尘不染，自然率性，垒叠在一起，是在一阵风雨之后。风雨时的风起云涌，也是挺吓人的。俺附了张片片，大家可对比。

先还你是你，我是我，甚至它们之间的缝隙，也清晰可见，那些透过缝隙，偷窥我们的蓝天可以作证。可是，垒叠得越厚，越高，它们挤压在了一起，形成了一个巍峨的峰，形状酷似珠穆朗玛。可蓝天不屈于云的独霸，硬是在垒叠的云峰之间，撑开了一只天眼，要看这被云遮蔽的世界。我在天眼之下寻找，不知是否可笑。

气势就形成了，与青藏高原的伟岸相呼应。你弄不清这气势来自天，还是云，是风，还是雨，或者说，是它们共同的珠联璧合。

更重要的是，那气势，被一个有气势的人发现了。近水楼台先得月，近气势先得气势。瓜们花们，瓜不再瓜，花继续花，我们多幸福。

我的寻找，又多了一分气势。

07. 草山之塬

从康定至巴塘，车一直在高原上走。

真正的高原，不仅是高，平均海拔高度都在4000米以上，最高的4720米；还有原，不，应当是塬，高处的平原，或草山之塬。当然不是一般意义的平原，一马平川，沃野千里，而是相对平坦的地带，与错落起伏的山丘相结合，连绵百里。通透的蓝和白，不知是消解了距离，还是拉大了距离。云和天融合在了一起，卷和舒，都粘连难分。天似乎更遥远了。天远了，人就增添了自信。行走高原，路直车畅，心旷神怡，仿佛我们就是这个世界的主宰者。

我心高气盛，开始对眼前的世界产生怀疑。

地阔草茂，天高云淡，牛肥羊壮，人们通常称之为草原，我认为有点名不副实，应该叫草或者草塬。当然，这样说不仅因为地形，更因为草。那草只适合远观，而不适合于近看。近看就是一些毛绒绒的草芽，紧贴于地，更像是苔藓，萎琐而憋气。远看就是一片绿，浩瀚无际，草天相接。近看的萎缩全被浩瀚遮蔽。天地接口的界线，是由季节和天气来划算的。晚春至早秋这段时间，草绿花美，如果再遇到天气晴好，湛蓝无云，草和天紧紧相挽，连成了一片，根本分不出哪是天，哪是地。绿，就是它们带给世界的霸气。

中午时分，我们开始翻越卡子拉山。说是山，也很高，海拔4718米，但开始时并却感觉不出它山的样子。更像是牧场，树木稀少，草甸茂盛。这里是高城理塘的背后，也是四川和西藏的交界区域。好像天气也要刻意划个楚河汉界。下了一场雨，刚刚停下来，空气中还弥漫着潮湿；雾岚开始散去，浮云逐渐明亮起来，天空呈现出高原景象。当然，山是有的，在远处，层峦叠嶂，错错落落，一层比一层远，一层比一层高，一层比一层美，说没有规律好像又有。雪在山的最高层，经阳光一照，彩虹一映，颜色就有点迷幻了。并不是一色的白，而是白里闪亮，亮里透红。大家憋不住了，嚷嚷着停车照相。张导说不行不行，很不安全。前面有专门的观景台，你们照个够。大家这才安下心来，暂时跑车观景，最多放下车窗，用手机快闪两张。

这时，我发现了一个奇迹。远处，卡子拉山之巅，白云与雪，连成了一片，世界被覆盖于白色的穹顶之下。此刻，只要你意识得到你的存在，你就是霍金所说的果壳之王了。近处，黄灿灿的草，一望无际，直抵雪线。天地间有一条线，随山形起伏延伸，前无头，后无尾，我们正好在果壳的中间，充当着霍金的宇宙之王。

这更增加了我寻找的信心。我相信，果壳不只是壳，还是种子。只要塬在，种子在，雪山在，阳光在，就不怕没有春天。

08. 悬石头上飞

9月3日早上8:00，从巴塘出发，约半小时，到达金沙江大桥。一江为界，这里是四川与西藏的分界线。过桥，也就进入西藏了。

过桥左拐不远，就是昌都公安一级检查站，公安干警荷枪实弹，把守住这入藏关隘。敬礼，检查，登记，核发限速卡。限速卡显示，从芒康县城至朱巴龙，这段70公里里程，要求行车不低于两小时。先还不甚理解，双道双行四级油路，怎么才限速35公里/小时？一上路才发现，公安的良苦用心。

路沿着一条山峡深谷走，两岸的山形，很密匝，不高也不低，与刚才的金沙江对岸并无多大区别。关键是险。这险，一开始我们并没有意识到。险的意识，是溪流带给我们的。溪流在谷底，离路面并不高，也就十多二十米。险不是因为高，而是因为飞石。飞石又与疏松的山体有关，疏松的山体又与泥石流有关。在这样的路段行走，最怕雨，雨就意味着泥沙俱下，崖裂石飞。可昨夜刚刚下过雨，空气是清新的，带着潮湿。一连串的险，就因雨而生成，防不胜防。从溪流开始。行走于这样的溪间，什么意外都可能发生。溪流湍急，溪水猩红，其浓烈远超过黄河壶口飞瀑，可吞噬一切。路旁不断有山体滑坡，泥石涌动的痕迹，不是陈旧的，很新鲜，可能就发生在昨天或今天。自然想起那些摧枯拉朽的泥石流，心中难免生憷，麻麻的，滋生我等奈何，听天由命的末世感觉。

真正的危险还不在低处的急流泥沙，而是高处的飞石。飞石落在路上，或散碎零乱，或成堆成摊。小如鸡卵，大若磨盘箩筐。导游说，这是正常的，如遇大雨，产生泥石流，会有几吨，几十吨，甚至上百吨，会摧毁堵断路和溪流，形成堰塞湖。不能不怕了，这不期而坠落的飞石，是没长眼睛的；即使长了眼，它又不是我的儿子，不会有李刚式的霸气赐予的安全。再次感到，人在自然面前，其实很渺小，就像帕斯卡尔说的那样，是一根有思想的芦苇，空心，脆弱，飘荡。思想可以战胜社会中的邪恶，却敌不过自然界的激流飞石。

伟大或安全感，是由几名军人带给的。

就在我提心吊胆，不敢望天，不敢俯视的时候，发现了几间孤单单的平房，伫立在悬崖下，溪涧间，鳖匝而萎缩。伟大的是人，几名战士，那一身的军装，是一种令人踏实的符号。他们有的在修复交通标志，有的在崖壁上书写标语，内容是“忠于祖国，忠于人民”。无论修复的，还是书写的，是那么认真，仔细，在这前不着村，后不沾店的无人峡谷荒地。忘记了上下的危险。

心里油然生敬，这大山的守护神。

路越来越烂，越来越险。有的路彻底被泥石流冲毁了，被迫在悬崖上临时凿出一条道，充当临时通道。坑洼是难免的，能过去就谢天谢地。路上的飞石越来越多，惨不忍睹，常常带给人恐怖的联想。飞石多的地方，支护了一些铁丝网，里面网了一些乱石，有的已被砸凹。

我在心中默念，佛祖保佑，我们是去朝拜你的呀。

当然，自己也明白，所谓保佑，不过是求得一种内心的感觉，于事并无实质性帮助。安全还要靠自己。

有经验的张导不断用步话机叮嘱，行车时，除了注意前面，侧面，还要注意天上，该慢要慢，当快则快；两车间要保持较大距离，遇见紧急情况时，进和退都有余地。越说，大家越紧张。正叮嘱间，突然两块飞石，也不是很大，约两、三百公斤，轰哗一声，落在了我们二号车与后面的三号车之间。路面砸出两个坑，吓出一身冷汗，心头咚咚响。妈呀，我们任何一辆车，快几秒或慢几秒，那两个坑，就不在路上了。张导吩咐，赶紧把车往前开，停到一个安全处，大家下来帮助把石头搬开。我脱口而出，再掉石头怎么办？张导反问，他怎么办？是啊，他怎么办？同路不失伴，无论从道义，还是责任，我们都没有选择。也许，世间的寻找就是这样，并不是一路还愿。

下车，男士上，女士盯住山崖上。一、二、三，用劲。石头动了动，有点耍赖。我找来路边一根断枝，借助杠杆原理增加力臂。大家齐心再来，一、二、三，石头翻了个儿。借助惯性，我们顺势而翻，连推带翻，石头终于滚入了溪涧，击起一缕浊水。

赶紧上车，逃离这高危之谷……

09. 留下买路钱

刻骨铭心是由拉丁拉山铸成的，当然还有藏行中的偶然。

是的，偶然往往会制造许多奇迹。本来的藏行之旅，是经传统的G318道，全长2140公里，并不经过怒江。可是，该线林芝巴宜区排龙段0号钢桥被山洪冲毁，且几经抢修未果，藏行车辆只好改道。改道线路有两种选择：一是走G317线，其中，改造中的烂路400余公里；二是走S303线，改造中的烂路230公里。9月3日晚，旅行团经民主议定，一致决定走S303线，全程约430公里。这样选择的理由是，经过这几天来的艰险折腾，大家都似乎得了烂路恐惧症，不愿行走多一公里的烂路。特别是三号车，底盘已被大石顶穿，高高隆起，一眼就见到地。车在颠颠簸簸行，乱石尘土泥浆不时飞进车来。坐在后排的两位女士，惊惶之色不绝于脸，随时担心车下蹦将起来的莫测。

可是，变化往往胜过计划。计划早上7:00出发，晚上8:00时左右，到达目的地——西藏边坝县。刚出发不久，同团的三号车，在经过一段改造路段时，轮胎被利石划出一个大口子，虽有备胎，却是小型号的。身处深山荒野，既不可能修，也不可能换同型号的胎，只好被迫换上那个备用胎。于是，三号车的车轮，成了三大一小的跛脚鸭。山道险窄，我们对未来的行进提心吊胆。

可是，祸不单行，不顺并没有到此为止。三号车刚换胎启动不久，公路又被一辆上六桥大卡车模断堵住。先还以为是出了车祸，下车一问，才知道是故意的，施工单位为了赶工期。说是领导打了招呼，必须在国庆节前通车。

已有一辆“小坨坨”，在那里无奈地等着。两男两女，均二十来岁，时髦一族。先还以为他们与我们一样，是朋友相约旅游，闲聊中才知道，两男是车主，来自武汉；两女则是山东的，在校大学生，正在搞社会实习，典型的“穷游搭车族”。这样的搭车族，在青藏线上很多，男的女的都有，我们在途中，也曾遇见几个，只是车位已满，无法帮助。他们的来路很复杂，几乎全国各地都有。背上简单的行囊，怀揣一张地图，带着少许盘缠，就上路。然后就对着地图，站在路边，见车就挥手，一段一段地搭。运气好的，一站就可以搭上大半截路。据张导介绍，通常情况是，女的比男的容易，年轻的比年长的容易，漂亮的比不漂亮的容易。这也符合安全规则和心理学定律，半路搭上个陌生男人，谁不担心安全隐患；再说，男女搭配，开车不累，何况这样的长途，有个陌生女孩，半路上车随行，不能不说有几分浪漫。至于搭车人的安全，张导说，不用担心，你的车都是有牌号的，即使谁有贼心，一般也没有贼胆。聪明的女孩，往往一上车就把相关信息发上了微信，发给了朋友，难道谁做了坏事，不担心逃不脱？

小年轻告诉我们，开车断路的师傅，就在山沟里的混凝土搅拌站，边说边用指，喏，就是那个穿黄衣裳的小伙子。大家就商量，不能这样死等，得等多长时间，离目的地还有十多小时路程哩。不如派个代表，上去勾兑勾兑，给点买路钱，钱由大家出。大家一致认为，这个主意不错，并建议，由张导出面最恰当。张导欣然应允。只是，伸头一看，山上与山沟好远的路，且是陡坡，如绕道而去，往返没有三四十分钟根本不行；加上氧气稀薄，此去并非易事。于是，张导尝试先站在山头，左手圈成喇叭状，右手挥舞着两张百元钞票，对着山下的小伙子高声喊话。小伙子先只听见声，没有看见挥舞的手，坚持说不行不行。当张导反复提醒，并夸张地将钞票挥来挥去，小伙子的态度一下子转变。经过一番讨价还价，三百元成交。小伙子健步敏捷，援山而上，很快把卡车挪开。

留下买路钱，我继续前行。仿佛做成了一单艰难的买卖，大家都很高兴。车上，张导自言自语说，这又是一个经验，钱能开路，以后要学到点。我笑问张导，不是这里的人都信佛吗，怎能一面叩长头，一面要买路钱。张导回答，这些施工队是外地进来的，大都是四川人。我的脸一下红了，但心里有点欣慰。

可是，话音刚落，前面的路又阻断了。

本想如法炮制，上前一看，根本不行。是修路的大型摊铺机，正在铺设沥青层。为了一次摊铺，不留断缝，保证质量，庞大的摊铺机两翼展开，横断了整个路面。前面是源源不断的运料车，排成长队，把拌好的沥青从料场运来，倒入料斗，地铺在路上；后面是庞大的压路机，一遍一遍压实刚铺好的路面。完全是一条无法中断的连续的生产线。工人们汗流浃背，正要赶在太阳落山之前，赶完这一段。见到此情此景，我们没有人再有开口的勇气。

我们花了三百元，买来的只是无期的等待，跨前了一公里。

10. 穿过死亡谷

只好继续耐心等待。两次折腾，三个多小时，就白白地过了。计划彻底打乱。影响的不仅仅是时间，更是增加的难以想象的危险。

危险是由怒江和拉丁拉山制造的。

是的，怒江。对于怒江，虽也曾有过记忆，并非完全的陌生。但记忆很淡，淡到隐隐约约，似有似无，脑子里没有多少可靠的信息，更像巧遇。引起我的关注，并刻骨铭心的，是这次的藏行之旅。

S303线正在改造中，原来必经的拉丁拉山，因太险峻危难，已改为隧道，正开凿当中，还要半年才能通车。翻山的车辆，仍然走旧道，而旧道因为将被废弃，而长期没有保养。本来就山高路窄坡险的山路，此刻，成了天险。每一次翻越，都是炼狱之旅。

天险有多险，惊心动魄、险象环生、危崖深渊？与文字打了几十年交道，此刻，我也感到了文字的苍白与无助。职业驾驶，开了40多年车，持A照的三号车老何说，咱走遍了天下险道难路，从未经历过这样的危难。持B照，自驾跑遍了大半个中国的二号车老贺说，俺至今想起那晚上的翻山，仍汗毛倒竖，脚心冒汗。

我和我弟都是C照，那晚他开车，我坐副驾。我不知他的感觉怎样，只知平时多话的他，逐渐没有了声音，双手紧抱住方向盘，脸沉沉的，两眼直盯住前面。同车的导游老张，几次欲要找话，他似乎都没听见。我立即制止老张，不要分散驾车人精力。坐在前排，我怎么不知道眼前的处境？

本来就窄弯险陡的路，在悬崖峭壁蛇行爬升。我们开的猛禽皮卡，车身长且高，超过普通中巴车轴距。窄窄的路面，刚刚放得下车轮。由于长久失修，路面已破烂不堪，凸凹不平。车辆行驶其上，犹如在悬崖上跳舞。突然，噗的一声，车身颠了一下；然后是一串点阵杂乱的跌撞声，顺崖而下，渐行渐远，消失于深不见底的大渊中。我顿然意识到，是我们威猛的猛禽，压翻了路上的乱石，跌落悬崖。心里又是一紧，并禁不住想象，那乱石有多大，跌得有多深，下面有车和人吗，我们的头顶上会不会发生这样的事……

时间正值黄昏，阳光与灯光的交织，让视觉陷入不昼不夜，忽明忽暗的混沌中，道路变得更加诡异莫测。突然有个急弯，弯度超过120度，前面的三号车体量小，恰恰能勉强转过。我心头一紧，糟糕。好在，弟沉着冷静，车子左侧紧紧贴着崖壁，右轮挨着悬崖边，恰抹抹过了。我屏住呼吸，静默无言，手心里直冒冷汗……

没想到，这才是危险的开始。

刚转过弯，就听见一阵哗哗的流水声，从幽深莫测的脚下传来。天已黑尽，远山近树，鬼影瞳瞳。张导说，那是怒江流水声，在悬崖下。啊，怒江。曾经的记忆多么朦胧，多么遥远，此江只曾在梦里，此刻，怎么说到就到了，以这么一种方式与我们不期而遇。你明明是中国西南最大河流之一，却怎么隐匿于这深山峡地。你拥有那么多名字，那曲河、潞江、黑水河、阿怒、日美、阿怒，仅仅是因为语言，标榜是怒族人的江，才定格了一个令人生畏的名字。我怀疑，是不是你有许多委屈，许多压抑，许多隐忍，甚至很多冤屈，不得不发作，以一怒泄愤？你的家在青藏高原，根在唐古拉山，梦从吉热拍格开始。莫非梦开始的地方，就是怒的开始？

那是为什么呢？寻遍你的足迹，我发现，从西藏东部的平浅之谷，到云南神秘的土地，直到缅甸，你的怒才似乎渐渐化解。你因此而换上一个温柔的名字，萨尔温江，从容投入印度洋的安达曼海。

没有寻到答案，反而寻回了情绪。怒江，你怒，我们怒吗？比如这眼前，这样的艰难，这样的危险，这样的命运不可知。

我用手紧紧抓住车护把，斜乜着眼，往下瞟了一眼。一片幽暗，深不见底。几点忽明忽暗的灯光，散落于幽暗的深处，似灰暗之夜疲惫的星光。水声就是从那里传来的。老张说，那是江边的农户。仰头轻望，也有同样的星光，不同的是，它们挂在天上。突然有了一种奇怪而恐怖的感觉：上和下都是星光，此刻，我究竟在哪里啊？死亡谷的概念，就是在这时冒出来的，它让我毛骨悚然。

车子一寸一寸往前挪，颠簸、危险、悬崖、江水，一切危险的元素，都已变得麻木，脑子里只有一个意识，听天由命，上帝保佑。

是的，天佑真诚，天佑善良。经过近一个小时的炼狱之旅，我们终于安全翻过了拉丁拉山，穿过了这个死亡谷。从此，谈藏心悸。

据说，怒江两岸多危崖，“水无不怒谷，山有欲飞峰”，群山逶迤，湖泊遍布。特别是怒江创造的奇。它以年平均1.6倍于黄河的水量，骏马奔腾般向南，不舍昼夜地撞击、撞击、撞出了一条山高、谷深、峰奇、岭秀，仅次于雅鲁藏布江大峡谷及美国科罗拉多大峡谷的世界第三大峡谷，横卧于青藏高原的腹地。

可是，再壮观的景，都激发不起我们继续探险的勇气。

11. 陷入泥潭……

经过艰难爬行，我们终于到了谷底。

真相大白。悬崖仍在，怒江依然，险象却顿然消失。原来，刚才的深不见底，险象万端，并不是怒江制造的，而是拉丁拉山。

其实，怒江很柔软，柔软到有些迷幻。至少，眼前的怒江，呈现给我们的样子，是这样的。柔软是由江水构筑的。也许是这里的江面比较阔，江水舒缓，一黛如墨。浓浓的夜色，把水的黛墨与山影连在一起，那黛墨的界线就被拓展。迷幻则是灯光制造的。怒江边散落的民居，灯光从窗户漏出，星星点点。刚才在山上看见，误以为是星光的倒映，来到江边，它才还原。缓缓的江水，与闪闪烁烁的灯光交织在一起，一种仙境般的迷幻，就像鸡尾酒般被勾兑了出来，那么美。这一切，显然都与险沾不上边。我们有些庆幸，终于闯过了险关。

谁知，我们高兴得太早了。绷紧的神经刚刚放缓，危险便一个接着一个来，先是自然的，环境的；然后是人的……

自然的，环境的，源于水。

对，就是这舒缓迷幻的水。带着舒缓的心情，闭上眼，聆听郑钧的《回到拉萨》。车身颠颠簸簸，歌声断断续续，更增添了一种苍茫的神秘。

回到拉萨

回到布达拉

……

根本不用担心更多的问题

他会叫你找到你自己

……

根本不用担心更多的问题。仿佛是唱给我听的，但我能找回我自己吗？我在哪里，在崎岖的烂路上，险峻的危崖边，还是舒缓的美丽里。其实都有，或者都无，人生不就是险与平，善与恶，美与丑的神奇交合。

突然，步话机里传来焦急的声音，遇到险情。

是走在前面的三号车老贺的呼唤。情况还没有弄清，我们已抵近他们停住的车。下车一看，原来怒江边的路，出现一段深深的洼地，舒缓的江水乘虚而入，把路面吞噬。夜色迷茫，情况不明，江水黛墨，眼前汪洋一片。水有多深，水下多险，谁也说不清楚，更不敢贸然，这样的险谁也冒不起。脑子里闪过各种可能：绕道、返回、涉水而过？答案一一涌现，而又立即被否定。绕道，怎么绕？百度地图上显示，这里根本就没有别的路。返回，且不说返回哪里，是一个难以回答的问题，就是刚才的悬崖峭壁，每每想起，也令人不寒而栗。同行的小卞说，宁愿步行走过爬过，也不愿再乘车走一趟。

唯一的可能，就是涉水。

三辆车凑到了一堆，外加那辆同行的坨坨车，四辆车，十多个人，凑到水边，七嘴八舌，探讨着涉水的可能。探索方向很快统一。首先要弄清路径，从什么方向走；其次要弄清水情，何处浅，何处深；然后要选择涉水方式，哪辆车先试，哪辆车跟上，哪辆车殿后。投石而问，打亮车灯，仔细观察，拣来树枝测试，各种可能的办法，都用上了，都试过了。大家遇到一个纠结问题：按照现有路向，本是正常的路径，可眼前却是水色混沌，不知深浅；旁边相隔数米，水清见底，至少心中可有数，但似乎又不是正路。该怎样选择，大家都犯难了。二号车的老贺说，还是我试试吧，问题总得解决。他的理由是，三号车体量马力都较小，加之底盘穿透，根本不适合于打头阵；另外的坨坨车就更不说了；我们的一号车，轮高马力大，留待防险，如果打头阵的车出了问题，也有车司救。二号是丰田越野，不大不小，不高不低，正好合适。大家都觉得有理。

众目聚神，为二号车壮行。老贺调正方向，踩准油门，把好盘子，一、二、三，启动。糟糕，涉水不足5米，车前轮就陷入了泥潭……

我在心中默念，佛祖保佑，我们是去朝拜你的呀。

12. 比如以后是油路

老贺几次试着挣脱，陷入泥潭的车，总是轮转车不动，越陷越深。

不能再挣扎了，眼看水快淹没车轮，进入车内。怕出意外，老贺从车内钻到后排，然后打开车门，跳上岸。该猛禽派上用场了，准备拉车。拉车很简单，猛禽有足够的马力，野外活动经验丰富的老贺，急救包里拉带是现成的。没费多大工夫，丰田越野就像一只小鸡，被轻轻地拖了起来，车轮在地上划下几道深深的痕。

真正的功夫，还是怎样涉过这一汪水。

也许是我们一次又一次的默念显灵，事情突然有了意想不到的转机。就在大家一筹莫展的时候，灯光耀眼，过来了一辆车，普通的帕萨特。大家第一反应是，走拢，停下，下来两个人，加入我们无奈的队伍。可是，臆断被瞬间打破。只见那人若无其事，近了，并没有停下，甚至没有减速，哗哗哗，顺着既有的路径，扬长而去，那一汪水，被犁开一道沟，立即又复原了。大家先是一怔，继而猛悟。哦，藏E车牌，本地车，熟悉路性水性。原来，顺着既有路行前进就行，水并不深，只是不断有车经过，水变得浑浊，看不见底。相反，旁边能看见底的，反而更深，更危险。我们都犯了个经验主义的错误。

S303线正在改造，新路为3级标美路标准。路基刚见雏形，勉强的放行，完全是因为G318的中断，偌大川藏，交通怎可中断。因此，路再烂，再险，再难，既不能怪天地，也不能怪政府，只能怪我们自己的朝圣之心。也许，从来天路多艰险。

继续颠簸，以不足20公里的时速前进。为鼓励大家斗志，张导不断解释说，告诉大家一个好消息，烂路很快走完了，比如以后，就全是油路。有人听了发懵；加之，连续几天的烂路折磨，大家显然已有不悦，以质问的口气反问，张导，你要给我们说实话哈，是啥就是啥。什么比如不比如。以后的路究竟怎样，不要欺欺哄哄。要是出来就是这样，天天颠颠簸簸，提心吊胆，从早到晚，疲于奔命，说明你们的安排就有问题。我们花那么多的钱，不是出来找罪受的。张导哭笑不得，赶紧解释，比如是西藏的一个县名，马上就到了。比如过后，一直到那曲、拉萨、格尔木、青海湖、若尔盖、成都，都是柏油路。

有人呵呵笑。说实话，我也在心里嘀咕，这县才怪哩，比如。

通过手机百度一查，不得不肃然起敬了。原来，此刻，我们脚下的这片土地，曾承载过那么多的往事。不要嫌它烂，不要嫌它颠簸，那正是因为靠近净土。也许，路旁那一块原始的丘，就是昔日“母牦牛部落”的居所；也许，西藏古代12小邦之一的苏毗部落，就兴起于这里的部落；也许，我们正依行的这条河，就是松赞干布兼并苏毗，统一西藏时的“苏毗茹”。还有，远处那一处闪烁幽暗的灯火，谁能说它不是曾经的“古突”延续；我们的每一个车痕，碾压着的就是往日的纳雪、纳树、纳秀，或者纳克书、那休、夏克故土。

是的，有太多的也许，让我对这片土地刮目相看。不是比如，也与任何比喻无关，只与记忆和真实的历史有关。

离比如还有很长一段路，更不用说那曲。张导有些着急，不断地看手机上的时间，然后就是在步话机里催促，大家注意下，路况好时，大家可提点速。话是没错，张导的意思大家懂，就是开车快点；他的心情大家也可以理解，今天还有那么长的路，何时能到达。可现实明摆着，这路况好吗？拜托！此行诸君，虽车技都不错，但哪位在开车上不是养尊处优，跑惯了好路的。如此坑坑洼洼，险象环生的路，大家又那么疲倦，能安全行走就不错了。大家涵养都很好，没有与张导论理，个个不温不火，只是对张导的话，似乎闻而不听，就是无动作。我忍不住了，主要是怕激怒了情绪，弄得大家尴尬，或者真的不顾安全，就郑重其事地对张导说，张导啊，你的心情我们理解；换位思考，我是导游，可能也会着急。可你考虑过没有，在目前这种情况下，究竟是安全重要，还是速度重要；你是宁愿出点事，早到一个小时、半个小时，还是愿意哪怕慢一点，迟一点，但安安全全到达。何况，假如出了事，能快吗？还有，出了事，我可以说没有责任，但你，你们旅行社，能说没有责任吗？赔钱是一回事，生命无价，能用钱能衡量吗。这样的路况，这样的疲惫艰险，催速度，你考虑过后果没有？张导一下冷静了，连连说是，是，当然是安全第一。

从此，再没有见张导催速度。在散团聚餐时，张导上来给我敬酒，周哥，谢谢你提醒我。关键时候，必须保持冷静，坚持安全第一，其他事都好说。

涉水的惊异，道路的颠簸，比如的曲解，刺激一个接一个。最大的收获，就是驱赶了疲倦，换来神清气爽。发现这个秘密的，首先是我；步话机里一问，大家都呵呵。老贺更说，今天的历险经历此生难忘，虽不堪回首，值得，值得啊。原计划当天的目的地是那曲，6日到拉萨还有300公里。到达比如县城，已是6日凌晨，比计划延迟整整4个小时。比如到那曲还有200公里，虽是柏油路，但限速6小时。但此刻，大家都似乎没有停下来的意思。

正是这样的错觉，让我们再次踏上了一段更危险的路。

13. 夜遇蒙面人

神清气爽，谈笑风生。这就是此刻大家的情绪。

走在前面的二号车，先到比如。本来，张导在步话机里征求他们意见，要么先走，那曲会合。老贺一行连忙说，不行，不行，那怎么行，咱们同路不失伴。于是，他们充当起了先行客的角色，为大家安排伙食。内心涌起一席感动，一路以来，彼此的温暖。

比如的晚餐很香。主食是羊肉汤炖白萝卜，外加炒羊肝、麻婆豆腐、烤羊肉串，汤鲜肉美萝卜甜。饭间话题，当然是拉丁拉山的历险和怒江的泥潭之陷。这故事似乎重复一千遍，大家都不嫌多。我相信，即便此次旅行结束，大家都会继续讲下去，重复下去，在不同的场合，以不同的方式，越讲越传奇。就像此刻，大家仿佛不是经历了一次次的历险，一个个的麻烦，不是在凌晨，而是中午，不是经过17小时的连续行车颠簸，而是刚要出发。

可是，当饭饱食足，当历险传奇的故事讲完，当时间和人的状态恢复真实，情况就不一样了。

上路，紧跟，匀速前进，时速40公里。只是，根据车况，为了互相照应，确保团队安全，次序进行了重新排列：二号车打前，把受伤孱弱的三号车，呵护在中间，我们威猛的一号车，由我驾驶殿后。张导没有乱说，平坦的藏北高原，几乎是一马平川，再没有高山险谷。一色的柏油路，三级标美，谈不上笔直，也谈不上宽阔，弯道不多，深夜车少无人，征驶足够。一个挡位，一个力度，一个速度，一种姿势，我找回了成都平原驾车的感觉。

也许，正如有人所说，太好了的路不适宜走。月明星稀，黑森森的夜，深邃而神秘，我相信，西藏的许多故事，历史的，现实的，就藏在这里面。我有点担心，我们的夜行，会不会把它们惊醒。这样的夜，不适合行走，只适合梦呓。你看，出发不一会儿，车上的人，就呼呼入睡了。我也逐渐感到，眼睛开始发涩，脑子开始发胀，浑身开始发困，甚至连两只手，也似乎开始不听使唤。我意识到，自己是困了。但条件反射，立即提醒自己，这是在驾驶。可越是提醒，身体越是不争气。呵欠连连，两眼发滞，双手僵硬，头昏脑涨。唯意识是清醒的，不断用指掐捏前额，并使劲深呼吸，尽力驱逐不断来袭的倦意。尽管如此，我还感觉到越来越支持不住了，蒙眬的安全意识不断提醒自己，慢些，慢些，此地不是逞能的时候……

我们的慢，似乎与三号车有某种默契。后两车始终保持着相同的距离，唯二号车的灯光渐行渐远，直至消失在前方的夜幕中。此前，跑在前面的二号车曾多次暗示，这路很好。意思我们当然懂。不是我们不想快点，我们实在是来不起了啊。我让弟弟替换驾驶，继续开。这一停一换，加上张导要方便，几分钟过去，三号车的灯光也消失了，只剩下遥遥落后的我们。

车子继续启动。我与张导聊，还是三号车的老何行，自从出来几天，一直就一人驾驶，开个道奇，车况不好，还这么经整。张导说是啊，是啊，听说原来人家是在成都开公交车的，专业的就是不一样。谁知，说曹操曹操到。话音刚落，步话机里就传来老何气愤的怨声，张导，你搞的啥子嘛，我觉得你们的安排有很大问题。你算过没有，自从一号出来，今天是第五天了，哪天不是在路上跑十几个小时。今天早晨不到七点就出发，现凌晨两三点钟了，还在路上走，还要几个小时才能到那曲，就是铁铸的也经不住嘛。张导欲要解释，说是路上意外，可越解释，对方越生气，甚至开始口出粗言，骂骂咧咧……

客观说，对老何与张导，我都理解。我们轮换开，都尚且如此，何况老何；S303线，是大家选的，张导也没有走过，路上的意外，谁说得清楚；在比如时，大家还精神抖擞，谁也没提出住下第二天再走。我赶紧拉着张导，示意他不要再解释理由。然后对其耳语：第一，你代表你们大风车表示歉意，称对行程安排确实有考虑欠妥之处，请老何谅解；第二，你征求老何意见，现在怎么办？第三，如果前面就近有乡镇旅馆，也帮他们安排住下，休整休整，明天那曲会合。张导会意，照此回复。老何的气消了，不再怨愤，不吱声了。事态平息，张导连声感谢感谢，称不仅是感谢大家的理解，还学到了许多。

大家心里郁郁，继续艰难地走，期待着有某个乡镇的灯光出现。

又过了一会儿，步话机里突然传来二号车老贺急促的呼唤声，张导、张导，前面有几个蒙面人，在向我们招手，怎么办？刚才还昏昏欲睡的张导，嚯地惊醒，慌忙捏住步话机，焦急而果断地说，啊，蒙面人？不，不要理他，千万别停车，冲过去。

好的，明白……我们冲过去了，冲过去了。你们后面注意啊。

一切都发展在瞬间，来得太突然，令人措手不及。张导似乎是处变不乱。我问张导，你常跑青藏，这样的事遇见过吗？张导说，怎么没遇见过。一次，他带一个三十多人的团，也是经过这一带，他坐的领航车走在前面。车距较大，歹徒以为是单车独行，便出手了。四个歹徒，一女三男，一身黑衣，浑身包裹，蒙着面，只能见一对眼睛在转。他们先是老远就冲着车灯招手，见车没有减速停下之意，便往路中央一站，哗地抽出几把明晃晃的藏刀，气急败坏地吼叫，我们只要钱，不伤人，不要逼我们。谁知，车内的张导早已用步话机紧急呼叫，大家赶快上，赶快上，前面遇到打劫的蒙面人，大家齐心协力，不能让他得逞。车子停下，门窗紧闭，等待救援。很快，后面的车跟上来了，一辆、二辆、三辆、十多辆车，几十个人，闻风而动，纷纷跳下，拿着棍棒、千斤顶、铁锤、矿泉水瓶，歹徒们先还想困兽犹斗，见人越来越多，只好收刀拣卦，落荒而逃。

眨眼间，接近了蒙面人的打劫点。

大家收紧了神经，借助车灯，注视着眼前的一切。似乎故伎重演。只见四个蒙面人，两男两女，车灯下远远地就被我们发现。他们先是对着我们的车灯不停地招手，见我们没有停留之意，一人欲上路拦截，被另一人拉住了。车内，张导对着步话机，在不停地大声呼叫，别理他，不要停车，加快速度，冲过去，快，冲过去……

是，我们冲过去了。透过后视镜，我看见，歹徒拣起一块石头砸向我们的车，没砸着。老何好像意犹未尽，在步话机里，反复讲述着刚才惊心动魄的体会，言语间充满激动、自豪与英勇。从他精神的声音可看出，先前的瞌睡与疲惫，似乎早吓跑了。

张导说话算数，在不远处的一处乡镇农机招待所，为老何一车四人安排了住宿。我们继续赶路，到达那曲，已是凌晨6:30。

安静下来我常想，那些蒙面打劫的，究竟是本地人，还是外地人，比如进藏的四川人？我怀着矛盾的心情请教张导，张导肯定地回答，本地人。我心里一个咯噔，涌动着一股复杂情绪。

天那么蓝，水那么清，布达拉宫那么神圣。

14. 回不去的布达拉

9月6日从那曲到拉萨，却未能及时到布达拉宫。原因是布达拉宫休馆。9月8日西藏自治区成立50周年纪念日，我们赶上。

第二天的行程被打乱，原来的统一活动改为自由安排。

上午去了罗布林卡，参观了仓央嘉措的办公地，拍了一些高原特有的花和天，下午到了大昭寺和八廊街。然后回酒店休息。入住的拉萨天昊国际酒店，就在布达拉宫的对面。午休起床，时间还早，打开手机里下载的音乐——《回到拉萨》；然后，泡上一杯茶，临窗而坐，与布达拉宫对话；不应该是遥相朝拜，我希望距离很近的，不只是身，还有心。

回到拉萨，回到布达拉，我在等待一世的缘。

苍茫而神秘的歌声，在房间里萦绕。我的心，却飞出了敞开的窗，飞到对面那座叫玛布日山（红山）的小山上。脑子里首先浮现的，并不是神圣的佛陀经文，活佛金身，而是一个缠绵悱恻的故事，文成公主与松赞干布的。不仅仅是因为，头天晚上观看的史诗剧，印象太深。我真的分不清楚，那一尊普普通通的浅山，变得如此庄严神圣，究竟是因为佛教，还是因为爱情；大唐的文成公主和尼泊尔的尺尊公主，当年入藏时，分别带去的释迦牟尼8岁和12岁等身像以及大量佛经，究竟是佛教藏传的新纪元，还是伟大爱情的见证。

分不清，从布达拉的前世起。就像分不清藏地遍布的唐卡，那五彩缤纷的图案，表达的究竟是藏族的历史、政治、文化，还是社会生活。既然分不清，还寻找什么呢，寻找一种模糊？不，我不寻找什么。我是冲着布达拉的神圣来的。万里迢迢，我只寻找我自己。

我是谁，从哪里来，到哪里去，要干什么。一个简单得不能再简单的问题，从苏格拉底，古埃及的奥西里斯神，到古印度的佛陀和中国的老庄儒，都有寻找的足迹。相形之下，我的寻找很浅薄，找了几十年，仍一直没有弄清。仰望天空，西藏在上，布达拉在顶，一道耀眼的佛光，从高处照来，穿透了我凡俗之心。在光环的中央，我看见了三法印。夺目，醒世，渡众。诸行无常，诸法无我，涅槃寂静，都是一种超越，真理（佛法）在这里得到印证。因此，每当唱起“回到拉萨，回到布达拉”，我的心里就有一种抑制不住的冲动，仿佛郑钧的歌就是专为我唱的，“根本不用担心更多的问题，他会叫你找到你自己”。只要寻找到这里，就可发现我生命的全部秘密。

是的，寻找自己，我来了，来到这佛的圣地。

心到缘到。9月10日早，张导突然通知，马上到布达拉宫。

集中，排队，验票。积压了几天，游客有点拥挤。好在景区导游小白麻利，左右逢源，很快就把我们带进了布达拉。

上山的路很独特，既非九十九级台阶，也非佛门森森，而是一溜红石板铺就的斜坡，两侧敦实的厚墙护岸。据说，这是藏区特有的“阿尔嘎”硬土。屐痕累累，石迹错落，凸凹不平的路，不知是岁月的剥蚀，还是朝圣者的手印。普陀门前，我时时提醒自己，脚步轻些，轻些，不要惊扰了佛陀的灵魂。直到一次次回头，观察自己足之所及，石板巍然，不曾带起哪怕是几粒微尘，我的心里才有些微的释然。原来，尘世浩渺，我们每个人的脚步都可忽略不计。

终于到达宫顶。平心而论，眼前的一切，确实令人震撼。

布达拉宫依山垒砌，群楼重叠，殿宇嵯峨，金碧辉煌，巨大鎏金宝瓶、法轮和经幡交相辉映。山是一座宫，宫是一座山，横空出世，气贯苍穹。穷尽一切溢美的词，也无法表达出这里的气势。冶炼、壁画、彩画、木雕、唐卡，红、白、黄三色对比，无不富有藏族古建筑艺术的迷人风采。珠宝、玉石，及黄金包裹的各种灵塔等，其艺术成就和文物价值，汇集了以藏族为主，汉、蒙、满各族能工巧匠的技艺精华。而金汁书写的《甘珠尔》《丹珠尔》（藏文的《大藏经》）、贝叶经《时轮注疏》、释迦牟尼指骨舍利及清朝皇帝御赐的金册金印等，都堪称稀世珍宝。怪不得在藏语里，称布达拉宫为“赞姆林坚吉”，意思是，这里价值连城，抵得上半个世界。

当然，抵得上半个世界，也是可以计量。可以计量，就不是布达拉了，也不是我的寻找。家财万贯，每天也只能吃三餐。

我的寻找，在三法印里，指向诸法无我，普度众生……

于是，宫殿、财富、经书，都不曾吸引我太多的注意，最多当做一种艺术，一个知识，了解了解足也。一路的行走，观看，辨读，聆听，我都主要关注人，得道的高人。他们是佛的化身，从文成公主和松赞干布开始，一代又一代的高德大僧，佛祖金身，有为治理，都是这雪域高原真正的佛，都曾令我敬佩之至。

突然，一个趔趄，我的灵魂被重重绊住了，因为一组数字。

从九世开始，一直到十二世，四世达赖喇嘛的生命，都没有活过22岁。而且，都是神秘的，莫名其妙的突然暴病而死。最小的九世达赖喇嘛隆朵嘉措，只活了10岁（1805—

1815年）。而且，说到他们的死因，布达拉宫的所有正规文献，似乎都三缄其辞，一个暴病了之。真相肯定存在，只是没有人堂堂正正说出。

开始，我真正不相信。神圣的佛门之地啊，都是当世活佛。导游小白一一列举，我手机百度确认。我不敢相信，不愿相信：

第九世达赖喇嘛，隆朵嘉措（1805—1815），10岁。

第十世达赖喇嘛，楚臣嘉措（1816—1837），22岁。

第十一世达赖喇嘛，凯珠嘉措（1838—1855），17岁。

第十二世达赖喇嘛，成烈嘉措（1856—1875），20岁。

在西藏政教合一的体制中，这些被认定为活佛转世的灵童，还生活在懵懂的灵童中，还没有来得及管理佛俗事务，就暴病归西。

心里堵得慌，缠住导游问。导游略有所思，回答，他们的死因，史书上没记载，一直是个谜。肯定不正常，民间有一种说法，是政治谋杀，应该跟当时西藏政教合一的权斗有关……

我冷汗顿出。想探个究竟，这关系到我的寻找。可却没有可靠资料。眼前，唯一可考的，就是关于第十一世达赖喇嘛凯珠嘉措的只言片语。也许，它可做一些侧面佐证。记载说，第十世达赖喇嘛去世以后，西藏各界代表开始寻访转世灵童，并在西康找到了四个。1841年道光皇帝下令，由金瓶制签决定。最终，出生于康定（今天的四川省打箭炉）的凯珠嘉措被确认。1842年，在布达拉宫，为凯珠嘉措举行了受封典礼。一位四岁的孩童，被推上了布达拉宫宝座之顶，成为至高至尊的佛的化身，及西藏政教交集的权力核心。

他当然无力理政，一切由摄政负责；摄政的背后当然不止一个人、两个人，而是一个庞大复杂的利益集团。问题由此演生。当时的清政府派出的驻藏大臣，与西藏摄政关系恶化，皇帝为了惩罚摄政，改由班禅管理西藏事务。直至1845年，应西藏各界请求，班禅请辞，回到扎什伦布寺。凯珠嘉措仍小，西藏事务，完全由摄政独揽。好不容易，灵童熬到了可主政的年龄。1855年，皇帝下令，由达赖凯珠嘉措亲政。但是，亲政就意味着暴病。不到一年，达赖暴毙。就在布达拉宫，在庄严的神位上，一位年仅17岁的灵童，就步了他的前两世的后尘。他们天天所念诵的佛法，无法护佑他们自己的生命。

然后，又是周而复始的满世寻找，金瓶制签，册封确认……

佛门之上，布达拉顶，我情意迷乱。

我不信佛，但我崇尚佛的文化精神。这正是我一直以来，孜孜以求地寻找，要寻找的自我精神皈依。可是此刻，看着布达拉宫一个个鎏金匾额，庄严阴文，比如修行修心，渡己渡人，身静养气，气静养心，心静养神，等等，我满眼滞涩，一心迷茫。长久的寻找，一下跌得粉碎。有人说，佛即觉者，修习佛教的目的，在于依照悉达多之理，发现生命和宇宙的真相，最终超越生死、痛苦、得失，断绝烦恼之源，得到究竟解脱。佛祖不是教育芸芸众生，要“离十恶业，修十善业”吗，布达拉，你是怎么了？难道你的谆谆规劝，都只是虚妄的呓语；难道菩提树下，普贤跟前，也有争权夺利；难道，那一卷卷的满楼经书，朝日唱诵，都只是忽悠众生；那一尊尊的大德金身，都只是表面渡了一层虚伪的浅粉；难道，再神圣的圣坛佛地，一沾上肮脏的政治或利益交易，就会变得十恶猖獗，凶恶任性；难道……

我不信，我真的不相信。但我无法说服自己。

从此，每当听见郑钧的《回到拉萨》，我的心里就隐隐作痛。西藏可去，拉萨可回，而布达拉，我是再也回不去了。

佛门尚且如此，我还有什么寻找的勇气……

15. 你好，三江

真没想到，此次青藏之行，还没有到达三江源，就与我熟悉而景仰的三条江——金沙江、大渡河、澜沧江不期而遇，真是幸莫大焉。一种异乡遇故人的亲切感油然而生，我有点情意阑珊，禁不住在内心恭恭敬敬地喊一声：你好，三江！

对金沙江的记忆，总是和一种温馨联系在一起。

先对金沙江的印象并不是这样的。这缘于我对江河认识的不断宽广。从小生活在农村，足不出户，门前那条思蒙河，就是我见过的最大江河。后来到县城读书，见到了岷江，对我简直是一种震撼，原来世界上还有这么浩大的江。金沙江不是以大征服我，而是湍急。思蒙河与岷江，一小一大，但它们有一个共同特点，柔和、舒缓、温情脉脉。除极个别洪水肆虐时日，它们都是柔柔的，软软的，水波涟漪，波澜不兴，款款生情，给人一种慈母般的宽厚，恋人般的温馨。我甚至因此而形成对江河的误判。因此，当我第一次见到充满野性、狂放、凶险的金沙江时，简直有一种难以置信的感觉，除了激扬，还有敬畏。

那是1981年，为解决夫妻两地分居问题，费尽周折，我把在攀枝花市工作的妻子调回青神。调令发出后，我前往办理调动手续。从金江火车站下车后，我们打的士去攀矿。就是在进入市区途中，在凌空的天路飞桥之上，金沙江进入了我的视线。

车在江岸行，江在谷底流。浑浊的流水，湍急的险恶，一圈又一圈的漩涡，仿佛顷刻之间就会吞噬世界的一切事物。我把头死死扭向反向，甚至闭紧双眼，不敢看深谷里的金沙江。爱人还生了气，说我对她工作之地没有感觉。

自从妻子离开攀枝花后，再没有见过金沙江。随着记忆的淡化，见识各种大江大河的增多，金沙江的湍急凶险，早已被岁月冲淡，留下的更多是妻子调动的事了。没想到，时隔三十多年后，我不小心来到了金沙江的上游，来到了江河的出生出发之地……

中午在尼木乡尼木村华欣川菜馆午餐。置身藏地，还是离不开川菜。点菜是被潜意识驱使的，待菜一上来，才发现，桌上摆的全是青椒肉丝、鱼香肉丝、鱼香茄子、麻婆豆腐、虎皮海椒、回锅肉、小白菜汤。唯一不同的是，在点到水煮鱼时，店小二特意强调，是金沙江里的花鲢。

午饭后继续前行，很快与大渡河相遇。

一直以来，我对大渡河是满怀崇敬的。这种崇敬缘于两个故事。

一是关于太平天国的。1863年5月14日，太平天国名将石达开，率二十万大军主力，分三路抵达大渡河下游。此行艰险，多有莫测，他们先是烧了香，拜了佛，祈求神灵和佛陀的庇佑。为摸清敌情，石先派遣赖玉新率五千弟子打头阵。在得知赖部已顺利过河北上成都时，石才率三万精良之师抵达安顺场。谁知，此时正值川西南雨季，大渡河水暴涨月余而不退；又遭遇清军守将王应元围袭，两次和谈未果，最终兵败安顺场的紫打地。时间是这年的6月13日，离到达时刚好一个月。太平天国从此由盛转衰，很快夭折。

二是红军强渡大渡河。同样是安顺场，相隔72年后的1935年5月23—24日。在刘伯承、聂荣臻直接指挥下，红一军团第一师一团一营营长孙继先，奉命突破这一插翅难飞的天险。石达开的阴影，笼罩在这片天空，国民党军正在冷笑，如此天险，插翅难飞，只待第二个石达开出现。红军是无神论者，没烧香，不拜佛，甚至壮行的祝愿，也是嘱咐战友，死后帮看看俺父母家小。

大家都知道，这是一次九死一生的强渡。在强渡前，川军第五旅七团一个营已赶赴这里，拆除了铁索桥上的桥板，并正在桥头抢修防守工事。孙继先亲挑17勇士，由自己带队，突险过河，谱写了革命战争史上惊天地、泣鬼神的壮歌。强渡大渡河的成功，为中国工农红军开辟了一条北上新通道。

因此，在我心中，大渡河是神圣的、伟大的。无论出师未捷，还是已捷。一道难以逾越的天险要塞，既是千古英雄的悲壮之地，又是成就之地，甚至是历史的书写之地。此刻，面对滔滔急流，我只有景仰之份。后来到乐山工作，居住于大渡河畔的御史巷，枕着大渡河的涛声入睡，我总有一种梦里与英雄相会的敬意。

梦，也因此而有了几分豪气。

澜沧江是东南亚第一江，先是在中国境内流淌，流入老挝、越南、柬埔寨、泰国之后，又叫湄公河。以前只知道它从中国的云南流出，流经罪恶的“金三角”，便成了一条与毒品、军阀、各种黑恶事业相交合的罪恶之河。没想到它在我国的土地上，蜿蜒曲折，沧海桑田，经历了那么多。

更没有想到，这次藏行千里，竟与三江不期而遇。

不是在梦里，不是书本中，也不是传说中的故事。三江就在眼前，或身边，或脚下。不管它们在我的记忆里有多大差异，但此刻，都是江水湍急，惊涛拍岸，石破天惊，载满了青藏高原的神秘；在它们挣脱母体的脐带，出发远行时，都是一样的热情澎湃，一样的豪迈激越，一样的活力四射。不管是清还是黄，它都是干净的，泥土不是污染，不是肮脏，而是生命的土壤。

我想问三江，你回过拉萨，回过布达拉吗？

16. 感觉可可西里

从地图上看，我们9月11日的路，几乎是一条直线，从拉萨出发，由南向北，一直延续到青海湖，然后，才转弯东进。因为有了唐古拉山、昆仑山和可可西里，这样的平铺直叙，才显得有了几分丰富和神秘。

可可西里，一个浪漫而神秘的名字。不知怎的，我总是喜欢一次又一次地对它默念。每当念起，就有一种柔美、纯净、富有质感的奇妙感觉。这种感觉，肯定胜过了它的藏语本意，胜过所谓“美丽的少女”；也绝非 “阿钦公加”之说能够带给。尽管，那几个“最”：目前世界上原始生态环境保存最完美，中国建成的面积最大、海拔最高、野生动物资源最丰富的自然保护区，或者中国规模最大、海拔最高、最神秘的无人区，哪怕只是之一，也了不起。我甚至怀疑，我要寻找的自己，并不在布达拉，而就隐藏在这种感觉里。

神情怡然，向往比心还急，因为我带着这样的感觉。一路的见识，只不过是为了验证，验证那奇妙感觉的背后，究竟有什么可以兑现。

从拉萨出发，踏入藏北草原，那感觉就如影随形。这让我更加深了刚才所说的怀疑，因为有泰戈尔为我作证。泰戈尔说，你看不见你自己，你所看见的是你的影子。此刻，我正带着一种感觉，寻找自己的影子。在布达拉有点失落，我找到了无人区。

车过安多县，张导说，过了唐古拉山，就进入可可西里了。

感觉是山。唐古拉山在南，昆仑山在北，可可西里夹在中间，由两座大山呵护住。这里平均海拔5500多米，已经很高了，许多有高山反应的人，到这里已经明显感到不适应，甚至要借助于氧气瓶。可是，山不嫌高。在通往可可西里的路上，所有的高山都不叫山，只有比脚下的草原更高的地方，才叫山。据说，唐古拉山藏语之意就为“高原上的山”，在蒙语中的意思则为“雄鹰飞不过去的高山”。海拔四五千米，氧气非常稀薄，雄鹰飞过当然也难。这样的山，就有了一种天然的壮美神秘。远的山，近的山，绿的山，黄的山，舒缓的山，陡峭的山，立足大地的山，直插云霄的山，都依次列阵，很有秩序，统一由昆仑山率领，列阵于4.5万平方公里，就像母鸡带着一群小鸡。

山的气势，当然是由昆仑山代表的，其他的山没有资格。还是在读中学的时候，初次接触到昆仑山的名字，就觉得它的与众不同。但当时的感觉，主要是苍茫巍峨，大气磅礴。这次走近，才发展远远不止。昆仑山的高，决定了它离天堂和阳光最近。一半金身，一半凡服，连接着天地之气。我明白了，它的坦荡，它的包容，它的承担，还有它的透明、阳光、明丽、清新，都是成为众山表率的原因。我相信，我此刻的感觉，正是由这众多的元素生成。不是山，而是一尊佛，耸立在泥土、岩石、冰雪、河流、草木、飞云、岁月和藏羚羊的和谐里。

感觉是水。山有多高，水有多高。这话不错，却不全面，它无法回答一些超自然的问题。比如人，在悲痛的时候，或高兴的时候，都会掉泪。人是一座大山，泪是大山里的水，它却与高低无关，而与情感或精神有关。

可可西里的水是出了名的。不仅多，而且神。汽车行进在可可西里的公路上，你往往会不时地看到，左边一条江，右侧一汪湖，或一大片湿地，有牛羊出没。我无法把地理名词，与现实一一对照，弄不清远处近处这些湖，哪个为可可西里湖、卓乃湖、库赛湖，哪个是西金兰湖、乌兰乌拉湖，或者多格错仁、沱沱河。张导的介绍，都是背熟了的，了无生气，只能作为参考。他说，这里是羌塘高原内流湖区和长江北源水系交汇处，面积大于1平方公里的湖泊有107个，总面积3825平方公里。最大的乌兰乌拉湖，湖面达544.5平方公里。这里以东部的楚玛河及西部和北部的湖泊中心，形成三江之源。

因此，这里的水不仅哺育着生命，还哺育着河流。穿越于可可西里，你除了会感觉到高山是湿润的，草地是湿润的，空气是湿润的；你还会感觉到，灵魂也是湿润的，任何有生命的东西，一旦植入进去，就会发芽生长。

感觉是云。在过去很长时间里，我曾经把云和天混淆，认为天就是云，云就是天。到了可可西里，我才发现，这是个多大的误会。

可可西里的天很高，云很淡，但绝不是中学生作文里描写的那种天高云淡。那样的描写很蹩足，没有生命的气息，不适合于可可西里。可可西里的天，高到什么程度，可以用深邃无边来形容。你左看右看，那天都在，一片幽深的蓝，说不清它究竟有多远。你可闭上眼睛，展开想象的翅膀，任由去想象它的远。可是，当你把眼睛睁开一看，它都在你的想象之外，似乎距离并没有改变，那感觉，最多是楼下和楼上的区别。这时，你就会感到，那已不是纯粹的天，而是思想。它的内涵，一定胜过苏格拉底或柏拉图。

可可西里的云，淡到什么程度，淡到似无。许多时候，可可西里往往是只有天，没有云的。当然，这只是我此刻表面的感觉。其实，云无时不在，与天相依为命。所谓无，不过是云离开了，隐形了。云是周游于世界的游子，从来就不安分，想来就来，想去就去，有时一去就没有踪影。别处只有风起，才能云涌，我发现，可可西里不是这样。这里不起风，云也要涌。记得，在唐古拉山的时候，我们曾下车，看山，也看云。一块巨石上的数字显示，这里的海拔是5231米。很高的了，却没有高处不胜寒的感觉。我只穿了一件长袖衫，并不觉得冷，那种凉爽很舒服。有的是高处不胜云。云就在前方，应该正好是可可西里的位置。那云确实很美，逍遥，自在，通透，舒缓。关键是没有风，云也在动。仿佛它就是这里的主人，行走如闲庭散步，我行我素，来去自由，与风无关。云来的时候，有时招摇于天下，有时缠绕于山腰，有时张扬于峰顶，有时卧伏于草地；云去的时候，化为一阵雨，一席气，一道彩虹，或者蓝天身上一层薄薄的风衣，透明而洁净。总之，不管哪种情况，云都存在，就像坚守在这里的高山、河流、蓝天、草甸；当然，还有藏羚羊。浮躁，飘忽不定的是我。

很奇怪，有时对可可西里的感觉，就是藏羚羊。

这感觉不知是从传说中来，还是来自陆川的影片。还没有进入可可西里，我就开始回想着陆川布阵的惊心动魄情节：

原始美丽的可可西里，安睡在宁静的梦乡中。突然，一声清脆的枪声，打破了夜的宁静，藏羚羊保护站的巡山队员，被盗猎者残杀。鲜血染红了戈壁，又一批藏羚羊群惨遭屠戮，荒山野岭草甸上，留下成百上千剥去皮毛的藏羚羊尸骨。而盗猎者如同神幻鬼影般，忽然消失在寂寥的旷野中……

藏羚羊在可可西里生息的时间，比人类早了几万年。可以说，它们是这里更早的主人，是可可西里的生命和灵魂的符号。可是，自从这个世界上最大的无人区有了人，藏羚羊的厄运就难以逃脱地开始了，数量从1995年100多万只，锐减到如今的不足5万只。在可可西里，流传着这样的一个故事，一只怀孕的藏羚羊，用下跪的方式，向猎人祈求，放它们母子一条生路。可欲望的猎枪，仍然没有低头。藏羚羊应声倒下，两行浊泪，淹没了绝望的眼神……

听到这个故事时，我禁不住咬牙切齿：人，人，人！

可可西里就在眼前。所有的感觉，都会集到一起。远处是天，天下是云，云下是山，山下是草原。草原在山下连绵，从很远的地方，一直延续到跟前，藏羚羊就在上面觅食。云是涌动的，山是静止的；草原和湖泊是静止的，牛羊是活动的。动静融合，浑然天成，雪山远照，草地金黄，湖光闪烁，牛羊悠然，一幅立体的画，我们成了画中人。我的心里一个咯噔。

是啊，人。我们的贸然闯入，究竟是喜，还是悲？

据说，2005年10月31日，人类首次成功穿越可可西里核心地带，以科学考察的名义。它撩起的攫取欲望，却不能不令人担心。从此，“无人区”之名，也徒有其虚。好在，在有人向藏羚羊举起猎枪的同时，一支由志愿者组成的反盗队伍，也应运而生。我的寻找与他们相遇，感受到了自己世俗寻找的轻，灵魂的轻……

感觉是肤浅的，感觉也是最真实的。

我有点恨自己。

17. 争论“物哀”

争论是由我的无聊和林雪儿的忧伤引起的。

那天，2015年9月12日，从格尔木到青海湖。青海高原的一马平川，天阔草绿，甚至忘记了是在高原行走，而误以为在内蒙呼伦贝尔，或是新疆伊犁草原。路太直了不利行走。眼前的状况，再一次证明了这个经验的正确。容易开小差，也容易疲倦。我此刻正是这样。开阔、笔直、空旷的单调，没有了可可西里的期待和猎奇，加上没有驾驶，不需要集中精力，出发没多久，就有了昏昏欲睡的感觉。系紧安全带，就准备见周公去。好像也入眠了，有一些梦，杂乱无章的，直到我被几道减速埂颠醒时，也记不清是些什么。

再也无法入睡了，虽然人很困，头也昏昏沉沉。有点无聊。正是在这时，手机微信嘀的一声，还有一丝微微的震动。是有信息了，索性打开。醒目的红“1”，把“如花如瓜”顶上了顶端。会心一笑，哪位瓜或花又在冒泡泡?

点开，哦，是林雪儿。

有点反常。不是通常的戏耍把玩，而是一个很严肃的问题:

你如何看待日本文学?

下面是一段引自陈希我的文字:

我从小是个比较悲观的小孩，最不喜欢正月初一，因为这一天大人会对你特别好。我觉得这种幸福不真实不属于我。所以长大后，我自然遭遇了日本文学。日本文学好，在于它的“非价值性”，因为太道德的东西不能成为美，没有想象力。日本文学的作用，就是和现实切割。这样就造成了日本文学的纯粹性。此外，日本最大的美学就是物哀，什么是“物哀”？就是“事物引发的内心感动”。这种感动中国人也有，但中国人喜欢停留在世俗的快乐中，寻求活的感觉。“物哀”不同于“雅美”“有趣”等理性化的、有华彩的情趣，是一种低沉悲愁的情感、情绪。“人有悲欢离合，月有阴晴圆缺”，但“美”，却只在于“哀”。

林雪儿跟帖说，物哀这个词很有意思。看来，她是欣赏物哀的。

这正好给无聊的我，提供了打发无聊的机会。何况，这确实是一个有意思的命题，对我，更有几分新鲜。于是，我主动挑战说，物哀这个词确实有意思，但它与感动似乎是不等价的，而与低沉悲愁更接近。这个人审美好像有点另类，从感动中只捕捉到了悲愁。

坦率说，我是持保留意见的。不是对“物哀”这个词，而是对它的诠释和情感导向，即“物哀”就是“事物引发的内心感动”。

林雪儿怕我误解，赶紧补充说：

极深的感动恰是低沉悲愁的。我们很多时候的快乐是日常，但轻，离物哀远。物哀是个哲学命题。

清楚了，不是误解，我们的理解是确定的。

我回答：

似乎不是。我认为，情到真处，深处，才会有感动。而感动又有正面负面、喜怒哀乐之分。悲显然是一种负面的情感，应该是由范仲淹的“不以物喜，不以己悲”衍生而来的。一句话，哲学命题没错，但从感情色彩上，它是负面的。

林雪儿应答，这里的悲，应是慈悲与怜悯。

我顺着自己的思路往下说：

不过，一些词语在不同语境下，意思往往相反。哀与悲，虽同义，但当它们作为词素进入构词后，还是有区别的。慈悲，当然属于大善的范畴，与感动可以等价了。怕得罪了雪儿，说罢，又补充道，闻道在从青海茶卡盐湖去青海

湖的车上，天很蓝，草地上枕着牛毛牛。闲来无事，正好向雪儿讨教。

我一谦虚，林雪儿摆出更谦虚的架势，大哥解惑。这个问题谢有顺谈得很深。其实我们都很清楚，这是充分信得过的挚友间，一种友善的虚伪。我们都相信自己的理解是对的，并希望说服对方。

突然，公路上窜出一些牛羊。我赶紧调整手机，照了一张照片，配上文字发上“如花如瓜”。这是我们眉山文友的一个微信平台，专门交流一些圈子内大家感兴趣的话题，从苏格拉底、弗洛伊德，到瑜伽郊游。继续与林雪儿争论。不是要争个谁输谁赢，有才女陪着打发无聊，还可增加知识，其实，不管怎样我都是赢的。

针对林雪儿说的谢有顺兄，我回答，听说他是信奉基督教的，可能从宗教角度，在特定语境下，他说刚才的说法也是对的。但从常规语境下，物哀与感动，就有距离了。按照形式逻辑的观点，一个周延，一个不周延。谢谢雪儿，让我多了一个学习机会。

车窗外牛羊遍野，草青海阔，好个青海高原。我又拍了张照，发到了群里。觉得这种感觉真好，在自己编织的谬论中前行，在争论的同时，也丰富了自己。

我虚伪的谦虚，又换回林雪儿一个虚伪回应。这从她富有情感的慨叹和坚持中，便可知道。她对“物哀”的感悟远比我深。她说，我学习哈。天地悠悠，前无古人，后无来者，世界呈现本来的样子：荒，这个时候是不是感受到物哀。有一种想哭的感觉。

我顺势而进，希望从林雪儿的话中演绎出悖论。

我说，你刚才说的完全是对的。亘古的苍凉，当是物哀，且有禅意的味道。但它不是感动啊。也许俺对感动的理解狭隘了？

林雪儿回答，我觉得有的。

我尽量克制，生怕再让情绪发展下去，林雪儿真的哭了，无论是在办公室，还是在家里。让一位美女哭，自己相隔千里而不知，甚至连一句安慰的话都不能说，那不是莫大的罪过。我回答，这种情况存在，物哀可以是感动的一种。是逻辑学上的属种关系，而不是等同关系，外延大大不同。如果把它定义为全部答案，说“物哀就是事物引发的内心感动",就值得商榷了。可以说为“引发的内心的感动的一种”，或者说，“物哀是事物引发的慈悲式感动”，似乎就贴切了，锁定它的界域，把内涵和外延，给它界定清楚。

不知早就在隔岸观火，还是刚好上线碰上，总之，此时林歌尔突然冒了出来，或者说，斜刺里杀出个林歌尔。不是参战，也不是支持哪方，而是添油加火。她一出来就说，学习学习。你们多发点这些哈。让我细细咀嚼。我相信，我们的争论更加有劲。

高朋驾到，有失远迎，赶紧招呼，歌尔好。

俺今天下午收获多多，既欣赏一路风景，又从雪儿那里学习到世间有一种彻骨动心的感动：物哀。

怕林雪儿说我假，马上又补充强调，我的学习是真心话。过去就不知道物哀这个词，在今天下午的思想对撞中，不仅逐步了解，而且趋于理解，而且是哲学层面的。从雪儿的感动中看出，她的天空比我纯净，飞翔比我自由高远。所以，谢谢雪儿！

争论了半天，除了学习，最大的收获，就是倦意全无。仍觉意犹未尽。车到青海湖。窗外风景正好，情绪没有停留，又自发感叹，以微信的方式表达，与花们瓜们分享——

学习了形而上的物哀，此刻，俺正驱车青海湖畔，与那一汪湖水、百万年沧桑、千万只飞鸟和湖边小道上虔诚的叩拜者一道，去追寻一种生命大善的感动。雪儿说，每当进入这个词，她就有一种想哭的感觉。我很惭愧，对这个词的进入，没有雪儿那么深。但我理解，至少在此刻，面对这一湖湛蓝的净水，我的心浮在面上。

也许我们都是正确的。我是在理性的世界寻找，而林雪儿优游于感性的世界。文学本身就是感性的，更适合非理性思维形式。在非理性的界域，需要的不是演绎，不是三段论，而是感觉。因此，她离缪斯更近，而我则跟着雅典娜的背影，我们共同仰望普罗米修斯。

我相信，那不是凡俗的雨水堆砌，而是千百年来，无数抵达物哀境界者秘而不宣的泪。右为青稞左为湖，斜阳碎云，古道沧桑，牛羊依旧，闻道千年梦。不为黄鱼美食，不为靓景碧波，只为一种纯净的感动。所谓佛，不过是一个觉悟了的人，他真正明白了宇宙人生的真理，是一个伟大的智者，是一个真正的明白人。智慧到天道无边，清净至毫无杂质，就像青藏的天空，或此刻的青海湖。

青海湖畔，真的很美，瓜们花们何时再来……

18. 滴血海子

快看，滴血海子。

我有午休的习惯，在茂县午饭后，由弟弟开车，我就系上安全带入睡了。懵懵懂懂中，被张导的叫声喊醒。心里一怔，滴血海子？难道这里有几多的哀愁和不可言说的故事。

刚才的梦，仍萦绕在脑际。宽阔的草原，丰茂的花草，高远的蓝天，成群的牛羊，蜿蜒的河流，随风飞舞的经幡，庄严肃穆的寺院，五彩缤纷的帐篷。还有沼泽群湖、花海草甸、养鹿场、角玛饭、酸奶子。在草原的中央，有一条线条流畅的柏油路，似藏人飘飞的腰带。我开着威猛的猛禽，驰骋在路上，仿佛车窗一开，那云和花伸手可摘。突然，一群牦牛摇摇头摆尾，悠然自得，出现在车前面的路上。我不得不减速，停车，不全是避让，也是欣赏……

我有点怀疑，刚才究竟是梦，还是记忆还原。梦中的一切，与昨天在若尔盖的经历，是如此相似。草甸、牛羊、蓝天、白云自不待说，仅嘎曲河、墨曲河和热曲河及泥炭沼泽——若尔盖沼泽构成的湖群洼地、无流宽谷、伏流宽谷，就几乎可以与梦中之景一一对应，是上路的牦牛，把我的梦惊醒。

车正行进在从松潘至茂县的路上。崇山峻岭，断崖疏壁，公路蜿蜒在两峡之间。滴血海子在车子的右侧，静卧谷底。实际上就塞湖，汶川大地震时，大家如雷贯耳的名字，常常与地动山摇和灾难联系在一起。据说，这是两千多年前的一场大地震形成的。整个的一个村子，瞬间就被埋下去了。人们每当看见这个湖，心便在滴血，取了这样个名，代代相传，延续至今。

怎不滴血，一个村子啊，上千的生灵。

我越来越怀疑自己的寻找。也许，世界上有的东西，根本就是不存在的。正因为不存在，才有人制造些噱头，让人去寻找，在寻找中支撑生命的意义。佛祖高高在上，你不是要拯救苦难，普度众生吗？我不需要任何虚妄的说辞，不需要现代官场虚伪的虽然、但是。我只需要面对滴血海子。请直接回答我，一个孔夫子与小儿关于摘树枝与摘月亮类似的简单问题，你究竟是不为还是不能？然后，再回答这里的千古之谜：在这小小的方寸之地，灾难怎么一次又一次地重复发生；怎么还有滴血海子，还有1976年8月16日和23日，松潘、平武之间发生的两次7.2级的大地震，怎么还有震惊世界的5·12？

滴血海子旁，有一巨石，名曰“天崩石”。还有断崖、狭沟、奇形怪状的山，仿佛都在诉说那段尘封了的惨烈。它是5·12地震，留下的痕迹。人们以巨石的方式，定格那个令人撕心裂肺的时间，显然不仅仅是为了纪念，谁愿意过多地去钩沉起那悲伤之事。更主要的还是提醒，或者追问。既指向人，也指向佛，指向这大千世界的未知。想不到，在这个明媚的秋季，我的寻找，遭遇到一个更大的天问。

心情沉沉的，说不清是感伤，还是追忆，或者忧虑，为一个一个没有答案的天问。停车，怀着一种好奇与敬意，往湖里丢下一颗小石子。一声清脆的叮咚，从湖底传来，回响在山谷里。我的心里悠地一震，想起这湖的名字，心里有一种隐隐的刺痛。

滴血海子的水有两种颜色，一半深蓝，一半猩红。我相信，那蓝的是泪，红的是血，山和树，都只有沉默，百年，千年。这高山峡谷之间，只有海，没有水；只有问，没有答……

我怀疑，它是否跟我一样，没有找到答案？

19. 不再寻找

9月14日16：30时，我们回到出发地。

收拾好行李，把车洗干净，给单位销了假，甚至连导航的历史记录，我也清了零。清零后的大脑一片宁静，没有欲望和功利，我得以重新回看自己。想起了禅宗“觅心了不可得”的一个公案。二祖慧可禅师对菩提达摩说：“我的心不安宁，请帮我安心。”达摩说：“把心拿来，我替你安。”慧可沉默良久，淡淡说：“觅心了不可得，找也找不到。”达摩说：“好了！我已经把你的心安好了。”意思是说，连心都不存在，还有什么安宁、不安宁的问题呢？

我拿定主意，不再寻找，守住自己，过简单日子。